Susanne Gerdom

Haus der tausend Spiegel

DIE AUTORIN

Foto: © Picture People

Susanne Gerdom lebt und arbeitet als freie Autorin und Schreibcoach mit ihrer Familie und fünf Katzen am Niederrhein. Sie schreibt seit mehr als einem Jahrzehnt Fantasy und Romane für Jugendliche und Erwachsene.

Susanne Gerdom

Haus der tausend Spiegel

cbt

Dieses Buch ist auch als E-Book erhältlich.

MIX
Papier aus verantwortungsvollen Quellen
FSC® C083411

Verlagsgruppe Random House FSC® N001967

1. Auflage
Deutsche Erstausgabe Oktober 2016

Umschlaggestaltung und -illustration:
© Isabelle Hirtz, Inkcraft
MG · Herstellung: kw/ang
Satz: KompetenzCenter, Mönchengladbach
Druck: CPI books GmbH, Leck
ISBN: 978-3-570-31074-8

www.cbt-buecher.de

1

Annik brach früh am Morgen auf, nachdem sie eine Weile prüfend vor dem Spiegel gestanden hatte. Es war ein schöner, frischer Morgen, die Dächer glänzten in der Sonne, und die Luft war noch nicht so voller Straßenstaub, wie sie es in ein paar Stunden sein würde. Der Wind, der von der Schelde kam, roch nach Salz, und Möwengeschrei hing in der Luft.

Die schmalspurige Straßenbahn ratterte an ihr vorbei und kreischte durch die Kurve, dann verschwand sie im engen Gewirr der Altstadtgassen.

Einen Moment lang dachte Annik darüber nach, ein Stück mit der Straßenbahn zu fahren, um nicht verschwitzt zu ihrem Vorstellungstermin zu erscheinen, aber dann entschied sie sich dagegen. Der Fußmarsch würde sie beleben.

Annik verließ das Hexenviertel und lief am Bahnhof vorbei, auf dessen Vorplatz die Tauben pickten. Sie hörte das Brüllen einer Raubkatze aus dem Zoo. Annik liebte den Bahnhof, er sah aus wie ein Theater oder ein Ort, an dem wunderbare Dinge geschehen konnten. Als sie noch klein gewesen war, hatte ihr Vater sie immer gefragt: »Möchtest du in den Zoo, Annik?«, und sie hatte jedes Mal geantwortet: »Lieber in den Bahnhof, Papa.« Die eingesperrten Tiere machten sie traurig, aber die hohe, schöne Bahnhofshalle, durch deren prachtvolle Fenster bunt das Sonnenlicht brach, war für Annik ein Ort voller Zauber.

Heute war der Bahnhof jedoch nicht ihr Ziel, sie war auf dem Weg zum Zurenborg. Ihr Vater nannte es immer ein bisschen abfällig das »pompöse Operettenviertel«. Dort wohnten ausschließlich reiche Leute, die sich die riesigen, prunkvollen Stadthäuser mit ihren barock verschnörkelten und vergoldeten Giebeln und Erkern, den bunt bemalten Backsteinen und Mosaiken, Jugendstilfenstern und marmornen Treppenaufgängen leisten konnten. Wer dort wohnte, hatte Personal und einen schicken, großen und teuren Wagen.

Annik hatte weder die Zeit noch die Nerven, sich in Ruhe umzusehen und über all den Luxus zu staunen. Sie überprüfte den Zettel mit der Adresse und suchte nach der richtigen Hausnummer.

Diese hier musste es sein. Zwischen einem ockerfarbenen Haus mit weit vorspringendem Erker, auf dem sich steinerne Blumenranken um geflügelte Amoretten rankten, und einem mehrgeschossigen Haus mit vergoldeten Giebelverzierungen und runden Fenstern in der obersten Etage erstreckte sich eine lange Mauer. Eine hohe Mauer, hinter der Büsche und Bäume und keine Spur von einem Haus zu sehen waren. Aber die Hausnummer, die auf Anniks Zettel stand, musste zu diesem Grundstück gehören.

Sie lief an der Mauer entlang und suchte nach einem Eingang, als ein berittener Polizist ihr auf der Straße entgegenkam und bei ihrem Anblick sein Pferd zügelte. »He, du«, rief er laut. »Hexe. Du hast hier nichts zu suchen.«

Annik blieb wie erstarrt stehen. Die Angst vor der Schutzpolizei saß tief. Sie atmete durch und fischte ihren roten Passierschein aus dem Brustbeutel. »Hier, bitte«, sagte sie atemlos. »Ich habe ein Vorstellungsgespräch bei Mijnheer van Leuven.«

Der Polizist schnalzte mit der Zunge. Sein Schimmel schnupperte neugierig an Ybbas, der sich auf Anniks Schulter aufrichtete, um den großen Pferdekopf ebenso neugierig zu beschnüffeln. Der Polizist war ein Tumber, er konnte den Chamäleon-Gny nicht wahrnehmen. Er studierte den Passierschein, überprüfte den Stempel mit seinem Lesegerät, das er am Gürtel hängen hatte, und reichte ihr den Schein dann zurück. »Wehe, ich erwisch dich abseits des erlaubten Weges«, knurrte er dann und zerrte am Zügel.

Annik steckte den Passierschein ein und atmete langsam und kontrolliert aus. Diese Demütigungen schmerzten immer, obwohl sie sich langsam daran gewöhnt haben sollte. Verdammt, sie hätte den Polizisten fragen sollen, wo der Eingang zu diesem Anwesen war …

Mit einem Seufzen ging sie weiter und wurde nach einigen Metern mit dem Anblick eines in die Mauer eingelassenen Tores belohnt. Annik suchte und fand einen Klingelknopf, den sie betätigte.

Ein Lautsprecher knackte und eine Frauenstimme bellte: »Ja?«

»Annabelle Joncker«, antwortete Annik. »Ich bin wegen der Stelle …«

Ehe sie ausreden konnte, knackte es erneut. »Kommen Sie herein«, herrschte die Stimme sie an, und das Tor schwang auf.

Ein Kiesweg führte in einem sanften Bogen in ein Wäldchen, und Annik stand wie verzaubert in dem grünen Paradies, das sich unerwartet vor ihr aufgetan hatte.

Einige Atemzüge lang blieb sie stehen und genoss den Anblick. Sie holte tief Luft, sog das würzige Aroma der Bäume tief in ihre Lungen. Wie schön es hier war. Das Hexenviertel bot wenig Grün, bis auf efeuberankte Hausfassaden und kümmerliche Pflanzen in Kübeln und Töpfen. Es war einfach kein Platz für Gärten oder Bäume in dem übervölkerten Stadtteil.

Ein scharfes Gefühl von Neid überrumpelte sie. Annik hatte

sich nie für einen neidischen Menschen gehalten, aber jetzt, in diesem Moment, neidete sie den Bewohnern dieses Hauses ihren Reichtum, das Privileg, einen riesigen Park ganz für sich alleine zu haben, jeden einzelnen Baum, jeden Busch und jeden Grashalm.

Sie ballte die Fäuste. Es brachte nichts. Ihr Zorn würde die Welt nicht verändern. Sie erwartete, eine faire Belohnung für ihre Arbeit zu bekommen, und das war alles, was eine Hexe sich vom Leben erhoffen konnte.

Entschlossen setzte sie sich in Bewegung und betrat den Park. Zwischen den Bäumen war es still und schattig, irgendwo murmelte Wasser und Vögel sangen. Dieser Ort war magisch. Annik spürte die Unruhe, die Ybbas erfasste, in ihrem eigenen Inneren. »Ruhig«, murmelte sie. »Hier ist nichts Böses. Ganz ruhig, Ybb.«

Es stimmte. Der Zauber, den sie zu spüren meinte, war sanft und freundlich. Er ließ Wasser plätschern und eine Amsel singen und malte Kringel aus Sonnenlicht auf dunkles Moos. Nichts deutete auf eine Bedrohung hin.

Der Weg beschrieb eine jähe Kurve und führte sie hinaus ins helle Licht, auf eine weite, hügelige Rasenfläche. Sie sah endlich das Haus und staunte. Es war ein Schloss, ein riesiges, düsteres Märchenschloss. Wie konnte all dies zwischen zwei normalen Stadthäusern in einer eng bebauten Stadt wie Antwerpen Platz finden? Es war wunderbar und erschreckend zugleich.

Annik überquerte das Gelände und betrat die kiesbestreute Auffahrt. Eine breite, geschwungene Freitreppe führte zu einem einschüchternden Portal. Ganz sicher würde der Hausherr nicht wollen, dass sie sein Anwesen durch den Haupteingang betrat. Annik wandte sich von der Treppe ab und ging an der Fassade entlang, um den Dienstboteneingang zu finden.

Die tausend Fenster des Hauses starrten sie an. Annik ignorierte das Kitzeln, das sich in ihrem Nacken regte, und marschierte weiter. Sie bog um die Hausecke und betrat den Schatten, den das Gemäuer warf. Mit einem Mal war es eisig kalt. Ybbas ringelte seinen langen, geschuppten Schwanz um ihr Handgelenk und kroch in ihren Ärmel.

Ein frischer Wind kam auf, ließ ihre Jacke flattern und blies ihr Haarsträhnen in die Augen. Sie hielt den Kragen ihrer Jacke mit der Hand zusammen, fluchte leise und sprach einen Windstill-Zauber. Das war ein Spruch, den jedes Kind beherrschte, aber hier versagte er.

Mit einer Hand an der Jacke und mit der anderen ihre Haare bändigend, gelangte sie zu einer kleinen Pforte, die sehr viel weniger herrschaftlich wirkte als das Hauptportal. Voller Erleichterung flüchtete sie sich unter das Vordach und klopfte an.

Es dauerte einige Zeit, bis sich etwas rührte. Dann erklangen drinnen energische Schritte, ein Riegel schnappte, und die Tür ging auf.

Die Frau, die vor Annik aufragte, trug ein dunkles Kleid und einen ordentlichen ingwerfarbenen Dutt. Sie war von imposanter Statur, hatte ein strenges, ebenmäßiges Gesicht und durchdringend graue Augen.

»Annik«, sagte Annik, verwirrt von der bohrenden Musterung. »Die Stelle als Kindermädchen.«

Ein Lächeln erwärmte die strenge Miene. Die Frau schob die Tür weit auf und winkte Annik hinein. »Wouters«, sagte sie. »Wir haben telefoniert. Kommen Sie, Juffrouw.« Sie lenkte Annik durch einen schmalen, langen Korridor in ein fensterloses Gemach neben der Küche. Annik konnte einen Blick durch die halb offene Tür werfen und sah einen großen Gasherd und Schränke.

Dies hier schien der Aufenthaltsraum oder das Esszimmer des Personals zu sein. Ein langer Tisch mit mehr als einem Dutzend Stühle und hohe Schränke an den Wänden bildeten die einzige Einrichtung. Eine Neonröhre an der Decke verbreitete kaltes, gleichmäßiges Licht.

Frau Wouters sah Annik missbilligend an. »Sie sind sehr jung«, sagte sie.

Annik schälte sich aus ihrer Jacke. Ybbas' Krallen kratzten leicht über die Haut ihres Nackens, und sie sah im Augenwinkel, dass seine lange Zunge nervös vor- und zurückschnellte.

Sie fuhr mit den Fingern glättend durch ihr Haar und lächelte die Haushälterin an. »Neunzehn, Mevrouw. Und ich habe bereits Erfahrung als Kindermädchen.«

Frau Wouters nickte, ohne das Lächeln zu erwidern, und musterte Annik eingehend. »Sie sehen nicht sehr kräftig aus«, sagte sie.

»Für diese Aufgabe sollte es reichen«, erwiderte Annik ein wenig spitz. »Wie alt ist das Kind?«

»Elias ist fünf«, sagte die Haushälterin und wies auf eine Tür, die in ein kleines, ordentliches Arbeitszimmer führte. »Setzen Sie sich, wir trinken eine Tasse Kaffee und besprechen alles.« Sie schien nicht in Betracht zu ziehen, Annik zu fragen, ob sie vielleicht lieber Wasser oder Tee haben wollte. Sie ging hinaus und kehrte nach kurzer Zeit mit einer Kaffeekanne und Bechern zurück, die sie auf den Schreibtisch stellte. »Nehmen Sie Milch oder Zucker?«, fragte sie und füllte beide Becher.

»Schwarz, danke«, erwiderte Annik und schloss ihre Hände um den Becher. Sie musterte die Haushälterin genauso eindringlich, wie Frau Wouters es gerade mit ihr getan hatte.

Die Haushälterin war eine beeindruckende Erscheinung. Sie trug ein schmuckloses, dunkles Kleid, an dem nur ein weißer Kragen und Manschetten kleine Akzente setzten. An ihrem Gürtel hing ein Schlüsselbund und sie trug praktische, flache Schuhe. Eigentlich hätte sie vollkommen unauffällig wirken müssen, aber ihr herbes Gesicht mit den klaren, kühlen Augen, den dunklen Augenbrauen und dem kräftigen Kinn, einer großen Nase und einem energischen Mund strahlte große Kraft und Stärke aus.

»Nun?«, fragte Frau Wouters mit einem amüsierten Heben ihrer Mundwinkel. »Würden Sie mich wiedererkennen, wenn wir uns morgen sehen?«

»Ich denke schon«, erwiderte Annik und lächelte ebenfalls. »Wenn wir uns morgen sehen? Meinen Sie, Ihre Herrin wird mir die Stelle geben?«

Die Haushälterin rührte Zucker in ihren Kaffee und trank. Ihr Blick war nachdenklich. »Erzählen Sie mir ein wenig von sich«, sagte sie. Es war keine Bitte.

Annik trank ebenfalls einen Schluck und stellte den Becher ab. »Ich bin die jüngste Tochter des Buchhändlers und Antiquars Arian Joncker«, sagte sie. »Mein Vater hat ein Geschäft im Hexenviertel, in der Spoorstraat. Meine älteste Schwester ist verheiratet und hat Zwillinge, auf die ich gelegentlich aufpasse, und meine zweite Schwester ist Hebamme. Ich selbst plane, im Herbst ein Studium zu beginnen. Chaosmagie und Buchzauber.« Sie stockte. »Ist das ein Thema, das ich besser meiden sollte?«

Frau Wouters schüttelte sacht den Kopf. »Nein, nein. Fahren Sie fort, das interessiert mich sehr. Haben Sie einen Freund?«

Annik senkte den Blick und trank einen großen Schluck, um Zeit zu gewinnen. Es schmerzte immer noch. »Nein«, sagte sie dann. »Im Moment nicht.«

»Sehr schön«, sagte die Haushälterin. »Sie sind also nicht gebunden, bis Ihr Studium beginnt. Und Sie haben Erfahrung mit Kindern, weil Sie Tante sind. Das ist sehr gut.« Sie hob die Kaffeekanne und sah Annik fragend an.

»Nein, danke«, sagte Annik. »Wann werde ich mich Mevrouw van Leuven vorstellen?«

Frau Wouters hob die Brauen. »Gar nicht, denke ich.« Sie zog eine winzige Uhr an einer Kette aus dem Kleid und warf einen Blick darauf. »Möchten Sie Elias kennenlernen?«

»Gerne, natürlich.« Annik stand auf und rieb die Handflächen an ihrer Hose trocken. Wenn der Junge sie ablehnte, würde es nichts mit der Stelle.

Die Haushälterin steckte die Uhr wieder ein und wies auf die Tür, durch die sie eingetreten waren. Annik folgte ihr stumm durch den Korridor, dann eine Treppe hinauf und in eine weite, düstere Halle, von der mehrere Durchgänge und zwei große Treppen abgingen. Der Boden war aus schwarzem und weißem Marmor, an den getäfelten Wänden hingen nachgedunkelte Ölgemälde in reich verzierten Rahmen, und von der hohen Decke hing an schweren Ketten ein Kronleuchter herab, dessen Kristallprismen staubig und glanzlos erschienen. Die vorderen Fenster waren mit dicken Vorhängen bedeckt, das einzige Licht fiel durch die hohen, bleiverglasten Fenster der Treppenaufgänge. Das bunte Licht malte phantastische Bilder auf den Schachbrettboden, auf dem ihre Schritte laut hallten. Sie liefen eine Treppe hinauf und betraten den Durchgang zum Hauptteil des Hauses. Auch dieser Gang war düster und holzgetäfelt, die Bodendielen knarrten unter ihren Füßen. Frau Wouters sprach kein Wort, nur ihr Schlüsselbund klirrte bei jedem Schritt.

»Werde ich die Eltern des Jungen heute noch kennenlernen?«, beharrte Annik, die das alles recht merkwürdig fand.

Die Haushälterin warf ihr einen kurzen Seitenblick zu. »Nein«, sagte sie.

»Aber …«, wandte Annik ein, die sich zu ärgern begann, »der lange Weg hierher …«

»Sie werden gleich eine Antwort bekommen«, unterbrach Frau Wouters sie schroff. »Sobald Elias Sie begutachtet hat.«

Annik presste die Lippen aufeinander. Es konnte doch wohl

kaum angehen, dass ein fünfjähriger Junge darüber entschied, ob sie die Stelle als sein Kindermädchen bekam?

Die Haushälterin öffnete eine schmale, hohe Tür mit einem ihrer Schlüssel und ließ Annik hindurchgehen. Nun standen sie in einem Flur, der weniger abweisend, sogar recht anheimelnd wirkte. Die Decke war hoch, aber die Wände hell gestrichen, die Fenster zum Park hinaus ließen eine Flut von Licht herein, und auf dem Holzboden lagen schwere, abgetretene Teppiche und dämpften die Geräusche ihrer Schritte.

Vor einer dunkel gestrichenen Tür hielt Frau Wouters an und legte die Hand auf die breite Klinke. »Seien Sie nicht nervös«, sagte sie erstaunlich freundlich. »Er ist ein wenig seltsam. Wahrscheinlich, nein, sehr sicher wird er mit Ihnen nicht sprechen. Aber ihr müsst euch kennenlernen, ehe ich entscheide, ob Sie bleiben dürfen.«

Annik riss die Augen auf. Frau Wouters würde also die Entscheidung treffen? Damit hatte sie nicht gerechnet. »Die Mutter …?«, fragte sie beklommen.

»Elias hat keine Mutter«, sagte die Haushälterin und öffnete die Tür.

Sie betraten ein geräumiges Zimmer, auch hier lagen Teppiche auf dem dunklen Holzboden. Die Wände waren cremefarben gestrichen, in schmalen Rahmen hingen zartfarbene Aquarelle, die Blumen und Landschaften zeigten. Das Mobiliar war gediegen, dunkel und schwer. Das war ein seltsames Kinderzimmer, fand Annik. Sie blickte zu den Fenstern, die in tiefen Nischen lagen. Kissen und bunte Decken lieferten ein wenig von der Behaglichkeit und den fröhlichen Farben, die sie in einem Kinderzimmer erwartet hätte. Es war penibel aufgeräumt, nirgendwo war Spielzeug zu sehen, die Bücher standen ordentlich im Regal, es gab keine Stofftiere und keine herumliegenden Kleidungsstücke. Elias schien erschreckend ordentlich zu sein für einen Fünfjährigen.

»Das ist sein Zimmer?«, fragte Annik verblüfft.

»Ja.« Die Haushälterin bückte sich und hob eine Glasmurmel auf – das einzige Etwas, das darauf hindeutete, dass hier ein Kind lebte.

»Wo ist er?« Annik musterte die tiefen Sessel, die breite Couch, die Fensternischen.

Frau Wouters' Lippen wurden schmal. Sie deutete auf einen großen Schrankkoffer, der seltsam deplatziert mitten im Zimmer stand. Annik sah sie verständnislos an.

Die Haushälterin beugte sich zu dem Koffer hinunter und sagte: »Elias, mein Schatz. Dein neues Kindermädchen ist da. Sag ihr Guten Tag.«

Annik hockte sich neben den Koffer und betrachtete die Öffnung, die jemand in die schmale Seitenwand geschnitten hatte. Ganz offensichtlich war das Kind in dem Koffer.

»Hallo«, sagte Annik und räusperte sich. »Ich bin Annik. Guten Tag, Elias.«

Nichts regte sich. Ybbas, der die ganze Zeit still an ihrem Nacken geruht hatte, krabbelte auf ihre Schulter und rutschte den Arm hinunter. Annik ließ ihn gewähren. Kein Tumber hatte je zu erkennen gegeben, dass er einen Vertrauten sehen konnte, also war es nicht weiter schlimm, dass Ybbas jetzt über den Teppich rannte, dabei kurz sein farbenfrohes Muster annahm und in dem Kofferloch verschwand.

Frau Wouters räusperte sich und hielt die Hand vor den Mund. »Er wird nicht herauskommen«, sagte sie bedauernd. »Elias macht eine schwierige Phase durch.«

»Wann ist seine Mutter …?« Annik flüsterte, um dem Jungen im Schrankkoffer keinen Schmerz zuzufügen.

Die Haushälterin schüttelte den Kopf. »Schon lange«, sagte

sie. »Nein, es ist nicht deswegen.« Sie legte die Hand auf den Koffer und schloss für einen kurzen Moment die Augen. Sie sah erschöpft aus und beinahe alt.

Dann richtete sie sich wieder auf und nickte energisch. »Elias, Schätzchen«, sagte sie laut, »wenn du brav Guten Tag sagst, dann bekommst du deinen Kakao und einen Keks. Möchtest du das?«

Im Inneren des Koffers bewegte sich etwas wie ein kleines, scheues Tier.

Annik blinzelte und hatte eine kurze, schemenhafte Vision von einem blassen Gesicht mit riesigen dunklen Augen unter weizenblondem Haar. Das Gesicht war schmal und elfenhaft, der Mund bebend verzogen, die Augen voller Angst und Trauer.

Sie schüttelte sich und richtete sich auf. »Er hat Angst vor mir«, sagte sie. »Lassen wir Elias besser in Ruhe, Frau Wouters. Ich möchte nicht, dass er sich fürchtet.«

Etwas bewegte sich im Koffer, dann gab es ein klickerndes Geräusch, und kurz darauf kullerte eine Glasmurmel vor Anniks Füße.

Sie hob die Murmel auf, in deren grünlichem Glas goldene Einsprengsel schimmerten. Die Haushälterin lächelte leicht und legte ihre Hand an Anniks Ellbogen. »Sehr schön«, sagte sie. »Er ist einverstanden. Gehen wir und sehen uns Ihr Zimmer an, Fräulein Annik.«

Annik schwieg, während die Haushälterin sie aus dem Zimmer und von dort ein paar Schritte den Gang hinunter führte. Sie folgte Frau Wouters in ein helles, hübsch eingerichtetes Zimmer mit einem großen Fenster, vor dem ein Fliederbusch blühte. Annik seufzte unwillkürlich. »Das ist aber schön«, sagte sie sehnsüchtig und dachte an ihre kleine Kammer unter dem Dach, die sie zu Hause bewohnte.

Ybbas kletterte an ihrem Bein hoch und ringelte seinen Schwanz um ihr Handgelenk. Dort baumelte er kopfüber und begutachtete mit seinen kugeligen Augen die Umgebung.

»Das ist Ihr Zimmer«, sagte die Haushälterin und löste einen Schlüssel von ihrem Bund. »Wenn Sie etwas benötigen, das Sie hier nicht finden, dann sagen Sie mir oder dem Hausburschen Bescheid. Ich stelle Sie nachher noch dem Personal vor.«

Annik erwachte aus der träumerischen Stimmung, in der sie sich ein Leben in diesem großen Haus, in diesem behaglichen Zimmer vorstellte. »Ich soll hier wohnen?«

Frau Wouters musterte sie belustigt. »Ja, natürlich. Wie wollen Sie sonst auf Elias aufpassen?«

Sie hatte recht, darüber hatte Annik nicht nachgedacht. Bisher hatte sie nur auf Kinder im Hexenviertel aufgepasst – aber um hierherzugelangen, musste sie ein Stück mit der Straßenbahn fahren, laufen und wurde ständig von Polizisten angehalten. Es war also mehr als vernünftig, gleich hier einzuziehen.

»Ich muss ein paar Sachen holen«, sagte sie. »Meiner Familie sagen, dass ich in den nächsten Wochen fort bin. Ein paar Dinge organisieren, damit zu Hause alles glatt läuft.« Sie runzelte die Stirn.

»Ja, natürlich«, erwiderte Frau Wouters geduldig. »Es reicht, wenn Sie morgen im Laufe des Tages hier anfangen.« Sie zog die Uhr aus dem Ausschnitt und blickte darauf. »Ich begleite Sie dann jetzt hinaus. Morgen also?«

»Morgen. Danke. Ich freue mich.« Annik lächelte. Sie freute sich wirklich.

Während die Haushälterin sie zur Tür brachte, sagte sie: »Sie lesen sicherlich gerne, wenn Ihr Vater Bücher verkauft. Es wäre schön, wenn Sie Elias vorlesen könnten und ihm vielleicht sogar das Lesen beibrächten. Ich werde den Herrn bitten, Ihnen Zugang zur Bibliothek zu gewähren.« Sie sah Annik eindringlich an. »Sie wird Ihnen gefallen, da bin ich sicher.«

Annik war sich ebenfalls sicher. Sie dankte und sagte impulsiv: »Wenn mein Vater sich die Bibliothek auch einmal ansehen dürfte – er wäre überglücklich.«

Frau Wouters wandte sich ab. »Das wird er nicht wünschen«, sagte sie zurückhaltend. Annik musste nicht fragen, wer »er« war. Natürlich meinte sie Mijnheer van Leuven, den Hausherrn.

2

Es war ihr erstaunlich schwergefallen, sich von ihrem Vater und ihren Schwestern zu verabschieden. Sie würde doch nur in einen anderen Stadtteil ziehen, und das auch nur so lange, bis sie ihre Aufgabe erledigt hatte – aber Annik war noch nie länger als zwei oder drei Tage von zu Hause fort gewesen. Es fühlte sich einfach falsch an.

Nun, da sie mit ihrem Rucksack und dem Köfferchen vor dem Seiteneingang des großen Herrenhauses stand und darauf wartete, dass ihr jemand öffnete, schlug ihr Herz jedoch vor Aufregung und Vorfreude. Sie freute sich auf den Jungen, auf ihr Zimmer, auf die verheißungsvolle Bibliothek. Sie war gespannt auf die anderen Angestellten und fürchtete sich ein wenig davor, dem Hausherrn zu begegnen. Aber nur ein wenig.

Sie musste lachen. Dora, ihre mittlere Schwester, hatte sie noch im Scherz vor dem »Duivel van Antwerp« gewarnt, der sicherlich ihr neuer Dienstherr war. Dora hatte dabei gelacht, aber Annik hatte die kaum verhohlene Sorge in ihrem Blick bemerkt. Der Teufel von Antwerpen war eine Sagenfigur, etwas, womit man Kinder erschreckte. Er wohnte in einem großen, düsteren Haus, fraß junge Mädchen zum Frühstück und hatte, wie es sich für einen Teufel gehörte, einen Bocksfuß und Hörner. Es war typisch für Dora, dass sie sich um Annik, das Nesthäkchen der Familie, sorgte.

Ein grobknochiger junger Mann mit kurzen braunen Haaren öffnete ihr und sah sie fragend an. Annik lächelte ihn an. »Annik Joncker«, sagte sie. »Ich bin das neue Kindermädchen.«

Der junge Mann nickte und öffnete die Tür. »Henk«, sagte er. »Hausbursche.« Er griff nach ihrem Koffer, und Annik ließ zu, dass er ihn ihr abnahm.

»Frau Wouters möchte mich sicher sprechen«, sagte sie.

Henk knurrte bestätigend. Annik wartete, ob der Bursche noch etwas sagen würde, aber anscheinend war Henk ziemlich maulfaul.

Das Zimmer war genauso hübsch und einladend, wie sie es beim ersten Besuch empfunden hatte. Sie warf ihren Rucksack auf einen Stuhl und sah sich um. Der Hausbursche stand geduldig an der Tür, wartete, bis Annik ihren Umhang in den Schrank gehängt hatte, und sagte dann: »Ich bringe dich zu Frau Wouters.«

Die Haushälterin saß an einem Schreibtisch voller Papiere und Rechnungsbücher und hakte eine lange Liste ab, während sie einen riesigen, schwarzen Hund kraulte, der neben ihr auf dem Boden hockte. Er reichte im Sitzen beinahe bis an ihre Schulter. Annik musterte ihn voller Respekt. Er erwiderte ihren Blick aus unergründlichen, möwengelben Augen und gähnte.

»Annik«, sagte Frau Wouters und nahm ihre Brille ab. »Schön, dass Sie da sind.« Sie wies auf den Stuhl vor dem Schreibtisch. »Ich werde Sie heute in Ihre Pflichten einweisen. Wir haben hier ein kleines Büchlein mit Ihren Aufgaben, den Zeiten, zu denen Sie sich um Elias kümmern sollten, was zu tun ist, wann Mijnheer van Leuven Ihren Bericht erwartet und so weiter.« Sie schob ein Notizbuch zu Annik hinüber. »Es hat sich erwiesen, dass dies von Nutzen ist. Sie können selbstverständlich jederzeit fragen, wenn Ihnen etwas unklar ist.« Sie wartete, während

Annik das Büchlein aufschlug und die ersten Seiten überflog. »Sie sollten das nachher in Ruhe studieren, Ihre Arbeit beginnt erst morgen früh. Sind Sie bereit für eine Führung durch das Haus?« Sie stand auf und der Hund erhob sich ebenfalls. Er war riesig, Annik hätte auf ihm reiten können, aber er war dabei nicht plump, sondern langbeinig und grazil. Annik fragte sich, was das für eine Rasse war.

»Wie heißt er?«, fragte sie.

Die Haushälterin sah sie beinahe verblüfft an. »Wer? Oh. Ja, natürlich. Ich hoffe, Sie haben keine Angst vor Hunden?«

Annik lachte und hielt ihm ihre Hand hin, damit er daran riechen konnte. »Nein, nur vor den kleinen, die kläffen und schnappen.«

Frau Wouters lächelte kurz. »Satan, bei Fuß«, befahl sie.

Das Haus war riesig, verwinkelt und düster. Frau Wouters zeigte ihr nur die Räume und Wege, die sie in den nächsten Tagen benötigen würde, um sich zurechtzufinden. »Wenn Sie sich auf eigene Faust umsehen, dann passen Sie einfach auf, dass Sie sich nicht verlaufen«, sagte sie. »Wir bewirtschaften nicht das gesamte Gebäude, der Ostflügel steht weitgehend leer. Sollten Sie sich dennoch einmal verirren, können Sie sich immer durch einen Blick nach draußen orientieren. Jeder der Flure führt irgendwann auf eins der Treppenhäuser zu.« Sie legte einen Finger an die Nase. »Was müssen Sie noch wissen? Ah, Sie werden etliche Türen verschlossen finden. Bitte stören Sie sich nicht daran. Die Räumlichkeiten dahinter sind unbenutzt. Der Westflügel ist für Sie tabu, dort wohnt Mijnheer van Leuven. Sie werden ihm regelmäßig Bericht erstatten, ich werde Sie die ersten Male dorthin bringen, danach wird Mijnheer Sie rufen lassen. Zu anderen Zeiten haben Sie dort nichts zu suchen.« Sie lächelte, um ihren Worten die Schärfe zu nehmen, und griff nach Anniks Ellbogen. »Möchten Sie jetzt die Bibliothek sehen?«

Annik war sprachlos. Sie hatte mit einem großen Raum voller Bücher gerechnet – eine Bibliothek in diesem Haus musste einfach groß sein –, doch der riesige, aus zwei zusammenhängenden Zimmern bestehende Saal, der bis in den ersten Stock hinaufreichte, mit umlaufender Galerie und einer Vielzahl von Tischen, Sitzgelegenheiten, Leitern und Nischen, übertraf all ihre Erwartungen. Überall standen Regale, an den Wänden, im Raum, und all diese Regale waren vollgestopft mit Büchern.

Der vordere Teil, in dem Arbeitstische, Lehnsessel und breite Sofas standen, war lichtdurchflutet, eine der Flügeltüren in den Garten stand sogar offen und ließ warme Luft hinein.

»Das hier ist ja größer als die öffentliche Bibliothek im Hexenviertel«, sagte Annik überwältigt.

Frau Wouters sah sich so zufrieden um, als hätte sie die Bibliothek eigenhändig hierhergeschafft. »Dies ist einem herrschaftlichen Haus angemessen«, sagte sie. »Satan, pfui.«

Der Hund hatte an einem ledergebundenen Buch geschnüffelt. Er wandte den Kopf und sah seine Herrin beinahe mitleidig an.

Ybbas sprang aufgeregt auf Anniks Schulter auf und ab. Ihr Vertrauter liebte Bücher beinahe genauso, wie er Wasser liebte. Er war wie Annik empfänglich für die magischen Resonanzen, die eine große Anzahl von Büchern an einem Ort aufzubauen pflegte. Diese Bibliothek war groß und alt, die Magie, die ihr innewohnte, war mächtig und ließ eine Gänsehaut auf ihren Armen wachsen. »Geh«, flüsterte sie dem Gny zu. »Aber mach keine Unordnung.«

Ybbas ließ sich das kein zweites Mal sagen, sondern sprang auf den Boden und huschte davon. Sie sah noch, wie er die

Maserung des Holzbodens und die Farbe der goldgeprägten Buchrücken annahm, dann war er verschwunden.

Annik sah sich ehrfürchtig um. »Und ich darf die Bibliothek wirklich benutzen?«, vergewisserte sie sich. »Fühlt Mijnheer van Leuven sich dadurch nicht gestört oder belästigt?«

Frau Wouters erwiderte ihren Blick ausdruckslos. »Nun, ich denke, es geht in Ordnung«, sagte sie dann. »Mijnheer hatte nichts dagegen einzuwenden.«

»Wundervoll«, sagte Annik leise und streichelte ein Buch mit den Fingerspitzen. »Ich finde hier sicherlich auch Lektüre für Elias?«

Die Haushälterin nickte. »Kommen Sie mit.« Sie lenkte Annik mit einer sachten Berührung in den hinteren Teil der Bibliothek. Hinter ihnen klickten leise die Krallen der Hundepfoten über das Parkett.

Hier waren die Fenster mit Jalousien verdunkelt, nur an einigen Stellen drang Licht in dünnen Pfeilen durch die Aufhängung und streifte die Dunkelheit. Leselampen malten Inseln der Gemütlichkeit in den riesigen Raum.

Sie gingen zu einem der niedrigeren Regale an der Kopfseite, in dem Annik schon von Weitem bunte Schutzumschläge und großformatige Bilderbücher erkennen konnte. Sie kniete sich vor das Regal und zog einige Bücher heraus. »Andersen, das wird er lieben«, sagte sie versunken und stapelte die Bücher in ihrem Arm. »Und Diana Wynne Jones sicher auch.« Sie lächelte zu Frau Wouters auf. »Kinder lieben Märchen.«

Die Haushälterin nickte ernst. »Sehr schön«, sagte sie. »Finden Sie alleine in Ihr Zimmer zurück, Annik? Meine Pflichten rufen.«

Annik sprang auf. »Danke«, sagte sie. »Ich werde mich mit dem Aufgabenheft beschäftigen, damit ich weiß, was ich morgen zu tun habe.«

Frau Wouters neigte majestätisch den Kopf. »Sehr lobenswert«, sagte sie. »Abendessen gibt es um sieben, in der Küche. Soll der Bursche Sie abholen?«

Annik strich sich mit der freien Hand eine Haarsträhne aus der Stirn. »Nein, danke. Ich glaube, ich finde mich zurecht.«

3

Er stand oben auf der Galerie und beobachtete das neue Mädchen. Wenn sie ihn hätte sehen können, wäre sie sicherlich erschreckt, angewidert und abgestoßen zurückgewichen, aber er stand im Schatten eines hohen Regals und achtete darauf, sich nicht zu weit ins Licht zu beugen.

Das Mädchen war klein, zierlich und bewegte sich mit unbewusster Grazie. Sie trug eine dunkle Hose, Turnschuhe und eine helle Bluse, eben das, was junge Mädchen heutzutage so anzogen. Ihr schwarzes Haar war zu einem schlichten Pferdeschwanz gebunden, anscheinend war das wieder mal modern. Er seufzte leise und kniff die Augen zusammen. Glücklicherweise schien sie nicht zu denen zu gehören, die mit seltsamen Stammesabzeichen auf der Haut herumliefen oder sich Metallstücke durch das weiche Fleisch ihres Gesichtes stießen. Sie war so jung …

Er konnte nicht verhindern, dass er an andere junge Mädchen dachte, solche in zartfarbenen, knöchellangen Kleidern, mit geflochtenem und aufgestecktem Haar voller Blumen und Bänder, großen Hüten und langen Handschuhen, eleganter Haltung, einem sprechenden Spiel mit dem Fächer. Diese Zeiten waren lange vorbei, aber er sehnte sich mit einer Macht dorthin zurück, die ihm körperliche Schmerzen bereitete.

Als sie den Kopf wandte, um mit Wouters zu sprechen, konnte er ihr Gesicht im hellen Licht sehen. Es war oval und eigenwillig, nicht besonders hübsch, aber ausdrucksstark. Sie hatte große, lang bewimperte Augen, deren Farbe er von hier oben nicht erkennen konnte, und einen breiten, fröhlichen Mund.

Er zog sich tiefer in den Schatten zurück und rieb über seine Wange und die Lippen. Er wollte sie nicht erschrecken, nicht an ihrem ersten Tag. Sie sah aus wie jemand, dem Elias vertrauen würde. Es war wichtig, dass Elias Vertrauen fasste. Wie sollte sich sonst jemals etwas ändern?

Wouters schien seine Anwesenheit bemerkt zu haben, wie immer. Sie lenkte das Mädchen mit einem sanften, aber bestimmten Griff zur anderen Seite der Bibliothek. Er hörte, wie ihre Stimmen sich entfernten.

Satan, der mit dem Kopf auf den Vorderpfoten reglos neben seiner Herrin gelegen hatte, erhob sich träge. Er wandte den Kopf und sah zu dem stillen Beobachter auf der Galerie auf. Der blinzelte mehrmals, rieb sich über die brennenden Augen und erwiderte den Blick des riesigen Hundes. Es fiel ihm heute schwer, Satan zu sehen. Die schwarze Riesengestalt verschwamm, wenn er sie zu fixieren suchte, entzog sich, zwang ihn dazu, die Konzentration bewusst zu fokussieren, brachte ihn dazu, beiseitezusehen, seinen Blick über die Regale oder zum Fenster hinaus schweifen zu lassen.

Ich sehe dich, richtete er sich in Gedanken an den Hund, indem er ihn mit tränenden Augen anstarrte. Ich sehe dich …

Der Hund gähnte gelangweilt, wandte den Kopf ab und trottete seiner Herrin hinterher.

Der stille Beobachter trat vor und schloss seine Hände um das Geländer der Galerie. Er sah dem Mädchen nach, dessen Lachen immer noch melodisch an sein Ohr klang. Sie war jung und unschuldig. Sie sollte nicht hier sein, nicht in dieser düsteren, um sich selbst kreisenden Hölle von Haus. Seine Hände verkrampften sich und seine vernarbten Knöchel wurden weiß. Er würde sie beschützen müssen, aber die dunklen Mächte, die ihn hier gefangen hielten, lachten höhnisch über diesen hilflosen Entschluss. Er war der Letzte, der jemanden beschützen konnte – jemanden, der so lebendig, so voll frischer Lebenskraft war wie dieses Mädchen.

Er war doch nicht einmal in der Lage, sich selbst zu retten.

4

Nach dem Abendessen zog sie sich in ihr Zimmer zurück und legte sich auf das schmale Bett, um den Rest der Instruktionen zu lesen.

Das Abendessen war reichhaltig gewesen, die Gesellschaft angenehm. An dem langen Tisch im Aufenthaltszimmer des Personals hatten sich alle Bediensteten des Haushaltes versammelt. Es waren vielleicht zwei Dutzend – die Hausburschen, ein Chauffeur, zwei Kammerdiener, die Gärtner, fünf Hausmädchen, die Waschfrau und der Hausmeister, die Köchin mit ihren beiden Küchenhilfen. Frau Wouters, die Haushälterin, hatte Annik allen vorgestellt und sich dann verabschiedet, als eine Küchenhilfe das Essen auftrug.

»Die Gnädige diniert nicht mit dem gemeinen Personal«, hatte das jüngste der Hausmädchen ihr zugeraunt und eine Braue gehoben. »Das ist uns auch lieber so.«

Der erste Kammerdiener, ein distinguierter Herr von Mitte vierzig, hatte sie mit einem sanften Kopfschütteln gerügt und danach war nur noch über unverfängliche Themen geredet worden. Kinofilme, das Wetter, die Lebensmittelpreise, ein bisschen Klatsch und Tratsch.

In ihrem Zimmer war es ruhig und gemütlich. Sie entzündete die Leselampe am Bett und nahm sich das Aufgabenheft vor. Frau Wouters war gründlich, sie hatte jede Kleinigkeit notiert, die in Anniks Aufgabenbereich fiel, und eine Erläuterung dazu verfasst. Das Büchlein erschien recht zerfleddert, als hätten es vor ihr schon viele andere in den Händen gehalten. Auch die Anmerkungen, die hier und da zwischen den Abschnitten notiert waren, zeigten unterschiedliche Handschriften und Farben. Wie viele Kindermädchen konnte ein fünfjähriger Junge denn in seinem Leben schon gehabt haben? Mehr als drei oder vier doch wohl kaum?

Annik runzelte die Stirn und blickte von der Seite auf, die sie gerade las. Sie sah zum Fenster und betrachtete den dunklen Himmel, vor dem sich die schwarzen Silhouetten der Bäume abzeichneten.

Warum hatte der Weiße Rat sie hierhergeschickt? Sie wusste, dass jede junge Hexe, die ein Studium beginnen wollte, zuerst eine Aufnahmeprüfung absolvieren musste, und hatte immer geglaubt, dabei handele es sich um eine Prüfung der bis dahin erworbenen Fähigkeiten. Sie war keine gute Spruchweberin, aber das hatte sie bislang mit Fleiß und Hartnäckigkeit wettmachen können. Ihr theoretisches Wissen war exzellent, dafür hatte ihr Vater gesorgt. Deshalb war sie zuversichtlich gewesen, was die Prüfung anging – bis die Nachricht des Weißen Rates kam, die schlicht lautete: »Löse dies«, und dann noch die Adresse dieses Hauses nannte. Nun gut, sie würde also zuerst herausfinden müssen, welches Rätsel es zu lösen galt. Und bis dahin würde sie den Job tun, für den sie eingestellt worden war.

Sie las weiter. Morgen früh würde sie Elias wecken und ihm sein Frühstück bringen. Danach sollte sie einen Spaziergang mit ihm unternehmen, falls das Wetter es zuließ (nur im Park, das Gelände durfte auf keinen Fall verlassen werden!), und ihn dann zu einem Nickerchen ins Bett bringen. Sie sollte ihm vorlesen, dann würde er anderthalb Stunden schlafen, die sie nach eigenem Ermessen verbringen durfte.

Dann würde sie mit Elias zu Mittag essen und den Nachmittag damit verbringen, mit ihm zu spielen (je nach Wetterlage drinnen oder im Park) und ihm das Lesen beizubringen.

Abends sollte sie ihm beim Waschen und Zähneputzen beistehen, er durfte noch eine halbe Stunde spielen, und dann würde sie ihn mit einer Gutenachtgeschichte zu Bett bringen. Der restliche Abend stand zu ihrer freien Verfügung. Sie musste allerdings die Rufanlage zu seinem Zimmer anschalten, falls er nachts seine Albträume bekam, in diesem Fall sollte sie ihn wecken, ihm ein Glas heiße Milch machen und bei ihm bleiben, bis er wieder eingeschlafen war.

So weit, so simpel. Das sollte sie vor keine große Herausforderung stellen … vorausgesetzt, der Junge war bereit, seinen Koffer zu verlassen.

Annik legte das Aufgabenheft beiseite und streckte sich auf dem Bett aus. Es war spät, der Tag war aufregend gewesen, aber sie war nicht müde. Sie starrte eine Weile an die Decke, dann stand sie auf und schlüpfte in ihre Strickjacke. »Ybbas?«, fragte sie leise. »Gehst du mit mir ein Stückchen spazieren?«

Der kleine Gny, der es sich in einem Nest aus ihrer Wäsche gemütlich gemacht hatte, reckte den Kopf. Er gähnte herzhaft, wobei seine ellenlange Zunge sich einmal komplett entrollte, bevor sie wieder im Maul verschwand, streckte sich und sprang auf ihre Schulter.

Das Haus erschien unbewohnt, als sie durch die endlosen Gänge lief. Es war totenstill, nirgendwo schimmerte Licht. Waren etwa alle schon schlafen gegangen?

Sie zögerte an der Tür, durch die sie das Haus betreten hatte. Womöglich wurde es nicht gerne gesehen, wenn die Angestellten nachts durch den Park geisterten. Aber ihre Sehnsucht nach der frischen Luft und dem freien Himmel war übermächtig.

Ybbas drückte sich flach an ihren Nacken, als sie die Türklinke berührte. Einen winzigen Moment lang gab es einen Widerstand, der ihr zeigte, dass die Tür wirklich abgeschlossen war. Annik presste die Lippen zusammen, sah sich hastig um und legte dann die Hand energisch auf die Türklinke.

»Schloss und Riegel
Geben nach, weit geöffnet
Tür und Tor«,
flüsterte sie und drückte die Klinke hinunter. Die Tür schwang auf und kühle Luft fächelte Anniks Wangen.

Der Himmel war bewölkt und der Park so finster wie ein Kohlenkeller. Annik blieb eine Weile neben der offenen Tür stehen und wartete darauf, dass ihre Augen sich an die Dunkelheit gewöhnten. Hinter ihr ragte die schweigende Masse des Hauses auf, lichtlos und dräuend wie eine Felswand. Das Haus erschien ihr so leblos, tot und unbewohnt wie ein Mausoleum. Hatte sie heute wirklich mit einem Dutzend anderer Menschen am Tisch gesessen, ein Abendessen verzehrt und sich ihre Gespräche angehört? Und lag irgendwo dort hinter den Parkmauern eine große, lebendige Stadt voller Menschen und Lärm? Hätte sie nicht wenigstens den Abglanz der Lichter am Himmel erkennen müssen wie eine neblige Wolke, die über der Stadt hing? Aber da war nichts, nur tintenschwarze, tiefe Dunkelheit.

Nach und nach schälten sich Einzelheiten aus dem Dunkel. Hoch aufragende Bäume umringten das Haus, düstere Zypressen, knorrige Kiefern, alte Eichen, efeuüberwucherte Baumstämme zwischen dichtem Gebüsch voller Dornen und Ranken.

Annik fröstelte. Sie löste sich von der Schwelle und tauchte in den tiefen Schatten der Bäume ein. Dunkelheit und Stille, die im Haus eine so bedrückende Atmosphäre geschaffen hatten, wichen der belebten Ruhe eines nächtlichen Waldes. Getier raschelte im Gebüsch und in den Bäumen ließ ein Nachtvogel seinen melancholischen Ruf ertönen.

Annik war ein Stadtmensch. So viel urmächtige Natur auf einem Fleck, ein so großes Gelände voller Pflanzen und Tiere, war ihr fremd und unheimlich. Sie hätte sich fürchten müssen, aber stattdessen genoss sie es. Sie berührte die raue Rinde eines Baumes, fuhr mit den Fingern über Efeuranken und durch glattes, kühles Laub, spürte federndes Moos unter den Füßen, roch die schwere, feuchte Erde und horchte auf all die fremden Geräusche.

Wobei eins der Geräusche alles andere als fremd, sondern sogar recht vertraut erschien. Jemand weinte.

Annik lief los, ohne nachzudenken. Das Weinen klang so herzzerreißend, so einsam und verloren, dass sie keinen Gedanken daran verschwendete, wie sie sich in der Dunkelheit der Nacht auf vollkommen fremdem Terrain zurechtfinden sollte.

Sie stolperte über etwas auf dem Boden und stieß sich die Zehen, ein herabhängender Ast versetzte ihr eine brennende Schürfwunde im Gesicht, und sie wäre zweimal um Haaresbreite mit einem Baumstamm zusammengeprallt, als das Weinen abrupt aufhörte.

Sie stand in der atmenden Dunkelheit und lauschte. Knacken von kleinen Zweigen, Rascheln von Laub, das Fiepen eines kleinen Tieres. Wind zupfte an ihren Haaren. Annik hob die Hand und betastete die Abschürfung auf ihrer Stirn. Wie lächerlich von ihr, einfach so loszurennen. Jetzt, wo es verstummt war, war sie sich gar nicht mehr so sicher, das Weinen wirklich gehört zu haben. Vielleicht gab es ein Nachttier, das sich so anhörte? Sie kannte sich mit Tieren nicht aus, wenn es keine Haustiere waren.

Unschlüssig stand sie da und wartete. Worauf?

Das Weinen hatte sie tief ins Herz getroffen. Es hatte sie daran erinnert, wie sie geweint hatte, als ihre Mutter gestorben war, und wie sehr ihr Vater gelitten hatte, ohne eine einzige Träne zu vergießen. Er hatte sich noch mehr in sich zurückgezogen, war noch ein wenig stiller, noch ein wenig wunderlicher und zerstreuter geworden. Arian Joncker hatte seine Kinder nie etwas anderes spüren lassen als seine große Liebe – aber Annik wusste, dass ein Stück seines Herzens und seiner Seele an diesem schrecklichen Novembertag mit seiner Arabelle gestorben war. Mama hatte sich um ihn gekümmert. Pa war kein Geschäftsmann, er liebte seine Bücher und den Zauber, den sie woben.

Annik kniff die Augen zusammen. Das Weinen war endgültig verstummt, und sie stand irgendwo in diesem riesigen Park, der mehr ein Wald war, und musste den Weg zum Haus zurück finden. »Ybbas?«, rief sie leise.

Es raschelte zu ihren Füßen, dann kletterte der kleine Vertraute an ihr empor und klammerte sich auf ihrer Schulter fest. Sie drehte den Kopf und sah in eins seiner kugeligen Augen, das sich fragend auf sie richtete, während das andere ein Gebüsch neben ihnen musterte.

»Ybbas, ich will zum Haus zurück.«

Er züngelte unschlüssig. Anscheinend war ihm diese Umgebung ebenso unvertraut wie ihr. Annik seufzte. »Leih mir deine Augen.«

Kurz darauf verschwamm ihre Sicht, aber gleichzeitig schien es heller zu werden. Es war ein seltsam verzerrtes Bild, das sie empfing, und sie musste ihr Gehirn erst dazu bringen, diesen Blickwinkel, der von ihrer Schulter aus in zwei unterschiedliche Richtungen ging, als eine Wahrnehmung zu akzeptieren, die es verarbeiten konnte. Sie blinzelte mehrmals, schloss dann die eigenen Augen (manchmal war es leichter so) und orientierte sich in der perligen Helligkeit ihres Sichtfeldes.

»Gehen wir da lang«, schlug sie vor und zeigte auf einen Pfad, der zwischen den Bäumen zu erkennen war.

Nach ein paar Schritten verengte sich der schmale Weg und wurde zu einem Trampelpfad. Annik kämpfte sich schweigend zwischen zwei kratzigen Büschen hindurch und gelangte auf eine kleine Lichtung, um die herum dicht an dicht Bäume standen. Bei Tag war dies sicherlich ein idyllischer Ort, sonnenbeschienen und geschützt vor neugierigen Augen, aber jetzt in der Nacht standen die Bäume wie drohende Gestalten um eine düstere Senke, in der sich Nebel sammelte.

Annik zog ihre Strickjacke enger um sich und überquerte die Lichtung. Sie näherte sich dem verwilderten Fliederbusch, der den Durchgang zu einem Weg markierte, und wollte wieder in das Dämmerlicht der Bäume eintauchen, als ein unheimlicher Laut sie mitten in der Bewegung bannte. Hinter ihr schien etwas Großes durch das Unterholz zu brechen. Sie hörte ein bedrohlich anschwellendes Knurren, das in ein heiseres Belfern und dann in wölfisches Geheul überging.

Was auch immer sich ihr näherte, es musste riesig sein.

Annik blieb ruhig stehen, obwohl ihr Herz bis zum Hals schlug. Sie beobachtete die Richtung, aus der das Geheul kam, und formulierte in ihrem Kopf den Spruch, der eine kurze, heftige Windböe zwischen ihr und dem Verfolger erzeugen sollte. Das war eine schwache Gegenwehr, aber alles, was ihr auf die Schnelle zur Verfügung stand. Es musste ausreichen, damit sie sich ins Gebüsch retten konnte. Nicht zum ersten Mal verfluchte sie ihr fehlendes Talent für das Binden von Sprüchen. Mehr als einen holprigen Haiku bekam sie in der Regel nicht zusammen.

Ein letztes, lautes Krachen und Brechen von Zweigen, dann war das Untier auf der Lichtung und hetzte auf sie zu. Annik sah durch Ybbas' Augen ein Monster aus der Hölle: rotglühende Augen, ein zahnstarrender, geifernder Rachen, von dem grünlicher Geifer troff, ein muskelbepackter, lang gestreckter Körper, lange Beine mit dolchähnlichen Klauen – und dieses Ungeheuer raste im gestreckten Galopp auf sie zu!

Sie keuchte und schrie den vorbereiteten Zauber:

»Herbststurm
Verweht die Blätter
Trüb wird die Luft.«

Vor ihr wirbelte ein heftiger Windstoß Laub und Erde auf, vernebelte ihr die Sicht und riss ihr den Atem von den Lippen. Ohne zu zögern warf sie sich herum und wollte flüchten.

»Satan, aus!« Der mit ruhiger Stimme gesprochene Befehl ließ Annik innehalten. Die mörderische Bestie stoppte und ließ sich nieder, der glühende Blick ihrer Augen ruhte starr auf Annik.

Annik riss ihre eigenen Augen auf und war für einen kurzen Moment nahezu blind. Die Schritte, die sich näherten, gehörten einem Menschen. Annik zwinkerte die Schleier fort und sah die hochgewachsene Gestalt der Haushälterin auf die Lichtung treten. Sie ging zu dem riesigen Hund, der vor Annik auf dem Boden kauerte, und griff nach seinem Halsband. Ihr Blick war belustigt. »Sie sollten nicht hier draußen sein, Kind«, sagte sie. »Mijnheer sieht es nicht gerne, wenn sein Personal sich nächtens im Park verläuft.«

Annik stieß den angehaltenen Atem aus. »Ich wollte nur vor dem Schlafen ein wenig Luft schnappen«, sagte sie. »Dann habe ich etwas gehört und wollte nachsehen ...« Sie schüttelte den Kopf. »Es tut mir leid, ich wusste nicht, dass wir den Park nicht betreten dürfen.«

Die Haushälterin nahm ihren Arm und führte sie auf das Haus zu, das nur wenige Schritte hinter dem Gebüsch auf sie wartete. »Nachts«, sagte sie ruhig. »Nur nachts. Tagsüber ist Ihnen erlaubt, sich frei auf dem Gelände zu bewegen.« Sie lächelte schwach. »Sie haben ja selbst gesehen, wie leicht man sich in der Wildnis verlaufen kann. Wenn Sie gestürzt wären und sich verletzt hätten, hätten wir sie so schnell nicht gefunden.«

Annik nickte und sah unbehaglich zu dem neben ihnen hertrottenden Hund. »Er hat mich zu Tode erschreckt.«

Ihre Begleiterin schien amüsiert zu sein. »Das ist seine Aufgabe. Satan bewacht das Anwesen.« Sie nahm ihren Schlüsselbund und öffnete die nun wieder verschlossene Hintertür. »Schlafen Sie gut, Annik.«

5

Als Annik das Haus betrat, war Frau Wouters schon verschwunden, noch nicht einmal der Klang ihrer Schritte war mehr zu hören.

Annik stand eine Weile in dem Gang, in dem ein kalter, seltsam muffig riechender Luftzug sie frösteln machte. *Dieses Haus ist ein Grab*, dachte sie unwillkürlich. *Außer mir lebt hier keine Menschenseele. Ich bin ganz allein …*

Sie schüttelte den absurden Gedanken ab und durchquerte schnellen Schrittes die Halle. Sie zögerte vor dem Durchgang zu dem Korridor, in dem ihr Zimmer lag, und wusste, sie würde keinen Schlaf finden. Kurz entschlossen machte sie kehrt und lief die Treppe hinauf, um sich noch etwas zu lesen aus der Bibliothek zu holen.

Erst als sie die Tür öffnete, dachte sie darüber nach, dass sie nicht wusste, wie sie in dem riesigen Raum Licht machen sollte. Dann trat sie ein und blieb verwundert an der Tür stehen: Genau wie bei ihrem ersten Besuch brannten überall kleine Leselampen, deren Licht Tischflächen und Sessellehnen beleuchtete. Kurz fragte sie sich, ob das Licht wohl Tag und Nacht brannte, und wenn ja, warum und für wen.

Sie ging an den hohen Regalen der Türseite vorbei und betrachtete die Buchrücken. Für diese Nacht wäre ihr sogar ein langweiliges, einschläferndes Buch recht gewesen, aber wie es aussah, hatte sie die Qual der Wahl zwischen ihren Lieblingsbüchern. Mit einem Lächeln zog sie einen Band mit flämischen Legenden aus dem Regal. Dieses Buch hatte sie noch vor Kurzem im Laden ihres Vaters in den Händen gehalten. Sie klemmte es unter den Arm und wandte sich zur Schmalseite des Raumes, dort lockte ein weniger repräsentativ gefülltes Regal mit zerlesenen Taschenbuchausgaben. Ein Krimi wäre fein, irgendetwas Englisches, das langatmig und gemütlich daherkam und am Ende einen dozierenden Detektiv präsentierte, der vor einer im Salon versammelten Schar von Verdächtigen den Täter identifizierte.

Sie griff relativ wahllos ein paar der Bücher und sah sich um. Noch einen Liebesroman? Oder Gedichte?

Ihr Nacken begann zu kribbeln, die Härchen stellten sich auf. Sie spürte das unruhige Kratzen von Ybbas' kurzen Krallen, der sich von ihrer linken Schulter zur rechten bewegte. Er schien beunruhigt zu sein.

Annik atmete tief ein. Jemand beobachtete sie. Sie drehte sich langsam um, musterte den Raum, blickte zur Galerie hinauf. Dort oben war es dunkel. Wenn jemand dort stand, dann konnte er sie wie auf einer Bühne angestrahlt im Licht stehen sehen, ohne dass sie ihn bemerkte.

»Hallo?«, sagte sie. »Wer ist da?«

Sie glaubte, eine Bewegung in der Dunkelheit zu erkennen, aber das war womöglich eine Sinnestäuschung. Sie wartete noch einen Augenblick, dann nahm sie ihre Bücher und verließ den Saal.

Ihren Befürchtungen zum Trotz schlief sie tief, fest und traumlos in dieser Nacht. Das Bett hatte sich einladend und weich gezeigt, das Kissen war glatt und kühl unter ihrer Wange, und sie hatte kein Dutzend Seiten in dem wunschgemäß langweiligen Krimi gelesen, als ihr die Augen zufielen.

Ybbas weckte sie zur rechten Zeit und sie wusste sofort, wo sie sich befand. Die Vorfreude auf den Tag kribbelte in ihren Gliedern. Helles Sonnenlicht fiel ins Zimmer, durch den Fensterspalt drang der Gesang der Vögel.

Sie entschied sich für Jeans und ein T-Shirt. Das war vielleicht nicht ganz das Outfit, in dem der Hausherr sich das Kindermädchen wünschte, aber Elias war ein fünfjähriger Junge und wollte ganz sicher toben.

Ihr Frühstück, bestehend aus einer großen Tasse Milchkaffee und einem Stück Toast, nahm sie im Stehen ein. Sie war zu aufgeregt, um mehr hinunterzubringen. Dann machte sie sich auf den Weg zum Kinderzimmer.

Der freundliche, helle Raum sah genauso aufgeräumt, ja beinahe steril aus wie bei ihrem ersten Besuch. Das Bett war bereits gemacht, der Junge nirgendwo zu sehen. Annik stand ein wenig unschlüssig an der Tür, dann rief sie Elias' Namen.

Sie durchsuchte das Zimmer. Hatte jemand den Jungen auf einen Spaziergang mitgenommen? War er bei seinem Vater? Warum hatte man ihr nicht Bescheid gesagt und ließ sie hier im Dunkeln tappen?

»Ybbas«, sagte sie, »such Elias.«

Der Gny sprang auf den Boden und rannte über den Teppich. Als er sich dem Schrankkoffer näherte, ging Annik ein Licht auf. Der Junge saß schon wieder in dem Koffer, spielte dort Mäuschen und lachte sein neues Kindermädchen aus. Sie grinste und schlich sich an das möbelgroße Gepäckstück an. »Ich hab dich«, sagte sie fröhlich und kniete nieder, um durch das Loch in der Seitenwand zu blicken. »Guten Morgen, Elias. Möchtest du dein Frühstück?«

Keine Antwort. Sie hörte leise Atemzüge, also war der Junge wirklich dort drinnen. Annik legte sich auf den Bauch und starrte in das Innere des Koffers. In der Ecke kauerte eine kleine

Gestalt, das helle Oval eines Gesichtes zeigte in ihre Richtung. Kein Laut, kein Wort.

»Elias«, sagte sie sanft, um ihn nicht zu erschrecken, »ich bin Annik, dein neues Kindermädchen. Erinnerst du dich?«

Er schwieg und regte sich nicht.

»Magst du nicht herauskommen? Es ist schön draußen, wir könnten im Park spazieren gehen oder Ball spielen. Spielst du gerne Ball?« Anniks Verzweiflung stieg. Bisher hatte sie nur Kinder gehütet, die vor Tatendrang platzten und mühsam im Zaum gehalten werden mussten. Das hier war eine Situation, mit der sie nicht umzugehen wusste.

»Wir können auch ganz etwas anderes machen«, fuhr sie fort. »Möchtest du, dass ich dir vorlese? Oder wollen wir die Burg aufbauen?« Sie hatte die Kiste mit dem Spielzeug inspiziert, die Burg war der Traum jedes Kindes.

Keine Reaktion. Sie rappelte sich auf, sank auf die Fersen und starrte den Koffer an. Was sollte sie nun tun? Was wurde von ihr erwartet? Dieses Kind hatte offensichtlich ernsthafte Probleme, es brauchte einen Psychologen, kein Kindermädchen.

»Ich lese dir vor«, entschied sie. Sie nahm das oberste Buch von dem Stapel auf dem Tisch und schlug es auf. »Es war einmal …«, begann sie.

Eine Stunde später legte sie das Buch beiseite. Sie hatte einen trockenen Hals und war müde und frustriert. Elias hatte mit keinem Laut, keiner Bewegung zu erkennen gegeben, dass er ihr zuhörte, dass er anwesend war, dass er überhaupt lebte. Was tat sie hier? Sie stand auf, legte das Buch auf den Stapel zurück und murmelte: »Ich gehe einen Moment raus, Elias.«

Sie ging in Gedanken verloren in die Halle hinunter und stand eine Weile unter dem riesigen Kronleuchter. Am besten würde sie Frau Wouters fragen, was zu tun sei. Die Haushälterin kannte Elias, und sie wusste, wie die bisherigen Kindermädchen mit dem verschrobenen Verhalten des Jungen umgegangen waren. Sie begriff so langsam, wieso das Aufgabenheft so zerfleddert war. Wahrscheinlich hatte keine ihrer Vorgängerinnen länger als zwei oder drei Wochen durchgehalten, oder sie waren alle entlassen worden, weil sie mit Elias nicht zurechtkamen.

Annik straffte die Schultern. Sie würde nicht schon am ersten Vormittag das Handtuch werfen. Ein großes Glas Wasser, ein Apfel und ein paar Minuten Ruhe in der Bibliothek oder im Garten, dann würde sie den Kampf wieder aufnehmen. Außerdem war sie hier, um ein Rätsel zu lösen, und noch wusste sie nicht einmal, wie dieses Rätsel lautete.

In der Küche herrschte große Betriebsamkeit. Nach der Stille und Leere des großen Hauses, an die sich Annik beinahe schon gewöhnt hatte, war es ihr, als beträte sie eine vollkommen andere Welt. Sie schenkte sich ein Glas Wasser ein, nahm einen Apfel aus der Obstschale und verließ das dampfende, heiße, töpfeknallende Inferno fluchtartig.

Annik warf einen Blick in den Garten und entschied, ihren Imbiss lieber im Haus zu sich zu nehmen. Der Garten war einen längeren Ausflug wert, aber dieses Mal bei hellem Tageslicht, denn ihr steckte der nächtliche Ausflug immer noch in den Knochen.

Die Bibliothek war der nächste ihr bekannte Ort, außerdem hatten Bücher eine besänftigende Wirkung auf ihr aufgewühltes Gemüt. Sie schob die Tür auf und fand den Ort so beleuchtet und verlassen wie bei jedem ihrer Besuche.

Annik wählte eine Nische mit einem verschlissenen Lehnsessel, die unter der Galerie lag und auch vom Hauptraum aus nicht einsehbar war. Hier fühlte sie sich sicher und geborgen. Sie zog die Beine unter sich und verspeiste ihren Apfel, während sie nachdachte. Es war wenig wahrscheinlich, dass der weitere Verlauf des Tages sich großartig von seinem Beginn unterscheiden würde. Elias hatte vor, sie zu ignorieren. Sie musste Frau Wouters um Rat fragen, auch wenn ihr das zutiefst widerstrebte.

Annik leckte sich den Saft von den Fingern und seufzte leise. Noch ein paar Minuten, dann würde sie sich der zweiten Runde stellen.

Eine Tür klappte, Schritte und Stimmen waren zu hören. Annik erstarrte, als liefe sie Gefahr, bei etwas Verbotenem ertappt zu werden.

Die Stimmen waren gedämpft, aber gut zu verstehen. Stuhlbeine scharrten, etwas raschelte.

»Ich bin sehr unzufrieden mit Ihnen«, sagte eine Männerstimme. Sie klang kühl und beherrscht, obwohl es doch Worte des Unmuts und Tadels waren. »Sie kennen doch meine Wünsche, Wouters. Wie konnten Sie dieses zerrupfte Küken einstellen? Schicken Sie es zurück in sein Nest. Geben Sie ihm meinetwegen den Lohn für die gesamte Woche, aber schicken Sie das hässliche Hühnchen weg.«

Annik hielt den Atem an. Redete der Mann etwa über *sie*?

Die Haushälterin protestierte höflich. »Mijnheer«, sagte sie so sanft, wie Annik die resolute Frau noch nie hatte sprechen hören, »glauben Sie mir, dass ich eine sehr wohldurchdachte und sorgfältige Wahl getroffen habe. Sie kennen mich …«

»Ich kenne Sie, Wouters, ja«, unterbrach der Mann schroff. »Deshalb bin ich umso verwunderter. Dieses Mädchen ist ungeeignet. Sie ist zu jung und zu unerfahren. Hat sie überhaupt schon die Schule verlassen?«

»Sie wird im Herbst mit dem Studium beginnen, Mijnheer. Und sie ist die Tochter eines Buchhändlers aus der Spoorstraat. Sprechen Sie doch erst einmal mit ihr, bevor Sie sie fortschicken.«

»Buchhändler.« Die Stimme des Mannes klang abschätzig. »Nun gut, dann kann sie wenigstens lesen. Meinetwegen, Wouters, schicken Sie das hässliche Hühnchen heute Nachmittag zu mir. Ich sehe sie mir an.« Schritte und Stimmen entfernten sich, dann setzten die beiden im Nebenraum die Unterhaltung fort. Es ging um die Unordnung in der Bibliothek und die Frage, wer vom Personal dazu abgestellt werden konnte, gründlich aufzuräumen.

Annik zitterte vor Empörung. Wie konnte dieser Mann so abfällig über sie reden und sie verurteilen, ohne je ein Wort mit ihr gesprochen zu haben? Einen Moment lang wünschte sie sich sehnlichst, ihm ihre Kündigung vor die Füße zu knallen. Dann fiel ihr ein, dass sie nicht aus eigenem Antrieb hier war, sondern eine Aufgabe zu erfüllen hatte, und wenn ihr das misslang, würde man ihr den Studienplatz verweigern. Sie biss die Zähne zusammen. Sie musste dafür sorgen, dass der arrogante Mijnheer sie mochte, sonst würde er sie entlassen. Das konnte sie sich nicht leisten und sie hatte nicht vor zu betteln.

Mit diesem Gedanken kehrte sie ins Kinderzimmer zurück und widmete den Nachmittag dem vergeblichen Versuch, das Kind aus seinem Koffer zu locken.

6

Mijnheer van Leuven saß mit lang ausgestreckten Beinen in einem Sessel, hielt ein Glas mit einer bernsteinfarbenen Flüssigkeit in den schlanken Fingern und sah sie an.

Seine Augen hatten eine undefinierbare Farbe, hellbraun und gleichzeitig tot wie kalter Tee. Sein Blick war so eisig, dass sie unwillkürlich fröstelte.

Das aschblonde Haar kontrastierte seltsam mit seinen dunklen Augenbrauen. Er war elegant gekleidet, aber seine gesamte Erscheinung wirkte vernachlässigt, genau wie das Haus. Das Haar war ein wenig zu lang und ein bisschen zu zottelig, die Wangen und das Kinn waren unrasiert, der dunkelblaue Anzug, so elegant er auch war, erschien zerknittert, das Hemd unter der Weste stand am Kragen offen, und die Ärmel waren ein Stück aufgekrempelt und zeigten ein Paar muskulöse Unterarme.

Der Zug um seinen Mund zeugte von Verdrossenheit und einem müden Zynismus, der sich im Blick seiner Augen zu arktischer Kälte verdüsterte. Er musterte sie unfreundlich und mit unverkennbarer Arroganz. Er war weitaus jünger, als sie vermutet hatte. Seine herrische Art hatte ihr suggeriert, er sei ein gutes Stück jenseits der dreißig, aber Gabriel van Leuven schien höchsten Ende zwanzig zu sein, nur zwei oder drei Jahre älter als Lily, ihre älteste Schwester.

Annik hob das Kinn und erwiderte den kalten Blick nicht

minder hochmütig. Er wollte, dass sie ging? Nun, das würde er ihr ins Gesicht sagen müssen.

»Sie sind Annabelle Joncker.« Er warf einen gelangweilten Blick auf die Papiere, die neben seinem Ellbogen auf der Sessellehne lagen.

»Ja«, erwiderte sie kurz.

Er musterte sie nun unverwandt mit diesen toten Augen und nippte an seinem Drink. »Wie kommen Sie mit Elias zurecht?«

Diese Frage war ihr nach einem Tag voller vergeblicher Bemühungen äußerst unangenehm. Sie verankerte die Füße am Boden und erwiderte unbeirrt den eisigen Blick. »Er ist schwierig«, sagte sie unverblümt. »Ich habe den ganzen Tag versucht, ihn aus seinem Koffer zu locken, aber er redet nicht mit mir und reagiert auf keine Ansprache. Der Junge braucht einen Arzt, wenn Sie mich fragen.«

Er schnaubte ein humorloses Lachen aus. »Und habe ich Sie das gefragt?«

Annik presste die Lippen zusammen. Sie hielt seinem Blick stand, obwohl ihre Knie zu zittern begannen. Was für ein widerwärtiger Mensch dieser Gabriel van Leuven war!

»Habe ich Sie das gefragt, Fräulein Annabelle?«, insistierte er.

»Nein, Mijnheer«, knirschte sie zwischen den Zähnen hervor.

Er hob süffisant eine Braue. Es war verblüffend, dass keinerlei Regung seiner Mimik einen Funken Leben in seinen toten Blick brachte. Es war, als sähe man einer Puppe dabei zu, wie sie vorgab, ein Mensch zu sein. In seinem Blick lag keine Seele, keine Wärme und kein Schimmer eines menschlichen Empfindens. Eine Schlange würde sie so ansehen, ein Skorpion oder ein Tiefseefisch – fremd, kalt und ohne jede Sympathie. Sie raffte ihren schnell schwindenden Mut zusammen und sagte: »Mijnheer van Leuven, ich weiß, dass Sie mir nicht zutrauen, diese Arbeit zu tun. Ich möchte Ihnen versichern, dass ich sehr wohl dazu in der Lage bin, auf Ihren Sohn aufzupassen. Ich habe mit zwölf das erste Mal Nachbarskinder gehütet und seit meinem dreizehnten Lebensjahr führe ich meinem verwitweten Vater den Haushalt und seine Geschäftsbücher. Ich bin kein dummes Küken.« Sie schloss den Mund und sah ihn geradeheraus an. Wenn er sie hässlich fand, war das seine Sache, das ging sie nichts an. Sie wusste, dass sie keine Schönheit war wie ihre Schwestern und ihre Mutter. Der Gedanke schmerzte nur ein wenig, denn sie hatte sich mittlerweile damit abgefunden.

Er lächelte. Es war ein schmales, kühles Lächeln, aber immerhin die erste Regung, bei der sein kalter Blick sich beinahe unmerklich zu erwärmen schien. »Sie sind erstaunlich dreist«, sagte er. »Ich bin nicht sicher, ob mir das gefällt.«

Annik hob die Braue und versuchte, ebenso arrogant und dünkelhaft zu blicken wie er. »Das müssen Sie wissen, Mijnheer«, sagte sie kühl. »Ich bin hier, um mich um Elias zu kümmern. Er wirkt vernachlässigt. Vielleicht braucht er seinen Vater?«

Sein Gesicht verschloss sich erneut. Er trank und sah an ihr vorbei. »Dann gehen Sie und tun Ihren Job«, sagte er schroff. »Ich erwarte täglich Ihren Bericht. Um diese Zeit, hier in meinem Arbeitszimmer.« Er senkte den Blick auf die Zeitung in seinem Schoß. Wie es schien, war sie entlassen. Für den Moment.

7

Er musste sie fortschicken. Wenn er jemals etwas klar gesehen hatte, dann war es das. Sie durfte nicht bleiben. Er lehnte sich gegen die Fensterbank, legte die Stirn an das kühle Glas. Die Dunkelheit dahinter narrte seinen Blick, warf immer wieder ein fremdes Gesicht auf ihn zurück. Was er über Physik wusste, sagte ihm, dass es sich dabei um sein Spiegelbild handeln musste. Er verzog die Lippen zu einer Grimasse, die vielleicht einmal ein Lächeln gewesen war. Vor langer, langer Zeit, als er noch gewusst hatte, wie man mit dem Herzen lächelte.

Ungefähr zum gleichen Zeitpunkt wie sein Lächeln hatte er sein Spiegelbild verloren. Was das Fensterglas ihm nun zeigte, war ein Phantom. So sah er nicht aus, hatte er nie ausgesehen. Sein Blick glitt an dem Bild ab, sein Verstand wollte es nicht akzeptieren. Er war es und war es doch wieder nicht. Seine Gesichtszüge glichen denen des Mannes, der er einst gewesen war, aber sie waren auf seltsame, verwirrende Weise verändert, so wie ein Bildnis aus Glas, das zersplittert und nachlässig wieder zusammengesetzt worden war. Alle Teile gehörten zusammen, aber sie schienen nicht mehr recht zueinanderzupassen, und alle menschliche Wärme war aus ihnen gewichen und hatte eine kalte und leblose Maske zurückgelassen. Sein Wesen war zersplittert bis in sein Innerstes hinein, in kleine Stücke zerbrochen, zerschnitten und zerfetzt. Was jetzt seinen Körper bewohnte, war kein Mensch mehr, sondern ein fremdes, seelenloses Untier. Er hasste dieses Ding, das sein Gesicht trug, mit aller Kraft, denn Hass war das Einzige, was ihm noch geblieben war. Hass und Verzweiflung, die seine Knochen füllte wie Blei.

Die Augen des Fremden sahen ihn kalt, höhnisch und gleichgültig an. Tote Augen, Fischaugen, Augen eines überfahrenen Hundes, eines erschossenen Wolfes. Das Gesicht, in dem sie saßen, war so leblos wie das einer Leiche, erstarrt zu einer zynischen, abweisenden Maske. Er runzelte die Stirn, schnitt eine Grimasse. Das fremde Antlitz äffte seine Mimik nach, verspottete seinen Schmerz.

Er wandte sich angewidert ab. Die Nacht zog ihn hinaus, aber er widerstand dem Drang, sich in die Arme der Dunkelheit zu werfen. Er musste nachdenken. Das Mädchen war ungeeignet. Ein dürres, unscheinbares Ding, viel zu jung, viel zu unschuldig. Naseweis und frech, das ja. Sie war aus der Nähe betrachtet nicht ganz so unansehnlich, wie er auf den ersten Blick gedacht hatte, aber bei Weitem keine Schönheit. Nicht einmal hübsch oder angenehm anzusehen. Sie war klein und mager, hatte einen viel zu großen Mund und aufsässige Augen. Es war ihm unverständlich, wie die zuverlässige Wouters dieses Gör hatte einstellen können. Wouters *wusste* doch, worauf es ankam! Elias musste aus seinem Kokon gelockt werden. Er brauchte Güte, Anmut, Weichheit und Wärme. Dieses struppige Ding, das Wouters angeschleppt hatte, bestand aus Knochen, Ecken und spitzen Bemerkungen.

Er schloss die Augen und beschwor Bilder herauf. Die Mädchen, die hier gearbeitet hatten, ihre Vorgängerinnen. Eine Schar von sanften, blonden Schönheiten und wohlgerundeten Brünetten mit weichen Kurven und Händen, die nie eine Schwiele geziert hatte, melodischen Stimmen, schamhaft niedergeschlagenen Augen. Oder sie waren mütterliche, füllige Frauen gewesen, mit einem Schoß, in den sich ein Kind flüchten konnte, und zuverlässigen Händen, die schon Dutzende von Kindern versorgt hatten. Keine von ihnen hatte bleiben können, jede Einzelne war gescheitert.

Er seufzte und stand mit gesenktem Kopf an seinem Schreibtisch. Seine schlanke Hand fuhr über die samtglatte Oberfläche des Holzes. Elias war der Schlüssel. Wenn der Junge aus seiner Isolation gelockt wurde, wenn er sein selbstgewähltes Gefängnis verließ und zu sprechen begann, dann würde sich alles ändern, davon war er überzeugt.

Er griff nach der Karaffe und schenkte sein Glas voll. Vielleicht konnte Rafael etwas ausrichten bei dem Mädchen. Wenn es ihm nicht gelang, sie zu vertreiben, dann vielleicht, nein, ganz sicher Daniel. Keine der anderen hatte Daniel erblicken können, ohne in Schrecken zu verfallen oder gar in Ohnmacht zu sinken.

Und wenn das nichts nützte, dann musste er selbst dafür sorgen, dass sie verschwand.

Er trank das Glas in einem Zug leer und schenkte nach. Der Gedanke, warum er sie nicht einfach entlassen hatte, wie er es Wouters angekündigt hatte, kam ihm kein einziges Mal.

Der große schwarze Hund, der still in der Ecke lag, hob den schweren Kopf von den Pfoten und sah ihn hechelnd an, als lachte er ihn aus. Seine Augen glommen gelb wie Möwenaugen.

Er achtete nicht darauf. Er achtete nie auf Satan.

8

Liebe Dora, lieber Pa,

es wird wohl eine Weile dauern, bis ich wieder nach Hause kommen kann. Ich bekomme alle zwei Wochen nur einen Tag frei. Und weil ich noch nicht herausgefunden habe, wo hier im Haus ein Telefon ist, schreibe ich Euch lieber schnell einen Brief. (Natürlich ist er auch für Lilys Augen gedacht, wenn Ihr so lieb seid und ihn ihr gebt, wenn sie das nächste Mal zu Besuch kommt. Ach, ich vermisse die Zwillinge! Und Euch, Euch vermisse ich ganz besonders!)

Es ist ein beeindruckend großes Haus, in dem ich gestrandet bin. Ich bin zuversichtlich, dass ich mich hier wohlfühlen werde, auch wenn mir im Moment alles noch sehr fremd erscheint.

Annik ließ den Stift auf das Papier fallen und wischte sich ärgerlich über die Augen. Sie klang kleinlaut und jämmerlich, und das war das Letzte, was sie wollte. Aber natürlich entsprach es recht genau dem, was sie fühlte. Es war ihr gelungen, den schroffen, unhöflichen Hausherrn davon abzuhalten, sie sofort hinauszuwerfen, aber sie wusste, dass dies nur ein Sieg auf Zeit war. Wenn sie es nicht schaffte, den Jungen aus seinem Versteck zu locken, würde sie ihren Koffer packen müssen. Und danach sah es ganz und gar aus.

Wenn das geschah, dann konnte sie jede Hoffnung auf einen Studienplatz beerdigen. Sie würde ins Antiquariat zurückkehren, weiter ihrem Vater den Haushalt führen und darauf warten, dass ihr Bruder Ludo von seinen Reisen zurückkehrte, um die Buchhandlung zu übernehmen. Und dann?

Ludo würde sie nicht vor die Tür setzen. Sie konnten das Antiquariat zusammen betreiben, aber war es wirklich das, was sie wollte? Sie freute sich auf das Studium. Auch wenn sie keine begabte Spruchweberin war, so hatte sie doch durchaus Talent für das Hexenhandwerk, und die Chance, es bei den Besten ihres Metiers lernen und vertiefen zu können, war unbezahlbar. Nur wenige Auserwählte schafften es auf die Universität – sie wollte, nein, sie musste dazugehören!

Sie schüttelte die trüben Gedanken ab, schob den Stuhl zurück und ging zum Fenster.

Ihre Pause neigte sich dem Ende zu, sie wollte noch ein Buch aus der Bibliothek holen, und dann musste sie sich erneut mit dem Kind auseinandersetzen. Elias brachte sie zur Verzweiflung. Nicht, weil er aggressiv und bockig war, weil er schrie, sich sträubte, sie bekämpfte, sich gegen sie wehrte. Nein, weil er unsichtbar war und blieb.

Mit allem anderen hätte sie umzugehen gewusst, aber dieses Verhalten machte sie so hilflos, dass sie am liebsten in Tränen ausgebrochen wäre. Sie musste in jeder Minute in diesem schrecklich stillen Zimmer dagegen ankämpfen, in den Koffer hineinzugreifen und den Jungen herauszuzerren. Oder den Deckel zu öffnen. Es wäre ganz einfach. Sie musste nur die Schlösser knacken – aber das bereitete ihr für gewöhnlich keine Schwierigkeiten.

Sie seufzte und betrachtete ihre Hände. Auf in den Kampf, Annik. Stell dich deinem Gegner.

Als sie die Bibliothek betrat, spürte sie sofort, dass sich dort noch jemand aufhielt. Sie blieb an der Tür stehen und sah sich um. Sie hegte keinerlei Ambition, dem Hausherrn vor ihrem abendlichen Treffen zu begegnen. Selten zuvor war ihr ein Mensch auf Anhieb so unsympathisch gewesen wie Gabriel van Leuven.

Es roch zart nach Kaffee und etwas Aromatischem wie Pfeifenrauch. Mijnheer van Leuven? Annik konnte sich nicht vorstellen, dass einer der Bediensteten es wagen würde, hier in der Bibliothek zu rauchen.

Sie atmete durch und ging entschlossen auf das Regal zu, aus dem sie ein Buch zu holen gedachte. Die Legende vom Teufel von Antwerpen wollte ihr nicht mehr aus dem Kopf gehen, sie spukte darin herum, seit sie dem Hausherrn begegnet war. Sie musste nachlesen, was sie darüber finden konnte. Darüber und über alles, was mit diesem Haus zusammenhing. Sie hatte ein Rätsel zu lösen, und das Gefühl verdichtete sich, dass es hierbei um das Haus selbst ging.

Sie fuhr mit dem Finger über die Buchrücken und zog Bücher heraus, blätterte darin und stellte sie wieder zurück. Etwas außerhalb ihrer Reichweite lachte sie ein Buch an. Sie zog die kleine Trittleiter heran und stieg hinauf. Ja, das war das Buch, das sie suchte, und daneben stand ein Band, der die Geschichte der Familie van Leuven zum Inhalt hatte. Es war, als hätte jemand gewollt, dass diese beiden Bücher zusammen gelesen wurden.

Annik stieg von der Leiter und drehte sich um. Mit einem Aufschrei prallte sie zurück und hätte beinahe die Bücher fallen lassen, weil hinter ihr wie aus dem Boden gewachsen ein Junge stand. Er starrte sie ebenso erschreckt an wie sie ihn, hob abwehrend die Hände und stotterte: »W-wollte dich nicht erschrecken. H-hab dich nicht gesehen.«

Annik lachte überrascht auf. Mit allem hätte sie gerechnet, aber nicht mit einem halbwüchsigen Jungen – wo kam der plötzlich her?

»Annik«, sagte sie und streckte die Hand aus. »Ich bin Elias' Kindermädchen.«

Der Junge zögerte einen Moment, dann ergriff er ihre Hand so vorsichtig, als böte sie ihm einen Schmetterling an. »Rafael«, sagte er, und sein Lächeln brachte sein Gesicht zum Strahlen. Auf den ersten Blick war er ein hübscher Bursche, mit goldblondem Haar und leuchtend hellbraunen Augen in einem klaren Gesicht, aber auf den zweiten Blick schien mit eben diesem Gesicht etwas nicht zu stimmen. Es war seltsam ungeformt, wie ein nicht ganz fertiggestelltes Porträt, und ihm fehlte jede schärfere Kontur, es bestand nur aus weichen Wölbungen und Kurven, wie das Gesicht eines kleinen Kindes. Auch sein Lächeln war kindlich, der Ausdruck seiner Augen arglos und ohne jede Hintergründigkeit.

Annik erwiderte das Lächeln und sagte sanft: »Du kannst meine Hand loslassen, Rafael.«

Er errötete und ließ ihre Hand los, als hätte er sich daran verbrannt. Er stammelte eine Entschuldigung und blieb linkisch neben ihr stehen, den Blick fragend, beinahe bettelnd auf sie gerichtet.

»Magst du Bücher?«, fragte Annik.

Er nickte eifrig und schlenkerte mit den Armen. »Hier sind so v-viele«, sagte er. »Ganz viele, b-bestimmt zwanzig!« Er strahlte wieder.

»Kannst du lesen?«, fragte Annik. Sie wusste nicht, warum sie einem Jungen von vierzehn oder fünfzehn diese Frage gestellt hatte, und trat sich in Gedanken dafür in den Hintern.

Er runzelte die Stirn und biss sich auf die Lippe. »J-ja«, sagte er langsam. »Hier, das sind m-meine Bücher.« Er griff nach ihrer Hand und zog sie zu dem Regal mit den Bilderbüchern. Er zog ein zerfleddertes Exemplar heraus, schlug es auf und fuhr mit dem Finger an einer Zeile entlang. »Das … ist … Frans«, las er stockend vor. »Frans… h-hat … einen … Ball.« Er hob den Kopf und strahlte Annik an.

»Sehr gut«, sagte sie. »Du machst das wirklich gut. Wer liest mit dir?«

Er verzog ein wenig das Gesicht. »Greet«, sagte er sehnsüchtig. »Und vorher J-jette. Miep und Sofie …«

Annik begriff. Sie nahm seine Hand und drückte sie fest. »Magst du mit mir lesen?«, fragte sie.

Sein Blick hing voller Verehrung an ihrem Gesicht. »Darf ich denn?«

»Aber ja.« Sie hob die Schultern. »Ich werde um Erlaubnis bitten müssen, Frau Wouters oder deinen …«, sie stockte und runzelte die Stirn. »Deinen Bruder? Oder ist Mijnheer dein Cousin?«, fragte sie vorsichtig. Die Ähnlichkeit war zu groß. Er musste ein Verwandter Gabriels sein.

»Gabriel«, sagte er und nickte. »Ja, er m-muss es erlauben.«

»Dann werde ich ihn darum bitten.« Sie sah ihn voller Sympathie an. Er war so ein freundlicher Junge, wie mochte sein Leben hier in diesem riesigen Haus bei diesem unfreundlichen und kalten Verwandten für ihn sein?

»Wo sind deine Eltern?«, fragte sie.

Rafael hörte auf, in dem Buch herumzublättern, das er in den Händen hielt, und senkte den Kopf. »W-weiß nicht«, nuschelte er.

Annik strich ihm übers Haar, das so weich war wie Flaumfedern. »Das ist doch nicht schlimm«, tröstete sie. »Du bist hier und wir werden zusammen lesen. Morgen?«

Er riss den Kopf hoch und lächelte, nickte heftig. Annik sah in seine Augen, die so schön waren wie dunkler Bernstein. Es war kaum zu glauben, dass dieses Bild von einem Jungen den Verstand eines kleinen Kindes hatte. Wie ungeheuer traurig das war.

Sie musste sich beeilen, um rechtzeitig bei Elias zu erscheinen. Natürlich kontrollierte niemand ihre Pausenzeiten, aber da sie sich ohnehin unsicher fühlte und nicht wusste, ob ihre Arbeit hier noch länger gewünscht war, wollte sie sich keine unnötige Blöße geben.

Sie hockte sich vor den Koffer, sprach mit dem unsichtbaren Jungen und lockte ihn mit Spielzeug. Sie rollte einen Ball hinein und wartete. Sie ließ ein paar Murmeln zu ihm hinlaufen und wartete. Dann seufzte sie, griff nach dem Märchenbuch und begann vorzulesen.

Nach einer Weile klappte sie das Buch zu und stand auf. Sie öffnete die Truhe, in der das Spielzeug des Jungen verwahrt wurde, suchte darin herum und wählte einen kleinen gelben Kipplader aus.

Auf dem Tisch stand ein Teller mit Obst. Annik schälte einen saftigen Apfel, schnitt ihn in dünne Spalten und hockte sich im Schneidersitz vor den Koffer. »Magst du Äpfel, Elias?«, fragte sie.

Natürlich kam keine Antwort.

Sie legte zwei Apfelschnitze in den Kipplader und ließ ihn in den Koffer rollen. Dann griff sie selbst nach dem Teller, aß ein Stück Apfel und seufzte. Er war saftig und süßsäuerlich, so, wie sie Äpfel liebte. »Lecker, oder?«, sagte sie. »Wenn du noch ein Stück möchtest, dann schieb den …«

Sie brauchte nicht zu Ende zu sprechen, denn das Spielzeugauto rollte mit leerer Ladefläche vor ihre Füße. Innerlich triumphierend belud sie es mit Apfelstücken und zwei Trauben, ehe sie es wieder hineinschob.

Der Laster kehrte zurück, der Apfel war fort, aber die Trauben lagen noch darin. Annik nahm sie heraus und merkte sich, dass Elias keine Trauben mochte. Aber vielleicht Orangen? Sie würde ab morgen alles an Obst und Leckereien durchprobieren, was die Köchin ihr mitzugeben gewillt war.

Das Spiel zog sich hin, bis der Apfel fast vertilgt war. Annik wartete darauf, die letzten Schnitze in den Koffer zu schicken, aber das Spielzeugauto blieb in seinem Inneren und der Junge regte sich nicht mehr. Vielleicht war er eingenickt.

Ybbas, der den ganzen Tag fort gewesen war, tauchte unvermittelt vor ihr auf und rollte sich in ihrem Schoß zusammen. »Wo warst du?«, rügte sie ihn leise.

Er drehte sein linkes Auge, fixierte sie und zwinkerte. Dann schloss er die Augen, schnaufte gedämpft und schlief ein. Annik kraulte ihn gedankenverloren. Sie waren unzertrennlich, seit sie denken konnte. Ybbas war ein Teil von ihr und sie ein Teil von ihm. Es geschah nur sehr selten, dass er einen ganzen Tag ohne sie herumschweifte, und es beunruhigte sie zutiefst. Wie dieses ganze Haus sie beunruhigte.

Sie lehnte sich gegen die Wand und nahm sich die Bücher vor, die sie aus der Bibliothek mitgenommen hatte. Die Legende des Duivels überflog sie schnell und fand, dass sie sie recht gut im Gedächtnis behalten hatte. »Achte auf den Bocksfuß«, sagte sie halblaut und lachte.

Die Historie der Familie war weitaus interessanter. Annik stützte das Kinn in die Hand und las fasziniert und angewidert zugleich von der blutigen Geschichte derer van Leuven.

Ein Ahnherr Gabriels wurde »der Held von Brügge« genannt, dessen Sohn wiederum war ein hochdekorierter General im Vierzigjährigen Krieg gewesen. Annik schauderte. Der Vierzigjährige Krieg hatte in Wirklichkeit den Gipfelpunkt einer jahrhundertelangen Verfolgung ihres Volkes bezeichnet. In ihm war die letzte Hexenarmee aufgerieben und bis auf den letzten Mann vernichtet worden.

Der besagte General war bei ihrem Volk als die »flandrische Bestie« bekannt. Er hatte erbarmungslos und ohne jede Gnade jeden niedergemetzelt, der den Hexen Beistand leistete, eine Hexe vor den Truppen der Tumben versteckt hielt oder gar als Tumber mit einer Hexe verwandt oder verheiratet war. Die Bestie hatte die blutroten Schandmale eingeführt, die jede Hexe auf ihren Kleidern zu tragen hatte. Wer das Zeichen trug, war vogelfrei und durfte straflos gejagt und zur Strecke gebracht werden. Wer das Schandmal verweigerte, wurde ebenfalls getötet.

Und der »Held von Brügge« – das war der Schlächter. Der Mann, der die letzte autonome Hexenansiedlung in Flandern, das Städtchen Brügge, zu einer Totenstadt gemacht hatte. Jeder Mann, jede Frau und jedes Kind in der Stadt war auf seinen Befehl hin ermordet worden.

Annik spürte, wie sie zitterte. Sie klappte das Buch zu und legte es beiseite, schlang die Arme um sich und schloss die Augen. Sie lebte in einem verfluchten Haus, das hatte sie schon längst bemerkt, aber wie sehr dieser Fluch sie und ihr Volk betraf, begriff sie jetzt erst. Gabriel van Leuven war ein Nachfahre tausendfacher Mörder, die durch wahre Ströme von Hexenblut gewatet waren, und das Blut ihres Volkes klebte an den Steinen dieses Hauses. Sie glaubte, es riechen und sehen zu können. Spiegelnde Scherben rasten durch einen Saal voller geborstener Spiegel und zerfetzten einen Körper. Blut besudelte den Boden. Anniks Atem ging schnell und pfeifend und ihr wurde unter der Wucht der Vision schwarz vor Augen.

Ybbas biss sie. Es war ein kleiner, scharfer Biss in ihr Handgelenk, der schmerzte, als hätte sie in ein Hornissennest gegriffen. Annik riss die Augen auf und stieß einen erstickten Schrei aus.

Die Vision zersprang in tausend Scherben und verging.

Annik rieb sich fest über die Stirn und blätterte weiter. Der Stammbaum derer van Leuven setzte sich fort mit dem Sohn der flandrischen Bestie, Gabriel van Leuven. Er starb als junger Mann unter ungeklärten Umständen im Jahr 1815 und mit ihm erlosch das Geschlecht der Bestien und Schlächter.

Annik zog die Brauen zusammen und blätterte. Es folgten einige Tabellen, ein gezeichneter Stammbaum, das Familienwappen (ein Löwe mit erhobener Tatze, Schwert und Schild) und Fotos des Familiensitzes.

Sie klappte das Buch zu und sah aus dem Fenster. Ihr Kopf schwirrte. Gabriel van Leuven, der Mijnheer van Leuven, den sie kannte, lebte in diesem Haus und war ganz offensichtlich ein legitimer Nachfahre. Wie konnte also ein Buch aus seiner eigenen Bibliothek behaupten, die Familie wäre ausgestorben? War dies das Rätsel, das ihr gestellt wurde?

Sie begann zu lächeln und stand auf. Die Erklärung war recht einfach – der jetzige Gabriel van Leuven entstammte irgendeiner obskuren Seitenlinie der Familie, die den Stammsitz und alles Weitere geerbt und wahrscheinlich sogar den Namen neu angenommen hatte. Frauen, Töchter, Schwestern kamen in der Chronik nicht vor, aber es musste sie ja zwangsläufig gegeben haben.

Sie streckte sich und wartete, bis Ybbas auf ihrer Schulter Platz genommen hatte. »Ich bin weg, Elias«, sagte sie. »Bis morgen. Schlaf schön.«

Vor der Tür fragte sie sich kurz, wer sich eigentlich darum kümmerte, dass der Junge aß, sich wusch und in sein Bett kam. Der Gedanke zog so schnell vorüber, dass sie ihn kaum zu fassen bekam, und war fort.

9

Er beobachtete sie wie jeden Nachmittag aus einer der Nischen zwischen den Regalen. Sie war so vertieft in ihre Lektüre, so konzentriert, wenn sie Bücher aus den Regalen suchte oder wieder zurückstellte. Heute wirkte sie jedoch noch ernster als sonst und ein wenig bedrückt. Er wünschte sich, ihrem Gesicht ein Lächeln zu entlocken und ihre Augen zum Strahlen zu bringen. Sie hatte Rafael angelächelt. In dem Moment sah sie so jung und fröhlich aus, dass es ihm Tränen in die Augen getrieben hatte. Sie durfte hier nicht bleiben. Wenn sie blieb, würde das Leuchten ihrer Augen ebenso erlöschen wie ihr Lächeln. Sie war ein zarter Schmetterling, eine empfindliche Blüte, ein kostbares Gefäß, das sich in diesem verfluchten Haus mit bitterer Dunkelheit füllen würde. Es würde sie verderben und zerstören wie alle ihre Vorgängerinnen.

Das durfte nicht geschehen. Er war es müde, zusehen zu müssen. Er war seiner Existenz müde. Warum konnte er seinen Geist nicht ins Vergessen sinken lassen, in den dunklen Schlaf, der ewig dauerte? Warum musste er leben und atmen, seine Schultern gebeugt unter der Last der Jahre und der Erinnerungen?

Aber es gab keine Erlösung. Das hatte er schon längst begriffen, lange vor den anderen. Manchmal beneidete er Rafael und hätte gerne mit ihm getauscht. Ein Herz voller Liebe und kein Gefühl der Zeit, kein Gedanke an das, was war und was hätte sein können. Beneidenswert.

Was war er selbst? Ein zerstörtes Ding, ein Bündel aus Schmerzen, Selbstvorwürfen, Einsamkeit und Qual. Er trug es, aber er trug es widerwillig.

Er wusste nicht, was Gabriel fühlte oder dachte. Er wollte es nicht wissen. Er war tot, obwohl er atmete und wandelte, aß und Befehle gab. Er konnte die Maden fühlen, die in seinem toten Körper wimmelten, er roch die Fäulnis, er spürte den Hauch der Verwesung in seinem Atem und sah den Zerfall in seinem Blick. Die Bosheit und die Gleichgültigkeit des Todes umgaben ihn wie eine stinkende, dunkle Wolke, die kalt war und ohne jedes Mitgefühl für diejenigen, die noch Wärme und Leben besaßen.

Er streckte die schmerzenden Fingergelenke und spürte die Narben, jede eine weißglühende Furche in seinem Fleisch. *Schlafen. Sterben.* Niemals wieder denken, keine Erinnerungen, keine Schuld. Ewige dunkle Stille, so herbeigesehnt wie ein kühlender Trunk von einer verdorrenden Kehle.

Wenn er sich erinnert hätte, wie man ein Gebet sprach, dann hätte er es getan, zum ersten Mal in seinem Leben.

Er bewegte die Lippen, aber kein Ton kam heraus.

Sein Blick haftete unablässig auf dem Mädchen. Sie hatte den Kopf in die Hand gestützt und las in einem Buch, das sich mit der Geschichte der Hexenkriege beschäftigte. Eine seltsame Wahl für ein junges Mädchen. Es gab so viele Romane hier in der Bibliothek, die für sie geeignet wären, aber sie las historische Werke. Warum tat sie das? Was beunruhigte sie? Er konnte es sehen, in der Anspannung ihrer Miene, in ihrem Blick, in ihrer Haltung, die den Eindruck vermittelte, sie müsste sich vor einem Schlag schützen.

Das Mädchen hob den Kopf und sah in seine Richtung, ihre Augen waren misstrauisch verengt. Er seufzte leise und lehnte sich zurück. Wenn er nicht achtgab, würde sie ihn entdecken. Er genoss es zu sehr, sie anzusehen, und wollte diesen Zauber nicht unbedacht zerstören. Hier im Schatten war er gut verborgen. Er durfte sich nur nicht bewegen. Wenn er sich ruhig hielt, dann war er beinahe unsichtbar, sogar für das Geistwesen, den Begleiter des Mädchens. Warum das so war, wusste er nicht, aber es kam ihm zupass. Sehr zupass …

10

Annik bewegte die Schultern. Etwas kribbelte in ihrem Nacken, ein Gefühl, das sie jedes Mal nach kurzer Zeit überfiel, wenn sie sich in der Bibliothek aufhielt. Sie hob den Kopf und sah sich um. Wenn sie nicht so sicher gewesen wäre, allein zu sein, hätte sie darauf gewettet, dass jemand sie beobachtete. Sie hatte bei ihrem Eintreten deshalb ihren Vertrauten ausgeschickt, um den Raum zu untersuchen, aber der Gny war ohne eine Warnung zu ihr zurückgekehrt.

Sie ließ ihren Blick schweifen und versuchte, das Gefühl zu orten. Es war ein Kitzeln, ein Kribbeln, ein bohrendes Saugen. Etwas an diesem Ort schien sich für sie zu interessieren, aber sie kam nicht dahinter, was es war. Womöglich ein Geist, ein Phainomenon, ein Wesen aus der Gegenwelt. Sie war nicht erfahren genug, um es identifizieren zu können. Annik senkte den Kopf und sperrte das unbehagliche Gefühl aus. Es war bedauerlich, dass sie ihren Vater nicht herholen konnte, er hätte das aufdringliche Phainomenon in kürzester Zeit aufgespürt und in seine Dimension zurückgeschickt. Aber so musste sie es eben einfach ignorieren. Es stellte ja schließlich keine Bedrohung dar, nur ein kleines Ärgernis.

Sie senkte den Kopf über ihre Arbeit. In ihrem Notizbuch standen die Fragen, deren Lösungen sie suchen wollte. Vielleicht war ja schon die eine darunter, die der Weiße Rat im Kopf gehabt hatte, als er sie hierher schickte.

»Was geschah mit der Familie van Leuven in den letzten zweihundert Jahren?«, las sie und machte ein Kreuz hinter diese Frage. Falls der letzte Stammhalter gestorben ist, wer hat das Familienerbe angetreten? In welchem Verhältnis steht der jetzige Gabriel van Leuven zu dem letzten Träger dieses Namens?

Sie tippte mit der Spitze ihres Bleistiftes auf die zweite Frage: »Was ist los mit Elias? Was fehlt ihm, oder was hat ihn so erschreckt, dass er nicht mehr aus seinem Koffer kommt?«

Diese Frage berührte sie persönlich. Das Kind war in ihre Obhut gegeben worden, und sie wollte, dass Elias Vertrauen zu ihr fasste. Würde ihr das gelingen?

Die dritte Frage: »Was stimmt nicht mit diesem Haus?«

Das war eine eher vage Fragestellung, weil auch das unbehagliche, beinahe unheimliche Gefühl, das sie hier und da überkam, schwer zu greifen war. Vielleicht war ja alles ganz und gar in Ordnung, und nur sie selbst war übersensibel, weil sie noch nicht wusste, was sie hier herausfinden sollte. Deshalb reagierte sie auf alles empfindlich und sah ganz normale Vorgänge in einem falschen Licht.

Spannender war die letzte Frage: »Wer hat im Park geweint?« Dieser Frage musste sie nachgehen, auch wenn sie noch nicht herausgefunden hatte, wie.

Sie klappte ihr Notizbuch zu und rieb müde über ihre Augen. Sie hatte ihren Brief nach Hause noch nicht beendet, aber die Pause war vorüber, sie musste wieder an die Arbeit, ehe jemand kam und sie beim Faulenzen überraschte.

Ihr Lieben,

ich bin unterbrochen worden, weil meine Pause zu Ende war. Der Junge, um den ich mich kümmere, ist ein bisschen schwierig, aber ich bekomme das in den Griff. Heute ist mir in der Biblio-

thek noch ein zweiter Junge begegnet, älter als Elias, aber im Kopf noch ein kleines Kind. Er ist sehr lieb und ich werde mit ihm Lesen üben. Dann komme ich mir nicht ganz so unfähig vor und das tue ich im Moment.

Dies ist ein ganz und gar seltsames Haus. Sagte ich das schon? Es ist riesig und von einer düsteren Schönheit wie ein Mausoleum. Natürlich wimmelt es von Angestellten, die es in Schuss halten, aber es gibt immer wieder Momente am Tag, in denen ich das Gefühl habe, hier ganz allein zu sein. Es ist unheimlich.
Aber am unheimlichsten ist mir Mijnheer van Leuven …

Annik konnte nicht weiterschreiben. Sie starrte auf den Brief und sah durch die säuberlichen Buchstaben hindurch das unbarmherzige Antlitz des Hausherrn. Sie würde sich in einer Stunde seinem bohrenden Blick und den kalten Fragen stellen müssen. »Haben Sie Elias endlich aus seinem Koffer gelockt, Annik?«

Nein, Mijnheer, das habe ich nicht. Aber er vertraut mir so weit, dass wir jeden Tag einen Apfel gemeinsam essen. Wenn auch sonst nichts. Nur den Apfel. Annik seufzte und stand auf. Der Brief musste warten. Sie war zu nervös, um ruhig zu sitzen. Vielleicht war dies ein guter Moment, sich ein wenig mehr mit dem Haus vertraut zu machen.

Das Haupthaus, in dem ihr Zimmer, das des Jungen, die Bibliothek und ein Teil der Wirtschaftsräume lagen, war ihr schon halbwegs vertraut. Natürlich hatte sie das oberste Geschoss noch nicht erkundet und war auch nicht hinunter in den Keller gestiegen – Frau Wouters hatte sie eindringlich davor gewarnt, wie auch vor den teilweise baufälligen Räumen im größtenteils leer stehenden Ostflügel –, aber jetzt reizte sie das

Unbekannte. Vielleicht befand sich das ominöse Geheimnis ja in einem der vielen Räume dieses riesigen Hauses.

Den Westflügel durfte sie nicht betreten, außer sie wurde zu Mijnheer gerufen. Einen kurzen, rebellischen Moment lang dachte sie darüber nach, diesem Verbot zuwiderzuhandeln, aber dann zuckte sie die Achseln und verschob die Rebellion auf später. Es gab im Ostflügel sicherlich genug zu entdecken. Ein ganzer leer stehender Gebäudeteil, groß genug, um ein Dutzend Familien zu beherbergen!

Sie tippte Ybbas an und der Gny hob schläfrig den Kopf und streckte fragend die Zunge heraus. »Ybbas, ich darf mich nicht verspäten«, sagte Annik. »Kneif mich, wenn ich mich auf den Rückweg machen muss.«

Ihr Vertrauter gähnte herzhaft und schloss die Augen.

Die Haupthalle lag wie immer im Dämmerlicht. Annik fragte sich, ob die großen Fenster jemals geöffnet wurden, damit Licht und Luft hereinströmen konnten. Die Halle war sicherlich einmal wunderschön und beeindruckend gewesen, aber nun lag ein Hauch von Verfall darüber. Sie glich dem Hausherrn, dachte Annik. Auf den ersten Blick erschienen beide imposant, einschüchternd und von abweisender Schönheit, auf den zweiten sah man den bröckelnden Putz, die Risse und Sprünge, das unaufhaltsame Voranschreiten von Moder und Zerstörung. Sie schauderte und lief schnell weiter.

Die großen Flügeltüren, die den Ostteil des Gebäudes versperrten, waren nicht verschlossen, also folgerte Annik, dass es ihr nicht direkt verboten war, den verlassenen Flügel zu betreten. Sie zog die Tür auf und betrat das stille Reich.

Sie ging leise und staunend durch Raum um Raum, Saal um Saal, Zimmer um Zimmer vergangener Schönheit. Staub floss um ihre Füße, ihre Schritte hinterließen Spuren auf dem Boden, als ginge sie durch Sand. Wände und Decken ließen die vergangene Pracht erahnen. Hier und da schimmerte Gold, glänzte Seide und wölbte sich Stuck unter dem alles verhüllenden Staub. Die Luft stand wie in einem unterirdischen Grab und roch nach Alter und Verfall. Alle Fenster waren dicht verhängt, nur durch Löcher und Risse im langsam zerfallenden Stoff fielen Speerspitzen von Tageslicht. Staub tanzte in der Luft und brachte Annik zum Husten. Es gab keine Möbel, keine Draperien oder Teppiche, keine Bilder, die zeigten, dass hier einmal Menschen gelebt hatten.

Es gab zwar kein Mobiliar, aber dafür Spiegel, unzählige vom Staub blinde Spiegel in prächtigen Rahmen, die die Wände bedeckten. Annik stand in einem der riesigen Säle und drehte sich sprachlos um die eigene Achse. In den trüben Oberflächen der Spiegel bewegte sich schemenhaft ihre Gestalt, hob die Hände, winkte ihr zu. Sie sah, dass ein großer Spiegel zerborsten war, seine Scherben lagen in einem glitzernden Haufen unter dem prächtigen Rahmen und schimmerten wie Juwelen im Staub. Rostrote Flecken wie Blut sprenkelten das matte Glas.

Jetzt erst fiel Annik auf, dass sie im bewohnten Teil des Hauses keinen einzigen Spiegel bemerkt hatte. In ihrem kleinen Bad hing ein winziger Spiegel über dem Waschbecken, beinahe ebenso blind wie diese hier, aber der war offenbar der einzige, der im Haupthaus existierte. Es war, als hätte jemand Angst davor, seinem eigenen Bild zu begegnen. Oder …

Annik verharrte reglos. Oder hatte hier jemand Angst vor Spiegelmagie?

Das war lächerlich. Spiegelmagie war die höchste der Hohen Künste. Es gab kaum eine Handvoll Hexen, die sie beherrschten. Spiegelzauber waren verrufen, denn wer sie wirkte, lief Gefahr, sich selbst darin zu verwickeln. Nur ein Meister konnte die Kraft und Disziplin aufbringen, sein eigenes Spiegelbild beim Blick in den Spiegel aus dem Zauber zu entfernen, bevor er ihn vollendete. Jede junge Hexe wurde eindringlich davor gewarnt, leichtfertig damit herumzuspielen, und wer diese Warnung missachtete, lebte in der Regel nicht lange genug, um seinen Leichtsinn zu bereuen.

Spiegel, so trüb sie auch waren, die jede ihrer Bewegungen nachahmten. Annik fühlte sich mit jedem Schritt unbehaglicher und von tausend Blicken verfolgt. Am Rande ihres Blickfeldes bewegten sich Schemen, winkten ihr, näherten sich, griffen nach ihr. Je dämmriger das Licht wurde, desto deutlicher wurden diese Gestalten, bekamen Stofflichkeit und Fleisch, Farbe und Bedrohung.

Ihr brach kalter Schweiß aus. Sie blieb mitten in einem der leeren Säle stehen, schloss die Augen, ballte die Fäuste und murmelte einen kindischen Abwehrzauber gegen das Böse.

»Schwarzes Ding
Gewoben aus Schatten und Angst
Weiche zurück.«

Es war ein lächerlicher, unzulänglicher Versuch, ihre Furcht in den Griff zu bekommen, aber für den Moment wirkte er. Die drohenden Gebilde zogen sich zurück in ihre staubbedeckten Rahmen, hinter das blinde Spiegelglas, und versanken im Dämmerlicht.

Mit einem seufzenden Einatmen warf Annik sich herum und flüchtete zurück in den bewohnten Teil des Hauses.

Sie schloss die Flügeltür hinter sich und lehnte sich dagegen. Ihr schlug das Herz bis in den Hals. Annik rieb sich über die Augen und begann zu lachen. Wie ein kleines Mädchen, dachte sie. Ich bin davongerannt wie ein Kind, das sich vor dem Schwarzen Mann unter seinem Bett fürchtet. Was für ein Glück, dass das keiner gesehen hat.

Ybbas schnaufte leise und zwickte sie kräftig in den Hals. Annik schrie auf und begann mit ihm zu schimpfen. Er glotzte sie beleidigt an und sprang von ihrer Schulter. Annik sah ihm mit schlechtem Gewissen nach, wie er über den Schachbrettboden huschte, wobei er immer abwechselnd die Farbe der jeweiligen Fliese annahm: schwarz … weiß … schwarz – und in den Schatten verschwand.

»Es tut mir leid«, rief sie ihm hinterher. »Ybb, hörst du? Es tut mir leid!«

Eine Uhr schlug die Viertelstunde. Annik klopfte hastig ihre staubigen Hosenbeine ab und lief zum Westflügel. In diesem Haus musste man die Laufstrecken regelrecht mit einplanen. Wenn sie sich nicht beeilte, kam sie zu spät zu ihrem Verhör bei Mijnheer.

11

Annik erreichte auf den Glockenschlag pünktlich die geschnitzte, intarsienverzierte Tür im ersten Stock des Westflügels. Sie atmete tief durch und klopfte an. Die Antwort erklang gedämpft durch das dicke Holz. Annik schob die Tür auf und trat ein.

Der Hausherr saß nicht an seinem Schreibtisch und auch nicht in einem der tiefen Polstersessel, sondern stand mit verschränkten Armen am Fenster und blickte hinaus in den Garten. Er nahm keine Notiz von ihrem Eintreten.

»Mijnheer van Leuven?«, sagte Annik nach einer Weile.

»Juffrouw Joncker?« Er drehte sich mit einer trägen Grazie zu ihr um, die sie an eine Schlange erinnerte. Wieder trug er einen untadeligen Anzug am Leib, dunkelgrau mit Weste und blendend weißem Hemd sowie Krawatte. Lief er den ganzen Tag so geschniegelt herum, selbst wenn er allein in seinem Arbeitszimmer brütete?

»Was verschafft mir das Vergnügen Ihres Besuches?« Der Spott in seiner Stimme und der unnahbare Ausdruck seines Gesichtes straften den verbindlichen Ton Lügen.

»Der von Ihnen verlangte Rapport«, erwiderte Annik schroff. »Falls Sie keinen Wert darauf legen …«

Er hob die Hand und schnitt ihr das Wort ab. »Sie sind frech, junge Frau«, sagte er. »Gut. Berichten Sie.«

Annik stellte die Füße hüftbreit auseinander, verschränkte die

Hände hinter dem Rücken und gab einen kurzen Abriss ihrer Bemühungen um Elias' Aufmerksamkeit, wobei sie das gemeinsame Verspeisen eines Apfels nicht sonderlich hervorhob. Es war ein Schritt, aber ein zu unwesentlicher, um sich dessen zu brüsten.

Gabriel van Leuven lauschte mit zusammengepressten Lippen. Er hielt den Kopf gesenkt und eine vorwitzige Strähne seines aschblonden Haars fiel ihm in die Stirn. Dieser kleine Makel verlieh seinem Gesicht etwas, was es vorher nicht besessen hatte: Lebendigkeit. Selbst seine Augen schienen plötzlich zu leben, ein Funke Licht war in ihnen und ließ sie bernsteinfarben schimmern.

Dann war der Moment vorbei. Er hob den Kopf, schüttelte die Strähne zurück und fixierte Annik so kalt wie zuvor. »Sie versagen«, sagte er. »Seit Tagen versuchen Sie vergeblich, den verschreckten kleinen Kerl aus seinem Versteck zu locken, und versagen. Wie lautet Ihre Entschuldigung?«

»Ich habe keine, Mijnheer.« Annik biss sich auf die Lippe. »Wenn Sie mich entlassen wollen, dann ist das Ihr gutes Recht. Ich bitte aber zu bedenken, dass wahrscheinlich ein anderes Mädchen auch nicht erfolgreicher wäre als ich.« Sie hielt seinem bohrenden Blick stand. »Wie viele Vorgängerinnen hatte ich bisher? Und wie ist es ihnen ergangen?«

Zu ihrer Verblüffung lächelte er. Sie hatte nicht geglaubt, dass er das überhaupt konnte, so griesgrämig war er ihr bisher begegnet. Aber jetzt verzog er seine Lippen zu einem schwachen, aber unverkennbaren Lächeln.

»Sie mögen eine Versagerin sein«, sagte er, »aber ich muss Ihnen zugestehen, dass Sie Mut besitzen. Gut, meinetwegen.« Er stieß sich vom Fensterbrett ab, an dem er gelehnt hatte, und ging zu seinem Schreibtisch, wo er auf einen Knopf an der Telefonanlage drückte. Es knackte und eine blechern und abgehackt klingende Stimme ließ einen fragenden Laut hören.

»Servieren Sie mein Abendessen«, befahl Gabriel van Leuven. »Und decken Sie den Tisch für zwei Personen. Fräulein Joncker wird mit mir speisen.«

Annik riss die Augen auf. »Mijnheer«, sagte sie abwehrend, »ich denke nicht …«

»Halten Sie den Mund.« Er ließ sich in den Schreibtischsessel fallen und spielte mit einem Füllfederhalter. »Ich habe etwas mit Ihnen zu besprechen und ich bin hungrig. Also verbinden wir beides.«

Annik nickte ergeben. Sie würde in seiner Gegenwart nicht einen Bissen herunterbringen, das war sicher.

Im Zimmer nebenan begann ein geschäftiges Treiben. Besteck klapperte, Porzellan klirrte, jemand gab leise Kommandos. Dann wurde es still und es klopfte an die Zwischentür.

»Danke«, rief van Leuven und streckte die Hand aus. »Kommen Sie, Fräulein Joncker. Leisten Sie mir Gesellschaft.«

Annik folgte ihm beklommen ins Nebenzimmer. Es war ein behaglich eingerichteter Raum mit Bücherregalen, einer Sitzecke und großen Fenstern. An der Fensterseite stand ein kleiner Esstisch, der opulent für zwei Personen gedeckt war. Kristall und Silber schimmerten im warmen Licht des Sonnenuntergangs.

»Ich lasse mich nicht gerne bedienen«, sagte Gabriel van Leuven und schob Annik den Stuhl zurecht. Sie ließ sich darauf nieder und sah Gabriel fragend an.

Er nahm selbst Platz und breitete eine Serviette über seinen Schoß. Mit einer eleganten Handbewegung hob er die silbernen Gloschen von den Servierplatten und Schüsseln und stellte sie beiseite. »Bedienen Sie sich selbst, Fräulein Joncker«, sagte er. »Oder möchten Sie, dass ich Ihnen vorlege?«

Annik schüttelte den Kopf. »Auf keinen Fall«, wehrte sie ab. »Ich bin nicht sehr hungrig, Mijnheer.«

Er sah sie kalt und abweisend an. »Essen Sie!«, befahl er schroff.

Annik tat sich stumm etwas Gemüse und ein paar winzige geschmorte Kartoffeln auf. Die Platte mit Bratenscheiben in dicker Soße schob sie unangerührt zur Seite.

Gabriel löffelte sich von allem ein wenig auf den Teller und begann zu essen. Er entließ sie nicht aus seinem Blick. »Sie essen kein Fleisch?«, fragte er.

»Nein.« Annik stocherte in ihrem Gemüse herum. Zerkochter Blumenkohl, Lauch und kleine Karotten. Die Köchin war nicht sonderlich einfallsreich, sie sorgte nur dafür, dass alle reichlich zu essen bekamen und satt wurden. Kulinarische Raffinesse war nicht ihr Feld.

Gabriel aß ein paar Bissen, Annik konnte erkennen, dass er keinen Appetit hatte. Er aß mechanisch, ohne Begeisterung. Dafür sprach er umso mehr der Karaffe mit Rotwein zu. Sein Blick war nach innen gekehrt, als lauschte er auf eine Stimme, die nur in seinem Kopf existierte.

Annik legte ihr Besteck auf den Teller und trank einen großen Schluck Wasser. »Mijnheer?«

Er hob ruckartig den Kopf. Einen winzigen Moment lang war sein Blick so lebendig wie der jedes anderen Menschen. Seine Augen, die sonst bemaltem Glas glichen und so tot waren wie Puppenaugen, schimmerten wie Bernstein. Ein inneres Feuer schien sie zu erwärmen.

»Fräulein Joncker?«, fragte er. Die Gelassenheit seiner Stimme strafte das Brennen seines Blickes Lügen.

»Annik«, sagte sie. »Ich werde Annik genannt.«

Er nahm das mit einem Nicken zur Kenntnis. »Was wollten Sie wissen?«

»Sie wollten doch etwas mit mir besprechen.« Annik drehte ihr Glas zwischen den Fingern und stellte es behutsam ab. »Was war es?«

Er neigte den Kopf, blickte nachdenklich auf seine Hand, die ebenfalls ein Glas drehte. Er hatte wohl ein paar Tropfen davon verschüttet, sie leuchteten auf seiner Manschette und auf dem weißen Tischtuch. Dunkelrot, wie Blut. Das Kristallglas warf scharfe Lichtsplitter darüber.

Annik schauderte.

»Ja«, sagte er und tupfte mit dem Finger auf einen Fleck. »Das ist richtig. Annik, Sie verstehen doch etwas von Büchern, haben Sie gesagt.«

Es war keine Frage, also wartete Annik, was er noch zu sagen hatte.

Er hob den Kopf. Das sterbende Licht fing sich in seinen Wimpern und beleuchtete sein Gesicht. Annik bemerkte zum ersten Mal die feinen Linien darin. Es waren keine Falten, sondern haarfeine weiße Striche. Narben? Was konnte solche Narben hervorrufen? Ein Unfall? Ein sehr scharfes Messer, das jemand kreuz und quer über sein Gesicht gezogen hatte?

»Was?«, fragte sie unaufmerksam.

Er runzelte die Stirn. Sein verschlossenes Gesicht erschien wie aus Stein gemeißelt und die Linien darin waren Meißelspuren …

»Ich habe Sie gefragt, ob Sie etwas von Büchern verstehen.«

Annik hob das Kinn. Sie war es nicht gewöhnt, angeherrscht zu werden, und sie hasste es. »Sie haben keineswegs gefragt«, gab sie kühl zurück. »Sie haben eine Feststellung getroffen, die in meinen Augen keinerlei Antwort erwartete.«

Sein Kiefer mahlte. Er hatte nie lebendiger ausgesehen als jetzt, wo das Licht der untergehenden Sonne sein Haar rötlich färbte, dem Gesicht eine wärmere Farbe und den Augen Tiefe verlieh.

Wenn Annik es nicht schon gewusst hätte, dann war es jetzt vollkommen klar: Gabriel verfügte über keinen Funken Humor. Jeder andere hätte bei dieser Antwort gelächelt und zugegeben, unangemessen reagiert zu haben, aber nicht Mijnheer van Leuven. Sein Blick wurde noch kälter, seine Miene noch abweisender.

»Beantworten Sie meine Frage, Fräulein Joncker?«

Annik war kurz versucht, das zu verneinen, aber dann seufzte sie und dachte an das Sprichwort, nach dem die Klügere nachgab. »Ja«, sagte sie. »Ich bin die Tochter meines Vaters.«

Er nickte und schenkte sein Glas erneut voll. Die Rotweinflecken auf dem weißen Damast des Tischtuches blühten wie Einschusslöcher auf. »Ich denke über eine Veränderung Ihres Aufgabenbereiches nach«, sagte er und trank. »Da Sie mit Elias keine Fortschritte zu erzielen scheinen, halte ich es für Vergeudung von Arbeitskraft, Sie den ganzen Tag damit verschwenden zu lassen. Auch wenn es Ihnen so sicherlich bequemer ist, werden Sie Verständnis dafür haben, dass ich keinen meiner Dienstboten für müßiges Herumsitzen bezahle.«

Annik presste die Lippen zusammen. Eine harsche Antwort lag ihr auf der Zunge, aber sie schluckte sie hinunter.

Er wartete, ob sie etwas sagen wollte, dann fuhr er fort: »Die Bibliothek ist in einem grauenhaften Zustand. Ich möchte, dass Sie dort Ordnung schaffen.«

»Okay«, sagte Annik verblüfft. »Das wäre etwas, was ich sehr gerne täte.«

Er nickte verkniffen und lehnte sich zurück. Sein Platz sah aus wie ein Schlachtfeld, die zerknüllte Serviette war rot gefleckt, das Tischtuch ebenso, er hatte das Besteck achtlos neben seinen Teller gelegt und schob nun alles von sich fort. Er griff nach der Schale mit Obst und begann, einen Apfel zu schälen und in Stücke zu schneiden, die er auf einen kleinen Dessertteller legte.

Ybbas, der ungewöhnlich still auf Anniks Schoß Zuflucht gesucht hatte, wagte sich nun endlich auf den Tisch. Er lief von Schüssel zu Teller zu Platte und beschnüffelte alles, was darauf lag.

Kurz hatte Annik den Eindruck, dass Gabriels Blick dem Gny folgte, aber dann richtete er sich wieder auf ihr Gesicht. »Also sind Sie einverstanden, ab morgen einen Teil Ihres Arbeitstages der Bibliothek zu widmen?« Er steckte ein Stück Apfel in den Mund, verzog die Lippen und schob das Tellerchen mit dem geschnittenen Obst in ihre Richtung, bevor er wieder nach seinem Weinglas griff.

»Ich bin einverstanden.« Annik aß einen Apfelschnitz und fasste sich ein Herz. »Mijnheer«, sagte sie, »darf ich Sie etwas fragen?«

Er vollführte eine ungeduldige Handbewegung. Wieder tropfte es dunkelrot auf den weißen Damast. Die arme Waschfrau …

»Elias«, fuhr Annik beherzt fort, »wer kümmert sich außer mir um ihn? Wer gibt ihm zu essen, wer badet ihn und bringt ihn zu Bett?«

Er sah sie starr an, und sie konnte erkennen, dass er nicht zu antworten gedachte. Dann seufzte er leise und stellte sein Glas ab. »Sie sind impertinent.«

»Das bin ich nicht!«, fuhr sie auf. »Ich mache mir Sorgen um Elias. Er versteckt sich in seinem Koffer, kommt keine Sekunde daraus hervor … es muss doch hier im Haus jemanden geben, den er liebt und dem er vertraut!«

Gabriel schnaubte. »Sie sind so naiv«, sagte er abfällig. »Er ist ein Junge. Er kommt zurecht. Kümmern Sie sich um Ihre Angelegenheiten, Juffrouw, und stecken Sie Ihre Nase nicht in Dinge, die nicht zu Ihrem Aufgabenbereich gehören.«

Annik krampfte die Hand um ihre Serviette. Sie hätte ihm

das zerknüllte Tuch am liebsten in die höhnische Visage geschleudert. »Ich kümmere mich um das, wofür ich angestellt wurde«, gab sie leise und scharf zurück. »Ich bin das Kindermädchen.«

Er stand so abrupt auf, dass sein Stuhl beinahe umgefallen wäre. »Das Gespräch ist beendet«, sagte er grob. »Gehen Sie.« Ohne ein weiteres Wort kehrte er in sein Arbeitszimmer zurück und schloss die Tür hinter sich.

Annik stand langsam auf und blieb gedankenverloren am Tisch stehen. Die letzten Sonnenstrahlen glitzerten im Kristall und brachten die roten Spritzer und Flecken zum Leuchten, aber in den Ecken des Raumes nisteten schon die Schatten und schienen nach ihr zu greifen.

Sie nickte, als hätte jemand etwas zu ihr gesagt, streckte Ybbas die Hand hin und verließ das Zimmer.

12

Es war ein Vormittag wie jeder der anderen, aber dennoch fühlte sie sich heute energiegeladen und voller Tatendrang. In ein paar Tagen würde sie ihre Familie wiedersehen, wenn auch nur für ein paar magere Stunden. Dennoch gab die Aussicht ihr Auftrieb.

Genau wie die Aussicht darauf, den Nachmittag sinnvoll beschäftigt in der Bibliothek verbringen zu dürfen. Einen Teil der Zeit konnte sie darauf verwenden, mit Rafael Lesen zu üben, den Rest würde sie in Bücherstapeln versinken. Wie wunderbar.

Sie kniete also mit neuer Zuversicht vor Elias' Koffer und lockte ihn mit sanfter Stimme. »Komm doch ein wenig heraus, Elias. Die Sonne scheint, wir könnten hinausgehen und ein Baumhaus bauen. Hast du schon einmal ein Baumhaus gebaut?«

Sie hielt den Atem an, denn im Koffer hatte sich etwas bewegt. Es war nicht so, dass sie selbst jemals so etwas Exotisches getan hätte, aber sie traute sich durchaus zu, ein solches Bauwerk auf die Beine zu stellen. Es kam ja auch vor allem darauf an, dass Elias daran mitarbeiten wollte …

Dem Rascheln folgte kein weiterer Laut. Annik unterdrückte einen resignierten Seufzer. »Ybbas«, flüsterte sie, »geh hinein.« Sie hatte es nach dem ersten Mal nicht wiederholt, weil sie den Jungen nicht ohne sein Wissen ausspionieren wollte, aber ihr Geduldsfaden war mittlerweile sehr, sehr dünn geworden und drohte zu reißen.

Ybbas züngelte begeistert und verschwand im Koffer. Sie hörte seine Krallen über das Leder wetzen und schloss die Augen, um seine Eindrücke ungestört zu empfangen.

Wie immer dauerte es einen Moment, bis sie sich an seine Sicht gewöhnt hatte. Der ungewöhnliche Winkel seiner Augen und ihre Beweglichkeit machten es schwer, das Bild, das sie empfing, zu interpretieren. Sie sah schummrige Dunkelheit und darin ein seltsames, vielgliedriges Wesen, das sich bleich schimmernd gegen den Boden abhob. Eine Hand.

Heb den Kopf, sagte sie lautlos. *Sieh ihm ins Gesicht.*

Der Blick verschwamm, tanzte, wechselte die Perspektive, fügte sich wieder zusammen. Annik kämpfte eine Anwandlung von Schwindel nieder und konzentrierte sich. Das blasse, spitze Gesicht mit den riesigen Augen war ihr in Erinnerung geblieben. Der Junge kauerte in der entferntesten Ecke des Koffers, er sah krank und dünn aus. Ybbas krabbelte auf ihn zu und Elias fixierte den Vertrauten, leckte sich ängstlich über die Lippen und wich noch weiter zurück.

Annik riss die Augen auf und blinzelte heftig. Elias konnte Ybbas sehen?

»Komm zurück«, befahl sie halblaut und wartete, bis der Gny wieder auf ihrer Schulter hockte, bevor sie sich vor dem Koffer flach auf den Boden legte und kurz entschlossen ihren Arm ins Innere steckte.

Sie machte sich lang, streckte den Arm, streckte die Finger und berührte einen warmen Körper, der zitternd und reglos verharrte. »Ich bin es, Elias«, sagte sie ruhig. »Du brauchst dich nicht zu fürchten. Das war Ybbas, er ist freundlich.« Sie streichelte das zitternde Kind mit den Fingerspitzen. »Du bist so allein«, sagte sie. »Es ist so dunkel dort drinnen und so einsam.«

Einen Moment lang hatte sie den Eindruck, dass Elias ihrer

Berührung ausweichen wollte. Dann schien sich der Junge zu entspannen. Er erwiderte ihre Berührung nicht, aber er ließ sie immerhin geschehen.

Annik drängelte nicht. Sie berührte sacht etwas, das sie für sein Bein hielt, streichelte es und erzählte dazu eine Geschichte, die ihr gerade in den Sinn kam. Es war das Märchen vom Kalten Herzen, eigentlich viel zu schwierig und zu düster für ein kleines, verängstigtes Kind. Aber Elias' schien zu lauschen. Sie hörte seinen gleichmäßigen Atem. Und dann berührte etwas sehr zaghaft ihre Finger, schlich sich in ihre Hand.

Annik erzählte weiter vom Kohlenmunk-Peter und dem Glasmännlein, ohne sich etwas anmerken zu lassen. Sie schloss behutsam ihre Hand um die dünnen, kalten Finger.

Nach einer Weile merkte sie, dass der Griff sich lockerte, die Kinderhand erschlaffte. Tiefe, gleichmäßige Atemzüge verrieten, dass Elias eingeschlafen war. Annik zog langsam den Arm wieder aus dem Koffer und schüttelte ihn aus. Ihr Körper schmerzte von der unnatürlichen Haltung, in der sie die ganze Zeit verharrt hatte, aber ihr Herz jubilierte. Es war das erste Mal, dass Elias einen Kontakt zugelassen und sogar gesucht hatte. Vielleicht war dies der erste Schritt auf dem Weg.

Sie ließ sich von der Köchin ein belegtes Brot bereiten und nahm sich einen Becher Kaffee. Damit ging sie hinaus in den Küchengarten. Dieser von Hecken umgebene Teil des Parkes war sonnenwarm und windstill, Insekten summten durch die Luft, und es roch würzig nach allem, was dort grünte und wuchs.

Annik setzte sich auf die Steinbank zwischen Kräuter- und Gemüsegarten und genoss den Sonnenschein. Wenig erfreut registrierte sie, dass sich Schritte über den Kiesweg näherten.

»Hallo«, sagte eine Mädchenstimme. »Darf ich?«

Annik nickte ein bisschen missvergnügt und rückte beiseite,

damit Katrijn, eins der Küchenmädchen, sich neben sie setzen konnte.

Die strohblonde Katrijn schüttelte ihre Schürze aus und zog ein Päckchen Zigaretten aus der Tasche. Sie bot Annik eine Zigarette an, zuckte mit den Schultern, als diese ablehnte, und begann zu rauchen.

»Gefällt es dir hier?«, fragte sie nach einer Weile, in der beide geschwiegen hatten. »Ist ein seltsames Haus, oder?« Sie musterte Annik durch den aus ihrer Nase aufsteigenden Rauch und pickte mit dem Zeigefinger einen Tabakkrümel von der Lippe. »Wo warst du vorher in Stellung?«

Annik seufzte unhörbar. Sie hatte keine Lust, sich zu unterhalten, wollte aber auch nicht unhöflich sein. »Es gefällt mir hier«, sagte sie ausweichend.

Katrijn lachte. »Du bist schräg«, sagte sie. »Deine Vorgängerinnen haben den Job gehasst.«

Annik sah sie fragend an. »Du hast sie gekannt?« Eine blöde Frage, dachte sie sogleich.

Katrijn wandte sich ihr zu, verschränkte die Hände vor dem Knie und begann zu tratschen. Über den zweiten Diener und das erste Hausmädchen, über die Köchin und den Chauffeur, über Mijnheer und was man sich von ihm und der hochnäsigen Gnädigsten erzählte, über das seltsame Kind in seinem Kofferversteck, über die unzähligen Kindermädchen, die wie eine Parade von Zinnsoldaten angetreten waren, um sich dieses Kindes anzunehmen, und die eine nach der anderen innerhalb kurzer Zeit wieder verschwunden waren.

Katrijn holte Atem und sah Annik starr an. »Nicht alle haben das Anwesen mit ihren Koffern in der Hand durch das Haupttor verlassen«, sagte sie und hob vieldeutig die Brauen.

Annik, ganz erschlagen von dem Schwall an Geschwätz und immer noch damit beschäftigt, sich Mijnheer van Leuven und

Mevrouw Wouters in einer wie auch immer gearteten Situation vorzustellen, blinzelte mehrmals ratlos und fragte: »Ach? Wie sind sie denn dann gegangen?«

Katrijn beugte sich nah zu ihr. Annik roch den Zigarettenrauch in ihrem Haar und Atem, die Essensgerüche in ihren Kleidern und wich angeekelt ein wenig zurück. »Wie sie gegangen sind?«, zischelte das Küchenmädchen. »Na, überhaupt nicht, du Dummerchen! Sie sind immer noch hier!« Wieder dieses Zwinkern, dieses Brauenheben.

Annik hatte es satt. »Und wo sind sie dann?«, fragte sie laut und ein wenig genervt.

Katrijn lehnte sich zurück, verschränkte die Arme unter dem üppigen Busen und wippte mit dem Fuß. »Oje, oje«, sagte sie und grinste. »Du Unschuld, du arme Unschuld.«

Annik kniff die Lippen zusammen. »Du spielst dich doch nur auf«, sagte sie. »Das ist alles Geschwätz.«

Katrijn sprang auf, hochrote Empörung im breiten Gesicht. »Geschwätz? Ich spiele mich auf? Du bist ganz schön eingebildet, was?« Sie beugte sich zu Annik hinunter und bohrte ihr einen erstaunlich spitzen Zeigefinger in die Brust. »Wenn du mir nicht glaubst, dann frag Franco, den Gärtner. Er kann dir die Gräber zeigen.« Mit diesen Worten stolzierte sie davon und Annik sah ihr sprachlos nach.

Der Glockenschlag erinnerte sie daran, dass ihre Pause längst vorüber war. Sie sprang auf und schüttelte das ungute Gefühl, das das Geschwätz des Küchenmädchens ihr verursacht hatte, ab wie einen Regenschauer. Allerdings würde sie Franco nach den Gräbern fragen, denn das klang nach einem weiteren Rätsel in diesem Haus voller Seltsamkeiten.

Rafael wartete schon auf sie. Er saß mit im Schoß gefalteten Händen an dem langen Tisch im vorderen Raum, und seine

Augen strahlten, als er sie sah. Annik dachte unbehaglich darüber nach, dass sie Mijnheer nicht um Erlaubnis gebeten hatte, den Jungen zu unterrichten, dann schob sie das beiseite. Gabriel würde wohl kaum etwas dagegen einzuwenden haben.

»Hallo, Rafael«, sagte sie und lächelte ihn an. »Bereit für eine Stunde?«

»Ja, Juffrouw«, sagte er und richtete sich erwartungsvoll auf.

»Sag Annik zu mir«, erwiderte sie und legte ein Buch vor ihn hin. »Fangen wir hiermit an. Du kannst ja schon ein wenig lesen, wie sieht es mit dem Schreiben aus?«

Seine Miene wurde betrübt. »Nein, Fräulein Annik«, murmelte er. »D-das hat mir noch keiner gezeigt.« Er sah sie an, als wäre das ein schreckliches Verschulden seinerseits.

»Das macht doch nichts. Nein, das ist sogar sehr schön. Dann können wir es gemeinsam in Angriff nehmen.« Sie zog sich einen Stuhl heran und setzte sich neben ihn. »Aber zuerst lesen wir.«

Nach einer halben Stunde merkte sie, dass seine Aufmerksamkeit nachzulassen begann. Er wetzte auf dem Stuhl hin und her und blickte sehnsüchtig zum Fenster. Annik schloss das Buch und legte ihre Hand auf seine, damit er sie ansah.

»Für heute machen wir Schluss«, sagte sie langsam und deutlich. »Magst du morgen wiederkommen?«

Er nickte heftig. »D-danke«, sagte er und griff nach ihrer Hand. »D-danke, Fräulein Annik.«

»Nur Annik«, sagte sie und legte ihre Hand auf seinen Rücken. »Sag mir, Rafael – ist Mijnheer Gabriel dein Bruder?«

Der Junge sah sie mit zusammengezogenen Brauen an. In seinem Gesicht arbeitete es. »Nein, ich g-glaube nicht …«, erwiderte er zögernd. »Ich frage ihn d-das, wenn Sie möchten.«

»Nein, lass.« Sie schob ihn zur Tür. »Wir sehen uns morgen. Jetzt muss ich hier aufräumen.«

Er nickte und lächelte. »Gut. Gut.«

Sie dachte nicht mehr über Rafael und Gabriel nach, während sie den Nachmittag mit dem Stapeln und Sortieren von Büchern verbrachte. Es war eine Arbeit, die sie kannte und mochte. Die Bibliothek war in keinem allzu schlechten Zustand, aber man merkte, dass schon länger keine ordnende Kraft mehr am Werk gewesen war. Bücher aller möglichen Themen und Zeiten standen bunt durcheinander und in den Ecken stapelten sich wilde Haufen ohne jede Systematik. Das war keine kleine Aufgabe, und Annik wünschte sich wieder, ihr Vater wäre an ihrer Seite. Er hätte es geliebt. Gab es etwas Schöneres als alte Bücher und die Entdeckungen, die man in solch einer großen, lange in Familienbesitz befindlichen Sammlung machen konnte?

Sie stapelte Bücher, pfiff leise vor sich hin und ließ sich gelegentlich ein wenig ablenken, um in einem besonders interessanten Band zu blättern. Der Stapel der Bücher, die sie lesen wollte, wuchs beängstigend. Wenn sie das alles schaffen wollte, würde Mijnheer sie noch bis zum Frühjahr beschäftigen müssen.

Das Licht des Tages schwand, im hinteren Teil der Bibliothek war es stockdunkel. Annik hatte alles auf den langen Tisch im vorderen Bereich geräumt und war dort mit dem Sortieren und Katalogisieren beschäftigt. Sie wähnte sich allein, bis das Scharren von Stuhlbeinen sie aufschreckte. Sie riss den Kopf hoch, mit klopfendem Herzen, und starrte ins Dunkel. Jetzt erst fiel ihr auf, dass nur noch das Licht über dem Tisch brannte und sie wie auf einer Bühne für jeden zu sehen war, der die Bibliothek betrat, ohne dass sie ihrerseits ihn sehen konnte. »Wer ist da?«, fragte sie scharf.

Nichts regte sich, aber sie war sich bewusst, dass dort im Dunklen jemand atmete. Sie beobachtete. Wie schon so oft. »Wer ist da?«, fragte sie lauter, machte einen Schritt auf den hinteren Raum zu und streckte die Hand nach dem Lichtschalter aus.

»Fräulein Annik, bitte. Bleiben Sie dort und machen Sie kein Licht.«

Die Stimme überraschte sie, erschreckte sie beinahe. Sie klang vertraut und gleichzeitig vollkommen fremd. Ein Mann. Ein charakteristisches Zögern in seiner Stimme hatte sie zuerst an Rafael denken lassen, aber dazu klang er zu wortgewandt und auch nicht jugendlich genug. Das war kein Junge im Stimmbruch, das war ein erwachsener Mann. Und sie kannte ihn.

»Wer?«, fragte sie zögernd. »Mijnheer van Leuven?«

Er antwortete nicht gleich. Dann räusperte er sich. »Sie können mich Daniel nennen«, sagte er.

Also war es nicht Gabriel van Leuven. Die Erkenntnis erleichterte sie. Es war ein unangenehmer Gedanke, dass Mijnheer van Leuven ihr in der Bibliothek nachspionierte.

»Daniel«, sagte sie. »Warum verstecken Sie sich dort und beobachten mich?«

»Ich muss mich bei Ihnen entschuldigen«, sagte er. Das war keine Antwort, aber immerhin etwas. Wieder war da das leichte Zögern in seiner Stimme, das fast ein Stottern war.

»Warum kenne ich Sie nicht?«, fragte Annik geradeheraus. »Ich dachte, ich wäre allen Mitgliedern des Haushaltes vorgestellt worden. Sie wissen wenigstens, wer ich bin.«

Er räusperte sich wieder. »Ich danke Ihnen, dass Sie sich um Rafael kümmern«, sagte er. »Der Junge hat es nicht leicht hier im Haus. Er lässt es sich nicht anmerken, aber ihm fehlt jemand, mit dem er reden kann.«

Annik nickte nachdenklich. Sie zog einen Stuhl unter dem Tisch heraus und ließ sich darauf nieder, während sie in die Richtung blickte, aus der die Stimme kam. Die Lampe über dem Tisch blendete sie zu sehr, sie konnte dort nichts erkennen. »Ybb«, flüsterte sie.

Der Gny brauchte keine zweite Aufforderung. Er sprang von

dem Bücherstapel, auf dem er zusammengerollt geschlafen hatte, und kletterte den Tisch hinunter auf den Boden. Dort verschmolz er mit seiner Umgebung und war fort.

»Rafael ist ein lieber Junge«, sagte sie laut. »Ich bin froh, dass es jemanden hier gibt, dem an ihm liegt. In welchem Verhältnis stehen Sie zu ihm, Daniel? Sind Sie ein Verwandter?«

»Das bin ich«, bestätigte der Mann. Er schwieg eine Weile, und Annik hörte, wie seine Füße über den Boden scharrten. »Ich wollte Sie nicht bei Ihrer Arbeit stören, Juffrouw.«

Annik wandte sich dem Bücherstapel und ihren Karteikarten zu. Sie notierte die Titelangaben und dachte währenddessen über den Mann im Dunkeln nach. Im Geiste rief sie nach ihrem Vertrauten, begierig zu sehen, was er sah, aber der Gny blieb stumm. »Daniel? Warum kommen Sie nicht hierher an den Tisch, dann könnten wir uns viel besser unterhalten.«

Der Unsichtbare atmete kurz und scharf ein. »Wären Sie mir sehr gram, wenn ich es vorzöge, außerhalb des Lichtes zu bleiben?«, fragte er höflich. »Sie müssen mich verstehen, Fräulein Annik, ich biete keinen Anblick, den man einer jungen Frau zumuten könnte.«

Annik ließ ihren Kugelschreiber sinken und drehte sich um. »Wie meinen Sie das?«, fragte sie misstrauisch. »Sind Sie unbekleidet?«

Er lachte. Sein Lachen war so angenehm dunkel und klangvoll wie seine Stimme. »Keine Sorge«, sagte er. »Ich bin vollständig angezogen. Jeans, Hemd, Schuhe und Strümpfe. So ähnlich wie Sie, Fräulein Annik.«

Annik blickte unwillkürlich an sich herunter. Sie trug ihre Lieblingsjeans und ein weiches dunkelrotes Sweatshirt, das mittlerweile deutliche Staubspuren aufwies. Ihre Gedanken rasten. Wieso meldete Ybbas sich nicht bei ihr? Er müsste längst Sicht auf den Mann haben.

»Worüber möchten Sie sich mit mir unterhalten, Mijnheer?«

Er schwieg. Dann seufzte er hörbar. »Ich bin ungeübt, was die Konversation mit schönen jungen Frauen angeht«, sagte er. So leichthin die Worte auch gesprochen zu sein schienen, war in seiner Stimme dennoch ein Hauch von Schwermut zu vernehmen.

»Warum ist das so?« Sie ignorierte das Kompliment, das ihr ein wenig zu billig erschien. Niemand, der bei klarem Verstand war, hätte sie ernsthaft als schön bezeichnen können.

»Ich verlasse meine Räume nur selten«, sagte er. »Gelegentlich halte ich mich hier auf, aber ich bin lieber für mich als unter Menschen.« Wieder ein Zögern, dann fügte er hinzu: »Es ist besser so.«

»Für wen?« Annik stützte die Hände auf die Knie und beugte sich vor. Im Geiste rief sie energisch nach Ybbas, aber es kam keine Antwort. Das Schweigen des Gny verwirrte und beunruhigte sie.

Er lachte wieder. »Für beide Seiten«, sagte er. »Danke, dass Sie mich gewähren lassen, Annik. Ich kann mir vorstellen, wie entnervend es sein muss, sich mit jemandem zu unterhalten, den man nicht sehen kann.«

Annik drehte sich zum Tisch um. »Nun«, sagte sie beiläufig, »Sie scheinen nicht darauf aus zu sein, sich aus ihrem Versteck auf mich zu stürzen.«

»Sicher nicht.« Schweigen. »Sie wären aber durchaus in der Lage, sich meiner zu erwehren, denke ich.«

Annik hob die Brauen. »Denken Sie das? Ich hoffe, Sie wollen es nicht ausprobieren.«

»Kein Gedanke daran.« Stuhlbeine schabten über den Holzboden. »Ihr kleiner Begleiter scheint verwirrt zu sein«, sagte Daniel zu ihrer übergroßen Verblüffung. »Rufen Sie ihn lieber, ehe er vollends die Orientierung verliert.«

Vor Verblüffung blieb Annik eine Antwort im Halse stecken. Jetzt war sie es, die sich räuspern musste. »Daniel?«, krächzte sie. »Sie sind ein Hexer?«

Keine Antwort. Das Gefühl, dass jemand sie anblickte, war verschwunden. Krallen kratzten über Parkett, dann kletterte ihr Vertrauter an ihr hoch, kringelte sich um ihr Handgelenk und beschwerte sich pfeifend und zischend über sein Los. Annik streichelte geistesabwesend seinen schuppigen Kopf. »Ist gut, Ybb«, sagte sie und starrte in die Dunkelheit. »Ist schon gut. Ich bin dir nicht böse, du konntest ja nichts dazu.«

Wer war dieser Daniel? Und warum klang seine Stimme wie die des Hausherrn?

13

Am gestrigen Abend hatte Herr van Leuven sich entschuldigen lassen, Annik hatte also eine sehr vergnügliche Stunde im Dienstbotenzimmer verbracht und mit dem zweiten Diener, dem Gärtner und einem der Dienstmädchen Karten gespielt.

Dabei hatte sie den Gärtner Franco gebeten, ihr sein Reich zu zeigen. Er war ein grobknochiger, mittelalter Mann, dessen Haar sich zu lichten begann. Seine Haut war wettergegerbt, seine Hände schwielig und er war sichtlich erfreut über ihre Bitte. Er hatte ihr versprochen, sie heute durch den Park zu führen und ihr alles zu zeigen, was sie interessierte.

Die Aussicht darauf hatte sie beflügelt, als sie morgens zu Elias ging und neben seinem Koffer niederkniete. »Guten Morgen«, sagte sie und fügte hinzu: »Möchtest du die Geschichte weiterhören, mit der wir gestern angefangen haben?«

Natürlich kam keine Antwort aus dem Versteck, das hatte sie auch nicht erwartet. Sie legte sich wie am Tag zuvor auf den Bauch und streckte ihre Hand aus. Zögernd tasteten die Kinderfinger nach ihr und ließen zu, dass sie ihre Hand um seine schloss. Sie zitterte wie ein kleines, furchterfülltes Tier, aber Elias zog sie nicht zurück.

Annik hielt seine Hand und erzählte, wie Peter Munk beim Würfeln gewinnt und dadurch all sein Geld verliert und wie er dann zum Holländer-Michel geht, der ihm gegen eine große

Summe Geld sein Herz aus der Brust nimmt und es durch einen Stein ersetzt. Sie musste an Gabriel van Leuven denken. War er auch so ein Peter Munk, zwar reich, aber vollkommen ohne menschliche Gefühle? Sie dachte an das seltsame Treffen mit dem gesichtslosen Daniel, dessen Stimme so sehr Gabriels glich. War der Hausherr womöglich verrückt? War das der Grund, warum ihr dieses Haus mit jedem Tag zwar vertrauter, aber auch unheimlicher wurde?

Wie am gestrigen Tag spürte sie, dass der Junge einzuschlafen begann. Sie löste sacht ihren Griff und sagte: »Schlaf gut, Elias.«

Ein Wispern drang an ihr Ohr, und sie beugte sich hastig vor, um zu lauschen, aber es war verstummt. Wahrscheinlich war es nur das Rascheln seiner Kleider auf dem Kofferboden gewesen, was sie gehört hatte.

Franco stand in der Küche und trank Kaffee aus einem angeschlagenen Becher, als sie eintrat. Er winkte ihr zu, trank in Ruhe aus und deutete dann zur Tür.

Während sie ihm durch den Nutzgarten folgte, fragte er: »Was möchtest du sehen, Mädchen? Der Park ist riesig, ganz kann ich ihn dir heute nicht zeigen, ich muss ja auch noch was tun.«

»Ich lasse mich überraschen«, sagte sie und lächelte ihn an. »Zeig mir deine Lieblingsstellen, Franco.«

Er grinste stolz und lenkte sie nach Westen. »Das Labyrinth«, sagte er. »Dort soll es spuken.« Er ließ seine buschigen Augenbrauen auf und ab tanzen. »Aber zuerst besuchen wir den Rosengarten, weil der zu einem jungen Mädchen passt. Noch blüht dort nicht viel, aber er ist trotzdem schön.«

Das war er wirklich. Franco erzählte ihr, wie der Garten schon bald in allen Rot- und Rosaschattierungen erstrahlen würde, und beschrieb die Form und Fülle der verschiedenen

Rosensorten. Bis jetzt waren vor allem Tausende von Knospen zu besichtigen, zwischen denen einzelne aufgeblühte Rosen leuchteten. Dann kamen sie an einer sonnenwarmen Mauer vorüber, an der ein weißer Rosenbusch schon in der vollen Pracht seiner Blüten stand. Franco blieb stehen und schnitt ihr eine davon ab.

Annik nahm sie entgegen, sog den süßen Pfirsichgeruch ein und bewunderte das zartrosa Herz der Blüte, bevor sie sie in die Gürtelschlaufe ihrer Jeans steckte und Franco einen Kuss auf die stoppelbärtige Wange gab. Er grunzte abwehrend, aber er freute sich, das konnte sie sehen.

Das Labyrinth, das an den Rosengarten anschloss, bestand aus hohen, düsteren Hecken. Annik schauderte unwillkürlich, als sie in deren Schatten trat. »Huh«, machte sie.

Franco grinste. »Sag ich doch: Unheimlich.«

Sie konnte ihm nur zustimmen, während sie in das Labyrinth hineingingen. Der Gärtner erklärte ihr das Prinzip des Heckengewirrs, als sie tiefer und tiefer eindrangen. »Damit du wieder herausfindest, wenn du dich hier mal verirren solltest.«

»Ich werde eine Gartenschere mitnehmen und mich geradeaus hindurchschneiden«, sagte Annik pragmatisch, was er mit einem gequälten Stöhnen beantwortete.

Sie gelangten ins Herz des Labyrinthes, in dem eine runde Steinbank wartete. Einen Moment lang wollte Annik dort sitzen und in den Himmel blicken, was Franco ihr lächelnd gewährte.

»Sag mal«, fragte sie ihn auf dem Rückweg, »Katrijn hat mir erzählt, dass es hier im Park einen Friedhof oder so etwas in der Art geben soll?«

Er brummelte etwas, ganz offensichtlich nicht gewillt, dazu etwas zu sagen.

»Stimmt das oder wollte sie mir einen Bären aufbinden?«

Franco blieb stehen und sah sie erstaunlich finster an. »Mädchen«, sagte er, nachdem er eine Weile auf den Worten herumgekaut hatte, »lass das Thema ruhen. Katrijn ist eine dumme Gans.«

»Das ist sie«, stimmte Annik trocken zu. »Aber sie hat mich nicht angelogen, oder?«

Er schwieg und kniff die Augen zusammen. »Nein, aber es ist kein Friedhof«, sagte er dann und blickte auf die Uhr. »Sei mir nicht böse, ich muss wieder ran.«

Sie sah ihm hinterher, wie er in seinen verbeulten Hosen und den Schuhen voller Erde davonstiefelte. Es war nur zu deutlich, dass er ihr nichts erzählen wollte. Sie rieb sich über die Arme, weil eine Gänsehaut darauf erblühte. Also gab es wirklich Gräber? Und wer lag darin? Laut Katrijn einige ihrer Vorgängerinnen. Was zum Teufel ging hier vor?

»Der Duivel beerdigt dort seine Opfer«, murmelte sie halblaut und schüttelte sich.

Die Arbeit in der Bibliothek lenkte sie zuverlässig ab. Halb und halb wartete sie darauf, dass der mysteriöse Daniel sich wieder meldete, aber das geschah nicht. Auch Rafael tauchte zu ihrer Verwunderung nicht pünktlich auf.

Sie wuchtete einen Stapel mit Shakespeare-Ausgaben durch den Raum und begann, die Bücher ins Regal einzusortieren. Hinter ihr klappte die Tür und leichte Schritte kamen herein. Annik lächelte und rief über die Schulter: »Ich bin gleich bei dir. Setz dich schon mal an deinen Platz, ich habe dir Schreibzeug hingelegt.«

Ein Stuhl scharrte über den Boden, Papier raschelte.

Annik stellte den letzten Band (die Königsdramen) ins Regal, klopfte die Hände ab und drehte sich um. Ihr Lächeln erstarb, als sie den Mann erkannte, der an Rafaels Platz saß. Er trug eine schwarze Hose und einen schwarzen Rollkragenpullover, der sein aschblondes Haar zum Leuchten brachte. Es war das erste Mal, dass sie ihn nicht in einem formellen Anzug sah – er wirkte um Jahre jünger, als wäre er einer der Freunde ihrer Schwester.

»Mijnheer«, sagte sie.

»Annik.« Er musterte sie mit seiner üblichen distanzierten Miene. »Fleißig am Werk, wie ich sehe.« Er faltete die Hände auf dem Schreibpapier und sah sich um. »Hast du alles, was du für deine Arbeit benötigst?«

Sie dankte ihm und wartete, dass er ihr verriet, warum er hier war, aber er ließ sie zappeln. Er nahm eins der bereitgelegten Bücher und blätterte darin herum. »Du hast dir einen zweiten Schützling zugelegt? Fühlst du dich unausgelastet?«, fragte er ironisch.

In Annik kochte der Zorn hoch. Gabriel van Leuven hatte es heraus, sie mit ein paar Worten, mit seiner hochmütigen, kalten Miene und seiner sarkastischen Art in kürzester Zeit auf die Palme zu bringen. »Rafael ist mir keine Last«, sagte sie kurz. »Und ich wurde als Kindermädchen engagiert. In gewisser Weise gehört er zu meinem Aufgabenbereich, Mijnheer.«

Er nickte nachdenklich und legte das Buch beiseite, lehnte sich zurück und verschränkte die Arme vor der Brust. Annik hatte zuvor seinen durchtrainierten Körperbau nicht bemerkt, den hatte der Anzug mit Weste geschickt verschleiert. In dem dünnen Rollkragenpullover war seine definierte Arm- und Brustmuskulatur gut zu erkennen. Er war in Form, wahrscheinlich trieb er Sport.

Annik musste lächeln. Der Gedanke an den hochmütigen Mijnheer van Leuven, wie er durch seinen Park joggte, war absurd.

Er zog die Brauen zusammen. »Was amüsiert dich so?«

»Ach, ich habe an meinen Vater gedacht«, log sie und machte

eine abwehrende Handbewegung. »Nichts Besonderes. Etwas, das er zu sagen pflegt.«

Er beugte sich vor und spielte mit ihrem Kugelschreiber. »Und wie lautet dieser Ausspruch?«

Sie schüttelte energisch den Kopf. »Nicht lustig für Sie«, sagte sie schroff. »Ein Familienwitz, der sich schwer erklären lässt.«

Er spitzte unzufrieden die Lippen, insistierte aber nicht weiter. »Was gibt es zu berichten?«, fragte er.

»Elias wird zutraulicher«, sagte sie, und dieses Mal kam ihr Lächeln von Herzen. »Ich habe seine Hand halten dürfen, während ich ihm ein Märchen erzählte.«

Seine Augen weiteten sich. Licht fing sich in ihren Tiefen und ließ sie erneut warm und golden aufleuchten. Seine Miene verlor etwas von ihrer eisigen Distanz. »Wirklich?«, sagte er. »Du lügst mich nicht an?«

Annik schüttelte den Kopf und sah ihn an. War er wirklich vollkommen frei von Gefühlen? Anscheinend lag ihm zumindest sein Sohn am Herzen.

»Warum besuchen Sie ihn nicht?«, fragte sie.

Er senkte den Blick. Seine Lippen formten eine harte Linie. »Es wäre nicht gut für ihn«, sagte er nach einer Weile erstaunlich sanft.

Annik musterte ihn eindringlich. »Für ihn? Oder für Sie? Er ist sehr verstört, Mijnheer. Was ist ihm zugestoßen?«

Er schüttelte den Kopf. »Nichts, was für Sie von Bedeutung wäre.« Er stand auf und sah sich um. »Dieses Regal haben Sie schon aufgeräumt, wie ich sehe.«

Sie nickte seufzend. Vorbei war die halbe Minute menschlicher Regung, vor ihr stand wieder der lebende Eisschrank. »Schade, Sie waren ausnahmsweise mal fast nett«, sagte sie unwillkürlich laut.

Er wandte den Kopf und sah sie an. In seinen bernsteinfarbenen Augen glitzerte so etwas wie Belustigung. Dann glitt sein Blick tiefer und fiel auf die weiße Rose an ihrem Gürtel. Sein Gesicht versteinerte. »Woher haben Sie das?«, fragte er und machte einen langen Schritt auf sie zu. Er packte die Rose und zog sie aus der Gürtelschlaufe. Seine Finger zerquetschten die zarten Blütenblätter. »Wer hat Ihnen erlaubt, in meinem Garten Rosen zu pflücken?«

Annik schnappte empört nach Luft und sog dabei seinen Geruch ein. Ihre unbewusste Erwartung, dass er nach Tod riechen würde, nach Stein oder Metall, Eis oder Staub, erfüllte sich nicht. Das stürzte sie einen Augenblick lang in Verwirrung und sie schnupperte ein zweites Mal. Würzig, eine teure Seife, ein Aftershave? Er roch so lebendig wie jeder andere Mensch, den sie kannte, und von seinem Körper strahlte Wärme ab. Das verunsicherte sie.

»Ich habe nichts gestohlen«, sagte sie gepresst. »Franco hat mir den Rosengarten gezeigt und dieser Busch war voller Blüten.«

Er stand dicht vor ihr und starrte ihr grimmig ins Gesicht. Sie begriff nicht, warum er so ein Gewese um eine Rose machte, dass er vollkommen seine kalte, unbeteiligte Haltung vergaß. Es war faszinierend und beängstigend zugleich, ihn so aufgebracht zu sehen. Da war nichts mehr von beherrschter Kühle, in seiner Miene und seinen Augen spiegelte sich ein wahrer Vulkan von Gefühlen, heiß, wild und unkontrolliert.

Er warf die Rosenblüte auf den Tisch und packte Anniks Schultern. Seine Hände waren so stark, wie sie aussahen, und seine Finger gruben sich tief in ihr Fleisch. »Niemand plündert meine Rosen«, knurrte er. »Niemand!«

Das war so absurd. Annik konnte nicht an sich halten, sie musste bei dem Gedanken an die unzähligen Rosenknospen im Park trotz ihrer eher beängstigenden Situation lachen.

Ihr Lachen ließ Gabriel zurückprallen. Er ließ sie los und betrachtete seine Hände, als wären sie ihm fremd. Einen Augenblick lang sah er jung und verletzlich aus, dann holte er tief Luft, richtete sich auf und sah sie mit eisiger Härte an. »Sie haben mich verstanden«, sagte er brüsk.

Annik hob trotzig die Schultern. »Da gab es ja nichts misszuverstehen, Mijnheer.«

Er nickte knapp und ging.

Annik lehnte sich gegen den Tisch, weil ihr mit einem Mal die Knie weich wurden. Was für ein kompletter Irrer, dachte sie. Was für ein vollkommen durchgeknallter Spinner.

Sie ließ sich langsam auf den Stuhl sinken und starrte die zerdrückte Rose an, die auf dem Schreibblock gelandet war. Die leuchtend weißen Blätter waren rot gefleckt. Gabriel musste sich an den spitzen Dornen die Finger aufgerissen haben. Das geschah ihm recht.

14

Sie stand dennoch abends vor Gabriel van Leuvens Arbeitszimmer und wartete darauf, dass er sie hineinbat. Es war ihre Aufgabe, ihm Bericht zu erstatten, und er hatte seinen Befehl nicht widerrufen.

Hinter der schweren Tür regte sich nach ihrem Klopfen minutenlang nichts, also machte sie kehrt und lief mit einem Gefühl der Freiheit zurück in ihr Zimmer. Sie konnte einen langen Abend lang tun und lassen, was ihr gefiel. Am liebsten hätte sie auf eigene Faust den Park erkundet und nach dem ominösen Friedhof gesucht, aber da es seit einer Stunde kräftig regnete, verschob sie diese Expedition auf einen anderen Tag und fischte ihre Taschenlampe aus dem Rucksack.

»Ybbas, hast du Lust auf ein Abenteuer?«, fragte sie.

Der Gny gab ein erfreutes Zischen von sich und huschte über ihren Arm. Ybbas langweilte sich schrecklich. Zu Hause hatte er die anderen Vertrauten, mit denen er herumhängen konnte – oder was immer Ginay taten, wenn sie ohne ihre Hexen unterwegs waren.

Sie begannen ihre Tour im Ostflügel. Wie zuvor schob sie die Flügeltür auf und stand dann einen Moment lang schweigend in der Stille. Wieder überfiel sie das Gefühl, allein in einem leeren Gebäude zu sein, in einem Totenhaus, das nur Gespenster, Erinnerungen und spinnwebdurchzogene Dämmerung beherbergte. Sie sah die Spuren ihres ersten Betretens auf dem

Boden und folgte ihnen in den großen Spiegelsaal. Dieses Mal fiel kein Licht durch die geschlossenen Läden und Vorhänge, das grünliche Regenlicht von draußen versetzte den Saal in eine unheimliche Unterwasserstimmung. Die Spiegel schimmerten wie Portale in andere Welten oder senkrecht hängende Wasserflächen. Wo bei ihrem letzten Besuch ein leerer Rahmen den Blick auf die zerschlissene Tapete erlaubt hatte, hing nun wieder eine staubbedeckte, schimmernde Spiegelfläche.

Annik verharrte und musterte den Boden. Nur ihre doppelte Spur führte von der Tür in den Raum hinein. Der glitzernde Scherbenhaufen auf dem Boden zeigte, dass sie sich an der gleichen Stelle befand wie bei ihrem letzten Besuch. Wer auch immer den Spiegel ersetzt hatte – er musste über den Boden geschwebt sein, ohne ihn zu berühren.

Annik setzte dieses Rätsel auf ihre immer länger werdende Liste und ging weiter durch den Saal. Sie ignorierte die Schemen in den Spiegeln, die doch alle nur sie selbst zeigten, und betrat den nächsten Raum durch eine Tür, die einmal weiß und golden gewesen sein musste.

Hier war es beinahe stockdunkel. Sie ließ ihre Taschenlampe aufleuchten und den Strahl umherwandern. Lichtblitze zeigten ihr, dass auch in diesem kleineren Raum die Wände mit Spiegeln bedeckt zu sein schienen. Sie suchte nach einer Tür, aber anscheinend gab es keine.

Zurück im großen Saal wählte sie die zweite Tür an der Längsseite, die in einen langen Korridor führte. Auf der rechten Seite waren bodentiefe, mit Läden verschlossene Fenster, auf der linken wechselten sich Spiegel und Gemälde ab, letztere zeigten Porträts und Landschaften und hin und wieder ein surrealistisch anmutendes Sujet. Annik verharrte einige Minuten vor einem Gemälde, auf dem Drachen hoch in der Luft über einem Berggipfel miteinander kämpften. Es war meisterhaft gemalt, die Drachen schienen zu atmen, so lebendig wirkten sie. Ybbas lief aufgeregt auf ihrer Schulter hin und her, das Bild schien ihn ebenso zu faszinieren wie sie. Er stieß kleine, fiepende Laute aus und achtete gegen seine Gewohnheit nicht darauf, sie mit seinen Krallen nicht zu kratzen. Annik beschwerte sich leise, und Ybbas kauerte sich still an ihrem Hals nieder, während seine goldschimmernden Kugelaugen immer noch das Bild fixierten.

Spiegel und Bilder, eine schier endlose Reihe. Der Korridor musste sich über die gesamte Länge des Flügels erstrecken. Die Tür an seinem Ende war verschlossen.

Annik fluchte tonlos. Sie verspürte nicht die mindeste Lust, durch den langen, dunklen Gang an ihren Ausgangspunkt zurückzukehren.

Also legte sie kurz entschlossen die Hand auf die Türklinke und murmelte:

»Verschlossen scheint
Was in Wirklichkeit
Weit offen steht.«

Mit einem leisen Knacken sprang das Schloss auf und Annik betrat das schummrige Treppenhaus. Durch die hohen Fenster fiel das trübe Licht des regnerischen Abends. »Hinauf oder hinunter, Ybbas?«, fragte sie halblaut und ließ den Lichtkegel ihrer Taschenlampe wandern. Ohne seine Antwort abzuwarten, begann sie die Stufen hinabzusteigen.

Was mochte der Keller für Geheimnisse bergen? Wahrscheinlich würde sie sich schlicht ihren Weg durch all die Möbel bahnen müssen, die aus dem Ostflügel verbannt worden waren.

Annik vergnügte sich auf dem Weg nach unten mit der Vorstellung, über aufeinandergetürmte Tische, Sofas und Stühle klettern zu dürfen, bis sie endlich die andere Seite und die

Treppe nach oben erreicht hatte. Wahrscheinlich würde sie sich verlaufen oder erschöpft auf der Hälfte der Strecke aufgeben, sich zusammenrollen und warten, bis ein Suchkommando auftauchte. Das natürlich nie kommen würde. Sie würde verhungern und verdursten, und spätere Generationen würden ihr Skelett finden, wie es über einem Beistelltisch hing, die Hand nach dem nächsten Sessel ausgestreckt …

Sie grinste und folgte dem Licht ihrer Taschenlampe.

Die Wirklichkeit war enttäuschend. Der Keller war weder feucht noch unheimlich, barg keine geheimen Verliese und war auch nicht vollgestopft mit Schätzen oder Möbeln. Das niedrige, lang gezogene Gewölbe war leer bis auf Mäusedreck, Staub und Spinnweben. Annik wanderte von Torbogen zu Torbogen, durch einen leeren Kellerraum nach dem anderen, und beschimpfte sich dafür, nicht doch lieber die oberen Geschosse erkundet zu haben, die sicherlich viel aufregender und geheimnisvoller gewesen wären als dieses öde Loch.

Zurückgehen war aber keine Option. Sie schaltete die Taschenlampe aus, weil sie in Sorge war, dass die Batterie nicht bis zum Ende halten würde, und ließ Ybbas die Sicht übernehmen. Seine Kugelaugen waren in der Lage, in völliger Dunkelheit zumindest Umrisse zu erkennen, was in diesem leeren Keller vollkommen ausreichte.

Sie wanderte mit geschlossenen Augen durch das perlige Zwielicht, das sie durch die Augen des Gny erblickte, und freute sich an den Schattierungen von Grau und Schwarz, die sie durch seine Sinne wahrnahm. Die Konturen der Türöffnungen und Mauervorsprünge besaßen in dieser Sicht opalisierend schimmernde Ränder, deren Schönheit sie für den sonst so monotonen Anblick entschädigte.

Sie betrat einen Raum, der größer war als diejenigen, die sie bisher durchquert hatte, und erstarrte. Er war voller Menschen, die reglos an den Wänden saßen, die Hände im Schoß gefaltet und die Köpfe gesenkt. Annik hörte weder Atemzüge, noch bemerkte sie eine Bewegung.

Mit tastenden Schritten ging sie auf die erste Person zu. »Hallo?«, sagte sie leise.

Die Frau saß still da, blickte auf ihre zu einer Schale zusammengelegten Hände, in denen vertrocknete Rosenblüten lagen. Ihr Haar war zu einem festen Knoten frisiert, sie trug ein langes, altmodisch anmutendes Kleid. Ihr zartes Gesicht zeigte einen träumerischen Ausdruck. Sie schien Annik nicht zu bemerken.

Annik sah die Frau an, die in der gleichen Haltung neben der ersten saß. Sie war größer als ihre Nachbarin und weniger zierlich, das Kleid war ähnlich altmodisch, aber sie trug noch ein Schultertuch und einen dicken Zopf, den sie um ihren Kopf gelegt hatte. Ihr Gesicht war gröber, sie sah aus, als wäre sie eins der Küchenmädchen. Auch sie reagierte nicht auf Anniks leisen Ruf.

Ein Mädchen weiter hinten in der Reihe war in Anniks Alter, sie trug ein kurzes Kleid mit einer Strickjacke und hatte Dauerwellen. Ihre Nachbarin war wieder etwas älter, mit Brille und in Jeans und Pullover.

Annik sah die lange Reihe entlang, betrachtete die starr dasitzenden Frauen, die so unterschiedlich waren und sich doch so ähnelten, und fühlte Angst in sich emporkribbeln. Was war das hier? Was hatte das zu bedeuten?

Sie zog die Taschenlampe hervor und öffnete die Augen. Es war stockfinster, sie konnte keine Einzelheiten ihrer Umgebung unterscheiden. Mit einem Fingerdruck ließ sie die Lampe aufleuchten und den Lichtstrahl von Wand zu Wand wandern.

Der Raum war leer.

Sie hatte einen Schritt von einer der Frauen entfernt gestanden. Mit einem zitternden Einatmen vollendete sie den Schritt und beugte sich vor. Sie streckte die Hand aus, zögernd, jeden Augenblick damit rechnend, dass sie gegen eine Stirn, eine Schulter treffen und die Schlafende wecken würde, aber keinerlei Widerstand hielt ihre tastende Hand auf, bis sie die Wand berührte.

»Ybbas«, sagte sie laut und hasste den ängstlichen Klang ihrer Stimme, »was ist das? Kannst du etwas erkennen?«

Der kleine Gny lief über ihren ausgestreckten Arm und sprang von ihrer Hand. Er hing frei in der Luft, schien sich mit scharrenden Krallen an etwas festzuklammern, das Annik nicht sehen konnte. Der Anblick war so unheimlich, dass sie unwillkürlich die Augen schloss, und da sie den Rapport mit Ybbas nicht unterbrochen hatte, erblickte sie im gleichen Moment, was er sah.

Er balancierte auf der Schulter des Mädchens und tastete nach Halt an ihrem Ausschnitt, weil seine Krallen offensichtlich von ihr abglitten. Er zischte leise und wickelte seinen Schwanz um den Hals des Mädchens, ließ sich fallen und landete sanft auf ihren gewölbten Händen. Um ihn herum stäubten Flocken der getrockneten Rosen auf.

Während Ybbas über die erstarrte Frauengestalt turnte, raffte Annik ihren schwindenden Mut zusammen und streckte erneut die Hand aus, um das Mädchen zu berühren. Ihre Finger trafen dieses Mal auf Festigkeit, kalte, marmorglatte, steinerne Unnachgiebigkeit. Sie wurde mutiger, berührte das Haar und die Wange der Figur und versuchte, am Stoff des Ärmels zu zupfen. Die kalte Glätte war unangenehm unter ihren Fingern.

Sie gab Ybbas einen kurzen Befehl und er kletterte auf ihre Schulter zurück. In seinem Nackenkamm hatte sich eine vertrocknete Rosenknospe verfangen. Annik pflückte sie gedankenlos ab und sah sich durch seine Augen weiter um, während sie die lange Doppelreihe der sitzenden Statuen abschritt. Es war auffällig, dass sie alle aus verschiedenen Epochen zu stammen schienen. Die Kleider und die Frisuren repräsentierten einen detaillierten Querschnitt durch die Entwicklungen der Mode in den letzten zweihundert Jahren. Auch der Schnitt durch die Gesellschaftsschichten dieser Zeit war breit gefächert: Mägde in einfachen Kleidern saßen neben Damen in feinen Gewändern.

Annik wünschte sich nicht zum ersten Mal in ihrem Leben, sie wäre eine talentierte und gut ausgebildete Hexe oder ihr Vater wäre an ihrer Seite. Es musste eine Erklärung für diese unsichtbaren Statuen geben oder einen Zauber, der sie aus dem Zwischenreich, in dem der Gny sie sehen und berühren konnte, in das der Menschen brachte.

Annik öffnete die Augen, ließ die Taschenlampe aufleuchten und betrachtete missvergnügt den leeren Raum, durch den der von ihren Schritten aufgewirbelte Staub tanzte.

»Blinde Augen
Fühllose Finger, sehen und spüren
die toten Gestalten«,

sagte sie ohne große Hoffnung. Das war in jeder Hinsicht einer der schwächsten Zaubersprüche, den sie je improvisiert hatte, und dementsprechend bewirkte er nichts außer einem kurzen Aufflackern von Helligkeit.

Sie fluchte leise. Wenn sie eine gläubige Hexe gewesen wäre, hätte sie versuchen können, den Hirschgott anzurufen und um seine Hilfe zu bitten. Aber Cernunnos war ein eifersüchtiger und leicht zu erzürnender Gott, der von seinen Anhängern unbedingte Treue und absolutes Vertrauen verlangte. Ihre Schwester Dora war eine seiner Gläubigen, sie hätte ihn um Stärke und Beistand bitten können. Annik beneidete sie zum ersten Mal darum.

Oder ihr Vater, der ein begnadeter Spruchwirker war. Er

konnte einen Zauber in Sonettform bringen, eine viel stärkere Bindung als ihre albernen, unrhythmischen Haikus. Versmaß und Reim waren die Verstärker für einen Spruch. Ihre Geschwister hatten das Talent des Vaters geerbt: Lily schüttelte makellose Stabreime in der strengen Form des Dróttkvætt aus dem Ärmel und Dora gelang die doppelte Kunst, schwingende Hexameter zu dichten oder einfache Volksliedformen in eine Melodie zu verpacken. Sogar ihr Zwillingsbruder Ludo war begabter als sie, wenn auch exzentrisch – er arbeitete mit Limericks und Schüttelreimen, was hin und wieder unerwartete Ergebnisse zeitigte.

Annik seufzte. Sie gab auf, aus dem Stand einen starken Zauber erschaffen zu wollen, und schritt weiter die Reihen ab.

Eine ungeformte Figur am Ende der linken Reihe weckte ihre Aufmerksamkeit. Sie blieb stehen und starrte die Statue an. In ihr war in den Umrissen ein Mensch zu erkennen, auch die Haltung glich derjenigen der anderen Figuren. Die noch nicht vollständig dargestellte Frau schien klein und zierlich zu sein und Hosen zu tragen, außerdem hatte sie entweder kurze Haare oder eine Flechtfrisur. In der Mulde, die die noch unfertig ausgeformten Hände bildeten, lag eine einzelne weiße Rosenblüte, frisch und taubenetzt.

Annik wusste nicht, warum ihr ein Schauder des Entsetzens über den Rücken rann. Nichts an dieser harmlosen Figur rechtfertigte die kalte Angst, die sie ihr einflößte.

Annik flüchtete sich aus dem unheimlichen Kellergewölbe und blieb für einige Atemzüge im angrenzenden Raum stehen. Ihr Herzschlag trommelte gegen ihre Rippen, und ihr Atem ging so schnell, als wäre sie gerannt. Sie stemmte die Hände in ihre Seiten und beugte sich vor, wartete darauf, dass ihre Systeme sich beruhigten.

Sie war nicht erpicht auf weitere Entdeckungen dieser Art,

zumindest nicht mehr heute. Sie schaltete die Taschenlampe ein und bahnte sich zügig ihren Weg durch den Keller, bis sie an einer Treppe ankam, die nach oben führte.

Sie atmete tief ein und wieder aus, als sie durch die schmale Tür in den Küchenflur trat. Das Scheppern und Klirren aus der Küche und die Stimmen der Köchin und ihrer Gehilfinnen verjagten die spukhaften Bilder, die sie aus dem Keller verfolgt hatten.

Sie schloss die Tür leise hinter sich und klopfte gedankenverloren ihre staubigen Hosenbeine und Ärmel ab. Wahrscheinlich war sie von oben bis unten mit Spinnweben und Staub bedeckt. Es verlangte sie nach einer Dusche und ablenkender Lektüre.

Von der Treppe warf sie einen Blick in den Park hinaus. Der Regen hatte aufgehört und ein voller Mond warf seinen silbrigen Schein über die Wipfel der Bäume. Wolken zogen vorbei und dämpften sein Licht, zogen weiter und wieder narrten scharf umrissene Schatten ihren Blick. Sie blieb stehen und presste die Stirn an das kalte Fensterglas. Dort unten stand jemand und sah zu ihr hinauf. Es war ein Mann, dunkel gekleidet, schlank und groß. Sie konnte sein Gesicht nicht sehen, denn es lag im Schatten, aber sein Haar schimmerte hell im Mondlicht.

Annik umklammerte das Fensterbrett mit beiden Händen. Die Statur und das Haar konnten nur zu einem hier gehören: Gabriel van Leuven. Warum stand Mijnheer dort draußen und starrte sein Haus an?

Sie blieb stehen, wider Willen angezogen vom Anblick des einsamen Mannes. Er strahlte eine so tiefe, dunkle Trauer aus, dass es ihr den Atem abschnürte. Als er sich abwandte, fiel ein Strahl Mondlicht auf ihn, und für einen winzigen Moment, bevor der nächste Wolkenschatten den Garten in tiefes Dunkel fallen ließ, konnte sie sein Gesicht sehen.

Sie fuhr zurück und schlug die Hände vor den Mund. Der Mann, dessen schlanke Gestalt jetzt mit den dunklen Büschen verschmolz, hatte ein Gesicht, das kreuz und quer von Narben durchzogen und gefurcht war wie eine groteske Maske.

Das musste eine Täuschung gewesen sein, dachte sie und wischte sich mit bebenden Fingern über die Wangen. Das Spiel von Licht und Schatten, die Bewegung durch die treibenden Wolken, das alles im Zwielicht der Nacht und dazu ihre überreizten Nerven nach dem Erlebnis im Keller – sie musste sich geirrt haben. Es war Gabriel von Leuven, der dort im Heckenlabyrinth verschwand. Wer sonst sollte es gewesen sein?

Sie stand wie gebannt und starrte hinaus. Ein dunkler Schemen glitt durch die Nacht, lief mit langen, ausholenden Schritten, gelbe Augen glühten, sie glaubte, das Hecheln des riesigen Hundes zu hören. Satan war auf der Pirsch. Hütet euch, kleine Wesen.

15

Annik hatte eine unruhige Nacht hinter sich, in der unheimliche gesichtslose Männer und Frauen aus Stein sie durch endlose Kellergänge verfolgten, während das Hecheln eines riesigen Hundes in ihren Ohren klang.

Sie erwachte nass geschwitzt und so müde, als wäre sie wirklich die ganze Nacht gerannt.

Mit einem Becher Kaffee in der Hand öffnete sie die Tür zu Elias' Zimmer und fand Frau Wouters vor, die am Fenster stand und mit einem strafenden Blick auf ihre Uhr sagte: »Da sind Sie ja endlich, Annik.«

Annik zuckte mit den Schultern und schob die Tür hinter sich zu. »Was kann ich für Sie tun, Mevrouw?«

Die Haushälterin sah sie nicht sonderlich freundlich an. »Mijnheer van Leuven hat sich über Sie beklagt«, sagte sie. »Sie haben sich an seinen Rosen vergangen.«

Annik hob die Brauen, zu müde, um sich zu ärgern. »Das hört sich an, als hätte ich mit einer Axt in seinen heiligen Rosenbüschen gewütet«, sagte sie lächelnd. »Franco hat mir eine Rose gepflückt, weiter nichts. Ich habe ihn nicht darum gebeten. Mijnheer hat mir gestern deswegen schon eine Szene gemacht, Sie dürfen also versichert sein, dass ich mich den heiligen Büschen nicht mehr ungebührlich nähern werde.«

Die Haushälterin presste unmutig die Lippen zusammen. »Ihre Haltung spricht von beklagenswerter Leichtfertigkeit«, sagte sie streng. »Es sind schon Dienstboten wegen geringfügigerer Vergehen fristlos gekündigt worden.«

Annik hatte es satt. Sie stellte ihren Becher hart ab und verschränkte die Arme. »Dann werfen Sie mich doch hinaus«, sagte sie scharf. »Das hier ist ein Haus voller Verrückter, Mevrouw. Ich bin überhaupt nicht sicher, ob ich noch weiter bleiben möchte.«

Sie starrten sich aufgebracht an. Frau Wouters hob schließlich das Kinn und sagte eisig: »Gehen Sie an Ihre Arbeit. Ich werde mit Mijnheer über Ihren weiteren Verbleib im Hause reden.« Mit diesen Worten rauschte sie hoheitsvoll hinaus.

»Blöde Ziege«, murmelte Annik. Sie kniete sich neben den Koffer, pochte leicht dagegen und rief: »Guten Morgen, Elias!«

Ein beinahe unhörbares Wispern kam aus dem Inneren des Koffers. Annik hielt den Atem an. Etwas raschelte und dann rollte ein kleiner, bunter Ball aus dem Koffer und prallte gegen ihren Fuß.

Annik schluckte und schob den Ball zurück. Nach einer Weile rollte er wieder heraus und hüpfte über Ybbas, der sich nicht rechtzeitig in Sicherheit gebracht hatte und jetzt aufgebracht zischelte. Annik glaubte, ein Kichern aus dem Koffer zu vernehmen. Sie gab ihrem Vertrauten einen wortlosen Befehl und setzte das Spiel mit seiner Hilfe fort, wobei der Gny sich alle Mühe gab, so tollpatschig wie möglich zu agieren, über seine Pfoten zu stolpern, die lange Zunge aufgebracht aus dem Maul zucken zu lassen und den Ball entweder zu verfehlen oder mit ihm zu kollidieren. Hin und wieder, wenn Ybbas besonders albern über seine Füße oder seinen Schwanz stolperte, drang ein atemloses Kichern aus dem Koffer, das Anniks Herz aufblühen ließ wie eine Rosenblüte.

Dann blieb der Ball im Koffer und kam nicht mehr heraus. Annik legte sich auf den Bauch und stützte das Kinn in die Hände.

»Möchtest du, dass ich dir die Geschichte weiter erzähle?«, fragte sie. »Ich habe ein bisschen Angst, weil der böse Michel so gruselig ist.«

Der Koffer blieb stumm, aber drinnen regte sich raschelnd etwas. Dann streckte sich eine kleine Hand aus der Öffnung und tastete zaghaft nach ihr.

»Danke, Elias«, sagte Annik und griff nach der Hand. »Jetzt fühle ich mich schon viel besser.« Sie lehnte sich gegen die Wand und erzählte den Schluss des Märchens, in dem Peter Munk den bösen Geist durch List zwang, ihm sein Herz zurückzugeben, und danach als einfacher Köhler endlich wieder glücklich war.

»Was für eine unheimliche Geschichte für einen kleinen Jungen«, sagte eine Männerstimme.

Annik schrak auf.

»Mijnheer van Leuven«, sagte sie und rappelte sich auf. »Sie besuchen Elias endlich einmal?«

Er stand in der offenen Tür und sah sie unverwandt an. Wie lang stand er schon dort? Sein aschblondes Haar schimmerte im Sonnenlicht. Annik dachte an den Anblick, den er gestern Nacht geboten hatte, und fröstelte. Aber heute, im hellen Sonnenschein, erschien sein Gesicht vollkommen normal, wenn man das feine Narbengeflecht darin außer Acht ließ. Wenn es denn Narben waren.

»Was für eine Moral ziehen Sie aus diesem Märchen?«, fragte er in sachlichem Ton, ohne auf ihre Worte einzugehen. »Lieber arm und glücklich als reich und herzlos?«

Sie runzelte die Stirn. »Ich mag keine Morallehren«, sagte sie nachdenklich. »Aber vielleicht: ›Pass auf, was du dir wünschst, es könnte in Erfüllung gehen?‹«

Er überraschte sie mit einem Lächeln, das seine Augen zum Leuchten brachte. »Ist das Ihr Motto, Annik?«

»Ganz sicher nicht!« Sie lachte. »Ich habe keine Angst vor meinen Wünschen.«

Er nickte langsam, als hätte sie etwas Kluges oder Tiefsinniges gesagt. »Das ist das Vorrecht der Jugend«, sagte er, als wäre er ein Greis und kein junger Mann von nicht einmal dreißig.

Er hockte sich neben den Koffer und senkte den Kopf. »Elias?«, sagte er leise. »Magst du heute mit mir reden?«

Aus dem Koffer drang kein Laut. Gabriel blieb in der Haltung und wartete geduldig.

Annik musterte ihn verblüfft. Er sah so jung aus, wie er da hockte. Wie am gestrigen Tag trug er Schwarz: eine Jeans und ein langärmliges T-Shirt und an den Füßen dunkle Sneaker. Wenn er wirklich einen Bocksfuß gehabt hätte, dann hätte sie ihn jetzt erkennen müssen, denn er hatte keine Strümpfe an den Füßen. Annik lächelte breit. Was auch immer Mijnheer van Leuven sein mochte – er war nicht der Teufel.

»Worüber amüsieren Sie sich?«, fragte er, ohne aufzublicken. »Wieder so ein Familienwitz?«

Annik griff nach ihrem Becher und trank verwirrt einen großen Schluck von dem kalten Kaffee. »Nein«, sagte sie, »ich habe nur darüber nachgedacht, ob Sie der Teufel von Antwerpen sind.«

Er hob den Kopf und sah sie mit echter Verblüffung an. »Und zu welchem Schluss sind Sie gekommen?« In seinen Augen schimmerte das Sonnenlicht, aber in ihren Tiefen nistete eine Dunkelheit, die kein Licht der Welt zu vertreiben vermochte.

Annik riss ihren Blick los und deutete mit dem Becher auf seine Schuhe. »Ihnen fehlen die primären Merkmale. Bocksfuß und Hörner.«

Er stieß ein hustendes Lachen aus. »Hörner und Bocksfüße – die besitzt doch Ihr Hirschgott. Wie können sie also ein Merkmal des Teufels sein?« Seine Mundwinkel zuckten.

Annik hob die Brauen. »Nicht alle Hexen verehren den Gehörnten«, sagte sie steif. »Ich persönlich glaube eher an das ungeformte Chaos als den Ursprung und das Ende alles Seins.«

Er stand auf und klopfte seine Knie ab. »Sie sind ein Freigeist.«

»So habe ich das nie gesehen – aber ja. Wahrscheinlich.« Sie stellte die Tasse etwas zu hart ab. »Gibt es etwas, das Sie mit mir besprechen wollten, Mijnheer? Meine Entlassung?«

Er stand dicht vor ihr und blickte auf sie hinab. Sie musste sich zwingen, die weißen Linien in seinem Gesicht nicht anzustarren, und blickte deshalb in seine Augen. In den goldenen Tiefen schimmerten kleine Lichter, wahrscheinlich Reflexionen des Sonnenlichtes. Ihr Mund wurde trocken.

»Ihre Entlassung«, sagte er. Seine Brauen zogen sich zusammen. »Sie haben sich über Wouters geärgert, habe ich recht?«

Annik zuckte mit den Schultern. »Es steht mir wohl kaum zu, mich über Ihre Haushälterin zu ärgern«, sagte sie. »Vielmehr hat mir Frau Wouters Ihre Missbilligung zugetragen und stellte meinen Verbleib in Ihrem Haushalt infrage.«

Er biss sich auf die Lippe, und ein kleiner Blutstropfen erblühte darauf, den er geistesabwesend mit dem Finger abtupfte. »Ich habe mich gestern sehr unfreundlich Ihnen gegenüber verhalten«, sagte er. »Dafür wollte ich mich entschuldigen. Franco hätte diese Blüte nicht pflücken dürfen, aber das konnten Sie nicht wissen und auch nicht verhindern.«

Annik nickte verdutzt. »Das ist wahr«, sagte sie. »Er hat sich aber nichts Böses dabei gedacht, Mijnheer. Bestrafen Sie ihn nicht.«

Er nickte schroff. »Reden wir über etwas anderes. Spielen Sie Schach oder Backgammon?«

Annik wurde von dem plötzlichen Themenwechsel schwindelig. »Beides«, sagte sie. »Backgammon etwas besser. Ich spiele es oft mit meinem Vater.«

»Gut.« Er wandte sich ab und öffnete die Tür. »Heute Abend. Wir essen zusammen und spielen dann eine Partie Schach. Ich erwarte Sie zur üblichen Stunde.«

Ich gebe diesen Brief morgen dem Burschen mit, auch wenn ich noch so viel zu berichten hätte. Papa, Du könntest mir einen Gefallen tun: Würdest Du mir alles heraussuchen, was Du über die Familie van Leuven finden kannst? Und über die Bestie von Flandern und den Schlächter von Brügge – das dürfte sich überschneiden, weil beide zur Familie gehört haben. Wenn Du noch Zeit findest, könntest Du mir auch alles heraussuchen, was Du über dieses Haus hier findest. Ist das zu viel verlangt? Dienstag habe ich meinen freien Tag, dann erzähle ich Euch alles, was ich nicht mehr schaffe, aufzuschreiben. Ich freue mich so auf Euch. Ich vermisse Euch schrecklich.
Gebt Luuk und Lies einen dicken Kuss von ihrer Tante!
Annik

Rafael wartete schon in der Bibliothek auf sie. Er hatte geübt, wie er stolz sagte, und las beinahe flüssig die nächsten Seiten seiner Lektüre für Zweitklässler vor. Sein Stottern schien davon abzuhängen, wie nervös er war, wenn er sich wohlfühlte, dann war es beinahe verschwunden.

Annik sah ihn an, während er sich über sein Buch beugte und mit dem Zeigefinger die Zeilen entlangfuhr. Er sah sehr ernst und konzentriert aus und glich dem Hausherrn beinahe erschreckend. Jünger, in frischen Farben, ohne harte Züge und diese tief sitzende Trauer, die Annik in Gabriels Augen erkannt hatte. Rafael schien sogar dann zu lächeln, wenn er ernst blickte.

Gabriel war zu jung, um sein Vater sein zu können, also musste er sein Bruder sein oder ein Cousin. Wo waren die

Eltern des Jungen? Wo war Gabriels Frau, Elias' Mutter? Wer war der Mann in der Bibliothek, der mit Gabriels Stimme zu ihr gesprochen hatte, in der aber ein Hauch von Rafaels Stottern zu hören gewesen war?

Nun, womöglich war dieser Daniel ja Rafaels Vater ...

»Erzähl mir von dir«, sagte sie. »Was machst du den ganzen Tag? Ich sehe dich immer nur hier in der Bibliothek.«

Er legte den Kopf schief und sah sie an, als hätte er ihre Frage nicht verstanden. »Es ist s-schön hier«, sagte er zögernd. »Ruhig und viele Bücher.« Er lächelte schon wieder. »Ich mag B-bücher.«

»Ich auch«, sagte sie und erwiderte sein Lächeln. »Mein Vater besitzt eine Buchhandlung. Weißt du, was das ist?«

Er schüttelte den Kopf, sah sie erwartungsvoll an.

»Du warst doch bestimmt schon öfter in der Stadt. Dort gibt es Läden, in denen man alles Mögliche kaufen kann – Kleider und Essen und Spielzeug ...«

Er sah sie reglos an, Verunsicherung in seinem Blick. »Nein, ich ...«

Annik runzelte die Stirn. »Du warst noch nie in der Stadt?«

Er schüttelte stumm den Kopf, spiegelte ihr Stirnrunzeln.

Annik atmete durch. »Du ... du gehst aber doch gelegentlich hinaus«, sagte sie. »Aus dem Haus. Aus dem Park.«

Er hob die Schultern in einer eckigen Bewegung. »Ich bin gerne hier«, sagte er unglücklich.

Annik zwang sich zu einem entspannten Lächeln und wurde mit der gleichen Miene auf seinem Gesicht belohnt. »Das ist doch in Ordnung«, sagte sie betont gleichmütig. »Es ist ein großes Haus und ein riesiger Park. Magst du mir morgen etwas vom Park zeigen?«

Er nickte eifrig und griff nach dem Bleistift, den sie ihm hingelegt hatte. »Hilfst du mir schreiben?«

Sie rückte an seine Seite und legte ihre Hand auf seine. »So geht dein Name«, sagte sie und führte seine Finger. »Siehst du? Ra-fa-el.«

16

Rafael braucht jemanden, der sich um ihn kümmert«, sagte sie.

Sie saßen sich gegenüber an dem niedrigen Couchtisch. Gabriel lümmelte lang ausgestreckt auf dem Ledersofa, den Arm über die Lehne gelegt, rauchte eine Zigarette und trank Rotwein. Sie hatten zu Abend gegessen und dabei kein Wort gewechselt. Gabriel hatte in seinem Essen gestochert und dann wie beim ersten Mal einen Apfel geschält, den er zur Hälfte ihr überlassen hatte.

Annik ließ sich heute von seiner verschlossenen, wortkargen Art nicht einschüchtern. Wenn er ihr einen Blick zuwarf, dann war der so arktisch wie das Polarmeer, aber dennoch saßen sie zusammen an einem Tisch, stocherten gemeinsam in dem zerkochten Gemüse herum und schwiegen sich an. Er hatte sie bisher weder hinausgeworfen noch gemaßregelt, weil sie mit Elias noch keine weiteren Fortschritte gemacht hatte. Und er hatte sie mit einer schroffen Handbewegung aufgefordert, ihr Wasserglas zu nehmen und sich mit ihm in die Sitzecke zurückzuziehen, wo er bereits ein Schachspiel aufgebaut hatte. Er hatte ihr eine Zigarette angeboten und ein Glas Wein oder einen Cognac, was sie beides abgelehnt hatte, und nun saßen sie hier und starrten auf das Schachbrett oder in die Luft. Es war nicht sehr behaglich, aber auch nicht beängstigend.

Und dann hatte Annik diesen Satz gesagt. Rafael ging ihr

schon den ganzen Abend nicht aus dem Sinn. Wo war der Junge jetzt? Wer sorgte für ihn? Saß er alleine in seinem Zimmer, ohne Unterhaltung, ohne eine Menschenseele, die sich um ihn sorgte?

Gabriels ohnehin düstere Miene umwölkte sich noch mehr. »Das geht Sie nichts an«, sagte er. Er drückte die Zigarette aus, setzte sich auf und betupfte einen Rotweinfleck auf seinem hellen Hemd.

Annik ließ nicht locker. »Er sollte Gesellschaft haben«, sagte sie. »Es ist nicht gut, wenn er den ganzen Tag allein ist und mit niemandem redet. Er macht Fortschritte ...«

Gabriels aufflammender Blick ließ sie verstummen. Er richtete sich auf und deutete grimmig auf ihre Brust. »Sie mischen sich in Dinge ein, die Sie nichts angehen, Fräulein Joncker«, sagte er leise und scharf. »Ihre Aufgabe ist es, Elias aus dem Koffer zu locken und zum Sprechen zu bringen. Rafael und sein Tun und Lassen hat Sie nicht zu interessieren.«

»Ist er Ihr Bruder oder Cousin?«, fragte sie hartnäckig weiter. »Wo sind seine Eltern?«

Gabriels Lippen wurden zu einer dünnen Linie. Er griff nach seinem Weinglas. »Sie *sind* impertinent«, sagte er und trank.

Blutrote Tropfen auf seinen Händen und seinem Kinn. Er tupfte sie achtlos weg. »Ihr Zug!«

Annik senkte den Blick auf das Schachbrett. Sie seufzte und zog mit ihrem Läufer, schlug einen seiner Türme.

»Sie werden verlieren, wenn Sie so unkonzentriert spielen«, murmelte er.

»Ist das nicht vollkommen gleichgültig?«

Er schüttelte den Kopf, ohne aufzublicken. »Man muss Spiele ernst nehmen. Jedes Spiel hat ein Echo in der Wirklichkeit.«

Annik kräuselte die Lippen. Das war die Antwort eines Hexers, nicht die eines Tumben. Alles, was Regeln folgte, erzeugte Resonanzen in der Gegenwelt. Wer diese Echos gezielt erzeugen konnte, formte damit einen Zauber, der wiederum eine Resonanz in der Welt der Dinge erzeugte. Und das wiederum veränderte die Realität. So funktionierten letztlich auch ihre stümperhaften Haiku-Zaubersprüche. Eine Regel – ein Echo und ein Gegenecho.

»Gibt es Hexer in ihrer Familie?«, fragte sie.

Er blickte auf und sah sie geradezu angewidert an. »In meiner Familie? Fräulein Joncker, Sie reden von den van Leuvens. Machen Sie sich nicht lächerlich.«

»Hören Sie auf, mich ›Fräulein Joncker‹ zu nennen«, murmelte sie. »Ich heiße Annik.«

Seltsamerweise entlockte ihm das ein halbes Lächeln. »Und wahrscheinlich möchten Sie mich im Gegenzug auch bei meinem Vornamen nennen?«

Annik schüttelte geradezu schockiert den Kopf. »Fällt mir nicht im Traum ein, Mijnheer«, sagte sie. »Damit Sie mir gleich wieder mit der Kündigung drohen oder Ihre gruselige Haushälterin auf mich hetzen? Nein, danke.«

Er lachte nicht, aber in seinen Augenwinkeln erschienen feine Fältchen. Wie er dasaß, die Ellbogen auf die Knie gestützt und ein paar vorwitzige Strähnen seines Haars in der Stirn, sah er aus wie einer ihrer Freunde, nicht wie der schreckenerregende Herr des Hauses. Er streckte die Hand aus und zog mit einem Springer. »Matt in drei Zügen«, sagte er beiläufig.

Annik blickte missmutig auf das Spielbrett. »Scheint so«, gab sie zu. »Meinetwegen, ich gebe auf.« Sie warf ihren König um.

Er lehnte sich zurück und schloss die Augen. Müde sah er aus. Er hatte den ganzen Abend getrunken, die Flasche Wein war beinahe leer. Das reichte offensichtlich nicht aus, um ihn betrunken zu machen, aber er wirkte schläfrig.

Annik erhob sich. »Ich sollte zu Bett gehen«, sagte sie. »Danke für den angenehmen Abend.«

Er sagte nichts, nickte nur. Als sie sich an ihm vorbeidrückte, schoss seine Hand vor und packte ihr Handgelenk. Seine Augen waren immer noch geschlossen und auf seiner Lippe schimmerte ein blutroter Tropfen Wein. »Machen Sie sich keine Gedanken um Rafael«, sagte er leise und leckte den Tropfen ab. »Ihm geht es gut. Elias ist wichtig, wichtiger, als Sie denken. Konzentrieren Sie sich auf ihn.« Er öffnete die Augen und sah sie an. Tiefes, dunkles Gold mit kleinen, leuchtenden Funken darin. Darunter eine lastende, dunkle Traurigkeit. Er schien etwas von ihr zu erwarten, aber was?

Annik atmete tief und bebend ein. »Elias«, bestätigte sie leise. »Ich habe verstanden, Mijnheer.« Ihre Gesichter waren sich so nah, sein Blick hielt ihren wie mit Widerhaken fest, schien ihr mitten ins Herz zu sehen. Die Luft zwischen ihnen vibrierte vor Spannung. Seine Lippen, von denen er gerade den Tropfen geleckt hatte, waren nah, sie schimmerten im weichen Licht. Annik hielt den Atem an. Er würde sie jeden Moment küssen, sie konnte es spüren.

Er nickte, schloss die Augen und ließ sie los.

17

Hendrike, eins der Dienstmädchen, war so alt wie Annik und hatte ein fröhliches Wesen, das alles und jeden mit der gleichen ruhigen Freundlichkeit anzusehen schien – den Staub, den sie am Morgen im Flur zusammenfegte, die Bettwäsche, die sie in einem großen Korb hinunter in die Waschküche schleppte, den Burschen, der ihr hinterherpfiff und derbe Koseworte zuwarf, die Haushälterin, die sie rügte, weil das Kinderzimmer noch nicht aufgeräumt worden war, und Annik, die sich neben sie auf die Bank vor der sonnenwarmen Küchenwand setzte, die Beine ausstreckte und »Puh« machte, bevor sie ihren Becher an den Mund setzte.

Hendrike lächelte und biss in ihr Butterbrot. »Pause?«

»Ja.« Annik schüttelte den Kopf und gähnte. »Ich würde viel lieber im Park spazieren gehen als Bücher aufräumen«, sagte sie rebellisch. Es war selten, dass ihr etwas wichtiger war als Bücher, aber der Park lockte sie mit Macht, und heute war ein schöner, klarer und windstiller Tag, Insekten summten und Schmetterlinge flatterten, in den Bäumen sangen Vögel, und an einem porzellanblauen Himmel standen hingetupfte Schäfchenwolken. Zu schön für das dunkle Innere des Hauses.

Hendrike wischte die Finger an ihrer Schürze ab. »Ich kann auch nie spazieren gehen«, sagte sie und lächelte. Es schien sie nicht zu bedrücken und sie klang auch nicht resigniert. Sie würde gleich aufstehen, die Zimmer im ersten Stock aufräumen,

Staub wischen, die Badezimmer putzen und danach die saubere Wäsche in die Schränke räumen.

Annik senkte beschämt den Blick. »Ich bin ganz schön egoistisch«, sagte sie. »Du beklagst dich nie über all die viele Arbeit, die an euch Mädchen hängt.«

Hendrike lächelte immer noch. »Ich mache meine Arbeit sehr gern«, sagte sie. »Das ist eine gute Stellung hier. Niemand, der einem an die Wäsche geht, und Mevrouw Wouters ist zwar streng, aber selten ungerecht.«

Annik nickte nachdenklich. »Mijnheer ist nicht sehr freundlich, oder?«

Hendrike zuckte fatalistisch mit den Schultern. »Er ist nicht die Sorte, die sich anbiedert, und er lässt die Finger von uns Mädchen. Das ist viel wert. Dass er gelegentlich etwas schroff ist, das macht mir nichts aus.«

Wahrscheinlich hatte sie recht. Annik hatte noch nie als Hausmädchen gearbeitet, wahrscheinlich bewertete sie Gabriels unterkühlte, abweisende Art viel zu scharf. Das von ihr als eisig empfundene Verhalten war womöglich ganz normal, weil der Herr des Hauses eben nicht zu denen gehörte, die ihre Finger nicht bei sich behalten konnten. Sie wusste, was ihr im Zweifelsfall lieber war.

Hendrike streckte sich. »Und ich bekomme guten Lohn, den ich nach Hause schicken kann. Ich habe noch vier jüngere Geschwister, weißt du?«

»Siehst du sie oft?« Annik blickte auf ihre Uhr. »Ihr habt auch nur alle zwei Wochen mal frei, oder?«

Hendrikes Lächeln verlor etwas an Glanz. »Nein, nicht so oft«, sagte sie. »Sie leben an der Küste, in der Nähe von Oostende. Und ich habe nur einmal im Monat ein Wochenende frei, aber das lohnt sich nicht, um nach Hause zu fahren. Und teuer ist es auch. Das Geld spare ich lieber.«

»Wer kümmert sich eigentlich um Rafael?«, wechselte Annik das Thema.

Hendrike sah sie verständnislos an. »Um wen?« Sie stand auf und blinzelte in die Sonne. »Ans Werk«, sagte sie dann fröhlich. »Wir sehen uns.«

Annik sah ihr mit gerunzelter Stirn hinterher. Wieso weigerten sich alle, mit ihr über Rafael zu reden? Der Junge war freundlich, höflich, liebenswürdig und ein wenig zurückgeblieben, was aber doch wohl kaum ein Grund war, ihn totzuschweigen.

Sie sprang auf und sah an der Fassade hoch. Wieder zurück in die dunkle Bibliothek? Würde es überhaupt jemand bemerken, wenn sie ihre Pause ein wenig verlängerte? Am heutigen Abend speiste Gabriel van Leuven in der Stadt, zumindest hatte ihr das die Haushälterin ausgerichtet. Sie konnte also genauso gut ihre Arbeit am Abend erledigen und jetzt das schöne Wetter im Park genießen.

Sie lief den gewundenen Pfad entlang, ließ das Heckenlabyrinth rechts liegen und spazierte langsam durch den Rosengarten. Ein paar sonnige, warme Tage hatten ausgereicht, um diesen Teil des Gartens in ein Meer aus Duft und Farbe zu tauchen. Rosenblüten in allen Schattierungen vom blassen Zartrosa bis zum feurigen Blutrot sprenkelten das dunkelgrüne Laub. Der einzelne weiße Strauch in der Mitte des Gartens leuchtete wie ein helles Licht.

Annik sog selig den satten Duft der blühenden Rosen ein und achtete darauf, keine der Blüten zu berühren, damit sie nicht versehentlich eine davon abbrach.

Hinter dem Rosengarten begann ein Stück mit dunklen, hohen Bäumen und einem weich federnden Boden aus Nadeln und Moos. Nach wenigen Schritten war die Stille, die sie umfing, vollkommen. Es war, als wäre sie allein in der Wildnis, weitab von der Stadt und anderen Menschen.

Sie stieß einen tiefen, zufriedenen Seufzer aus. Das hier war das Paradies. Wenn dies ihr Park gewesen wäre, sie hätte sich hier irgendwo eine Hütte bauen lassen und wäre dort eingezogen. Die Stille war wundervoll, der Geruch der Nadelbäume und der feuchten Walderde, das Gefühl des weichen Mooses unter ihren Füßen. Sie musste Elias dazu bringen, sie hierher zu begleiten. Der scheue Junge würde es lieben, da war sie sich sicher.

Sie ging einen kaum erkennbaren Pfad entlang und stand nach einigen Metern auf einer Lichtung. Tief hängende Baumäste verdeckten ein kleines, von Efeu überwuchertes Bauwerk. War das die von ihr erträumte Hütte im Wald?

Beim Näherkommen sah Annik, dass der Bau aus weißem Stein gefertigt und alles andere als eine Hütte war. Säulen trugen ein Vordach, eine Treppe führte hinauf zu einer reich mit Schnitzereien verzierten, hohen Tür aus beinahe schwarzem Holz. Das Bauwerk hatte keine Fenster.

Annik erklomm die kurze Treppe und suchte vergebens nach einem Türknauf. Sie sah sich um. Welchen Zweck hatte eine Tür, die man nicht öffnen konnte?

Mit einem Sprung von der Treppe landete sie auf dem Boden und ging um das Haus herum. Keine Öffnungen, weder Türen noch Fenster, lockerten die abweisende Hauswand auf. Das Gebäude hatte die Höhe eines einstöckigen Wohnhauses, einen länglich rechteckigen Grundriss und ein flaches Spitzdach, sodass es wie ein griechischer Tempel wirkte.

Sie gelangte an ihren Ausgangspunkt zurück und blickte an dem Bau empor. »Ein Mausoleum«, sagte sie halblaut. Ob das der »Friedhof« war, von dem Katrijn gesprochen hatte?

Annik musterte das Gebäude zweifelnd. Es war kaum anzunehmen, dass der Herr dieses Anwesens seine Dienstboten hier bestatten ließ. Sehr viel wahrscheinlicher waren die Gebeine seiner Urahnen darin zur ewigen Ruhe gebettet. Bestimmt war hier auch der Leichnam seiner Frau, Elias' Mutter, beerdigt.

Ein trauriger Vogelruf erklang und eine Wolke schob sich vor die Sonne.

Annik wandte sich ab. Die wunderbare Stimmung des Waldspaziergangs war zerstört. Sie war mit einem Mal müde und bedrückt und verspürte heftiges Heimweh. Es würde guttun, sich in die Arbeit zu stürzen. Die Magie, die einem Raum voller Bücher entsprang, hatte noch immer heilsam auf seltsame Stimmungen gewirkt. Sie würde auch heute nicht versagen.

Als sie die Bibliothek betrat, hatte sich ihre Stimmung schon so weit aufgehellt, dass sie sich auf ihre Arbeit freute. Wie immer lag der vordere Raum im Halbdunkel, über dem langen Arbeitstisch brannte eine Lampe und an einem Tisch in der Nische am Fenster eine der Leselampen. Dort lag ein aufgeschlagenes Buch neben einer Tasse, von der Dampf aufstieg, auf einem Stövchen stand eine kleine Teekanne. Anscheinend hatte sie heute Abend Gesellschaft. Wahrscheinlich war Mijnheer schon von seinem Ausflug zurückgekehrt.

Sie störte sich nicht weiter daran, sondern schaltete das Licht über dem linken Regalbereich ein und fing an, das oberste Brett auszuräumen.

Als sie hinter sich Schritte hörte, drehte sie sich nicht um, sondern stapelte weiter Bücher in ihren Arm. »Ich hoffe, ich störe Sie nicht«, sagte sie halblaut.

Niemand antwortete. Sie stieg von der kleinen Trittleiter und brachte die Bücher zum Tisch, dann warf sie einen Blick in die Fensternische.

Die Lampe war gelöscht, tiefe Dunkelheit lag über dem Tisch. Das Teelicht im Stövchen warf zuckende Schatten auf die Tischplatte, erhellte aber nur die Tasse, das Buch und ein Stück von einer Hand.

Annik hielt inne und kniff die Augen zusammen. Sie konnte die Umrisse einer Gestalt erahnen, das Oval eines Gesichtes, helles Haar. Das starke Licht über dem Arbeitstisch blendete sie zu sehr, um mehr erkennen zu können, aber sie ahnte, dass es wieder der geheimnisvolle und lichtscheue Daniel war, der dort saß und sie ansah.

»Guten Abend«, sagte sie. »Störe ich Sie, Daniel?«

Es raschelte, die Hand griff nach der Teetasse und verschwand damit in der Dunkelheit. »Störe ich Sie?«, fragte er höflich zurück.

»Nicht im Mindesten«, sagte sie und legte einen Stapel frischer Karteikarten zurecht. Sie notierte den ersten Titel und sah nicht auf, als sie fragte: »Was lesen Sie?«

»Ich sehe seit einer Zeit,
wie alles sich verwandelt.
Etwas steht auf und handelt
und tötet und tut Leid.

Von Mal zu Mal sind all
die Gärten nicht dieselben;
von den gilbenden zu der gelben
langsamem Verfall:
wie war der Weg mir weit.

Jetzt bin ich bei den leeren
und schaue durch alle Alleen.
Fast bis zu den fernen Meeren
kann ich den ernsten schweren
verwehrenden Himmel sehn.«

Seine Stimme, die schön und sanft klang wie eine tiefe Glocke, verstummte. Annik blinzelte, um die aufsteigenden Tränen zu vertreiben. »Rilke?«, fragte sie.

»Rilke.« Er stellte die Tasse mit dem leisen Klingeln von zartem Porzellan ab. »Wie ergeht es Ihnen hier im Hause, Annik?«

Sie legte die Hände flach auf die Tischplatte und neigte den Kopf. »Ich habe gezweifelt, ob es sinnvoll ist zu bleiben«, sagte sie. »Aber da ist Elias, der sich mir langsam öffnet, und da ist Rafael, um den sich sonst niemand zu kümmern scheint.« Sie hob den Kopf. »Dies ist ein seltsames Haus, Daniel.«

»Ich widerspreche Ihnen nicht.« Er saß still. Sie konnte den Umriss seines Kinns erahnen, aber sein Gesicht lag im tiefen Schatten.

»Ich habe eine Art Tempel im Park gesehen«, sagte sie und stützte ihr Kinn auf die Hand. »Was befindet sich dort drinnen?«

Stoff schabte über Leder. Er wechselte die Haltung, jetzt kamen ein Schuh und ein Stück von einem schwarzen Jeansbein in Sicht. Annik sah stirnrunzelnd hin und wandte den Blick dann wieder ab. War es doch Gabriel, der dort saß und sie mit diesem Versteckspiel zu narren versuchte? Seine Stimme klang allerdings sehr ähnlich.

»Das Grabmal«, sagte er. »Es ist ein Mausoleum, Annik. Meine Familie liegt dort begraben.«

Sie wagte kaum zu atmen. »Ihre Familie?«

»Meine Eltern und Großeltern. Meine Geschwister. Meine Onkel und Tanten.« Seine Stimme wurde leiser. »Mein Kind.«

Das Leid, das aus seiner Stimme sprach, ließ Annik betroffen den Blick abwenden, obwohl sie sein Gesicht nicht erkennen konnte. »Das tut mir leid«, flüsterte sie.

»Es ist lange her«, erwiderte er. »Ich denke nicht mehr oft

darüber nach.« Er beugte sich vor und ein Lichtstrahl streifte sein Haar.

Annik presste die Lippen aufeinander. Es war Gabriel, niemand sonst. Diese aschblonden, ein wenig zotteligen Strähnen hätte sie jederzeit erkannt.

»Ich arbeite besser weiter, ehe Mijnheer Gabriel mir wieder Pflichtversäumnis vorwirft«, sagte sie kühl und beugte sich über ihre Karteikarten.

»Tun Sie das«, erwiderte der Mann sanft. »Ich störe Sie nicht mehr, Annik.«

Sie arbeitete eine Weile stumm, schichtete den Bücherstapel von links nach rechts und füllte Karteikarte um Karteikarte. Über der Arbeit vergaß sie vollkommen, dass sie nicht allein war.

»Habe ich Sie erzürnt?«, fiel die Stimme des Mannes wie ein Stein in ihre Versenkung.

Annik sah blinzelnd auf. »Warum sollten Sie das getan haben?«

»Ja, warum?« In seiner Stimme klang ein Lächeln mit.

Annik legte den Stift beiseite und reckte sich. »Sie sind nicht aufrichtig zu mir«, sagte sie. »Sie verstecken Ihr Gesicht und Ihre Absichten.«

Er schwieg eine Weile. Annik schob ihre leere Tasse über den Tisch und beobachtete Ybbas dabei, wie er mit seiner Greifzunge nach und nach alle Rosinen aus der Schale mit Studentenfutter stibitzte und in seinem Maul verschwinden ließ.

»Ich verstecke mein Gesicht, das ist wahr«, sagte Daniel. »Ich habe einen sehr triftigen Grund dafür, Annik. Ich möchte nämlich nicht, dass Sie sich vor mir fürchten.«

Annik lachte und stand auf. Sie stellte die erfassten Bücher ins Regal und räumte das nächste Regalbrett aus. »Ich bin nicht so leicht zu erschrecken«, sagte sie über die Schulter. »Warum denken Sie, dass Ihr Gesicht das schaffen würde? Sind Sie so hässlich?« Mehr und mehr war sie davon überzeugt, dass Gabriel van Leuven sich einen Spaß mit ihr erlaubte.

»Hässlich trifft es nur zu Teilen«, erwiderte der Mann im Schatten. »Nicht wenige Ihrer Vorgängerinnen sind bei meinem Anblick in Ohnmacht gesunken. Ich vermeide es lieber, mich und Sie dieser peinlichen Situation auszusetzen, Annik.«

»Oh, bitte«, rief sie ein wenig genervt aus. »Das ist doch eine dumme Ausrede, Daniel. Wie sollte ein ganz gewöhnliches Gesicht jemanden dazu bringen, in Ohnmacht zu fallen? Oder haben Sie mehr Augen oder Nasen als üblich?«

Er lachte ein wenig gezwungen. »Mehr nicht«, gab er zu. »Allerdings …« Er seufzte. »Ich hatte vor Jahren eine Art Unfall. Mein Gesicht ist entstellt und zarte Gemüter nehmen daran Anstoß.«

»Ich habe kein zartes Gemüt«, behauptete Annik. »Ich bin die Jüngste von vier Geschwistern. Da haben sich alle Empfindlichkeiten schon im Krabbelalter erledigt.« Sie starrte herausfordernd in die dunkle Nische.

Daniel regte sich, zog das Bein an und drehte sich vom Licht weg, bis seine Gestalt vollkommen mit der Dunkelheit verschmolz. »Lassen Sie mir meinen Seelenfrieden«, bat er. »Ich werde darüber nachdenken, mich Ihnen zu offenbaren, das verspreche ich. Aber ich brauche ein wenig Zeit dafür.«

Annik nickte und hob die Schultern. »Es ist Ihre Entscheidung«, sagte sie, wider Willen von der Pein, die in seiner Stimme mitklang, berührt. »Wechseln wir das Thema. Können Sie mir etwas über Rafael erzählen? Wer sind seine Eltern?«

Die sonore dunkle Stimme stieß ein trockenes Lachen aus. »Sie haben einen feinen Radar für wunde Punkte«, sagte Daniel. »Rafaels Eltern …« Er holte Luft und stieß sie wieder aus. »Sie sind tot.«

»Ein Unfall?« Annik war kein misstrauischer Mensch, aber irgendetwas stimmte hier nicht.

»Ja und nein.« Er seufzte. »Könnten wir uns darauf einigen, auch dieses Thema für den Moment beiseitezulassen? Es ist sehr freundlich von Ihnen, sich um Rafael zu kümmern. Der Junge hat nicht viele Menschen, die Anteil an seinem Leben nehmen.«

»Das ist mir schon aufgefallen.« Annik konnte nicht verhindern, dass ihre Antwort spitz klang. »In welchem Verwandtschaftsverhältnis stehen Sie zu ihm?«

»Wir sind … Cousins.« Da war ein Stocken in seiner Stimme, ein kurzes Zögern, ein knappes, hörbares Einatmen, bevor er den Satz beendete. Annik konnte sich nur am Klang seiner Stimme orientieren, aber sie spürte, dass er log. Cousins? Daniels Stimme klang jung, zu jung, um Rafaels Vater zu sein, auch wenn er sich auf eine anziehend altmodische Art und Weise auszudrücken pflegte. Warum sollte er sie anlügen, es war doch gleichgültig, ob die beiden nun Brüder waren, Cousins oder gar nicht miteinander verwandt. Warum also log er sie wegen so einer Lappalie an? Sie kannte ihn nicht, wusste nicht, was ihn antrieb. Und es sollte ihr auch gleichgültig sein. Also nickte sie nur knapp und widmete sich wieder ihrer Arbeit.

»Nun sind Sie wirklich wütend auf mich«, sagte Daniel resigniert. »Ich bin ungeschickt im Umgang mit schönen jungen Frauen.«

»Sie sind ein Lügner, Daniel.«

Er schwieg.

Annik arbeitete den Stapel durch, räumte ihn ein und nahm sich das nächste Regalbrett voller Bücher vor.

»Sie würden es nicht verstehen«, sagte Daniel unvermittelt.

»Stellen Sie mich auf die Probe.«

»Nein.« Das klang endgültig. Annik zuckte mit den Schultern und ignorierte ihn. Irgendwann stand er auf und ging zur Tür. Sie registrierte, dass er sich dabei wohlbedacht außerhalb des Lichtkreises hielt. Als er an der hinteren Tür stand, sagte er: »Vielleicht … lassen Sie mir Zeit, Annik.« Wieder dieses herzzerreißende Flehen, diese unendliche Trauer in seiner Stimme. Annik schluckte. Sie hob den Kopf, sah in seine Richtung und nickte. »Schlafen Sie gut«, sagte sie versöhnlich.

18

Gabriel würde ihn einen sentimentalen alten Trottel schimpfen, einen tränenrührseligen, unerträglichen, windelweichen Narren.

Es gab Tage, da er ihm recht gab. Dunkle Tage voller Selbstvorwürfe und Schuldgefühle, in denen er es kaum noch ertrug, in seiner Haut zu stecken. Ein mutigerer Mann, jemand mit dem Herzen eines Löwen wie Gabriel, hätte längst den mannhaften Entschluss gefasst, sich endlich zu entleiben und das Antlitz der Welt von einer hässlichen, eiternden Pustel zu befreien.

Aber er war nicht Gabriel. Er war nicht mutig, er fürchtete sich vor Schmerzen und letztlich auch davor, ins ewige Dunkel zu fallen. Was, wenn ihn der Tod nicht von seinem Leid befreite? Wer konnte ihm garantieren, dass sein Tod wirklich das Ende bedeutete? Wie wahrscheinlich war es, dass seine Qual ewig dauerte, durch nichts zu beenden war – schon gar nicht durch seine eigene Hand?

»Du solltest dich hören.« Gabriel knurrte angewidert. Daniel konnte seine Gedanken hören: Dieses selbstmitleidige, jämmerliche Winseln. Gabriel fragte sich, wie er den anderen nur ertrug, Tag für Tag, Jahr für Jahr. Es juckte ihn in den Fingern, ihm den Hals umzudrehen. Wenn er nur sicher sein könnte, dass er von Daniel nicht auch noch im Tod verfolgt werden würde … In Momenten wie diesem war ihm das beinahe gleichgültig. Da war sogar Rafael, dieser unerträgliche Schwachsinnige, eine angenehmere Gesellschaft.

Gabriel ballte die Fäuste, dann verschränkte er die Arme. Er schmeckte Blut auf seinen Lippen. »Halt einfach den Mund«, sagte er erschöpft. »Ich ertrage dein Gejammer keine Sekunde länger. Meinetwegen geh und häng dich endlich auf.«

Daniel hörte ihm nicht zu. Er stand da und starrte das Mädchen an. Immer starrte er das Mädchen an. »Sie ist so unschuldig«, sagte er.

»Unschuldig? Im Hexenviertel gibt es keine unschuldigen Mädchen, die älter sind als zwölf.«

Der verächtliche Tonfall schien Daniel zu missfallen, denn er zog die Schultern hoch und schwieg. Und starrte das Mädchen an. »Schick sie weg«, sagte er nach einer Weile.

»Das werde ich nicht tun.« Gabriels Kälte schien die Temperatur im Zimmer spürbar zu senken. »Sie hat in den wenigen Tagen bei Elias mehr erreicht als drei Dutzend ihrer Vorgängerinnen in zehn Jahren. Sie könnte schaffen, was keine dieser dummen Kühe bisher geschafft hat.« Seine Stimme wurde noch kälter. »Auch wenn sie wie ein gerupftes Hühnchen aussieht, sie scheint einen Hauch Verstand zu besitzen.«

Daniel murrte. »Sie ist eine filigrane Schönheit«, widersprach er leise. »Sie ist apart, etwas ganz Besonderes.«

»Ein gerupftes Huhn«, beharrte Gabriel finster. »Was du filigran nennst, nenne ich mager. Haut und Knochen und eine spitze Zunge.«

Daniel widersprach nicht, aber der Blick, mit dem er Annik betrachtete, war sanft und voller Hingabe. Gabriel musste an sich halten, nicht auszuspucken.

»Wir sollten gehen, ehe sie aufwacht und deine hässliche Visage sieht«, sagte er schroff. »Oder willst du, dass sie schreit?«

Daniel beugte sich über sie, als wollte er sie küssen, dann wandte er sich mit einem Seufzen ab. »Du böser Spötter«, sagte er leise. »Erstick an deinem Gift.«

19

Annik schrak aus dem Schlaf. Es war dunkel und still im Zimmer, aber ihr war, als hätte jemand an ihrem Bett gestanden. Sie hatte im Dämmerschlaf eine Gestalt wahrzunehmen geglaubt, einen Mann, der reglos zwischen Bett und Fenster stand und sie beim Schlafen beobachtete.

Sie wandte langsam den Kopf und sah sich um. Ybbas streifte umher, wie er es häufig nachts zu tun pflegte. Wahrscheinlich plünderte er die Speisekammer oder schwamm eine Runde in dem kleinen Seerosenteich am Ende der Auffahrt. Er hätte ihr sagen können, ob sie sich den nächtlichen Besucher nur eingebildet hatte.

Annik richtete sich auf und zog die Beine an. Sie schloss die Augen und horchte, schnupperte, streckte ihre geistigen Fühler aus. Da war nichts Fremdes im Raum, bis auf einen schwachen Duft nach Rosen. Wahrscheinlich zog er durch den Fensterspalt herein.

Sie stand auf und ging zum Fenster, um hinauszublicken. Der Blick auf den nächtlichen Park beruhigte ihr Gemüt. Was auch immer sie zu spüren geglaubt hatte – es musste ein Traum gewesen sein.

Sie hockte sich in die Fensternische und umarmte fröstelnd ihre Knie. Übermorgen war ihr erster freier Tag, sie freute sich auf ihr Zuhause, auf ihre Geschwister, auf die Zwillinge, auf ihren Vater. Sie vermisste alles, die lauten, fröhlichen gemeinsamen Mahlzeiten, die ständig überfüllte Küche, das stille, nach Staub, Leder und alten Büchern riechende Antiquariat, in dem sie in ihrem Lieblingssessel zu sitzen pflegte und mit ihrem Vater über seine Bücher redete, über die Welt, über alles, was sie bewegte. Seit dem Tod ihrer Mutter war sie die Vertraute ihres Vaters. Es würde schwer für ihn werden, wenn sie mit dem Studium begann. Aber er musste sich daran gewöhnen, dass sie fort war. Ihr eigenes Leben führte.

Ludo war eigentlich derjenige, der den Laden erben sollte, aber Ludo war rastlos. Er liebte Bücher, aber er liebte sie nicht so ausschließlich und unbedingt, wie sein Vater das tat. Er wollte nicht studieren, aber er wollte auch nicht bei Arian Joncker in die Lehre gehen. Er wollte reisen und die Welt sehen, sich austoben, die Hörner abstoßen. Annik hatte ihren Zwillingsbruder im letzten Jahr immer nur kurz zu Gesicht bekommen, wenn er mit seinem abgeschabten Rucksack zur Tür hereinplatzte, Kleider, Haare und Bart die eines Tramps, mit sonnenverbranntem Gesicht und von Geschichten übersprudelnd. Das Gefühl, das sie dabei empfand, war brennender, heißer Neid auf die Freiheit, die er sich einfach nahm. Dass er sie damit dazu verurteilte, zu Hause zu bleiben und sich um ihren Vater zu kümmern, schien ihm nicht in den Sinn zu kommen.

Und vielleicht hatte er ja auch recht damit. Niemand hatte das von ihr verlangt, auch Arian Joncker nicht. Ihr Vater hatte sie sogar darin bestärkt, sich an der Uni einzuschreiben.

Annik legte die Stirn an die Fensterscheibe. Der Garten sah so friedlich und still aus. Ob dort in der Wildnis, die hinter dem Rosengarten lag, wieder jemand weinte? Vielleicht aus Angst vor dem riesigen Hund, der das Gelände durchstreifte? Sie hatte das Weinen vollkommen vergessen, bis jetzt. Womöglich war es der einsame Rafael gewesen oder eins der Küchenmädchen …

Sie war schon in ihrer Hose und zog den Sweater über, als ihr klar wurde, was sie da tat. Sie wollte hinausgehen, obwohl Frau Wouters ihr sehr nachdrücklich zu verstehen gegeben hatte, dass Mijnheer das nicht gerne sah.

Nein, dass er es strikt verboten hatte.

Das Blut prickelte durch ihre Adern und alle ihre Sinne waren hellwach. Sie durchquerte die stillen Korridore, lief die breite Treppe hinunter und stand eine Weile in der kühlen Dunkelheit der großen Halle. Hoch über ihrem Kopf schimmerten die Prismen des Kronleuchters, ein Luftzug entlockte ihnen ein leises Klingeln.

Sie durchquerte den finsteren Gang, der sie zur Seitentür brachte. Natürlich war die Tür verschlossen, Annik öffnete sie und blieb auf der Schwelle stehen. Zaudernd. Der Park lag vor ihr wie ein riesiges, atmendes Tier mit weit geöffnetem Maul, bereit, sie zu verschlingen.

Sie lauschte. Die Stille war absolut, nichts regte sich, auch der Wind war erstorben. Die Luft roch nach Rosen.

Annik rief stumm nach Ybbas, dann zog sie die Tür hinter sich zu und lief geradewegs zum Labyrinth. Erst als sie den Eingang passierte, stellte sie sich die Frage, wieso sie ausgerechnet hierher gegangen war – diesen Ort hatte sie bisher sogar am Tag gemieden. Es war stockfinster zwischen den hohen Hecken und so still wie in einer Gruft.

Annik tastete sich blind voran. Sie hatte vergessen, was der Gärtner ihr über den Weg hinein und wieder hinaus erzählt hatte, dazu hätte sie zählen müssen, wann sie wohin abbog – aber da sie nicht wusste, was sie mit diesen Zahlen anfangen sollte, achtete sie nicht weiter darauf. Schlimmstenfalls würde Ybbas ihr helfen müssen, falls der Gny sich dazu herabließ, sich zu ihr zu gesellen.

Es war ein seltsames Gefühl, sich blind und orientierungslos durch die Dunkelheit zu bewegen. Die Buchsbaumhecken verströmten einen starken, aber nicht unangenehmen Geruch. Annik setzte langsam Fuß vor Fuß und berührte mit der Linken die Hecke, deren kleine Blätter sich fest und nachgiebig zugleich unter ihren Fingern bewegten.

Sie erreichte das Herz des Labyrinths, ohne danach gesucht zu haben. Mit einem intensiven Gefühl der Freude ließ sie sich auf der Steinbank nieder und sah zum Himmel auf. Über ihr blinkte ein einzelner heller Stern am Firmament. Er schien ihr zuzulächeln und sie lächelte zurück.

Etwas raschelte zu ihren Füßen, dann kratzten Krallen über ihr Bein und ihre Hüfte. Das vertraute Gewicht des kleinen Vertrauten schwang sich auf ihre Schulter und seine Zunge kitzelte an ihrem Ohr. Annik hob die Hand und kraulte seinen Nackenkamm. »Da bist du«, flüsterte sie.

Ybbas' grün-goldene Augen schienen im Dunkeln zu leuchten. Sie sah, wie er sie unabhängig voneinander drehte, dann schnellte seine Zunge hervor, peitschte dicht an ihrer Wange vorbei und zuckte zurück in sein Maul. Er schmatzte leise.

»Guten Appetit«, sagte Annik und dachte schaudernd an den Nachtfalter, der neben ihrem Ohr gerade verspeist wurde. Sie erhob sich und reckte die Arme. »Der Rückweg wird schwieriger«, murmelte sie.

Die Vorhersage entpuppte sich als richtig. Annik tappte eine halbe Ewigkeit durch die duftende Dunkelheit und blieb schließlich frustriert stehen. »Du musst mir helfen«, sagte sie. »Wo geht es lang, Ybb?«

Er sprang in einem hohen Satz von ihrer Schulter auf den Boden und war verschwunden. »Mist«, sagte Annik.

Vor ihr glomm ein geisterhafter Schein, der sich zu Ybbas' grünlich leuchtender Gestalt verfestigte. Der Gny entringelte triumphierend seinen Schwanz, rollte ihn ordentlich wieder zusammen und lief voran.

Annik lachte, als sie ihm folgte. Diese Fähigkeit ihres Schutzgeistes war ihr neu. Ybbas war immer noch in der Lage, sie zu überraschen, obwohl sie längst begriffen hatte, dass sie ihn nicht unterschätzen durfte. Er wirkte niedlich, harmlos und verspielt, aber das war nur das Bild, das dieses Wesen aus der Gegenwelt hier spiegelte. Wie er in Wirklichkeit aussah und was er alles vermochte, das konnte niemand wissen, auch nicht seine Hexe.

Sie erreichten den Ausgang des Labyrinthes, wo Annik eine Weile lauschend verharrte. Warum war sie hier? Was hatte sie gerufen? Es war kein zufälliger Impuls gewesen, der sie in die Nacht hinaus und genau an diesen Fleck getrieben hatte.

Dann hörte sie das Weinen. Wie beim ersten Mal konnte sie nicht genau orten, woher es kam. Es klang hoffnungslos und verloren, und sie konnte nicht sagen, ob es von einem Kind oder einem Erwachsenen, einem Mann oder einer Frau stammte, oder ob ein Nachtvogel diesen täuschend menschlich klingenden Ruf von sich gab.

Sie lief los, ohne weiter über ihr Tun nachzudenken. Dieses Mal würde sie das Wesen finden, das diese herzzerreißenden Laute ausstieß. Diesmal hatte sie nicht vor, sich von Satan oder sonstwem daran hindern zu lassen.

Sie stolperte einen überwucherten Pfad entlang, schimpfte über Zweige, die ihr schmerzende Kratzer beibrachten, und zwang sich, langsamer zu gehen. Sie wollte sich schließlich weder den Knöchel verstauchen noch die Augen ausstechen.

Das Weinen wurde weder lauter noch leiser, sie schien ihm nicht näher zu kommen, entfernte sich aber auch nicht davon. Lief sie im Kreis?

Dann, plötzlich, trat sie aus der ägyptischen Finsternis des Waldes auf eine Lichtung und sah zwischen den Bäumen geisterhaft die hellen Mauern eines Gebäudes hindurchschimmern.

Das Weinen verstummte.

Annik stand erstarrt auf der Lichtung und wusste für Sekunden nicht mehr, was sie hierher gelockt hatte. Warum hatte sie ihr freundliches, warmes Bett verlassen und stand jetzt in der rosenduftenden, wispernden Dunkelheit in einem riesigen Park, durch den ein Ungeheuer in Hundegestalt streifte, vor einem verschlossenen Mausoleum?

Ein heftiges Schaudern schüttelte sie, als erwachte sie aus einem tiefen Schlaf und wirren Träumen. Die weißen Mauern des Grabmals schienen sie zu rufen. Sie warf sich herum und wollte zurück in den Wald fliehen, machte drei lange Schritte und prallte heftig gegen einen Menschen, der wie aus dem Boden gewachsen vor ihr auftauchte.

Sie stolperte zurück und wäre gestürzt, wenn er nicht nach ihren Schultern gegriffen und sie festgehalten hätte. Statt sie danach loszulassen, verfestigte er seinen Griff und zog sie an sich. Annik prallte an einen harten Körper, spürte eine Hand an ihrem Hinterkopf, die ihr Gesicht gegen einen Pullover drückte. Sie atmete einen schwachen Duft nach Holz und Tabak, vermischt mit dem Geruch der Rosen, der über dem Park hing. Die Hand, die ihren Kopf hielt, war fest und warm.

»Annik«, sagte eine Männerstimme leise. »Warum läufst du nachts durch den Park?«

Das charakteristische Zögern in seiner Stimme ließ ihre Knie vor Erleichterung weich werden. »Daniel«, sagte sie. »Oh, alle Geister. Ich habe mich so erschreckt.« Sie versuchte, sich zu befreien, aber er verlagerte seine Haltung nur so weit, dass sie in seiner Umarmung gefangen war. Es war kein unangenehmes Gefühl, stellte sie überrascht fest, sondern eins von Schutz und Geborgenheit. Sie ließ es zu, dass er sie fest an sich zog und ihren Kopf an seine Brust bettete. »Hast du das Weinen gehört?«, fragte sie, und ihre Stimme bebte. »Es hat mich gerufen.«

Er streichelte sacht ihren Rücken. »Ich habe nichts gehört. Vielleicht hast du geträumt?«

Sie schüttelte stumm den Kopf. Das Weinen war beide Male klar und deutlich gewesen, keine Einbildung und auch kein Traum. »Warst du es?«, fragte sie.

Statt einer Antwort beugte er den Kopf und küsste sie.

Der Kuss kam vollkommen unerwartet und erschreckte sie so, dass ihre Gegenwehr erlahmte. Sie lehnte an seiner Brust, spürte die sanfte Berührung seiner Lippen, die über ihre Wange zu ihrem Mund glitt, und seufzte nur leise, als der Kuss sich vertiefte. Es war unerwartet und keineswegs unangenehm. Dies war nicht ihr erster Kuss, aber es war der erste, den sie von einem Mann bekam, der deutlich mehr Erfahrung besaß als ihre bisherigen Freunde. Die waren Jungen in ihrem Alter gewesen, aber Daniel war von seiner Stimme und Gestalt her ein Mann, der bestimmt zehn Jahre älter war als Jasper oder Thijs. In seinem Kuss war nichts Unbeholfenes. Seine Liebkosungen waren sanft und sicher, die Berührung seiner Lippen sandte kleine, elektrische Schauer durch ihren Körper. Thijs' unbeholfene Küsse hatten sie immer an einen jungen Hund erinnert, der tapsig und voller Begeisterung ihr Gesicht ableckte. Aber Daniels Küsse schmolzen so süß und bitter wie dunkle Schokolade auf ihren Lippen.

Dann dachte sie gar nicht mehr nach. Der Rosenduft in der warmen Luft verstärkte sich, die Wärme des Körpers, an den sie sich schmiegte, glich einer Umarmung. Seine Lippen waren fest und sanft zugleich, seine Hände lagen leicht auf ihren Schultern. Der Rosenduft hüllte sie in eine süße Wolke. Sie genoss die Berührung seines Körpers, seine behutsamen Küsse, die sanfte Zunge, die über ihre Lippen strich und sie bereitwillig ihren Mund öffnen ließ. Sie schmiegte sich in seine Hände, die ihr Gesicht umschlossen, und küsste die Finger, die ihre Wangen und ihren Mund berührten. Ihre Hände legten sich um seinen Kopf, zogen ihn dichter heran. Ihre Finger gruben sich in sein weiches Haar.

Sie hätte sich von ihm befreien können, aber für diesen verzauberten Moment wollte sie es nicht. Verzaubert.

Behext.

Annik löste in blinder Panik die Hände aus seinem Haar, wollte ihn wegschieben und fasste in weichen, widerstandslosen Stoff. Sie schob die Bettdecke von ihrem Kopf und blinzelte in das Licht des anbrechenden Tages.

Einige Atemzüge lang lag sie da, während der donnernde Herzschlag ihren Körper erschütterte und ihr Atem über die Lippen keuchte. Sie starrte verständnislos an die Decke, auf der sich das Sonnenlicht in langen Streifen abzeichnete. Warum lag sie in ihrem Bett? Gerade noch hatte sie inmitten des finsteren Waldes gestanden und sich von einem Mann umarmen und küssen lassen … hatte sie das alles nur geträumt? Auch ihren Weg durch das Labyrinth, den leuchtenden Ybbas, das Weinen?

Sie drehte den Kopf und sah zu ihren Kleidern, die ordentlich auf dem Stuhl neben ihrem Bett lagen, genau wie sie sie vor dem Schlafengehen gefaltet hatte.

Annik stand auf und rieb sich fest übers Gesicht. Was für ein Traum, so realistisch, dass sie glaubte, den Geruch der Rosen noch immer riechen zu können. Sie tappte zum Badezimmer und legte die Hand auf die Türklinke. Ihr Blick fiel auf den kleinen Tisch neben der Zimmertür.

Eine weiße Rose lag dort, benetzt mit Tauperlen, schimmernd und von unschuldiger Schönheit. Ihr Duft erfüllte das Zimmer.

20

Es war noch so früh am Morgen, dass Annik ihren Kaffeebecher und ein Butterbrot nahm und sich damit in die Bibliothek setzte. Sie wollte in aller Ruhe noch einige Notizen machen, ehe der Tag mit seinen Aufgaben auf sie einstürmte.

Annik trank den heißen, starken Kaffee und starrte auf ihr Notizbuch. Sie musste gleich noch die Haushälterin daran erinnern, dass morgen ihr freier Tag war, denn ohne diese Erinnerung würde Frau Wouters sie sicherlich nicht ziehen lassen.

»*Gabriel van Leuven*«, schrieb sie oben auf eine Seite und unterstrich den Namen.

Sie wechselte zur gegenüberliegenden Seite und schrieb: »*Daniel (van Leuven?)*«

Dann blickte sie auf, biss auf das Ende ihres Bleistiftes und seufzte. Was wusste sie über die beiden Männer?

Gabriel van Leuven. Ende zwanzig, etwa 1,85 m groß. Blond. Gutaussehend, körperlich sehr gut in Form.

Sie zog die Brauen zusammen. *Daniel: Größe und Statur wie Gabriel, ebenfalls blond, Stimmen ähneln sich sehr. Sind sie verwandt?*

Brüder womöglich. Wenn auch erschreckend unähnlich, was ihr Wesen betraf. Wo Gabriel kalt und abweisend war, sarkastisch und verschlossen, da war Daniel sanft und gefühlsbetont, empfindsam, schnell verletzt. Und ebenfalls verschlossen, wenn auch auf andere Art als sein Bruder. Wenn sie denn Brüder waren, was Annik immer wahrscheinlicher erschien.

Wo passte Rafael ins Bild? Falls er Daniels Sohn war, musste dieser einige Jahre älter sein als Gabriel. Möglich war es.

Wieso fürchtete Daniel sich so sehr davor, ihr sein Gesicht zu zeigen? Er hatte von einer Entstellung gesprochen. Aber war das wirklich Grund genug, um solche Anstrengungen zu unternehmen, damit sie sein Gesicht nicht sah? Oder steckte womöglich etwas ganz anderes dahinter?

Annik zog langsam einen Pfeil von Daniels zu Gabriels Namen und setzte ein Fragezeichen darüber. Waren die beiden in Wirklichkeit ein und derselbe? Vielleicht war Gabriel verrückt, litt unter einer Spaltung seiner Persönlichkeit. Sie musste jemanden finden, den sie zu einem solchen Krankheitsbild befragen konnte.

War dies womöglich das Geheimnis, das sie lüften sollte?

Eine Uhr schlug die volle Stunde und Annik klappte ihr Notizbuch zu. Sie nahm ein paar Bilderbücher aus dem Regal und machte sich auf den Weg zu ihrem Schützling.

Sie hatten ein kleines Ritual entwickelt, das sie jetzt jeden Morgen zelebrierten. Annik schälte einen Apfel und eine Banane, teilte beides genau auf und legte eine Handvoll Nüsse und Rosinen dazu. Dann gab sie Ybbas den Teller für Elias und wartete, bis der Gny ihn im Koffer abgeliefert hatte – natürlich nicht, ohne vorher seinen Anteil an Rosinen stibitzt zu haben. An manchen Morgen hörte sie Elias' ein wenig atemloses Lachen, dann wusste sie, dass er eine gute Nacht gehabt hatte und gleich eine kleine Hand in der ihren ruhen würde.

Manchmal blieb er stumm und rührte sich nicht aus seiner Ecke, aber immerhin aß er sein Obst und hörte ihr zu. Sie hatte es nach den klassischen Märchen mit einigen der Kinderbücher probiert und herausgefunden, dass er Astrid Lindgren mochte und bei Diana Wynne Jones immer etwas näher kam, um zu lauschen. Also las sie ihm so oft wie möglich etwas aus der Chrestomanci-Reihe vor und streute Pippi Langstrumpf und die Bullerbü-Kinder ein, wenn sie das Gefühl hatte, dass er sich zu langweilen begann.

Neben ihrem Knie lag ein Stapel Bilderbücher – aber wie sollte man Petterson und Findus oder die Wilden Kerle mit einem Kind zusammen lesen, das sich weigerte, seinen Koffer zu verlassen? Immerhin, sie war für den Fall gerüstet.

Heute lachte Elias, als Ybbas seine Späße für ihn machte, das war ein guter Anfang. Sie spielten mit seinem Ball und danach rollten sie sich gegenseitig schimmernde Glasmurmeln zu. Als Elias müde wurde, schlug Annik ein neues Buch auf und hockte sich neben den Koffer. Sie begann zu lesen, ohne wie sonst ihren Arm in den Koffer zu strecken. Das war eine sehr unbequeme Haltung, wenn man gleichzeitig aus einem Buch vorlas und sie fühlte sich heute ein wenig zerschlagen.

Das Rascheln aus dem Koffer verriet ihr, dass Elias zur Öffnung gekrochen kam, um sich dort niederzukauern. Sie konnte seinen Atem hören. Es war, als läse sie einem scheuen kleinen Tier vor, das bei jedem unvermuteten Geräusch, jeder heftigen Bewegung zurück in seine Deckung flüchtete.

Sie las, während ihre Gedanken andere Wege wanderten. Deshalb bemerkte sie es nicht sofort, dass Ybbas von ihrem Schoß auf die Schulter kletterte, um Platz zu machen. Als sie begriff, was gerade geschah, und im Lesen stockte, gab sie sofort vor, nichts Ungewöhnliches zu bemerken und las hastig weiter.

Elias rollte sich still in ihrem Schoß zusammen. Er war klein, viel zu klein für einen Fünfjährigen, und schien kaum mehr zu wiegen als Ybbas. Sie konnte die zarten Knochen unter seiner hellen Haut sehen, spürte seinen Atem an ihrem Arm und sah, wie das Sonnenlicht strahlende Reflexe aus seinem beinahe weißblonden Haar zauberte. Er trug ganz normale Kleider, Jeans und ein T-Shirt, hatte bloße Füße und wirkte wie ein Elfenkind, das sich aus dem Märchenwald hierher verirrt hatte. Sie konnte sein Gesicht nicht sehen, das er gegen ihren Bauch drückte, aber sie hatte eine recht gute Vorstellung von riesigen Augen und einer schmalen Nase, einem kleinen Kinn und einem Mund wie einer Rosenknospe. *Elfenkind*, dachte sie. *Wie kann der furchterregende Gabriel van Leuven dein Vater sein?*

Sie legte vorsichtig eine Hand auf sein seidenweiches Haar. Er zuckte ein wenig, ließ die Berührung aber zu.

Sie las die Seite zu Ende und erzählte dann frei weiter, weil sie ihre Haltung nicht verändern wollte. Der Junge atmete flach und hastig, aber trotz seiner offenkundigen Angst kauerte er ruhig in ihrem Schoß und ließ zu, dass ihre Arme sich um ihn schlossen. Sein Atem beruhigte sich mit jeder verstreichenden Minute, während Annik mit leiser, ruhiger Stimme erzählte, was sie von der Geschichte, die sie ihm vorlas, in Erinnerung hatte.

Elias' zarter Körper in ihren Armen weckte allerheftigste Beschützerinstinkte. Er wirkte so zerbrechlich und voller Angst, dass sie sich nicht zum ersten Mal fragte, was dem Jungen Schreckliches zugestoßen sein mochte.

Sie stellte ihm leise eine Frage: »Möchtest du etwas trinken, Elias?«, aber er antwortete nicht und gab auch durch nichts zu verstehen, dass er ihre Frage registriert hatte. Annik bedrängte ihn nicht. Sie brachte die Geschichte zu einem improvisierten Ende und fragte dann: »Möchtest du dir mit mir zusammen ein Bilderbuch ansehen?« Sie gab Ybbas einen lautlosen Befehl und der Gny sprang von ihrer Schulter und brachte ihr eins der Bücher.

Sie griff an Elias vorbei und schlug es auf. »Schau mal«, sagte sie sanft.

Elias drehte zögernd den Kopf und blickte auf die bunt bebilderte Doppelseite. »Kennst du das? Schau mal, das ist Findus.« Sie deutete mit dem Zeigefinger auf einen Tigerkater in einer grün gestreiften Hose. »Und das hier ist Petterson.« Ein bärtiger Mann mit einem Strohhut. »Und das hier sind Soffi-Moffi, Stina-Fina, Henrietta und Henni.« Die albernen weißen Hühner schienen Elias zu interessieren. Er beugte sich ein wenig hinunter und tippte mit dem Finger auf Henrietta.

Annik lächelte und erzählte von Petterson, der für Findus eine Geburtstagstorte backen will, aber kein Mehl mehr hat. Und der dann mit dem Fahrrad ins Dorf fahren muss, wobei alles schiefgeht. Der Junge gab keinen Laut von sich, aber sie konnte von der Seite sehen, dass sein Blick über die Bilder wanderte, hin und her, hinauf und hinab. Und er schien ein ganz winzig kleines bisschen zu lächeln.

Sie blätterte und die kleinen und größeren Katastrophen auf dem Weg zur Geburtstagstorte für den Kater nahmen ihren Lauf. Elias stützte seinen Kopf in beide Hände und schien fasziniert von der Welt, die sich vor ihm auftat. Er lachte zum ersten Mal, als Findus mit dem geblümten Vorhang am Schwanz über die Weide des Stiers flitzt, und das zweite Mal erklang sein glucksendes Lachen, als der Kater mit seinem Vorhang den Korb mit Eiern umreißt, Petterson sich darin auf die Nase legt und zwei Hühner ein zerbrochenes Ei auf einer Trage abtransportieren.

Dann blätterte Annik erneut um und ihr Blick hob sich und fiel auf Gabriel van Leuven, der reglos neben der Tür stand und sie beobachtete. Seine sonst so unterkühlte, reservierte Miene hatte einem Ausdruck von Trauer und Sehnsucht Platz gemacht, der ihn in einen Fremden verwandelte. Annik saß wie erstarrt und ihr Verstummen ließ nun auch Elias den Kopf heben. Der Junge erblickte seinen Vater und sein Körper versteifte sich in Anniks Armen. Elias riss die Augen weit auf und begann zu schreien.

21

Annik stürmte aus dem Zimmer. Der Zorn trieb sie zu schnellen, energischen Schritten. Sie musste Gabriel zur Rede stellen, sonst würde es sie zerfetzen.

In der Halle prallte sie beinahe mit der Haushälterin zusammen. Frau Wouters hielt sie am Arm fest und fragte scharf: »Er ist herausgekommen?«

»Ja«, entgegnete Annik nicht minder scharf und versuchte vergeblich, ihren Arm aus dem eisenharten Griff zu befreien. »Und er hat sich zu Tode erschreckt, als er Mijnheer sah. Lassen Sie mich los!«

Zu ihrer Verblüffung gehorchte Frau Wouters. Sie schien geradezu schockiert über die Neuigkeit und nickte nur, ehe sie sich umdrehte und in dem Durchgang zum Wirtschaftstrakt verschwand.

Annik setzte ihren Weg fort, ohne sich um das Verbot zu kümmern, den Westflügel nicht ohne ausdrückliche Aufforderung zu betreten. Sie stürmte den Korridor entlang und klopfte energisch an die Tür von Gabriels Wohnzimmer.

Ohne das »Herein« abzuwarten, riss sie die Tür auf und trat ein. Gabriel saß in seinem Sessel am Fenster und hielt ein Glas Rotwein in der Hand. Er blickte auf und sah sie unnahbar und kalt an. Sein Gesicht war so verschlossen wie eine fugenlose Mauer. »Was fällt Ihnen ein?«, fragte er schroff.

»Was mir einfällt?« Sie blieb vor ihm stehen, stemmte die

Arme in die Hüften. »Sie sind ein Ungeheuer, Mijnheer. Ich will wissen, was Sie Ihrem kleinen Jungen angetan haben!«

Er musterte sie reglos, dann hob er das Glas an die Lippen und trank. Ein blutroter Tropfen blieb auf seiner Unterlippe zurück, er tupfte ihn mit dem Zeigefinger ab. »Nichts«, erwiderte er gleichgültig. »Machen Sie nicht so einen Aufstand, Juffrouw. Gehen Sie, bringen Sie dem Schwachsinnigen das Schreiben bei. Vielleicht haben Sie damit ja mehr Erfolg.«

Annik schrie auf. »Sie ekelhaftes Monstrum«, rief sie und ballte die Fäuste. »Ich kündige. Ich gehe zur Polizei und zeige Sie wegen Kindesmisshandlung …«

Rotwein floss wie Blut auf den Teppich. Ehe Annik zurückweichen konnte, war Gabriel aufgesprungen und hatte sie bei den Armen gepackt. Sein Griff war schmerzhaft fest, und Gabriel war anzumerken, dass er sie am liebsten heftig durchgeschüttelt hätte und sich nur mit Mühe zügeln konnte. Sein Atem schlug ihr ins Gesicht, er roch nach Wein und Rosen. Annik stand starr, wagte nicht, mit der Wimper zu zucken.

»Dummes Ding«, grollte er. Annik, die damit gerechnet hatte, dass er sie anbrüllen würde, zuckte zusammen.

»Albernes kleines Ding, das glaubt, alles zu wissen und zu verstehen«, fuhr er genauso unterdrückt fort. Seine Augen waren groß und dunkel, in ihren Tiefen schimmerten goldene Funken wie ferne Sterne. Annik stand gebannt in seinem Griff, starrte ihn an.

»Lassen Sie mich los«, sagte sie ebenso tonlos wie er. »Sie tun mir weh.«

Er lockerte seinen Griff ein wenig, hielt sie aber immer noch fest. Sein Blick ruhte fremd, beinahe verwundert auf ihrem Gesicht. Seine zusammengepressten Lippen wurden weich, öffneten sich. Er löste eine Hand von ihrem Arm und hob sie, um Annik eine Strähne aus der Stirn zu streichen. »Ich glaubte, du wärst nur ein hässliches Vögelchen«, flüsterte er. »Wo hatte ich meine Augen?« Seine Hand berührte ihre Wange, sank an seine Seite.

Er ließ sie los und wandte sich ab. »Ich habe ihn nicht misshandelt«, sagte er so beiläufig, als spräche er über das Wetter. Er bückte sich, hob das Glas auf und griff zu der Karaffe, die auf der Fensterbank stand. »Ich liebe Elias mehr als mein eigenes wertloses Leben.«

Annik wurden die Knie weich von seinen jäh wechselnden Stimmungen. Sie griff haltsuchend nach der Sessellehne und fand ihre Hand im festen Griff seiner Finger. Er legte seine Hand um ihren Ellbogen und schob sie in den Sessel, beugte sich mit besorgter Miene über sie. »Sie sind ganz blass, Annik.« Er schob die Fußbank heran und hob mit festem Griff um ihre Knöchel ihre Füße darauf. Annik wusste kaum, wie ihr geschah, als sich eine Decke über ihren Schoß breitete und sie ein Glas mit Wein in ihrer Hand fand.

Gabriel kniete neben ihr und massierte ihr Handgelenk. Sein Blick war weich und golden wie ein Sonnenuntergang. »Geht es wieder?«, fragte er.

Annik nickte verwirrt und nippte an dem schweren, nach Rosen duftenden Wein. Er rollte weich über ihre Zunge und wärmte ihre Kehle und den Magen. Fast augenblicklich setzte leichter Schwindel ein. Sie hatte noch nicht viel gegessen, fuhr ihr durch den Sinn und schon war es wieder vergessen.

Gabriel berührte ihre Wange mit dem Handrücken. »Kühl, aber nicht kalt«, sagte er. »Die Farbe kehrt zurück.« Ein unvermutetes Lächeln erhellte sein Gesicht, ließ ihn jung erscheinen. Sie konnte es nicht verhindern, erwiderte das Lächeln, fand seinen Widerhall in Gabriels Augen. Das Lächeln stand zwischen ihnen wie ein schimmernder Wall, den Gabriel mit einer jähen Bewegung niederriss. Er beugte seinen Kopf und kam ihr zum

Küssen nah. Eine Haaresbreite vor ihren Lippen verharrte er, ihr Atem vermischte sich süß.

Annik löste sich als Erste aus der Starre. Sie legte die Hände gegen seine Schultern und schob ihn von sich. »Lassen Sie mich bitte aufstehen, Mijnheer«, bat sie förmlich. »Ich habe mich beruhigt. Reden wir über Elias. Vielleicht überlege ich mir das mit der Kündigung ja noch einmal.« Sie lächelte, um ihren Worte die Schärfe zu nehmen.

Er verharrte wie eine Statue, dann glitt ein Zucken über sein Gesicht, seine Lider flatterten, und ein tiefer Atemzug hob seine Brust. Er nickte knapp und trat zurück, fuhr sich mit beiden Händen durchs Gesicht. Seine Finger bebten leicht.

»Gut«, sagte er erstickt. Er ging zum Tisch und nahm ein zweites Glas, füllte es mit Wein. Damit in der Hand lehnte er sich gegen die Fensterbank, trank und sah sie an. Seine Stimme klang ruhig und kühl, als er fragte: »Was wollen Sie wissen?«

Ihre Hand begann zu zittern wie vorhin die seine und der Wein drohte hinauszuschwappen. Sie stellte das Glas hastig ab und faltete die Hände im Schoß. »Elias«, sagte sie fest. »Warum hat er so schrecklich geschrien, als er Sie sah?«

Gabriel senkte den Kopf. Das Sonnenlicht zauberte goldene und silberne Reflexe auf sein Haar. »Er hat sich an das Unglück erinnert«, sagte er tonlos. »Das Unglück, das uns getroffen hat …« Er hob in einer unwillkürlichen Geste die Hand zu seinem Gesicht, berührte seinen Mund, die Wange. »Es hat uns alle verstümmelt«, sagte er, mehr zu sich selbst als zu ihr. »Jeden von uns auf seine Weise. Elias hat seine Sprache verloren und verkriecht sich in dem schrecklichen Koffer. Mir blutet jeden Tag, jede Minute die Seele aus dem Leib. Daniel …« Er stockte, schüttelte den Kopf. »Das tut nichts zur Sache.«

»Was war das für ein Unglück?«, fragte Annik. Die Qual in seiner Stimme berührte sie zutiefst.

Er schüttelte den Kopf, sah sie nicht an, sondern blickte auf seine Hände nieder, als wären sie etwas Fremdes und Hässliches. »Ich kann darüber nicht sprechen. Mir ist, als wäre ich in einem endlosen Traum gefangen, aus dem ich nicht erwachen kann. Ich schreie, aber niemand hört mich …«

Er straffte seine Schultern, richtete sich auf. »Wenn Sie uns verlassen wollen, wird vor allem Elias darunter leiden«, sagte er mit seltsam flehender Stimme. »Und denken Sie gar nicht an Rafael? Er hat Vertrauen zu Ihnen gefasst …«

»Oh, bitte!« Annik fuhr auf. »Sie spielen unfair, Mijnheer!« Aber ihr Widerstand schmolz dahin. Sie war erschüttert und voller Mitleid und eine winzige Stimme tief in ihrem Inneren flüsterte warnend: *Behext* …

»Gabriel«, erwiderte er sanft. »Bleiben Sie, Annik. Ich bitte Sie darum.«

Sie knetete ihre Hände, blickte an ihm vorbei zum Fenster hinaus. Die Stimme in ihrem Inneren riet ihr, aus diesem Haus und vor Gabriel zu fliehen, so schnell und so weit sie konnte. Hier drohten ihr Unheil und Schmerz, Trauer und Tod, sie konnte es spüren.

Sie sah ihn an, erahnte den goldenen Schimmer seiner Augen. »Ich bleibe«, sagte sie mit einem Seufzen. »Fürs Erste.«

Er nickte, entließ den Atem, als hätte er ihn in der Erwartung ihrer Ablehnung angehalten. »Danke«, sagte er und wandte sich ab, lehnte seine Stirn gegen die Fensterscheibe.

Annik stand noch einen Moment unschlüssig da, aber als er sich ihr nicht wieder zuwandte, verabschiedete sie sich leise und ging hinaus.

Nach einigen Schritten wurde sie sich erst wieder ihrer Umgebung bewusst. Der Westflügel erschien ihr genauso leer und unbewohnt wie der verstaubte und leer geräumte Ostflügel. Das

Gefühl überkam sie jedes Mal, wenn sie Mijnheer aufsuchte, aber heute war es so deutlich, dass ihr eine Gänsehaut über den Rücken kroch.

Sie blieb stehen und sah sich um. Es war heller Tag, dies war ein ganz normales Haus, überall liefen Angestellte herum, die die Teppiche saugten, die Fenster putzten, Staub wischten und aufräumten. Es gab überhaupt keinen Grund, sich zu gruseln, aber dennoch fürchtete sie sich.

Annik atmete tief ein und wieder aus und sah sich bewusst gründlich um. Dieser Korridor mit seinem dunkelroten Teppich, den Ölgemälden an den holzgetäfelten Wänden und den Leuchtern, die in regelmäßigen Abständen zwischen den Türen angebracht waren, hatte nichts Unheimliches an sich. Die Fenster führten auf den Teil des Parkes, der mit hohen Bäumen bestanden war. Das Tageslicht, das durch die Fenster fiel, war grünlich gedämpft und erzeugte weiche Schatten und eine friedliche Stimmung. Es roch ganz zart nach Möbelpolitur und Rosen. Nichts hier war unheimlich oder schreckenerregend – bis auf die Stille.

Jetzt erst fiel es ihr auf. Es war so still, als wäre sie ganz allein auf der Welt. Durch die geschlossenen Fenster drang kein Laut herein und in den Räumen hinter den geschlossenen Türen regte sich nichts.

Annik bemerkte nicht, dass sie die Hände zu Fäusten ballte, während sie lauschte. Es war die absolute Stille und das Gefühl, allein auf der Welt zu sein, die sie dazu brachten, die Tür, vor der sie stehen geblieben war, zu öffnen und den Raum dahinter zu betreten.

Das Zimmer war großzügig geschnitten, hell und vollkommen leer. Die Verbindungstür zum angrenzenden Raum stand offen, und Annik konnte erkennen, dass auch dieser Raum unmöbliert war. Im Gegensatz zum Ostflügel lag hier allerdings kein Staubkörnchen herum.

Annik schloss die Tür hinter sich und ging durch die Verbindungstür in den Nebenraum. Auch hier führte ein Durchgang ins nächste Zimmer, das ebenso groß, hell und leer war wie die ersten beiden. Das Parkett schimmerte, der Stuck an der Decke war sauber und weiß, die Tapeten weder verblichen noch fleckig – alles erschien frisch und neu, bereit für jemanden, der seine Möbel herbrachte und einzog.

Annik schauderte und sah zu, dass sie die Flucht aus leeren Zimmern hinter sich ließ. Erst als sie wieder in der Halle stand und in der Ferne das laute Schimpfen der Köchin hörte, verließ sie das unheimliche Gefühl der Leere und Einsamkeit.

Sie lief die Treppe hoch und fragte sich, wie Gabriel van Leuven es aushielt, mutterseelenallein in dieser schrecklichen Isolation zu leben.

Vollkommen in Gedanken versunken blieb sie im Küchengang stehen und starrte auf das schmutzige Geschirr, das sich auf einer Stellage neben der Tür stapelte. Sie hatte vergessen, Frau Wouters wegen ihres freien Tages anzusprechen, das musste sie schleunigst nachholen, denn ihre Familie erwartete sie am nächsten Tag.

Sie hob entschlossen die Hand und klopfte an die Tür zum Büro der Haushälterin.

»Mevrouw Wouters«, sagte sie, als sie vor dem mit Papieren und Rechnungsbüchern übersäten Schreibtisch stand, »ich bin seit zwei Wochen hier und morgen ist mein erster freier Tag. Ab wann kann ich das Haus verlassen?«

Die Haushälterin legte den Stift beiseite und rieb sich nachdenklich über die Stirn. Ihr herbes Gesicht wirkte müde.

»Daran hatte ich nicht gedacht«, sagte sie. »Es tut mir leid, Annik, aber unter diesen Umständen kann ich Ihnen morgen nicht freigeben.«

Annik schnappte nach Luft. »Was meinen Sie mit ›unter diesen Umständen‹?«, fragte sie empört. »Mevrouw, der freie Tag steht mir zu. Meine Familie erwartet mich …«

Die Haushälterin schüttelte streng den Kopf. »Ihr freier Tag steht Ihnen zwar zu«, sagte sie, »aber es steht allein in meinem Ermessen, wann und ob Sie ihn nehmen dürfen. Es tut mir wirklich leid, Annik, ich kann mir vorstellen, dass Sie sich darauf gefreut haben, Ihre Familie wiederzusehen. Aber das muss nun warten.«

»Aber warum?« Annik fand selbst, dass ihre Frage allzu kläglich klang.

»Sie haben einen ungewöhnlichen, unerwarteten Erfolg erzielt.« Frau Wouters fixierte sie eindringlich. »Elias ist noch nie zuvor aus seinem Versteck gekommen, er hat sich niemals auf den Schoß eines der Mädchen gesetzt. Ich hätte geschworen, dass er das nicht wagt. Wie auch immer Sie das erreicht haben, Annik, wir dürfen es nicht dadurch aufs Spiel setzen, dass Sie den gewohnten Ablauf unterbrechen. Festigen Sie das Vertrauensverhältnis zu Elias. Geben Sie ihm Sicherheit. Wenn er weiß, dass Sie für ihn da sind und bleiben, werde ich es wagen, Sie einen Tag zu beurlauben. Aber sagen Sie selbst: Wäre morgen wirklich ein guter, weise gewählter Zeitpunkt, um dieses zarte Band einer Zerreißprobe zu unterziehen?«

Annik senkte den Kopf und kaute auf ihrer Lippe. Ihr anfänglicher Zorn wich einer resignierten Zustimmung. Nein, es war ganz und gar nicht ratsam, und es wäre zudem überaus egoistisch von ihr, das eigene Vergnügen über das Wohl eines so verstörten kleinen Kindes zu stellen.

Sie seufzte und blickte auf. »Sie haben recht, Mevrouw. Ich werde also diesen Tag verschieben. Wenn ich nur mit meinem Vater telefonieren dürfte, damit er mich nicht vergebens erwartet?«

Die Haushälterin nickte mit einem schwachen Ausdruck der Erleichterung. Sie zog die Schreibtischschublade auf und entnahm ihr einen Schlüssel. »Das Telefon für das Personal hängt in dem kleinen Zimmer neben dem Küchendurchgang«, sagte sie. »Jeder kann es Ihnen zeigen. Bringen Sie mir den Schlüssel bitte unverzüglich zurück. Und nun lassen Sie mich meine Arbeit tun.«

22

Anniks Telefonat mit ihrem Vater war recht kurz. Einerseits telefonierte Arian Joncker nicht gerne und musste immer davon abgehalten werden, einfach aufzulegen, wenn er genug hatte, andererseits hatte Annik einen Kloß in der Kehle, während sie mit ihrem Vater sprach, und befürchtete, in Tränen auszubrechen, wenn das Gespräch andauerte. Sie gab also nur recht kurz angebunden durch, dass ihre Aufgaben es im Moment unmöglich machten, sich für einen Tag freizunehmen, bestellte Grüße an ihre Geschwister und die Zwillinge, sandte ein paar geschmatzte Küsse durch die Leitung und rief eilig, ehe Arian Joncker auflegen konnte: »Papa, ich brauche noch ein paar Dinge von dir. Ich schreibe dir einen Brief. Hab dich lieb!«

Sie stand neben dem Telefon und blinzelte die Tränen fort. Es überraschte sie selbst, wie sehr sie ihre Familie vermisste.

Sie seufzte und verließ das winzige Telefonzimmer, schloss es wieder ab und brachte den Schlüssel zurück.

Mit einem Blick auf die Uhr stellte sie fest, dass ihre Pause vorüber war. Sie ließ sich von einem der Küchenmädchen ein belegtes Brot machen und schenkte einen großen Becher Kaffee voll. Das musste reichen bis zum Abendessen. Während sie auf das Brot wartete, fragte sie: »Wo ist eigentlich Katrijn?«

Das Küchenmädchen, ein rotwangiges, brünettes Bauernmädchen namens Roosje, sah von ihrer Arbeit auf und blickte Annik fragend an. »Wer?«

»Katrijn. Die Blonde.« Annik sah sich um. »Hat sie frei?«

»Ich weiß nicht, von wem du redest.« Roosje drückte ihr das belegte Brot in die Hand und widmete sich wieder dem Putzen von Möhren.

Annik konzentrierte sich darauf, den schwappenden Becher zur Bibliothek zu transportieren. Sie öffnete die Tür mit dem Ellbogen und stellte den Becher vorsichtig auf einem Stapel Notizblätter ab, ehe sie sich umdrehte und die Tür wieder schloss. Sie atmete tief durch und lächelte. Dies war der einzige Ort im Haus, an dem sie sich ganz und gar heimisch fühlte.

Sie setzte sich an ihren Arbeitsplatz und überflog die Liste von Büchern, die sie gestern zu katalogisieren begonnen hatte. Auf dem Stapel unbeschriebener Karteikarten thronte ein roter Apfel, glänzend poliert. Annik berührte ihn mit den Fingerspitzen und fragte sich, wer ihn dort hingelegt haben mochte. Es war jedenfalls eine freundliche Geste, über die sie sich wirklich freute.

Sie aß ihr Butterbrot und vervollständigte ihre Notizen. Dann dachte sie nach. Da das Wissen und die Bücher ihres Vaters ihr vorläufig nicht zur Verfügung standen, war sie auf sich selbst gestellt, was ihre Recherchen anging. Noch immer war sie der Lösung des Rätsels keinen Schritt näher gekommen. Ganz im Gegenteil, sie schien sich mit jedem Tag davon zu entfernen. Hatte sie vor ein paar Tagen noch gedacht, zumindest zu erahnen, wo das Geheimnis sich verbergen könnte, war sie heute so verwirrt, dass sie den Wald vor lauter Bäumen nicht sah. Was war das Rätsel, das zu lösen sie hierher geschickt worden war? Elias und das Erlebnis, das ihn in den Koffer getrieben hatte? Der gesichtslose Daniel, von dem sie mehr und mehr glaubte, dass er gar nicht wirklich existierte? Rafael und die Frage, wer seine Eltern waren? Das unheimliche Kellergeschoss, der verlassene Ostflügel, das Mausoleum im Park? Oder doch Mijnheer, der wie ein seltsamer Großstadt-Eremit in einem leeren Flügel seines Hauses lebte und ganz offensichtlich so menschenscheu war wie sein Sohn, wobei seine Methode, sich abzusondern, eine völlig andere war?

Sie tippte mit dem Stift gegen ihre Zähne und notierte: *Was für ein Unglück hat die Familie getroffen? Wie starb Elias' Mutter?*

Kurz dachte sie nach und setzte in Klammern ans Ende der Seite: *(Wo ist Katrijn?)*

Das war sicherlich kein Teil des Rätsels, aber dennoch war Roosjes Verhalten vorhin seltsam genug gewesen, um Annik zu beschäftigen.

Sie schrak auf, als plötzlich jemand vor ihr stand. Sie hatte nicht gehört, dass die Tür sich geöffnet hatte.

»Fräulein Annik«, sagte Rafael und lächelte sie sonnig an. »Ich b-bin da.«

»Du hast mich erschreckt«, sagte Annik und lachte. »Ich bin richtig zusammengezuckt. Warst du schon hier in der Bibliothek?«

Der Junge schüttelte den Kopf und setzte sich an seinen Lieblingsplatz. Er griff nach dem Stift und sah Annik erwartungsvoll an.

Rafael lernte erstaunlich gut und schnell. Seinen Namen konnte er mittlerweile problemlos schreiben, was ihn über die Maßen stolz machte. Jetzt beschäftigte er sich damit, einfache Wörter aus einem Bilderbuch abzuschreiben, was Annik die Zeit ließ, sich weiter um das Regal mit den Erstausgaben zu kümmern. Während sie Bücher auf ihren Arm stapelte, dachte sie über ihre Recherche nach. All das, was sie ihren Vater hatte fragen wollen, konnte sie doch genauso gut hier in der Bibliothek erfahren. Sie musste nur nach den richtigen Büchern suchen und dabei konnte Ybbas ihr helfen. Das war eine Art von Magie, die sie recht gut beherrschte.

»Annik?«, fragte Rafael, und sie antwortete geistesabwesend: »Ja?«

»Magst du mein G-geschenk?«

Sie wusste nicht, was er meinte, und sah ihn fragend an. Er errötete leicht und deutete auf den blank polierten Apfel.

»Oh, er ist von dir? Das hätte ich mir doch denken können.« Sie lächelte ihn an und nahm den Apfel in die Hand. »Ich liebe Äpfel, Rafael. Danke, ich freue mich sogar sehr darüber. Sollen wir ihn gemeinsam essen?«

Er schüttelte beinahe entsetzt den Kopf. »D-das ist ein Geschenk!«, sagte er streng. »Dein Apfel!«

»Ja, da hast du natürlich recht. Danke, Rafael. Ich esse ihn heute Abend und denke dabei an dich.«

Seine Augen leuchteten auf. »Das wäre schön«, flüsterte er und senkte hastig den Kopf über seine Arbeit. »Du musst mir helfen«, sagte er nach einer Weile. »W-wie beschenkt man ein Mädchen?«

Annik verbarg ein Lächeln hinter ihrer Hand. Hatte Rafael sich in eins der Hausmädchen verguckt? »Das ist nicht schwierig«, sagte sie. »Du suchst etwas, was sie gerne hat. Mag sie Blumen?«

»Ich glaube, sie hat Rosen gern«, erwiderte er.

»Oh.« Annik runzelte die Stirn. »Die darfst du aber nicht pflücken, Mijnheer sieht das nicht gerne.«

»Weiß ich.« Er blickte auf und starrte sie erstaunlich finster an. »Er ist böse.«

Annik faltete die Hände auf dem Tisch und blickte darauf nieder. Sie suchte nach den richtigen Worten. »Nein, er ist nicht böse. Er ist … Manchmal sind Menschen nicht glücklich, und dann sieht es so aus, als wären sie böse. Ich glaube, Mijnheer ist so ein Mensch. Er ist sehr einsam. Und unglücklich.« Sein Gesichtsausdruck kam ihr in den Sinn, mit dem er sie und Elias beobachtet hatte. Diese grenzenlose Trauer. Dieser Schmerz …

»Böse«, beharrte Rafael. »Er ist böse, böse, böse.«

Annik blickte erschreckt auf. So vehement hatte sie den Jungen noch nie erlebt. »Was hat er dir getan?«, fragte sie vorsichtig.

Rafaels sonst so offenes, sonniges Gesicht war ganz verkniffen. Er presste die Lippen zusammen und schüttelte den Kopf, dass seine Locken wippten. »Nein, nein«, sagte er. »Nein.«

Annik beugte sich vor und berührte sanft seine Hand mit den Fingerspitzen. »Sag es mir«, bat sie leise. »Ich möchte dir helfen, Rafael. Wenn er böse zu dir ist …«

»Er ist b-böse zu allen.« Rafael sprang auf, sein Stift fiel auf den Boden und zerbrach. Er ignorierte es. »Er ist sehr, sehr böse. Greet und Jette und Miep und Sofie …« Er gestikulierte hilflos, schien mit den Worten zu kämpfen, die nicht über seine Lippen wollten. »Greet und Jette«, wiederholte er hilflos. »M-miep und Sofie …«

Annik begriff, wieso sie diese Namen kannte. Das waren die Kindermädchen, die mit ihm Lesen geübt hatten. »Was ist mit ihnen?«, fragte sie so beruhigend, wie es ihr möglich war. »Er hat sie entlassen, richtig? War das böse?«

Rafael schüttelte noch heftiger den Kopf. Sie sah die Tränen in seinen Augen. »N-nein«, brachte er heraus. »Sie sind noch immer h-hier!« Mit diesen Worten rannte er davon. Die Tür der Bibliothek schlug zu, er war fort.

Annik fiel wie vom Donner gerührt gegen die Stuhllehne und wischte sich mit zitternden Fingern übers Gesicht. Sie waren immer noch hier? Was bedeutete das? Was meinte er damit?

Sie musste unwillkürlich an die seltsamen und erschreckenden Statuen im Keller denken und schauderte.

Energisch rief sie sich zur Ordnung und kehrte an ihre Arbeit zurück. Als sie das zweite Regalbrett katalogisiert hatte, legte sie eine kurze Pause ein und blätterte in den geschichtlichen Werken herum, die sie in den vergangenen Tagen herausgesucht hatte. All diese Bücher beschäftigten sich mit den heroischen Taten, die Gabriels Ahnen vollbracht hatten. All diese Bücher waren von Tumben geschrieben worden, aus der Sicht der Tumben, und sie alle glorifizierten die blutigen Taten der van Leuvens als das Werk tapferer und aufrechter Männer, die nichts als ihre Pflicht getan hatten.

Annik schluckte den bitteren Geschmack hinunter und zwang sich, weiter nach Informationen zu suchen. Pflichtbewusstsein hatte Gabriels Ahnherren also dazu getrieben, unzählige Hexen hinzuschlachten, eine ganze Stadt auszulöschen? Ach, wie einfach und klar war doch die Welt, wenn man sie durch die Augen der Tumben betrachten konnte!

Sie überflog die Seiten des Buches, das vor ihr auf dem Tisch lag. Das Massaker von Brügge war eins der blutigsten Kapitel in der an Grausamkeiten und Gräueln reichen Geschichte der Beziehungen zwischen Tumben und Hexen. Natürlich hatte auch die Hexenarmee in den langen Kriegen der beiden Völker Schreckenstaten begangen, Blut vergossen, Menschen getötet und mit Feuer und Zerstörung ihren Weg gebahnt. Annik war nicht stolz auf das, was geschehen war. Niemand war das. Es gehörte zu den ehernen Grundsätzen der Magie, dass sie niemals zum Schaden angewendet werden durfte – aber dieser Grundsatz war in der Historie oft genug vergessen und nicht beachtet worden.

Sie seufzte und legte das Buch beiseite. Hier waren noch zwei Familienchroniken, die Seitenzweige der van Leuvenschen Familie behandelten. Sie suchte immer noch nach der Verbindung zwischen Gabriel und seinen Vorfahren. Und sie suchte nach Elias. Vor allem nach ihm. Wer war seine Mutter? Was war mit ihr geschehen? War sie tot, war sie fortgegangen?

Und Rafael? Und Daniel?

Sie las noch eine halbe Stunde und machte sich Notizen,

dann legte sie den Stift weg und stützte das Gesicht in die Hände. Mit einem Mal war sie so müde, als hätte sie schwer geschuftet.

Sie schrak nicht zusammen, als eine Hand sich auf ihren Nacken legte und anfing, sie zu massieren. »Du siehst erschöpft aus«, sagte Daniels sanfte Stimme. »Nein, bleib, dreh dich nicht um. Du weißt doch …« Ein leises Lachen schwang in seinen Worten mit und Annik lächelte unwillkürlich.

Die Berührung seiner Hände tat ihr wirklich wohl. Sie genoss es, wie er ihre verkrampften Muskeln knetete, über ihre Schultern strich, bis die Spannungen aus ihnen zu weichen begannen, ihre Nackenmuskeln lockerte und dabei leise mit ihr sprach. Er sprach über Bücher, die er liebte, über die Plätze im Garten, die schön, verwunschen und vor aller Augen versteckt waren und die er ihr zeigen wollte, über seine Liebe zu Musik und schönen Dingen, darüber, dass er sich manchmal nach Gesellschaft sehnte, aber sie gleichzeitig fürchtete …

»Warum?«, fragte Annik, die bis dahin träge mit geschlossenen Augen auf dem Fluss seiner Worte dahingeschwommen war.

Seine Finger hielten inne, lagen ruhig auf ihren Schultern. »Warum was?«

»Warum scheust du andere Menschen?« Sie bewegte den Kopf, als wollte sie ihn ansehen, hielt dann inne, als ihre Wange seinen Arm berührte. Der Stoff seines Hemdes war weich, sie konnte im Augenwinkel einen aufgekrempelten Ärmel sehen, ein schönes, tiefes Blau. Als sie den Blick auf seine Hand senken wollte, zog er sie rasch zurück, als hätte er es bemerkt.

»Ich glaube, dass mich niemand in seiner Nähe erträgt«, sagte er nach einer Weile. »Ich bin kein angenehmer Mensch, Annik.«

»Doch, das bist du«, widersprach sie. »Ich erinnere mich …« Sie verstummte und runzelte die Stirn. Es war ein Traum gewesen. Sie hatte nicht wirklich mit Daniel dort am Mausoleum gestanden, er hatte sie nicht umarmt und geküsst. Oder …?

Seine Hände legten sich wieder auf ihre Schultern. »Schließ die Augen«, bat er leise, und Annik gehorchte.

Er massierte schweigend ihren Nacken und aus dem Kneten wurde ein Streicheln, aus der Massage eine Liebkosung. Seine Finger strichen durch ihr Haar, fuhren über ihren Hals, berührten ihr Kinn. Sie neigte den Kopf zur Seite, legte ihre Wange in seine Hand und verweilte so, gefangen von der Wärme, die sein Körper ausstrahlte. Er stand so dicht hinter ihr, dass sie seinen Duft riechen konnte: Holz und Rauch, Gewürze und ein ferner, zarter Duft von grünem Laub und Rosen, als hätten sich seine Kleider auf dem Weg durch den Garten damit aufgeladen.

Annik schnupperte und seufzte leise. Sie schmiegte ihr Gesicht in seine große Hand und berührte seine Finger mit den Lippen, ehe sie sich bewusst machte, was sie da tat.

Der Augenblick dehnte sich in die Unendlichkeit, betäubender Rosenduft füllte den Raum.

Annik schnappte nach Luft und riss die Augen auf. Sie hockte vornübergesunken am Tisch, die Stirn auf die Arme gebettet. Sie musste eingenickt sein.

Sie richtete sich auf und fuhr mit beiden Händen durch ihr Haar. Es war, als könnte sie die behutsame Berührung der Finger noch immer spüren. Durch den Fensterspalt an der anderen Seite des Raumes strömte Rosenduft hinein. Das war es sicherlich gewesen, was den intensiven Traum hervorgerufen hatte.

Annik schüttelte den Kopf. Wie seltsam, dass es Daniel war, der in ihren Träumen herumgeisterte. Was hatte das zu bedeuten?

Sie stand auf und streckte sich. Es war spät, sie musste sich für ihren abendlichen Rapport bei Mijnheer wappnen.

23

Seine Mauern begannen zu bröckeln, als wäre er eine baufällige Ruine.

Einen Moment lang dachte er über den Vergleich nach, der ihn in doppelter Hinsicht amüsierte. Er war die baufällige Ruine des Mannes, der er einst gewesen war, und er wohnte in einem Haus, das um ihn herum langsam verfiel. Wie passend, wie überaus passend und überaus ironisch das alles war.

Er hatte angenommen, dass er über Selbstmitleid und Bedauern längst hinaus war, aber das schien ebenso Selbsttäuschung zu sein wie sein gesamtes Dasein. Bedauern war das Leitmotiv seiner Existenz, wenn er ehrlich war. Bedauern, Reue, Trauer, fundamentaler Ekel vor dem, was er gewesen und noch mehr vor dem, wozu er geworden war.

War es das Mädchen, das ihn so erschütterte? Was sonst könnte die Schutzmauern, die er zwischen sich und der Welt errichtet hatte, ins Wanken bringen? Sie war ein Stern in der Nacht, eine Rosenblüte inmitten von Dornen, der Duft nach Sommer, Leben, Freude.

Sie demonstrierte schmerzlich all das, was er verloren hatte. Glück, Zufriedenheit, Liebe … verloren, auf ewig verloren und verflucht.

Er stützte den Kopf in die Hand und betrachtete das Glas mit Wein, das er in der anderen hielt. Dunkelrot, wie frisch vergossenes Blut. Rot wie die Tropfen auf dem weißen Hemd, die

Sprenkel auf seiner Haut, die zerplatzten Spritzer auf dem Tischtuch. Er weinte blutige Tränen, jeden Tag, jede Minute.

Geistesabwesend wischte er mit dem Handballen über einen der Tropfen und verschmierte ihn auf dem weißen Leinen. Das Blut sickerte in die Fasern und färbte sie rosenrot. Weiß und Rot, Blut und Rosen, Tränen, Liebe und Tod.

Er war sich bewusst, dass er sie fortschicken musste. Je mehr er für sie zu empfinden begann, je mehr sie ihm mit ihrer gleichzeitig forschen und trotzdem sanften Art ans Herz wuchs, desto weniger gleichgültig war ihm, was mit ihr geschehen würde, wenn sie blieb.

Er verdammte sie zu einem Schicksal, das niemand auf der Welt verdient hatte. Er hatte schon zu viele Mädchen vor ihr ins Verderben gerissen, aber diesen verfluchten Weg wollte und konnte er nicht weitergehen. Wenn dies nun wirklich sein Ende bedeutete, dann sollte es so sein. Warum klammerte er sich immer noch so sehr an dieses Leben, das ihm doch in jeder Sekunde verhasst war? Wenn er aufgab, bedeutete das auch ein Ende der Qual und des unaufhörlichen Schmerzes. War das nicht der Traum, den er kaum noch zu träumen wagte?

Ein Ende.

Er drehte das Glas in den Fingern, sammelte das Licht der untergehenden Sonne darin. Die roten Reflexe schimmerten wie Rubine im Blutrot des Weines.

Er wusste, warum er sich immer noch in dieses Dasein verbiss, das ein Vegetieren war und kein Leben.

Elias.

Aus seinen Augen rannen Tränen über das unbewegte Gesicht. Eine Marmorstatue, die weinte. Ein pervertiertes Wunder.

24

Halb und halb hatte sie erwartet, seine Tür verschlossen zu finden, und sich auf einen ruhigen Abend vorbereitet – ein wenig lesen, ein Spaziergang durch den stillen Park, vielleicht eine erneute kleine Exkursion in den Ostflügel, dessen geheimnisvolle Spiegelsäle eine unerklärliche Anziehungskraft auf sie ausübten.

Aber dann hörte sie das gedämpfte »Ja!« von drinnen und drückte mit einem tiefen Einatmen die Klinke herunter.

Das vordere Zimmer, Mijnheers Arbeitszimmer, war leer und lag im Halbdunkel. Durch eine geöffnete Tür fiel warmes Licht aus dem angrenzenden Zimmer herein. Diesen Raum hatte Annik noch nie betreten, deshalb zögerte sie, bevor sie an die offene Tür klopfte und eintrat.

In diesem Haus gab es wohl nur große Zimmer, dachte sie. Dieser Raum war nicht weniger weitläufig als das Zimmer, in dem sie vor ein paar Tagen mit Mijnheer zu Abend gegessen hatte. Es standen mehrere Sofas darin, Sessel, kleine Tische und Bücherregale. Eine Wand war mit Vorhängen verhüllt, wahrscheinlich waren Fenster dahinter.

Sie sah Gabriel nicht auf den ersten Blick und dachte zuerst, sie wäre allein im Zimmer. Dann regte sich etwas in einem der großen Lehnsessel, ein Bein streckte sich, eine Hand legte sich auf die Armlehne. »Stehen Sie da nicht so herum«, murmelte Gabriel, und seine Hand deutete auf eins der Sofas. »Hinsetzen.«

Annik gehorchte befremdet. Sie ließ sich auf dem zugewiesenen Platz nieder und faltete die Hände im Schoß. Auf der Kante sitzend, mit geradem Rücken, sah sie Gabriel van Leuven fragend an.

Er lümmelte in dem dunklen Ohrensessel, die Beine lang von sich gestreckt, und balancierte ein halbvolles Glas mit einer bernsteinfarbenen Flüssigkeit auf dem Bauch. Sein Blick war verhangen, seine Miene so düster wie immer.

»Mijnheer?«, sagte Annik, nachdem sie sich eine Weile angeschwiegen hatten. »Ich habe nichts zu vermelden. Sie haben gesehen, dass Elias sich aus seinem Koffer gewagt hat. Am Nachmittag habe ich Rafael weiter unterrichtet, er macht gute Fortschritte. Und ich bin so gut wie fertig mit den Regalen neben der Tür und am Fenster. Die Liste mit den meiner Meinung nach wertvollen Büchern habe ich Ihnen gestern bringen lassen. Haben Sie schon einen Blick darauf geworfen?«

Er schüttelte den Kopf und hob das Glas zum Mund. Er nahm einen großen Schluck und ließ Hand und Glas wieder auf seinem Bauch zur Ruhe kommen. Annik registrierte jetzt erst, dass er ungewohnt leger gekleidet war, er trug eine ausgeblichene Jeans, ein cremefarbenes, weiches Hemd mit aufgekrempelten Ärmeln, und seine Füße waren nackt. Ihr Blick blieb voller Faszination auf seinen langen, geraden Zehen hängen, die sich in den tiefen Flor des Teppichs gruben. Diese bloßen Füße verliehen seiner sonst so unnahbaren Aura etwas ungeheuer Verletzliches. Ihr war, als hätte sie ihn nackt gesehen. Sie spürte, wie ihre Stirn heiß wurde, und hob hastig den Blick.

Er hatte nichts davon bemerkt. Sein Kopf ruhte an der Rückenlehne des Sessels und seine Augen starrten an ihr vorbei ins Leere. Annik musterte ihn beunruhigt. Was war mit ihm los, war er krank?

»Mijnheer?«, fragte sie. Als er sich nicht regte, fuhr sie fort, wobei sie mit ihrem anschwellenden Zorn kämpfen musste. »Sie haben mich eingelullt und überredet zu bleiben, ohne mir wirklich etwas zu erklären. Warum hat sich Elias bei Ihrem Anblick so erschreckt? Was ist vorgefallen, dass er Sie so sehr zum Fürchten findet?«

Sie bemerkte, dass sie zitterte, und verschränkte ihre Hände ineinander.

Gabriel antwortete nicht. Ein tiefer Atemzug hob seine Brust und er setzte sein Glas an die Lippen. Beim Trinken verschüttete er ein paar Tropfen auf sein Kinn, die er nachlässig mit der gleichen Hand wegwischte, in der er das nun geleerte Glas hielt. Er beugte sich vor, hielt sich an der Tischkante fest und angelte die Karaffe heran, die dort stand.

Erst jetzt begriff Annik, was mit ihm los war, und sie kam sich ausgesprochen dumm und naiv vor. Das ärgerte sie beinahe noch mehr als sein anhaltendes Schweigen und die Art, wie er sie ignorierte.

Sie stand auf und hob das Kinn. »Ich darf mich empfehlen«, sagte sie eisig. »Wenn Sie wieder nüchtern sind, komme ich gerne …« Sie unterbrach sich, weil sein starrer Blick zu ihr schwenkte und sie fixierte. »Sie bleiben hier«, sagte er schleppend. »Ich bezahle Sie, Sie gehorchen.«

Annik stieß ein spitzes Lachen aus und wandte sich zur Tür. Gabriel streckte die Hand aus. »Bitte«, sagte er.

Der unvermutet demütige Tonfall ließ sie innehalten. Sie neigte den Kopf und seufzte. »Haben Sie schon etwas gegessen?«, fragte sie. Normalerweise war dies die Uhrzeit, zu der Gabriel sie zum Abendessen bat.

Er hob die Schultern und sank zurück. »Ich bin nicht hungrig.«

Annik hörte das Klappern des Servierwagens, der die Zimmerflucht verließ. Sie ging zu Gabriel, griff nach seinem Arm und zog ihn hoch. »Wir essen jetzt etwas«, bestimmte sie. »Sie sind betrunken, und solange Sie betrunken sind, kann ich nicht mit Ihnen sprechen. Wir müssen aber reden. Also kommen Sie!«

»Ich bin nicht betrunken«, murmelte er und erhob sich gehorsam. Annik packte zu, als er schwankend um sein Gleichgewicht rang, und stützte ihn, während sie durch das Arbeitszimmer zum gedeckten Tisch gingen. Annik schob Gabriel auf seinen Stuhl, breitete die Serviette über seinen Schoß und füllte seinen Teller. »Essen Sie«, sagte sie streng.

Er nahm die Gabel in die Hand und begann mechanisch zu essen. Annik setzte sich und nahm sich vom Gemüse, das zerkocht war wie immer. Sie aß und betrachtete Gabriel mit gerunzelter Stirn.

Er blickte von seinem Teller auf und erwiderte ihren Blick. Für einen kurzen Augenblick erkannte sie Elias in seinen Zügen, was ihr Herz butterweich werden ließ. Sie schenkte ihm aus dieser Aufwallung von Mitgefühl ein Lächeln, das er mit ausdrucksloser Miene quittierte. Er presste kurz die Lippen zusammen, dann senkte er den Kopf und aß langsam weiter.

»Erzählen Sie mir von Elias und seiner Mutter«, sagte Annik.

Er starrte langsam kauend vor sich hin, schluckte und erwiderte: »Sie ist tot. Schon sehr lange.« Er griff nach seinem Weinglas und trank.

Annik musterte ihn missbilligend. »Sie sollten lieber Wasser trinken«, mahnte sie.

Er zuckte mit den Schultern und aß weiter.

»Und?«, fragte Annik geduldig. »Wenn Ihre Frau schon so lange tot ist, erinnert sich Elias überhaupt an sie? Vermisst er sie?« Sie hatte immer vermutet, dass der Junge so verstört wegen des Verlustes seiner Mutter war, aber anscheinend hatte er schon seit Jahren nur die Betreuung durch ein Regiment ständig wechselnder Kindermädchen erfahren. Der arme Junge, kein Wunder, dass er so schwer Zutrauen fasste.

»Nein«, sagte Gabriel. Er war offensichtlich nicht gewillt, über seine verstorbene Frau zu sprechen.

Annik aß ein paar Bissen und versuchte dann einen zweiten Vorstoß. »Wie verstehen Sie sich mit Elias? Sehen Sie oft nach ihm?«

Gabriels Miene verdüsterte sich. Er kaute verbissen und sah sie nicht an. »Nein«, sagte er nach einer Weile. »Er schreit, wenn er mich sieht.«

»Das habe ich gemerkt«, sagte sie ein wenig spitz. »Warum tut er das?«

Gabriel schüttelte den Kopf. »Kein Kommentar«, sagte er schließlich und schenkte sein Glas erneut voll. »Ich möchte dieses Thema nicht weiter vertiefen, Juffrouw.«

Annik legte entmutigt ihr Besteck auf den Teller und griff nach ihrem Wasserglas. Ihr Blick streifte den Spiegel, der hinter Gabriel an der Wand hing, und blieb daran hängen. Eine dunkle Gestalt bewegte sich darin und schien ihr zu winken.

Annik erstarrte mit dem Glas auf dem halben Weg zu ihren Lippen. Ein Spiegel? Dort hatte noch nie ein Spiegel gehangen. Er hatte einen vergoldeten, geschnitzten Rahmen und war groß genug, um einen Teil des Raumes widerzuspiegeln. Sie konnte Gabriels Rücken darin erkennen, ein Stück des Tisches und ihre eigene Schulter. Die dunkle Gestalt, die sie zu sehen geglaubt hatte, verschwand außerhalb des gespiegelten Bildes, nur ein Zipfel schwarzen Nebels war noch einen Moment lang zu sehen und dann verschwunden.

Anniks beunruhigte Miene ließ Gabriel aufmerken. Er drehte sich langsam um, als müsste er befürchten, dass jemand hinter seinem Stuhl stand.

Natürlich stand dort niemand. Gabriel drehte sich mit einem

Kopfschütteln wieder zu ihr um, aber dann erstarrte er in der Bewegung. Seine Hand tastete über den Tisch, fand sein Weinglas aus schwerem Kristall. Er holte aus und schmetterte das Glas in den Spiegel.

Einen Moment lang war Annik wie erstarrt. Sie sah die Blüte aus Spiegelscherben, die sich ausbreitete, gefärbt vom Rot des Weins, dann hörte sie das laute Klirren, mit dem der Spiegel zerbarst, und sah die Scherben so langsam auseinanderstreben, als hätte jemand die Zeit verlangsamt.

Dann löste sich der Zauber, Rotwein spritzte über die Wand und das Zimmer wie vergossenes Blut, der Spiegel zerbarst in tausend blitzende Scherben, die wie kleine Dolche aus Eis durch die Luft zischten. Etwas traf sie an der Wange, eine Berührung wie ein kalter Kuss, aber sie ignorierte es, denn ihre Sorge galt Gabriel, der nun im Zentrum des blitzenden Wirbels stand. Er rührte sich nicht, stand einfach nur da, während wie von unsichtbarer Hand gezeichnet unzählige feine rote Linien in seinem Gesicht entstanden, aus denen Blut zu perlen begann.

»Gabriel!«, rief Annik und schüttelte die Erstarrung ab. »Ducken Sie sich!« Eine große, scharfkantige und spitze Scherbe sauste auf ihn zu und bohrte sich tief in seine Brust. Ein Blutfleck breitete sich auf dem hellen Stoff seines Hemdes aus.

Annik schrie auf und stürzte auf ihn zu. Ihr Fuß blieb an einer Falte im Teppich hängen, sie stolperte und fiel schwer vornüber, wobei sie sich den Kopf an einem der Möbel anschlug. Kurz wurde ihr schwarz vor Augen.

Sie rang nach Luft und schüttelte die Benommenheit ab. Ohne zu wissen, wie genau sie dorthin gekommen war, fand sie sich auf Knien vor dem Tisch. Gabriel beugte sich über sie und reichte ihr die Hand, um ihr aufzuhelfen. Sie reichte ihm die Hand, und er zog sie auf die Füße, während er sie aufmerksam musterte. »Alles in Ordnung?«, fragte er.

Sie starrte ihn an. Da waren keine Schnitte in seinem Gesicht, nur ein winziger roter Tropfen, wahrscheinlich Rotwein, hing an seiner Wange dicht unter dem linken Auge. Ihr Blick wanderte tiefer, auf seine Brust. Wo die Spiegelscherbe sich in sein Herz gebohrt hatte, war der Stoff ein wenig verzogen, winzige rote Flecken sprenkelten das Hemd. Keine Wunde, keine Scherben.

Sie suchte den Boden mit Blicken ab. Keine Scherben, auch hier nicht. Rote Flecken, alte und neuere, die wahrscheinlich von vergossenem Wein stammten. Annik sah über Gabriels Schulter – an der Wand hing ein leerer Spiegelrahmen. Er sah so aus, als hätte er immer schon dort gehangen. Irrte sie sich? Hatte sie ihn bisher einfach nicht beachtet, weil er in einer unbeleuchteten Ecke hing und ihr nicht weiter aufgefallen war?

»Alles in Ordnung, ja«, stammelte sie und umklammerte Gabriels Arm. »Mir ist nur schwindelig geworden.« Sie ließ ihn los, richtete sich auf und strich mit einer fahrigen Bewegung das Haar aus der Stirn. »Danke.«

Er nickte stumm und nahm ihren Ellbogen, um sie zu einem Sessel zu geleiten. Dort ließ er sie niedersitzen, nahm eine frische Serviette vom Tisch, tauchte einen Zipfel davon in die Wasserkaraffe und tupfte Anniks Wange ab. »Sie müssen sich bei dem Sturz verletzt haben«, sagte er. »Tut es weh?«

Er war ihr so nah wie noch nie zuvor. Annik blickte in seine Augen, die immer so kalt und unnahbar blickten. Aber nun schimmerten sie wie dunkler Bernstein, in dem goldene Fünkchen tanzten. Seine Wimpern waren lang und dicht, dunkler als sein Haar. Er glich Elias und gleichzeitig erinnerte er sie an Rafael. Es war unverkennbar, dass alle drei zu einer Familie gehörten.

Ohne sich Rechenschaft darüber abzulegen, was sie tat, hob sie die Hand und strich eine Strähne seines aschblonden Haars aus seiner Stirn. »Sie haben geblutet«, sagte sie.

Er fing ihre Hand ab und hielt sie fest. »Das haben Sie geträumt«, sagte er. »Sie waren kurz bewusstlos, Annik. Haben Sie Kopfschmerzen?«

»Es geht mir gut«, murmelte sie. Was war nur los mit ihr? Erst dieses Blackout in der Bibliothek, jetzt eine von seltsamen Visionen begleitete Ohnmacht vor den Augen ihres Arbeitgebers. Es war ein Segen, dass Gabriel van Leuven selbst vermutlich zu betrunken war, um irgendetwas befremdlich zu finden.

Er hielt immer noch ihre Hand und sah sie an. Ein Ausdruck schmerzlichen Verlangens verdunkelte seine Augen. Mit einer Bewegung, die so geschmeidig war wie die einer großen Katze, ging er vor ihrem Sessel in die Knie und legte seinen Kopf in Anniks Schoß. Wieder war es, als lenkte eine fremde Macht ihre Glieder. Sie sah, wie ihre Hände sich hoben und behutsam auf seinen Kopf legten. Annik glaubte zu träumen. Das geschah nicht wirklich. Sie saß hier nicht in Mijnheers schönem Salon, mit seinem Kopf in ihrem Schoß, während sie sein weiches Haar streichelte. Das war ein Traum, und es war Elias, an den sie in Wirklichkeit dachte. Das weiche Haar unter ihren Fingerspitzen, die Stille, mit der er in ihrem Schoß ruhte, das Gefühl, die Zeit hielte den Atem an …

Annik schloss die Augen und gestattete ihren Gedanken, wie Nebelfetzen davonzudriften.

Sie blieb so sitzen, ließ sein Haar durch ihre Finger gleiten und summte ein Kinderlied. Es war so friedlich und so still, sie hätte ewig so sitzen mögen.

Der vor ihr Kniende regte sich mit einem tiefen Atemzug und richtete sich auf. Ihre Hände glitten von seinem Kopf und fielen in ihren Schoß und sie öffnete die Augen, um ihn anzusehen.

Es wäre zu viel behauptet gewesen, seinen Gesichtsausdruck

als ein Lächeln zu bezeichnen. Eigentlich war es gar nichts, es war ein Ausdruck von Stille und Frieden. Jede Härte war aus seinen Zügen geschwunden, er sah so jung aus, als wäre er Rafaels Bruder. Wieder war da die starke Ähnlichkeit mit Elias, die Anniks Herz rührte. Sie seufzte und berührte seine Wange mit den Fingerspitzen. Er wandte den Kopf und küsste sie zart, dann stand er auf und blickte auf sie hinunter. »Geh jetzt«, sagte er leise. »Danke für alles. Aber jetzt geh.«

Sie fühlte sich nicht verletzt, denn er gab den Befehl mit einer so sanften, brüchigen Stimme, dass der Hinauswurf beinahe wie eine Liebkosung wirkte. Annik nickte und stand auf.

»Warte«, sagte er. »Du kommst morgen wieder zu mir. Ich möchte, dass wir zusammen essen. Ich werde nüchtern sein. Und ich werde versuchen, deine Fragen zu beantworten.«

»Danke, Mijnheer«, murmelte sie. »Ich werde pünktlich sein.«

»Das weiß ich.« Sein Lächeln, so unvermutet wie ein Sonnenaufgang um Mitternacht, geleitete sie zur Tür.

25

Annik stand am Fenster und blickte auf den mondbeschienenen Park. Das weiße, kühle Licht schärfte alle Konturen und ließ harte Schatten entstehen, die ihre Augen narrten. War dort jemand unter der alten Ulme und sah zu ihrem Fenster hinauf?

Sie stützte ihre Hände auf das Fensterbrett und legte die Stirn an das kalte Fensterglas. Warum kam es ihr so vor, als schiene über diesem Park immerzu ein kalter Vollmond? Es musste doch auch Nächte geben, in denen der Himmel bewölkt war oder eine Neumondnacht alles in Dunkelheit versinken ließ.

Annik blinzelte langsam. Die Gestalt verschwand nicht, sondern sah weiter zu ihrem Fenster hinauf, es war keine Einbildung. Sie tastete gedankenverloren über den feinen Schnitt an ihrer Wange, den sie sich bei ihrem Sturz zugezogen haben musste. Er brannte wie Eis.

»Ybbas?«, rief sie leise. »Sieh nach, wer uns da beobachtet.«

Der Gny glitt von ihrem Handgelenk, das er wie ein schuppiges Armband umschlungen hatte, und verschwand.

Annik blieb am Fenster stehen. Sie war sich ziemlich sicher, dass derjenige, der dort unten stand, sie nicht sehen konnte, denn im Zimmer brannte kein Licht. Dennoch fühlte sie seinen Blick wie eine körperliche Berührung. Wer war er? Der mysteriöse Daniel?

Sie verband sich mit ihrem Vertrauten und lief mit ihm durch die mondbeschienene Dunkelheit. In einer schwindelerregenden Doppelsicht sah sie gleichzeitig, wie der Schatten unterhalb des Baumes sich zurückzog und mit der Finsternis zwischen den Bäumen verschmolz. Ybbas erreichte die Stelle, aber dort war nichts mehr zu finden.

Mit einem Seufzen verfolgte sie Ybbas' Weg in die Tiefe des baumbestandenen Areals. Es hatte keinen Sinn, den Gny auf eine wilde und höchstwahrscheinlich vergebliche Suche in den weitläufigen Park zu senden, aber manchmal war der Vertraute ausgesprochen eigensinnig und tat, was er wollte. Vielleicht brauchte er aber auch einfach nur ein wenig Abwechslung. Langweilten sich Gynay? Sie wusste es nicht.

Sie wandte sich ab und kleidete sich mit einigen energischen Handbewegungen wieder an. An Schlaf war nicht zu denken, sie hatte sich eine Stunde oder länger nur mit weit offenen Augen im Bett gewälzt. Warum sollte sie nicht die Gelegenheit nutzen und dem leeren Ostflügel einen weiteren Besuch abstatten? Sie würde niemanden stören und niemandem über den Weg laufen und sie hätte endlich einmal genügend Zeit für eine ausgedehnte Exkursion.

Sie überprüfte ihre Taschenlampe und memorierte kurz den Spruch, den sie zur Erzeugung eines Werlichts entwickelt hatte. Er war unzuverlässig, Werlichter und ihre dauerhafte und beiläufige Erzeugung gehörten zu den fortgeschrittenen Themen der magischen Bildung. Sie konnte ein zuckendes, kleines Licht für die Dauer einer Viertelstunde stabil halten, wenn sie sich nicht allzu sehr darauf konzentrieren musste. Bei starker Konzentration gelang es auch durchaus mal für eine halbe Stunde, aber in der Zeit rannte sie dann jedes Möbelstück um, das in ihrem Weg stand.

Annik lächelte unwillkürlich, während sie die Treppe hinunterlief. Die Spannung, die durch ihre Adern prickelte, erzeugte einen Zustand heller Wachheit und Aufmerksamkeit, der sie jedes winzige Detail auf ihrem Weg wahrnehmen ließ.

Auf dem schwarz-weißen Fliesenboden der Halle waren dunkle Flecken zu erkennen, ganz offensichtlich Fußabdrücke. Annik stellte sich vor, was die gestrenge Haushälterin dazu sagen würde, dass hier jemand mit schmutzigen Stiefeln herumgetrampelt war. Wahrscheinlich der arme Gärtner …

Der Gedanke versiegte in ihrem Kopf, als sie den Fußspuren näher kam. In dem bleichen Licht des Mondes, das durch die Oberlichter der großen Türen schien, schimmerten die Flecken beinahe purpurn.

Sie hockte sich neben einen der verwischten Abdrücke, der deutlich das Abbild einer Schuhsohle zeigte, und stippte einen Finger in die trocknende braunrote Flüssigkeit. Sie blieb klebrig und zäh an ihrem Finger haften. Annik schauderte und wischte ihre Hand an der Hose ab. Ganz egal, was das für eine Flüssigkeit war, sie wollte es nicht wissen.

Die Fußspuren verliefen quer durch die Halle. Annik verfolgte ihren Weg zurück und stand schließlich an der Tür zum Ostflügel.

Die Tür war abgeschlossen, Annik öffnete sie mit einem ungeduldigen Zauber. Sie stand eine Weile hinter der wieder geschlossenen Tür in der Dunkelheit und lauschte. Es war still wie in einem Sarg, die Luft roch nach Staub und etwas anderem, das sie nicht einzuordnen wusste.

»Keine Rosen«, murmelte sie. »Dieses Mal ist es zumindest kein Rosenduft.«

Als sich nichts regte, ließ sie ihre Taschenlampe aufleuchten.

Die Fußspuren verliefen quer durch den Saal und führten zu einer der Türen an der Längsseite. Annik ließ den Lichtkegel der Taschenlampe daran entlangwandern und wurde abgelenkt, weil an den Wänden, die bei ihrem letzten Besuch noch kahl gewesen waren, unvermutet Farben und mattes Gold aufschimmerten.

Sie hob die Taschenlampe und leuchtete die gegenüberliegende Wand an.

Bilder. An den Wänden hingen Gemälde in schweren Holzrahmen. Augen blickten sie an, ausdruckslos, starr und bohrend. Strenge Münder, energische Kinne, Bärte, Zöpfe, Lockenperücken, Dreispitze und ordenbeladene Uniformen, hier und da ein paar Korkenzieherlocken und aufgetürmte, gepuderte Haarpracht, ein pastellfarbenes Seidenkleid und ein blasses Mädchengesicht, ein Kind in einem steifen Brokatgewand, ein halbwüchsiger Junge in einem Frack, gemalte Vorhangfalten, Tische mit Obst, ein prächtig gepolsterter Sessel, das Stück eines Fensters …

Annik begann die Reihe abzuwandern, Porträt um Porträt. Schon nach der Hälfte hatte sie die Gemeinsamkeit erkannt, das, was all diese Bilder verband: Die darauf abgebildeten Menschen sahen sich ähnlich. Sie alle waren blond oder dunkelblond in allen Schattierungen des Sonnenlichtes. Sie alle hatten goldene, cognac- oder bernsteinfarbene Augen, hier und da war ein lichtes Braun oder ein fahlgelbes Graugrün vertreten. Sie alle hatten klare, gut geschnittene Züge mit einer schmalen Nase und einem ernsten Mund mit voller Unterlippe.

Annik leuchtete Bild um Bild an und blieb schließlich vor einer Gruppe von drei Bildern stehen, die zwei Männer und einen halbwüchsigen Jungen zeigte. Die beiden Männer trugen Uniformen und sahen streng und arrogant aus. Ihre Ähnlichkeit war so groß, dass es sich bei ihnen entweder um Brüder oder um Vater und Sohn handeln musste. Der Junge hielt sich sehr gerade, sah den Betrachter finster an und strahlte eine Aura von Stolz und Unnahbarkeit aus.

Annik fuhr mit dem Zeigefinger an der Linie seiner bartlosen Wange entlang und biss sich auf die Lippe. Das war Gabriel, aber es hätte auch ein Bildnis Rafaels sein können, wenn sie sich den sonnigen Rafael überhaupt mit einem solchen Gesichtsausdruck hätte vorstellen können.

Nein, es war Gabriel.

Sie trat einen Schritt zurück und verharrte. Und nein, er war es natürlich nicht. Genauso wenig wie der ältere Mann, dessen Bild links von ihm hing. Sie beide sahen Mijnheer van Leuven erschreckend ähnlich, aber die nachgedunkelte Farbe, die Kleidung der Dargestellten und das Interieur, in dem sie porträtiert worden waren, zeigten deutlich, dass diese Gemälde um die zweihundert und mehr Jahre alt sein mussten.

Annik löschte ihre Lampe und stand eine Weile in der Dunkelheit, wobei ihr die ganze Zeit bewusst war, dass die Augen der Porträtierten sie anstarrten. Dies waren die Vorfahren Gabriels, um das zu erkennen, musste sie keine detektivischen Fähigkeiten entwickeln. Das eigentliche Rätsel war ein ganz anderes: Wo waren diese Bilder plötzlich hergekommen? Sie war sich vollkommen sicher, dass dieser Raum vorher leer und kahl gewesen war.

Sie ließ ihre Lampe wieder aufblitzen und beleuchtete den Boden. Der Staub lag zentimeterdick und nur ihre eigenen Spuren und die roten Fußabdrücke waren darin zu erkennen.

»Hexerei«, sagte sie halblaut. »Jemand hier im Haus ist eine Hexe.«

Nachdem sie das laut ausgesprochen hatte, fühlte sie sich erleichtert und konnte ihren Weg fortsetzen. Sie bemühte sich, nicht auf die fremden Fußspuren zu treten, und folgte ihnen in den nächsten Saal. Es schien, als glänzte das Rot hier frischer und wurde mit jedem Schritt etwas tiefer. Sie ging durch die nächsten beiden Säle und einen Flur, die allesamt verlassen und unmöbliert, mit kahlen Wänden waren, und betrat schließlich den Spiegelsaal.

Das Licht ihrer Taschenlampe wurde von hundert Spiegelgläsern zurückgeworfen. Beim letzten Mal waren die Spiegel noch matt, staubüberzogen und blind gewesen, aber jetzt glänzten und schimmerten die Oberflächen wie frisch poliert.

Annik stand erstarrt in der Tür und ließ nur den Lichtkegel wandern. Die Reflexe blendeten ihre an die Dunkelheit angepassten Augen.

Sie hielt die Finger vor das Glas der Lampe und blinzelte heftig. Immer noch schien irgendwoher Licht zu kommen, das sich in den Spiegeln reflektierte. Annik löschte die Taschenlampe und wartete, denn rote Blitze zuckten durch ihr Blickfeld.

Dann klärte sich ihre Sicht und sie sah sich mit weit geöffneten Augen um. Es war keine Einbildung gewesen, hier und da funkelten und schimmerten Lichter wie ferne Gestirne oder verirrte Glühwürmchen an den Wänden.

Fasziniert ging Annik auf eins der Lichter zu. Es kam aus der Tiefe eines Spiegels, sie spürte das kalte Glas unter ihren Fingern. Das Licht schimmerte und zuckte, aber außer ihm war in der tiefen Schwärze nichts zu erkennen.

Annik trat etwas zurück und ließ die Taschenlampe aufstrahlen. Sie leuchtete nicht direkt in den Spiegel, um sich nicht zu blenden, sondern schirmte das Licht mit den Fingern ab und blickte dann auf das Spiegelglas.

Ihr eigenes Gesicht sah sie an, mit großen, beinahe schwarzen Augen. Das Lampenlicht zauberte seltsame Schatten auf ihr Gesicht und machte, dass sie sich selbst fremd vorkam. Sie löste ihren Blick von dem ihres Spiegelbilds und sah an sich vorbei. Eigentlich hätte sie nur die Dunkelheit des Saales hinter sich erkennen dürfen, vielleicht noch einen Widerschein ihrer Lampe in einem der Spiegel in ihrem Rücken, aber tatsächlich sah sie eine dämmrige Umgebung hinter dem Rücken ihres Spiegelbildes. Sie stand zu nah und verdeckte zu viel von der Spiegelfläche, um erkennen zu können, was es war, aber es schien ein Zimmer zu sein, kleiner als dieser Saal, möbliert und mit gestreiften Tapeten an den Wänden und einem Fenster, durch das sie einen im Dämmerlicht liegenden Garten erkennen konnte.

Annik trat fasziniert ein Stück zurück, um mehr von dem Bild erkennen zu können. Das Licht, das sie zu diesem Spiegel gelockt hatte, entstammte einer Lampe, die auf einem kleinen Tisch stand, und sie erahnte die Anwesenheit einer Frau, die knapp außerhalb des Bildausschnittes zu stehen schien.

»Was ist das?«, fragte sie laut. »Was für ein Zauber ist das?«

Im gleichen Moment erlosch die Lampe im Spiegelbild und ihre Taschenlampe flackerte auf und ging aus.

»Verflixt«, rief Annik und schüttelte die Lampe. Zwecklos.

Annik blieb stehen und wartete, bis ihre Nachtsicht wieder da war. Die funkelnden Lichter waren verschwunden, sie stand in ägyptischer Finsternis. Und sie war sich absolut nicht mehr sicher, in welcher Richtung sie nach der Tür suchen musste. Außerdem lag vor diesem dunklen Loch ein weiteres und noch eins … sie musste wohl oder übel versuchen, sich mit einem Werlicht ihren Rückweg zu erkämpfen.

»Leuchte
Hell und klar für mich
Stern auf dem Weg«,

sagte sie und hielt die offene Handfläche vor sich hin. Zwischen ihren Fingern glomm ein schwaches, flackerndes Licht auf, gelblich und unstet. Alles andere als hell und klar und viel Beleuchtung brachte es auch nicht. »Verflixt«, flüsterte sie und konzentrierte sich darauf, das Licht heller zu machen.

Nach einer Weile, in der ihr eigener Atem unnatürlich laut klang, gelang es ihr. Das Licht strahlte wie ein kleines Leuchtfeuer zwischen ihren Fingern, ausreichend, um ihre nächste Umgebung zu erkennen. Annik ging langsam los und folgte den roten Fußspuren im Staub, die geradewegs zur Tür führten.

An der Tür blieb sie stehen und drehte sich um. Woher kamen die Fußspuren überhaupt? Heute konnte sie ihnen nicht mehr folgen, aber vielleicht an einem der nächsten Tage. Sie ließ ihren Blick über den Boden wandern, und während sie das tat, verstärkte sich ohne ihr Zutun das Licht in ihren Fingern, bis der Saal bis in die Ecken ausgeleuchtet war. Die Spiegel glitzerten und strahlten in hellem Licht und nur eine Stelle an der Wand erschien dunkel und tot.

Fasziniert ging Annik auf diese Stelle zu. Im Näherkommen erkannte sie, dass dort ein leerer Spiegelrahmen hing, die Scherben des Spiegels sprenkelten den Boden bis zu ihr hin. Das Glas knirschte unter ihren Schuhen, aber gleichzeitig klebten sie fest. Annik blickte auf den Boden. Die mit Spiegelscherben übersäte rot schimmernde Flüssigkeit glitzerte wie ein bestickter Kleiderstoff.

Annik richtete sich hastig wieder auf und betrachtete den leeren Spiegelrahmen.

Das schadhafte Blattgold des Rahmens schimmerte weich, dazwischen schaute splittriges Holz hervor. Hinter dem Rahmen lag die nackte Wand, durch deren fadenscheinige Tapete der Putz blitzte.

Während sie diesen einen zerstörten Spiegel ansah und sich fragte, was das zu bedeuten hatte, wurde das Licht im Raum langsam dunkler, bis nur noch ihr Werlicht sie in einer Insel aus Helligkeit stehen ließ. Sie atmete langsam und ein wenig zittrig ein. Hexerei. Wenn sie es nicht mit eigenen Augen sähe, dann verriete das der metallische Geschmack auf ihrer Zunge, das Prickeln ihrer Haut, das Zucken von Elektrizität in der Luft. Hier in diesem Raum webte ein starker Zauber.

Eine unvermutete Bewegung fesselte ihre Aufmerksamkeit. In dem leeren Rahmen vor ihr veränderte sich die Luft. Sie begann silbrig zu glänzen und schien beinahe flüssig. Annik konnte ihr verzerrtes, zitterndes Spiegelbild darin erahnen. Sie stand wie gebannt und wurde Zeuge, wie sich aus dem Nichts ein neues, blank poliertes Spiegelglas bildete, in dem sie einige Atemzüge lang ihr Gesicht sah. Dann verschwamm das Bild, und sie blickte in den Saal, in dem sie stand. Er war voller Licht, die großen Fenstertüren zum Garten hin standen weit offen, und auf dem Boden lagen Teppiche. Kostbare Möbel, Draperien, Bilder, unzählige Spiegel und Ziergegenstände machten aus dem leeren, riesigen Raum ein weitläufiges, gleichzeitig prachtvolles und behagliches Refugium, einen großen Salon oder ein Wohnzimmer.

Annik beugte sich vor und versuchte, die verborgenen Ecken des Raumes zu erkennen, und ihr Atem ließ das Spiegelglas beschlagen. Sie hielt inne, als Menschen die Szene betraten.

Es waren zwei, ein Mann und eine Frau. Sie kamen aus dem Park herein, die Frau ging vor dem Mann her. Sie war groß und schön, mit rotem Haar, das die Farbe von Herbstlaub hatte. Sie trug es zu einer altmodischen Frisur aufgesteckt und auch ihr pastellfarbenes Kleid schien einem Modejournal des neunzehnten Jahrhunderts entsprungen zu sein. Ihre Miene war aufgebracht, ihre graugrünen Augen blitzten zornig.

Der Mann, der ihr folgte, griff nach ihrem Arm, und sie machte sich mit einer heftigen Geste frei. Sie fuhr herum, wollte ihn ohrfeigen, aber er hielt ihre Hand fest und die beiden rangen stumm miteinander.

Annik war so gebannt von der dramatischen Szene, die sich vor ihren Augen abspielte, dass sie erst mit ein wenig Verzögerung den Mann genauer betrachtete. Er war jung, vielleicht Ende zwanzig, trug elegante Reitkleidung und hatte Gabriels Gesicht und Statur.

Wie sonderbar, Mijnheer in dieser Umgebung, in diesen Kleidern zu sehen, dachte Annik träumerisch. Er bewegte sich in Stiefeln, eng anliegenden, hellen Hosen und schmaler Frackjacke genauso lässig wie mit Jeans und nackten Füßen. Auch die Frisur stand ihm hervorragend, sein Haar, das in diesem Licht so goldblond erschien wie das von Rafael, war recht kurz geschnitten und weich ins Gesicht gekämmt.

Er und die Frau stritten sich heftig, das war klar zu erkennen. Annik wünschte sich, sie könnte hören, was die beiden sich an den Kopf warfen. Waren sie ein Liebespaar, waren sie verheiratet? War diese schöne Frau Elias' Mutter?

Sie dachte einen Moment lang darüber nach, dass diese Szene, wenn sie denn einen realen Hintergrund hatte, vor zweihundert Jahren stattgefunden haben musste, und lächelte über ihren Irrtum. Das war nicht Gabriel, sondern einer seiner Ahnen. Und was immer dort geschah – es musste etwas damit zu tun haben, dass dieser Flügel leer stand. Sie konnte nicht sagen, woher sie diese Gewissheit nahm, aber wenn sie darauf ihr Leben hätte verwetten müssen, dann hätte sie dies ohne zu zögern getan.

Die Frau riss sich aus dem Griff des Mannes los, der sie an den Armen gepackt hielt und schüttelte. Sie machte zwei lange Schritte rückwärts von ihm weg, wobei sie mit ihren zierlichen, flachen Schuhen im Saum ihres Kleides hängen blieb und strauchelte. Er sprang vor, wollte sie halten, aber sie fing sich an einem Sessel ab und versetzte dem Mann eine heftige Ohrfeige. Er prallte zurück und hielt sich die Wange, wobei er die Frau stumm und drohend anstarrte. Annik schauderte, sie kannte diesen Blick. Er war eisig wie ein Grab, finster wie die Nacht, und in seiner Tiefe brodelte ein Zorn, der so kalt war wie ein toter Stern.

Der Mann öffnete den Mund und sagte ein paar Worte, die

eine heftige Reaktion in seiner Gegenspielerin hervorriefen. Die Frau richtete sich aus ihrer im Sturz über den Sessel gebeugten Haltung hoch auf und streckte die Hand aus. Sie deutete auf den Mann und schien etwas zu rufen.

Annik schloss die Augen, denn ihr Werlicht, dessen Existenz sie fast vergessen hatte, strahlte so schmerzhaft hell auf, dass sie einen Moment lang geblendet war.

Als sie wieder sehen konnte, hatte sich das Bild in dem Spiegel verändert. Die Frau war nirgendwo zu sehen und der Mann stand in der Mitte des Salons, die Hände schützend vor sein Gesicht gehoben. Um ihn tobte ein Wirbelsturm aus glitzerndem, schimmerndem Glas. Sämtliche Spiegel in dem Saal waren zersprungen und nur ihre leeren Rahmen hingen an den Wänden.

Annik musste schreckensstarr dabei zusehen, wie der Mann von dem rasenden Wirbel der Spiegelscherben erfasst wurde. Er sank in die Knie, während seine Kleider zerfetzt wurden und sich rot färbten.

Annik wurde es schlecht. Sie rang nach Luft und riss ihren Blick los. Das war doch ein Albtraum und nie, niemals etwas, das je wirklich geschehen war!

Ihr Blick fiel auf die Spiegelscherben vor ihren Füßen und die Lache aus Blut, in der sie schwammen. Sie würgte und schlug die Hand vor den Mund, dicht davor, sich zu erbrechen.

Ihre Übelkeit war mit einem Schlag dahin, als in der Dunkelheit rundum ein Bersten und Splittern erklang. Die Spiegel schienen ein Eigenleben zu entwickeln, Risse tanzten über ihre glänzenden Oberflächen, Scherben klimperten zu Boden.

Annik riss sich aus ihrer Erstarrung und sah sich panisch um. Wo war die Tür? Hier würde gleich etwas geschehen, das sie lieber nicht aus der Nähe erleben würde, das war ihr klar.

Die nächstgelegene Tür lag ein halbes Dutzend Schritte von

ihr entfernt. Annik rannte los, ohne sich weiter umzusehen. Sie hörte das lauter werdende Klirren und Knirschen, zu dem sich ein singendes Pfeifen gesellte, als flöge etwas sehr schnell durch die Luft auf sie zu …

Mit einem riesigen Satz war sie an der Tür, griff fahrig nach der Klinke, ihre Finger glitten davon ab, sie packte ein zweites Mal zu und zog. Eine Glasscherbe zischte dicht an ihrem Ohr vorbei und bohrte sich in die Türfüllung. Annik schrie und warf sich gegen die Tür, die nach außen aufging. Sie fiel in den dunklen Raum dahinter, kam auf Händen und Knien auf und ließ sich gegen die Tür fallen, damit diese sich schloss.

Während sie nach Atem ringend und am ganzen Leib zitternd gegen die Tür gelehnt saß, spürte sie die unzähligen Erschütterungen und hörte das unablässige Pochen und Klirren, mit dem die Spiegelscherben auf die Tür und die Wand trafen. Sie war entkommen – unverletzt.

Annik hockte in der Dunkelheit hinter der Tür und lauschte. Ihr Herzschlag war so laut, dass er in ihren Ohren dröhnte, aber sie hatte das Gefühl, dass das Bombardement auf der anderen Seite aufgehört hatte.

Mit weichen Knien und zitternden Beinen stemmte sie sich in die Höhe und legte die Hand auf die Klinke. Sie war außer sich vor Angst, aber der Gedanke, jetzt davonzulaufen, ohne überprüft zu haben, ob der Zauber vorüber war, erschien ihr noch schlimmer. Sie würde mit dem Wissen, dass ein paar Meter weiter ein ungezähmter Zauber außer Kontrolle geraten war, nicht ruhig in ihr Bett zurückkehren können.

Annik holte tief Luft, ließ das Werlicht aufflammen und öffnete die Tür.

Der Saal lag still und dunkel vor ihr. Das gelbe Licht reichte nicht ganz bis zu den entfernten Wänden, aber die gegenüberliegende Wand wurde ausreichend angestrahlt, um erkennen zu lassen, dass dort friedlich Rahmen an Rahmen schimmernde und vollkommen unbeschädigte Spiegel hingen.

Annik ließ das Licht ungläubig ein Stück in den Saal hineinschweben, wobei es schwächer wurde, und holte es zurück, bevor es ganz erloschen war. So weit der Lichtschein reichte, waren die Spiegel unversehrt, und auf dem Boden lag nichts als unberührter Staub.

Annik schloss leise die Tür und stieß seufzend den Atem aus. Welcher Hexenbann auch immer dieses Haus gefangen hielt: Er war stark.

Ein Lächeln verzog ihre Mundwinkel, obwohl ihr alles andere als zum Lachen zumute war. Dennoch war da so etwas wie ein kleines Triumphgefühl, das ihr Herz hüpfen ließ. Sie ahnte nun endlich, welches Rätsel sie zu lösen hatte!

26

Vor ihr lag der Rückweg. Annik presste die Hände gegen die Augen und fluchte lautlos. Es war stockfinster, ihre Taschenlampe funktionierte nicht, und sie hatte keine Kraft mehr, das Werlicht zu erzeugen.

Sie zwang sich dazu, langsam und tief zu atmen und ihre Gedanken zu beruhigen. Es gab keinen Grund, in Tränen oder Panik auszubrechen. Sie konnte sich hier irgendwo auf den Boden setzen und auf den Morgen warten.

Nein. Der Gedanke allein machte sie frösteln.

Sie konnte nach Ybbas rufen und ihn zu sich beordern. Der Gny war sicherlich irgendwo im Park unterwegs und würde nicht allzu lange brauchen, um sie zu finden.

Das war auf jeden Fall ein guter Gedanke, den sie unverzüglich in die Tat umsetzte.

Annik gab es auf, das Problem theoretisch lösen zu wollen, und zog die Lampe aus der Tasche. Sie schüttelte sie und betätigte den Einschaltknopf.

Licht fiel in ermutigend hellem Strahl auf den Boden. Annik stieß einen erfreuten Schrei aus und vergeudete keine Zeit, denn wer konnte wissen, wie lange ihr Glück anhielt? Sie marschierte los, auf die Tür zu, durch die sie auf ihrem Hinweg gekommen war.

Das Licht flackerte zwar, aber es erlosch nicht wieder. Annik ging schneller, obwohl sie inzwischen hundemüde war. Sie wollte zurück in den bewohnten Teil des Hauses, sie wollte in ihr weiches Bett, sie wollte über nichts mehr nachdenken, bis der helle Sonnenschein die düsteren Schatten der Nacht vertrieben hatte. Morgen würde sie ihren Vater anrufen und um einen Rat bitten. Er musste ihr alles sagen, was er über Spiegelmagie wusste. Morgen. Heute Nacht musste sie nichts mehr schaffen – außer den Rückweg in ihr Zimmer.

Sie erreichte den Korridor, der die inneren Säle von denen der Gartenseite trennte. Noch ein paar Meter und sie war in der Halle und auf sicherem Terrain.

Als sie das dachte, begann das Licht der Lampe stärker zu flackern und wurde dabei immer trüber. »Oh nein!«, rief Annik und beschwor die Batterie durchzuhalten. Nur noch ein paar Meter, bitte!

Die Lampe flackerte auf und erlosch. Annik blieb stehen und presste die Faust vor den Mund, eher wütend als ängstlich. Sie war so erledigt und diese Mistlampe gab einfach ihren Geist auf!

Das Kratzen von Krallen auf dem harten Holzboden und ein bedrohliches Hecheln ließen sie herumfahren. Sie biss sich vor Schreck auf die Lippe, als sie das rötliche Funkeln von Augen in der Dunkelheit sah, dann lachte sie erleichtert. »Satan«, rief sie. »Komm her.«

Ein großer, warmer Hundeleib presste sich gegen ihren Oberschenkel und ein schwerer Kopf schob ihre Hand in die Höhe. Annik war selbst überrascht, dass sie keine Angst vor dem Riesenvieh hatte. Noch vor gar nicht so langer Zeit war sie vor ihm durch den dunklen Park geflüchtet.

Sie kraulte seinen Kopf und ließ zu, dass er ihr die Hand ableckte. »Bring mich hier raus, Satan«, sagte sie. »Sei ein guter Hund. Bring mich in die Halle.«

Sie überließ sich blind seiner Führung, streckte nur die Hand aus, um nicht gegen eine Tür oder einen Mauervorsprung zu stoßen. Er ging so sicher und zielstrebig voran, als könnte er ihre Umgebung genauso gut wie am helllichten Tag erkennen. Nun, wahrscheinlich war es so.

Sie passierten zwei Türen, dann blieb Satan urplötzlich mitten in einem der hallenden, leeren Säle stehen und begann zu knurren. Es klang schreckenerregend.

»Was ist, Satan?« Annik krampfte ihre Hand in sein Nackenfell. Sie spürte die Muskeln des Hundes, die sich unter ihren Fingern versteiften. »Wer ist da?«, rief sie laut.

Das Knurren des Hundes verwandelte sich in ein jämmerliches Winseln. Er duckte sich unter Anniks Hand weg und lief davon. Sie stand in der tintenschwarzen Dunkelheit, erneut ohne Orientierung, blind und mittlerweile vollkommen verängstigt. Was konnte einen Hund wie Satan derart in Furcht versetzt haben?

Langsam und vorsichtig setzte sie einen Fuß vor den anderen, tastete sich durch den lichtlosen Raum. Sie spürte die Anwesenheit des Menschen, ehe ihre ausgestreckte Hand ihn berührte. Mit einem Aufschrei zuckte sie zurück, aber eine Hand ergriff ihr Handgelenk und zog sie zwei Schritte nach vorne, ehe sie sich an einen festen, warmen Körper gepresst fand.

Eine große Hand legte sich um ihren Hinterkopf und drückte ihr Gesicht gegen weichen Stoff und harte Muskeln. Sie schnappte nach Luft und atmete einen Geruch, der ihre Furcht augenblicklich besänftigte. Holz. Gewürze. Rosen …

»Du!«, sagte sie atemlos und entließ alle Spannung aus ihren Gliedern. Fast wäre sie zusammengesackt, aber starke Arme hielten sie aufrecht. »Du hast mich zu Tode erschreckt.«

»Was machst du hier?«, fragte er leise, ohne sie loszulassen. »Dieser Ort ist gefährlich, Annik.«

»Ich habe … mich verlaufen«, sagte sie matt. »Meine Taschenlampe ist ausgegangen.« Sie legte ihre Stirn an seine Schulter. »Ich bin so schrecklich müde«, murmelte sie.

Ein weiches, dunkles Gefühl legte sich auf ihre Augen und ihr Herz. Sie seufzte und ließ zu, dass ihre Gedanken sich verflüchtigten. *Schon wieder …*, dachte sie noch, dann war auch dieser Gedanke fort. *Zauber …*

»Ich bringe dich auf dein Zimmer«, raunte Daniel und stützte sie. »Du solltest hier nicht sein. Ich verstehe nicht, dass die Tür nicht abgeschlossen war. Wenn dir etwas zustößt …«

»Die Tür war abgeschlossen«, murmelte Annik schläfrig. Sie setzte Fuß vor Fuß, ging wie durch einen Traum. »Wieso kannst du sehen, wo du hingehst?«

»Ich kenne diesen Flügel wie meine eigene Hand«, sagte er, und seine Worte klangen bitter. »Ich benötige keine Lampen. Du weißt doch, dass ich das Licht nicht schätze.«

»Weil du eine Zumutung für deine Umgebung bist«, erwiderte Annik ironisch.

Er lachte nicht, sondern seufzte nur. »Wir sind gleich an der Tür«, sagte er dann. »Versprich mir, dass du nicht wieder herkommst.«

»Hm«, machte Annik. Sie verspürte keine große Lust, sich noch einmal in diesem finsteren, verhexten Labyrinth zu verlaufen. Aber wenn es nötig war, um das Rätsel zu lösen, dann würde sie es wohl oder übel tun.

»Versprich es mir«, drängte er.

Sie blieb stehen und wandte ihm das Gesicht zu, obwohl sie ihn nicht sehen konnte. »Ich kann es nicht«, sagte sie. »Aber ich werde versuchen, mich fernzuhalten, das verspreche ich dir.«

»Stures kleines Biest«, sagte er mit einem trockenen Lachen. Annik lächelte ins Dunkle und spürte die Berührung seiner Hand auf ihrer Wange. Sie hob das Gesicht seinem Streicheln entgegen und fühlte, wie seine Lippen über ihre Schläfe glitten.

»Wir sind da«, sagte er und ließ sie los. »Vor dir ist die Tür.«

Einen kurzen, heftigen Moment lang wollte Annik nicht gehen. Sie wollte bleiben, in seiner tröstlichen Umarmung, in dieser schützenden Dunkelheit. Sie begriff plötzlich, warum er sich hier wohlfühlte. Niemand sah einen an, prüfend, taxierend, verurteilend oder voller Erwartungen. Es gab nur Stimmen und Berührungen.

Und Scherben und Blut.

Er schien ihr Zögern als Furcht zu missdeuten. »Es kann dir nichts mehr passieren«, sagte er. »Streck die Hand aus und geh zwei Schritte nach vorne.«

Annik tat es, berührte mit den Fingerspitzen das kalte Metall der Türklinke und zögerte. »Ich möchte dich sehen«, sagte sie. »Daniel?«

Er antwortete nicht, und all ihre Sinne sagten ihr, dass er fort war. Annik drückte die Klinke herunter, trat in die Halle und in das gleichgültige, kalte Mondlicht. Die Tür fiel hinter ihr zu, und sie hörte, wie das Schloss knackte. Ohne es zu probieren, wusste sie, dass die Tür erneut verschlossen war.

Sie schüttelte die Benommenheit ab und durchquerte mit schnellen Schritten die Halle. Ganz am Rande registrierte sie, dass der Boden fleckenlos unter ihren Füßen lag. Keine Fußspuren – kein Blut.

27

»Du bist betrunken.«

»Höre ich einen Vorwurf?« Er lachte, hustete und schenkte sich nach. »Du hast es nötig, verdammt. Alter Moralapostel. Sieh dich selbst an, du sabberst ja förmlich, wenn du an das Mädchen denkst.« Ein Schluckauf unterbrach seinen Vortrag, der nuschelig und verwaschen klang.

»Ich glaube nicht, dass du noch mehr trinken solltest.«

»Ich glaube hingegen, dass ich noch lange nicht genug getrunken habe. Los, Spielverderber, nimm dir ein Glas und begleite mich.«

Schweigen.

»Sie hat ihn herausgelockt, weißt du?« Gabriel begann weinerlich zu klingen, die vorherige Aggression wich einem jämmerlichen Tonfall. »Sie hatte ihn auf dem Schoß. Ich habe es gesehen. Und dann hat er mich gesehen …«

»Und er hat sich die Seele aus dem Leib gebrüllt, ich weiß.« So betrunken Gabriel sich anhörte, so nüchtern klang Daniel. »Hör jetzt auf. Geh ins Bett, schlaf deinen Rausch aus. Morgen wirst du dich scheußlich fühlen.«

»Das tue ich doch sowieso.« Trotzig wie ein kleiner Junge, der nicht ins Bett gehen wollte, wenn seine Mutter ihn mahnte.

»Wir können es doch nicht ändern«, sagte Daniel leise. »Es passiert, wie es immer passiert. Du weißt, was als Nächstes kommt, und ich weiß es auch. Außer SIE verändert es.«

»Wie sollte sie das schaffen? Sie ist nur ein kleines Mädchen mit einer zu spitzen Zunge.« Er lachte und dann schlug sein Lachen unvermittelt in ein hartes Schluchzen um. »Verdammt. Wir sind verdammt, Daniel. Für alle Zeit.«

»Das sind wir«, stimmte der andere sanft zu. »Das sind wir allerdings.«

28

Wieder vertrieb das helle Licht des Morgens die Schatten der Nacht. Annik trocknete sich nach der Dusche ab und sah zum Fenster hinaus. Die Geschehnisse im Ostflügel erschienen ihr wie ein seltsamer, bereits verblassender Traum. Vielleicht waren sie das ja auch gewesen: ein überaus deutliches, erschreckendes und seltsames Traumgebilde. Das war, wenn sie darüber bei Tageslicht nachdachte, sogar die einzige Erklärung, die ein wenig Sinn ergab.

Sie zog sich an und ertappte sich dabei, wie sie die Sohle ihres Turnschuhs nach Blutflecken und Splittern absuchte. Mit einem Lachen schob sie Ybbas beiseite, der neugierig an dem zweiten Schuh schnupperte, und zog sich fertig an. »Ich bin so bescheuert, Ybb«, sagte sie.

Der Gny blickte zu ihr auf und züngelte. Seine kugeligen Augen drehten sich nach vorne und hinten, nach innen und außen, und sein langer Schwanz peitschte und rollte sich wieder auf, bis er in einer akkuraten Spirale auf dem Rücken ruhte. Ybbas war offensichtlich über etwas sehr erregt.

Annik hielt ihm die Hand hin, damit er sich um ihren Arm wickeln konnte, und fragte: »Was ist los?«

Der Vertraute sandte ein wildes Konglomerat aus Eindrücken, wirre Fetzen von verschwommenen Bildern und seltsamen Gerüchen und Klängen. Die Sinneseindrücke eines Gnys unterschieden sich grundlegend von denen seines Menschen und die

Kommunikation zwischen den Gefährten musste erst erlernt werden. Hexer wie ihr Vater, der mit seinem Vertrauten schon seit fast einem halben Jahrhundert lebte, sprachen mit ihrem Gny wie mit einem anderen Menschen, aber Annik und Ybbas mussten sich beide manchmal noch anstrengen, um sich einander verständlich zu machen. Das war vor allem dann der Fall, wenn einer oder beide aufgeregt oder müde waren.

Und Ybbas war ganz offensichtlich aufgeregt, und zwar außerordentlich.

Annik schloss die Augen und beruhigte ihren Atem, weil das gleichzeitig den Gny beruhigte. »Langsam«, sagte sie dann halblaut. »Was ist denn so schrecklich?«

Der Gny zitterte am ganzen Leib. Annik streichelte ihn geistesabwesend, während sie seine Eindrücke zu ordnen und zu übersetzen begann. »Du warst gestern Nacht im Ostflügel«, sagte sie langsam, als die ersten Bilder anfingen, einen Sinn zu ergeben. Sie sah leere Säle in einem düster glimmenden, modrig violetten Licht, das ganz und gar nicht dem entsprach, was Ybbas sonst durch seine Augen erblickte. Er konnte wenige Farben erkennen, eigentlich nur pastellene Varianten der kräftigsten Farben, Rot und ein leuchtendes Grün, der Rest des Spektrums erschien gewöhnlich in unterschiedlichen Grautönen.

»Du warst also im Ostflügel«, wiederholte sie und folgte den Bildern durch die leeren Säle. Auch ihr Vertrauter hatte die Gemälde bemerkt, ihnen aber keine große Beachtung geschenkt. Sie konnte deutlich seine Besorgnis spüren, mit der er nach ihr gesucht hatte.

Annik tastete nach der Stuhllehne und sank langsam auf die Sitzfläche. Die Erkenntnis traf sie wie ein Schlag, den sie nicht hatte kommen sehen. Wenn Ybbas voller Sorge gestern Nacht nach ihr gesucht hatte, dann war sie wirklich dort gewesen!

Der Gny hatte ihren Weg verfolgt, bis er in einem Saal völlig unvermittelt die Spur verloren hatte. Annik verfolgte, wie er zunehmend panisch von Wand zu Wand, von Tür zu Tür hastete, seine Zunge witternd und tastend hervorschnellte und seine Augen sich wild in alle Richtungen drehten.

Annik tauchte aus Ybbas' Erinnerungen auf und schüttelte sich unwillkürlich. »Also habe ich das nicht geträumt«, sagte sie zu ihm. »Und ich habe recht: Hier herrscht ein ungezähmter Zauber.«

Ybbas stieß ein hörbares Seufzen aus und schloss die Augen. Ungezähmte, sogenannte »wilde« Zauber waren solche, die außer Kontrolle geraten oder nie unter einer solchen gestanden hatten. Wenn eine ungeübte Hexe sich an einen Zauber wagte, den sie noch nicht beherrschte, dann war das manchmal das Resultat. In solch einem Fall musste der Weiße Rat jemanden entsenden, der dieses magische Katastrophenfeld reparierte oder wenigstens so eindämmte, dass es keinen Schaden mehr anrichten konnte. Das schien hier im Haus geschehen zu sein, nur hatte sich niemand um die Eindämmung des Zaubers gekümmert, sodass er wild weiterwucherte und unvorhersehbare Dinge anrichtete.

Annik sah auf die Uhr und ging hinunter in die Küche. Sie bat die Köchin, ihr einen großen Becher Kakao für Elias zu bereiten, und suchte das Obst für den Jungen aus. Während sie das tat, dachte sie über die Ereignisse der vergangenen Nacht nach. Sie war beunruhigt, sehr sogar. Ihre Erkenntnis, dass sie nun wusste, wonach sie zu suchen hatte, tat nichts dazu, diese Unruhe zu besänftigen. Sie musste mit ihrem Vater sprechen, unbedingt und bald.

»Wo ist Katrijn?«, fragte sie die Köchin. »Ich habe sie schon ein paar Tage nicht gesehen, ist sie krank?«

Die Köchin blickte von dem Topf auf, in dem sie die Milch erhitzte, und runzelte die Stirn. Ihr rotes Gesicht war ratlos. »Katrijn?«, fragte sie. »Wer ist das?«

Annik öffnete den Mund und schloss ihn wieder. Erst Roosje, das andere Küchenmädchen, dann die Köchin. Hatten sie sich verabredet, Annik zu veräppeln? Katrijn war nicht gerade ihre engste Freundin, aber sie hatte sich gelegentlich in ihrer Pause mit dem Küchenmädchen unterhalten. Die Mädchen hatten selten frei und so gut wie nie länger als einen Tag, also musste Katrijns Abwesenheit einen anderen Grund haben. War sie entlassen worden?

Annik musterte das verständnislose Gesicht der Köchin und gab es auf. »Wo wohnt eigentlich Mijnheer Daniel?«, fragte sie spontan. »Auch im Westflügel?«

Die Köchin bekreuzigte sich und wandte sich dann ab, um heftig in der köchelnden Milch zu rühren. Diese Reaktion verblüffte Annik so sehr, dass sie nur matt bemerkte: »Der Kakao sollte jetzt vielleicht eingerührt werden.«

Sie stieg mit dem kleinen Tablett in den Händen die Treppen empor. Der Kakao dampfte, das Obst lockte in leuchtenden Farben, ihr Kaffee roch verführerisch, aber Annik bemerkte nichts davon. Sie grübelte darüber nach, was ihre nächsten Schritte sein würden. Heute wollte Gabriel van Leuven mit ihr über Elias reden, er hatte es zumindest gesagt. Vielleicht war es das Beste, alles andere erst einmal hintanzustellen und sich allein auf den Jungen zu konzentrieren.

»Guten Morgen, Elias«, rief sie und stellte das Tablett neben dem Koffer ab. »Kakao und einen Apfel, mein Liebling?«

Ihr Blick fiel auf den Tisch mit den Büchern. Eine frisch aufgeblühte weiße Rose lag darauf, noch taubenetzt. Annik lächelte und nahm die Rose in die Hand. Der verrückte kleine Rafael.

Das hatte er also gemeint, als er sie gefragt hatte, wie man ein Mädchen beschenkt. Das durfte er nicht tun, Mijnheer würde ihn dafür sicherlich hart bestrafen.

Sie brachte es nicht übers Herz, die Rose wegzuwerfen, damit Gabriel sie nicht entdeckte. Sie nahm sie in beide Hände und sog ihren süßen Duft ein. Den gleichen Duft, der auch mehr oder weniger stark Daniel begleitete …

Annik rief sich zur Ordnung und legte sich wie gewohnt vor dem Koffer auf den Bauch. »Kakao?«, lockte sie und stellte den Becher vor die Öffnung. »Wenn du magst, können wir uns die Geschichte von der Torte für den Kater weiter ansehen.«

Es raschelte im Koffer, sie konnte undeutlich erkennen, dass Elias zum Eingang gekrabbelt kam.

»Magst du deinen Kakao hier draußen mit mir zusammen trinken?« Annik schob den Teller mit Obst nah genug an den Koffer, dass Elias ihn mit ausgestrecktem Arm so gerade eben noch erreichen konnte. »Das wäre doch viel gemütlicher. Du könntest auf meinen Schoß kommen und wir gucken zusammen aus dem Fenster.«

Der Junge zögerte. Sie hörte seinen Atem, schnell und flach wie der eines gehetzten Hasen.

»Ich schließe die Tür ab«, sagte sie kurz entschlossen. »Dein Vater wird uns nicht stören, ich verspreche es dir.«

Sie stand auf und drehte den Schlüssel herum, dann hockte sie sich wieder neben den Koffer und sagte weich: »Komm.«

Es dauerte ein paar Atemzüge, dann krabbelte der kleine Junge aus seinem finsteren Versteck. Annik musste wie beim ersten Mal darauf achten, dass sie ihr Erschrecken vor ihm verbarg. Er war so klein, so zerbrechlich, so durchsichtig blass. Sie streckte langsam und vorsichtig die Hand aus und wartete.

Elias blinzelte ins Licht, seine übergroßen Augen füllten sich mit Tränen. Annik begriff, das Licht schmerzte ihn. Gestern

Morgen hatte sich die Sonne hinter Wolken versteckt, aber heute schien sie mit voller Kraft ins Zimmer. »Warte«, sagte sie zu Elias. »Ich mache es etwas dunkler.«

Sie fürchtete, dass er in seinen Koffer zurückflüchten würde, wenn sie aufstand und zum Fenster ging, aber der Junge hockte sich zitternd neben sein Versteck und verschränkte die Arme um die Knie.

Annik schloss die Vorhänge und das Zimmer versank in ein warmes Halbdunkel. Elias seufzte leise und hob den Kopf.

»Trink deinen Kakao«, sagte Annik so beiläufig, als säßen sie jeden Tag nebeneinander auf dem Teppich. »Er wird sonst kalt.«

Elias überraschte sie erneut, denn er packte mit beiden Händen den großen Becher und trank.

»Du magst Kakao gerne, oder?«, fragte Annik und trank ihren Kaffee. »Probier ein Stück Banane dazu, das habe ich immer gerne zu Kakao gegessen. Oder doch lieber Apfel?«

Er sah sie sehr ernst an und nahm ein Stück Banane. Seine Wimpern, lang, dicht und erstaunlich dunkel, erinnerten sie an Gabriel. Sie räusperte sich unangenehm berührt und lächelte Elias breit an. »Wenn du deinen Kakao ausgetrunken hast, dann lesen wir weiter, ja?«

Es dauerte nicht lange, den Becher zu leeren. Elias zögerte keine Sekunde, ehe er wieder auf ihrem Schoß Platz nahm und sich an sie lehnte.

Bald schon gluckste er leise: Petterson zog seine Hose aus dem Eimatsch und erklärte seinen Nachbarn, das sei Pfannkuchenteig. Findus drehte mit dem geblümten Vorhang am Schwanz gelangweilte Kreise auf dem Hof und zog dabei eins der weißen Hühner mit sich, und ein anderes Huhn starrte in einen leeren Korb. Der Nachbar hielt den alten Petterson für vollkommen bekloppt und Elias lachte.

Und dann aßen alle Pfannkuchentorte und hörten Grammophon und das Buch war aus. Elias stieß einen enttäuschten kleinen Seufzer aus.

»Noch mal von vorne?«, fragte Annik.

Sie glaubte, sich verhört zu haben, denn das eifrige Nicken des Jungen schien von einem geflüsterten »Ja« begleitet gewesen zu sein. Aber sprach er denn? Konnte er überhaupt sprechen? Sie musste das Gabriel unbedingt fragen.

Sie fuhr kurz und zärtlich durch sein blondes Strubbelhaar und schlug erneut die erste Seite auf. Während sie die Geschichte erzählte und mit ihm die Bilder betrachtete, dachte sie über seine Kleider nach. Sie waren wirklich abgetragen, sahen alt und verschlissen aus. Wie konnte es sein, dass Gabriel sein Kind in Kleider aus zweiter, wenn nicht gar dritter Hand steckte? Jungen in diesem Alter wuchsen schneller aus ihren Sachen heraus, als man glauben wollte, aber Gabriel war doch sicherlich wohlhabend genug, sich neue Kleider für sein einziges Kind leisten zu können. Das Sweatshirt, das Elias trug, war von einem verblichenen Grau und hatte abgescheuerte Ellbogen und ausfransende Säume, und seine ausgewaschene und löchrige Jeans sah nicht besser aus.

Sie würde gleich im Schrank nach sauberen und hoffentlich neueren Kleidungsstücken suchen und sie ihm anziehen. Und vielleicht ließ sie ihm ein Bad ein und schnitt ihm die Haare, die ihm wild ins Gesicht und in die Augen fielen. Er sah aus wie ein kleines Wolfskind, verlottert, zerlumpt und halb verhungert.

Sie hörte auf zu erzählen, denn der Kopf des Kindes sank an ihre Brust, seine Augen schlossen sich und er atmete leise und gleichmäßig. Elias war eingeschlafen.

Annik legte das Bilderbuch weg und schloss ihre Arme um den Jungen. Er war so dünn und so leicht, dass es sich anfühlte, als hätte sie einen Vogel oder ein kleines Kätzchen auf ihrem Schoß. Sie biss die Zähne aufeinander. Wie konnte Gabriel nur so hartherzig sein, sein Kind der Obhut fremder Leute zu überlassen, denen es gleichgültig war, wie es Elias erging? Das Kind brauchte jemanden, der sich um es kümmerte, den ganzen Tag, und der nachts bei ihm im Zimmer war und ihm seine Angst nahm. Elias war so voller Furcht, dass er sich nicht ins Licht traute. Was war denn das für ein Vater, dem das gleichgültig war?

Sie hob Elias vorsichtig auf, damit er nicht erwachte, und legte ihn auf das unberührte Bett. Er schien tief und fest zu schlafen, also wagte sie es, ihn aus seinen zerlumpten Kleidern zu schälen.

Sie zog das Sweatshirt über seinen Kopf und entblößte seinen mageren, blassen Oberkörper, dessen Rippen scharf hervorstanden.

Sie beugte sich über ihn, zog die Hosen von seinen dünnen Beinen und hielt erschreckt inne.

Im Dämmerlicht waren ihr die Male nicht auf den ersten Blick aufgefallen, aber aus der Nähe stachen sie ihr ins Auge. Der Körper des Kindes war übersät mit Narben. Alte Narben, sicherlich, aber dennoch ...

Annik biss die Zähne aufeinander, damit sie Elias nicht durch einen lauten, wütenden Ausruf weckte, und deckte den Jungen zu. Dann suchte sie im Schrank nach frischen Kleidern, stellte fest, dass sie alle nicht sonderlich neu aussahen, aber wenigstens frisch gewaschen waren, und legte eine Garnitur für später heraus.

Sie setzte sich an den Tisch und legte das Gesicht in die Hände, um ihren Zorn hinunterzukämpfen und in Ruhe nachzudenken. Wer auch immer den Jungen misshandelt hatte – und nach seiner Reaktion auf Gabriel hatte sie da einen begründeten Verdacht –, schien damit aufgehört zu haben. Die Narben sahen nach Schnittverletzungen aus, seine Haut war übersät damit.

Annik zwang sich zur Ruhe. Sie verurteilte Gabriel womöglich voreilig. Er selbst hatte ähnliche, wenn auch sehr viel feinere und blassere Narben im Gesicht. Schrie der Junge nicht, weil er Angst vor seinem Vater hatte, sondern weil dessen Anblick an den Schrecken und die Schmerzen erinnerte, die er durchlitten hatte?

Sie wusste es nicht und würde es nur von Gabriel selbst erfahren können, also musste sie ihn noch einmal danach fragen.

Wenn doch nur nicht fortwährend Rafaels Ausruf »Er ist böse!« in ihren Ohren geklungen hätte …

Kurz entschlossen stand sie auf, warf noch einen Blick auf den fest schlafenden Jungen und ging, um Frau Wouters aufzusuchen.

29

Die Haushälterin war nicht bereit, mit Annik über Elias zu sprechen. Annik fragte sie, wer sich um den Jungen kümmerte, ihn ankleidete, badete, ihm zu essen gab und auf ihn achtete und ob Frau Wouters wusste, woher seine Verletzungen stammten, aber Frau Wouters schüttelte nur mit zusammengepressten Lippen den Kopf und wiederholte: »Das ist nicht Ihre Angelegenheit, Annik.«

Da Annik aber nicht lockerlassen wollte, seufzte die Haushälterin schließlich und hob die Hände. »Fragen Sie Mijnheer«, sagte sie scharf. »Ich bin auch nur eine Angestellte. Mijnheer regelt die Dinge, die Elias betreffen. Ich bin genauso wenig darüber informiert wie Sie.«

Annik wollte das nicht recht glauben, aber sie konnte auch schlecht die strenge Frau Wouters der Lüge bezichtigen. Also senkte sie den Kopf und murmelte: »Ich werde ihn fragen. Danke.«

Frau Wouters nickte unfreundlich und klimperte mit ihrem Schlüsselbund. »Darf ich dann in meiner Arbeit fortfahren?«, fragte sie spitz.

»Eine Sache noch …«

Ein Anflug von Gereiztheit glitt über die strengen Züge. »Was noch?«

»Ich möchte telefonieren.«

Der grimmige Ausdruck vertiefte sich. »Wozu und mit wem?«

Annik fuhr auf: »Ich finde nicht, dass meine privaten Gespräche Sie etwas angehen, Mevrouw.«

Sie duellierten sich mit ihren Blicken, dann senkte die Haushälterin mit einem resignierten Seufzen den Blick, löste einen Schlüssel von ihrem Bund und sagte: »Sie wissen, wo sich das Telefon befindet. Legen Sie den Schlüssel danach auf meinen Schreibtisch.« Mit diesen Worten drehte sie sich um und ging zur Treppe.

Annik stieß den Atem aus und ging.

Es beruhigte sie, die Stimme ihres Vaters zu hören. Ihr Klang hatte immer schon all die Ungeheuer verjagt, die unter dem Bett lauerten, um ihr in die Zehen zu beißen. Sie hörte sich an, was er über die Zwillinge erzählte, die gerade ihre ersten Zähne bekamen und die ganze Familie mit ihrem Geschrei wach hielten, dann kam sie zu ihrem Anliegen.

»Ich brauche ein Buch über Spiegelmagie«, sagte sie. »Möglichst ein Grundlagenwerk. Du hast doch bestimmt so etwas auf Lager.«

Sie hörte die Sorge in seiner Stimme, als er sie fragte, was sie damit bezwecke.

»Ich weiß, dass ich damit praktisch nichts anfangen kann, Papa«, sagte sie. »Aber ich muss wissen, wie Spiegelzauber funktionieren und was dabei alles schiefgehen kann. Hier im Haus hat jemand einen ungezähmten Zauber hinterlassen und es scheint sich um einen Spiegelzauber zu handeln.«

»Komm sofort nach Hause«, sagte er.

Annik lachte. »Ich bin nicht in Gefahr, Papa. Deshalb hat der Rat mich hergeschickt, weißt du? Ich arbeite an meiner Zulassung fürs Studium. Verdirb es mir nicht.«

»Bist du sicher, dass du nicht in Gefahr bist?« Er klang wirklich beunruhigt. »Spiegelzauber sind tückisch, und wenn jemand ihn verpatzt hat, dann hat er sich selbst dort gefangen gesetzt. Das heißt, der betreffende Hexer ist immer noch dort.«

Annik atmete durch. »Das hatte ich befürchtet«, sagte sie. »Ich habe schon gespürt, dass hier noch eine andere Hexe sein muss. Weißt du etwas darüber, in welcher Form sie existiert? Wenn der Zauber älter ist als ein Menschenleben …?«

»Ich kann es dir nicht sagen«, erwiderte er. »Das ist nicht meine Art der Magie, ich habe sie nie beherrscht. Deine Mutter war recht begabt dafür.« Er schwieg und Annik stellte sich sein kluges, nachdenkliches Gesicht vor. Sie wusste, dass er gerade mit dem Daumen über seinen Nasenrücken fuhr und die Lippen spitzte.

»Gut, ich höre mich um«, sagte er schließlich. »Und ich suche dir ein paar Bücher heraus.« Er holte tief Luft und fragte: »Wer hört dort bei dir mit?«

Annik schluckte und hätte beinahe laut gelacht. »Niemand. Warum fragst du?«

»Die Löwen-Familie«, sagte er. »Es gibt nur noch einen Hexen-Zweig.«

Annik verdaute schweigend diese Information. »Bist du sicher?«

»Ich habe ein Mitglied dieses Zweiges kontaktiert. In Frankreich. Sie kommt her, um uns zu besuchen.«

»Wann kommst du nach Hause? Du hast doch freie Tage, sagtest du.«

»Ich weiß es nicht.« Annik seufzte. »Ich muss Mijnheer um Erlaubnis fragen.«

»Bitte ihn, dass er dich am nächsten Wochenende gehen lässt. Familienfeste sind doch ein guter Grund, oder?«

Annik stutzte. Was für ein Fest sollte das sein? »Ja, sicher«, sagte sie zögernd, dann begriff sie. »Wir bekommen Besuch?«

»Richtig.« Er klang besorgt. »Passt du auf dich auf, Annik?«

»Aber ja doch, Papa. Du auch, hörst du?«

Sie wechselten noch ein paar Worte, Annik gab ihm Grüße an ihre Geschwister auf und beendete das Gespräch.

Sie stand eine Weile da und starrte das Telefon an. Die van Leuvens hatten Hexen in ihrer Familie? Das war kaum zu glauben. Und so wie es sich angehört hatte, schien dies sogar der einzige überlebende Zweig der Familie zu sein. Auch das erschien ihr wenig wahrscheinlich. Immerhin lebte sie hier im Hause Gabriel van Leuvens und der war ganz bestimmt kein Hexer.

Annik legte den Schlüssel zurück und ging, um nach Elias zu sehen. Sie hätte ihn wohl nicht allein lassen dürfen, aber er hatte so friedlich und fest geschlafen, dass sie es gewagt hatte. Schlimmstenfalls war der Junge mittlerweile aufgewacht und hatte sich in seinen Koffer gerettet, dann musste sie ihn wieder herausholen und dazu bringen, seine Kleider anzuziehen.

Da sie ohnehin an der Küche vorbeikam, nahm sie gleich zwei frisch gebackene Schokoladenmuffins mit. Wenn das Elias nicht hervorlocken würde, dann wäre es ein Wunder, so gut, wie das Gebäck roch. Er liebte Schokolade.

Im Geiste machte sie sich Notizen, was Elias noch alles mochte und was sie noch nicht probiert hatte.

Sie öffnete leise die Tür, um ihn nicht zu wecken.

Jemand stand tief über Elias' Bett gebeugt, ein Mann in dunklen Kleidern. Annik konnte nicht sehen, was er tat, weil er mit dem Rücken zu ihr stand. Die Haltung hatte etwas Bedrohliches, wenn Elias in diesem Moment die Augen aufschlug, würde er sich zu Tode erschrecken.

Mit zwei schnellen Schritten war Annik bei dem Mann, packte ihn am Arm und zog ihn vom Bett weg auf die andere Seite des Zimmers. »Was tun Sie hier?«, zischelte sie.

Es war Gabriel, der sie kalt und hochmütig anblickte, sich

aber nicht aus ihrem Griff zu befreien suchte. »Ich sehe nach meinem Sohn. Und was machen Sie, statt ihn zu beaufsichtigen? Treiben Sie sich mit jemandem vom Personal herum?«

Der Zorn trieb ihr Hitze ins Gesicht. »Ich habe Elias einen Muffin geholt«, fauchte sie. »Außerdem habe ich ihm diese unsäglichen Lumpen ausgezogen und ihn in sein Bett gesteckt. Er wird vernachlässigt, Mijnheer. Er ist viel zu klein für sein Alter und viel zu dünn. Er trägt Spuren von Misshandlungen …«

Der betroffene Ausdruck in Gabriels Augen ließ sie verstummen. Er löste ihre Hand von seinem Arm und sagte leise: »Nicht hier, Annik. Wollen Sie ihn erschrecken?«

Annik biss sich auf die Lippe. »Nein, natürlich nicht«, sagte sie ruhiger. »Ich möchte vor allem nicht, dass er aufwacht und Sie sieht, Mijnheer. Ich habe ihm versprochen, dass er bei mir in Sicherheit ist.«

Sein ebenmäßiges Gesicht mit den feinen Narben verschloss sich zu einer uneinnehmbaren Mauer. »Und ich bin eine Gefahr für ihn?«

»Das weiß ich nicht«, gab sie zu. »Aber wenn ich daran denke, wie er geschrien hat bei Ihrem Anblick …«

Gabriel senkte geschlagen den Kopf. »Ich warte in meinem Arbeitszimmer auf Sie«, sagte er schroff und ging zur Tür.

Annik entspannte ihre geballten Fäuste und atmete ein paarmal durch, um wieder ruhig zu werden. Dann ging sie zum Bett und sah auf Elias hinab. Er schlief immer noch, hatte einen Daumen im Mund und sah erschreckend klein aus. Fünf sollte er sein? Wenn sie ihn so sah, dann hätte sie ihn kaum älter als drei Jahre oder knapp vier geschätzt.

Annik musste den mächtigen Impuls hinunterkämpfen, den Jungen in seine Kleider zu stecken, in eine Decke zu wickeln und zu entführen. Ihre Schwester würde ihn im Nu aufgepäppelt bekommen, da war sie sicher.

Kurz entschlossen legte sie den Muffin so auf den Nachttisch, dass er ihn sehen musste, wenn er die Augen aufschlug. Er schlief und er schlief in seinem Bett. Sie würde ihn nicht aufwecken, um zuzusehen, wie er wieder in diesem grässlichen Koffer verschwand.

»Ybbas«, sagte sie leise, »bleib bei ihm und ruf mich, wenn er aufwacht. Tust du das für mich?«

Der Gny rutschte von ihrer Schulter über den Arm und sprang aufs Bett. Er ringelte sich neben Elias zusammen und warf ihr einen auffordernden Blick zu.

»Danke, Ybbas.« Annik sah sich unschlüssig um, dann straffte sie ihre Schultern und ging, um den Hausherrn zur Rede zu stellen.

»Ich hoffe, Sie sind wieder nüchtern«, sagte sie beim Eintreten.

Gabriel, in seinen Lieblingssessel versunken, riss den Kopf hoch und starrte sie an. »Bitte?«, fragte er eisig.

Annik war es leid, sich von ihm einschüchtern zu lassen. »Gestern waren Sie betrunken«, sagte sie. »Ich hoffe also, dass Sie heute klar genug sind, damit wir über Elias reden können. Ich kann nicht länger zusehen, wie Ihr Sohn in einem Koffer lebt, auch wenn es Ihnen offenbar nichts auszumachen scheint.« Sie ließ sich ohne eine Aufforderung seinerseits in den Sessel ihm gegenüber fallen und sah ihn wütend an.

Eine Weile hielten beide das zornige Anstarren aus, dann gab erstaunlicherweise Gabriel als Erster nach. Er seufzte und hob beide Hände in einer entschuldigenden Geste. »Gut, reden wir«, sagte er knapp.

Annik beugte sich vor und legte die Hände auf die Knie. »Ist Elias krank? Und woher stammen die Narben?«

Gabriel sah sie unverwandt an. »Er ist so gesund wie Sie und ich«, antwortete er.

»Körperlich mag das zutreffen«, beharrte Annik. »Aber wie steht es mit seiner seelischen Gesundheit?«

Gabriel verzog den Mund. »Das ist eine eigentümliche Frage«, sagte er mit unverkennbarem Spott. »Mein Junge redet nicht, schreit, wenn er mich sieht, und lebt in einem Koffer. Für wie normal halten Sie das?«

»In diesem Haus ist nichts normal«, sagte Annik, aus der jede Streitlust tropfte wie Wasser aus einem Sieb. »Ich frage mich manchmal, ob ich all das nur träume.« Sie sah Gabriel freimütig an. »Wer war die Hexe, die all das angerichtet hat? Wann ist es passiert und warum?«

Gabriels Blick flackerte. »Ich kenne mich damit nicht aus, Fräulein Annik«, sagte er steif.

Sie spürte, dass er ihr nicht die Wahrheit sagte. Aber dieses Gespräch war eine Gratwanderung, bei der sie am Rande ihrer Kündigung balancierte. »Ich entschuldige mich, wenn ich Ihnen mit dieser Frage zu nahe getreten sein sollte«, erwiderte sie nicht minder steif. »Aber Elias' Wohl liegt mir am Herzen, Mijnheer.« Sie sammelte sich und fragte erneut: »Woher stammen seine Narben?«

Gabriels Hand berührte in einer unwillkürlichen Geste seine Wange. Er tupfte einen Blutstropfen weg, der wie aus dem Nichts dort erschienen war, und betrachtete ausdruckslos seine Fingerspitzen. »Es war das Unglück«, sagte er mit flacher Stimme.

Annik nickte ungeduldig. »Ist dabei auch seine Mutter ums Leben gekommen?«

Gabriel presste in einer heftigen Aufwallung die Lippen aufeinander. Er sprang auf und tigerte zum Fenster, wo er mit auf den Rücken gelegten Händen stehen blieb. Annik sah, wie seine Knöchel weiß anliefen. »Nein«, sagte er rau.

»Was war das für ein Unglück?«, fragte Annik mit zunehmender Ungeduld, weil er ihr so ausweichend und so wortkarg Rede und Antwort stand. Er sagte nichts, starrte nur in hartnäckigem Schweigen hinaus.

»Wer trug Schuld an dem Unglück? Sie?«

Seine Schultern sackten hinab, und sein Kopf sank nach vorne, bis seine Stirn die Fensterscheibe berührte. »Ja«, sagte er so leise, dass Annik es fast nicht gehört hätte. »Ja, Annik. Ich bin schuld. An allem.«

Annik schluckte den Kloß hinunter, der sich in ihrer Kehle bildete. »Nun«, sagte sie betont nüchtern, »das erklärt seine heftige Reaktion auf Ihren Anblick. Daran müssen wir arbeiten.«

Er fuhr mit einer heftigen Bewegung herum. Sein Gesicht erschien ungewohnt offen und verletzlich, und in seinem Blick nistete eine Trauer, die ihr Herz wie mit einer harten Faust zusammendrückte.

»Wir?« Seine Stimme war heiser.

Sie nickte stumm, gebannt von dem Sturm, der sich in seinem Gesicht abspielte.

Gabriel hob den Kopf und gab ein gequält klingendes Lachen von sich. Seine Hände ballten sich zu Fäusten und öffneten sich wieder. »Wir«, wiederholte er. »Annik, Sie wissen nicht, worauf Sie sich da einlassen.«

Sie sah ihn fragend an. Er war so offensichtlich aufgewühlt, aber sie verstand nicht, worum es ging. Sie sprachen doch nur darüber, was mit seinem Sohn geschehen musste. »Ich dachte, dass wir Elias langsam daran heranführen, dass er den Koffer nicht mehr braucht«, fuhr sie fort. »Und Sie sollten jeden Tag ein paar Minuten anwesend sein, wenn ich mich mit ihm beschäftige. Wenn er schreit, gehen Sie. Er wird aufhören zu schreien, wenn er merkt, dass ihm von Ihnen nichts Böses droht.«

Er löste sich vom Fenster und kam auf sie zu. Einen irrationalen Moment lang fürchtete sie, er würde wie in diesem seltsamen Traum wieder seinen Kopf in ihren Schoß legen, aber er hockte sich nur vor sie hin und griff nach ihren Händen, die sie ihm verdutzt überließ.

»Annik«, sagte er sehr sanft. Seine lohfarbenen Augen waren ihr wieder so nah, dass sie die schimmernden Goldfunken darin sehen konnte, und sein Atem roch frisch und ein wenig nach Minze. »Ich wünschte, ich könnte all Ihre Fragen beantworten. Ich wünschte, wir hätten uns unter anderen Umständen getroffen. Aber das ist müßig, wir sind hier, und alles ist so verwickelt, wie es nun einmal ist.«

Annik lauschte seiner leisen Stimme und eine Gänsehaut richtete die Härchen in ihrem Nacken auf. Das war Daniels Stimme und es war Daniels Berührung. Sie schnupperte unwillkürlich und erwartete, den sachten Rosenduft zu riechen, der Daniel stets anzuhaften schien, aber an Gabriel roch sie nur würzige Seife und Minze.

Sie nickte schwach und räusperte sich. »Erzählen Sie mir von Daniel«, bat sie. »Warum versteckt er sich im Dunkeln, fast wie Elias?«

Er sah sie unverwandt an. Seine Daumen streichelten ihre Handrücken, er schien es nicht zu bemerken. »Daniel«, sagte er nach einer Weile. »Er spricht mit Ihnen?«

Annik nickte. Daniel tat mehr als nur mit ihr zu reden, aber das wollte sie hier und jetzt nicht laut aussprechen. Nicht, wenn sie selbst so unsicher war, was von alldem sie nur geträumt hatte.

Gabriel wartete darauf, dass sie fortfuhr, aber als Annik hartnäckig schwieg, nickte er nur. »Sie sollten sich von ihm fernhalten«, sagte er. »Er ist verrückt.«

Annik lachte. »Das hatte ich von Ihnen geglaubt«, sagte sie, ohne nachzudenken. »Daniel ist menschenscheu, und er will nicht, dass ich ihn ansehe. Er hat Ihre Stimme und Ihre Figur. Sind Sie beide vielleicht so etwas wie Jekyll und Hyde?«

Seine Augen weiteten sich. Er blinzelte mehrmals schnell, dann begann er zu lachen. Er hatte ein schönes, dunkles Lachen, dem sie anhören konnte, dass es selten genutzt wurde. »Annik«, sagte er und sah sie auf eine Art und Weise an, die ihr Herz schneller schlagen ließ, »Sie sind ein Wunder, wirklich. Welche göttliche Vorsehung hat Sie nur zu uns geschickt?«

»Die Antwerpener Jobvermittlung«, antwortete sie nicht ganz wahrheitsgemäß.

Immer noch lachend ließ er ihre Hände los und sank in den Sessel ihr gegenüber. Er faltete die Hände auf dem Bauch und legte das Kinn auf die Brust. Seine Miene, mit der er sie betrachtete, bekam etwas Koboldhaftes. Wenn er so jungenhaft dreinblickte, erschien er gar nicht mehr wie der strenge, abweisende Mijnheer van Leuven, den sie kannte. »Erzählen Sie mir von sich«, sagte er. »Was machen Sie, wenn Sie nicht gerade Kinder hüten oder Ihrem Vater die Bücher führen?«

Annik lächelte unwillkürlich. »Das haben Sie sich gemerkt?«

Er nickte und wurde ernst. »Ich merke mir alles, was Sie zu mir sagen.«

»Ist das jetzt ein Kompliment oder eine Drohung?«

Er lächelte kurz und sah sie nur an. Annik schüttelte den Kopf und sagte: »Ich bin nicht interessant, Mijnheer van Leuven. Ich habe die Schule abgeschlossen und hoffe jetzt auf einen Studienplatz. Mein Zwillingsbruder will Musiker werden und reist im Moment durch die Weltgeschichte, eine meiner älteren Schwestern ist verheiratet, die andere arbeitet als Hebamme. Mein Vater betreibt ein kleines Antiquariat, und wir leben alle recht beengt in einem Haus im Hexenviertel, das in dieses hier wahrscheinlich ein Dutzend Mal hineinpassen würde.« Sie lächelte, um der in ihren Worten mitschwingenden Anklage die Spitze zu nehmen. Gabriel van Leuven konnte genauso wenig etwas daran ändern, dass er als Sohn einer wohlhabenden und angesehenen Familie geboren war, wie sie es ändern konnte oder wollte, die Tochter einer Hexenfamilie zu sein.

Gabriels Blick war so intensiv, dass sie ihn beinahe zu spüren glaubte. »Langweilig, sagen Sie? Sie haben Geschwister, wahrscheinlich auch Onkel und Tanten, Cousins und Cousinen, Ihre Schwester hat Kinder … So viele Menschen, die zu Ihnen gehören. Haben Sie einen Freund?«

»Ich habe viele Freunde«, wich sie aus.

Er schüttelte sacht den Kopf. »Nein, Sie wissen, was ich meine. DEN Freund. Den Liebsten. Der, dem man Liebesbriefe schreibt, mit dem man Händchen hält und Küsse im Mondschein tauscht.«

War das Sarkasmus oder Sehnsucht? Sie konnte seine Stimmung nicht einordnen. »Ich bin Single«, sagte sie knapp. Sie war nicht gewillt, mit ihrem Arbeitgeber über ihr Liebesleben zu sprechen. Schon gar nicht, wo Thijs sie so schrecklich enttäuscht und verletzt hatte. Es tat immer noch zu weh, überhaupt daran zu denken, also schob sie den Gedanken energisch beiseite und verschränkte abwehrend die Arme.

»Das glaube ich Ihnen nicht«, widersprach Gabriel. »Sie sind zu exquisit, um allein zu sein.«

Annik lachte auf. »Exquisit? Ein zerrupftes Küken und ein hässliches Hühnchen, das waren doch Ihre Worte.«

Er hob eine Braue. »Meine? Ich erinnere mich nicht. Wann hätte ich so etwas gesagt?«

Annik schüttelte den Kopf und wandte den Blick ab, mit einem Mal verlegen. »Ich habe mit angehört, wie Sie das zu Frau Wouters sagten.«

»Habe ich das?« Er sah sie so zerknirscht an, dass sie trotz ihrer Verlegenheit lächeln musste. »An dem Tag muss ich äußerst schlecht gelaunt gewesen sein. Vergeben Sie mir?«

»Wahrscheinlich waren Sie betrunken«, sagte Annik ein wenig spitz.

Er zuckte zusammen. »Autsch. Das habe ich wohl verdient.«

»Das haben Sie.«

Er beugte sich vor und legte seine Hand auf ihr Knie. »Vergeben Sie mir trotzdem?«

Sie berührte seine Hand mit den Fingerspitzen. »Ja. Vergeben. Aber nicht vergessen.«

»Mehr kann ich kaum erhoffen«, sagte er sanft und fing ihre Fingerspitzen in seiner warmen Hand. Sein Daumen streichelte leicht über ihre Finger, ehe er ihre Hand losließ.

»Wie war Elias' Mutter?«, hörte Annik sich fragen. Die nicht anders als zärtlich zu nennende Berührung brachte sie vollkommen aus dem Konzept. »Sie war sicher eine Schönheit, oder?«

Er musterte sie mit einem belustigten Ausdruck, der Kringel in die Winkel seines vollen Mundes zauberte. *Da fehlen nur noch Grübchen*, dachte Annik und bemerkte, dass sie ihn anlächelte.

»Elias' Mutter«, sagte er zu ihrer Überraschung, »sie war eine Schönheit, ja.« Seine Augen verschleierten sich, als er in seine Erinnerung tauchte. »Zierlich und hübsch wie eine Elfe. Blondes Haar und veilchenblaue Augen. Sie hatte ein Dutzend und mehr Verehrer, sogar einen Herzog und einen Baron. Sie hätte jeden haben können, aber sie hat mich gewählt.« Er schüttelte sacht den Kopf. Das Lächeln schwand aus seinen Zügen und machte einer abgrundtiefen Trauer Platz, die Annik so bodenlos erschien wie ein schwarzes Loch der Verzweiflung. Der Impuls, ihn zu trösten, wurde übermächtig. Sie hob die Hand und legte sie an seine Wange, flüsterte sinnlose, besänftigende Worte.

Seine Haut war kühl und straff, sie spürte das Zucken kleiner Muskeln darunter. Gabriel sah sie mit einer intensiven, wortlosen Frage an, die sie mit einem winzigen Senken ihrer Lider beantwortete.

Er drehte den Kopf und berührte ihre Handfläche mit den Lippen.

Anniks Herzschlag beschleunigte sich, Hitze wallte durch ihren Körper und stieg in ihr Gesicht. Sie riss die Hand fort, als hätte sie sich verbrannt, und stand hastig auf. »Ich muss gehen«, sagte sie. »Ich möchte nicht, dass Elias sich fürchtet, wenn er allein wach wird. Außerdem muss ich ihm noch etwas anziehen.«

Gabriel stand mit einer geschmeidigen Bewegung auf. »Danke für Ihre Gesellschaft«, sagte er. »Ich komme morgen und höre Ihnen beim Vorlesen zu.« Er reichte ihr die Hand und drückte sie fest.

30

Elias hatte sich schon mitsamt dem Muffin in seinen Koffer verkrochen, aber Annik überredete ihn, so weit wieder zum Vorschein zu kommen, dass sie ihn anziehen konnte. Danach war er nicht wieder herausgekommen, und Annik hatte sich in die Bibliothek begeben, wo Rafael schon auf sie wartete.

Sie brachte den Unterricht geistesabwesend hinter sich. Rafael hatte ihr wieder einen Apfel mitgebracht, und sie dankte ihm dafür, setzte aber hinzu, dass er ihretwegen keinen Ärger mit Gabriel riskieren solle.

Der Junge sah sie sehr aufmerksam an, nickte und widmete sich seinen Schreibübungen.

Annik umgab sich mit zu katalogisierenden Büchern und saß dann da, starrte Löcher in die Luft und dachte nach. Was war da gerade zwischen ihr und Gabriel vorgefallen? Wenn sie wirklich geglaubt hatte, er sei ein eiskalter und gefühlloser Mann, ein skrupelloser, zynischer Mistkerl, dann hatte er sie spätestens jetzt eines Besseren belehrt. Das war sicherlich überraschend, aber noch sehr viel mehr verblüffte sie die Anziehung, die er auf sie ausübte. Es war nicht ihre Art, sich wahllos und leichthin zu verlieben, ganz im Gegenteil. Ehe sie ihr Herz verschenkte, mussten zuerst etliche, hohe Hürden überwunden werden. Sie war schnell zu Freundschaft bereit, aber Liebe … das war ein anderes Thema. Ein schmerzliches, eins, das sie gerne vermieden hätte. Dennoch kreisten ihre Gedanken weiter um die beiden Männer, die mit ihr in diesem seltsamen Haus lebten. Ihre so lebendigen, lebhaften Träume von Daniel und seinen Liebkosungen im Dunkeln – es waren Träume, es mussten Träume sein, denn sie hätte sich niemals bei wachem Verstand darauf eingelassen –, diese Träume waren erschreckend genug, wenn sie sie nüchtern betrachtete. Wenn jetzt auch noch Gabriel anfing, ihre Gedanken und Träume heimzusuchen, dann würde sie das in eine grauenhafte Verwirrung stürzen. Wie konnte sie sich von Gabriel nur angezogen fühlen, der sie doch die meiste Zeit so abweisend und kalt behandelte? Die meiste Zeit, aber eben nicht immer.

Sie spürte eine so tiefe Trauer hinter der zynischen Fassade und das rührte etwas in ihr an. Es war wie ein Drang, ihm zu helfen, ihn zum Lächeln zu bringen, die Wärme in seinem Blick zu entfachen, das Eis zu schmelzen …

Annik zwang ihre wirbelnden Gedanken, sich mit einem weniger schmerzhaften, aber ebenso verwirrenden Thema zu beschäftigen. Wie lange war sie jetzt schon hier? Die Tage verschwammen in ihrer Erinnerung zu einer ununterscheidbaren Folge von Routineabläufen, unterbrochen von seltsamen Traumphasen, die ihr Zeitempfinden zusätzlich störten. Sie nahm ihren Stift zur Hand und versuchte, anhand einzelner Ereignisse eine Liste der verstrichenen Tage zu machen. An welchem Datum hatte sie ihre Arbeit angetreten? Was war heute für ein Tag?

Die Erkenntnis, dass sie jedes Zeitgefühl verloren zu haben schien, erschütterte sie zutiefst. Sie war länger als vierzehn Tage hier, denn sie hatte ja ihren freien Tag verschieben müssen. Aber wie viel länger? Sie hätte ihren Vater fragen können. Andererseits – wie hätte diese Frage geklungen?

Annik schüttelte einen Anflug von Panik ab. »Rafael?«, fragte sie. »Ich will dich nicht stören, aber weißt du, welchen Tag wir heute haben?«

Er starrte sie lange an, dann hob er verlegen die Schultern. »Mittwoch?«

Sie versuchte gar nicht erst, weiter darüber mit ihm zu reden, sondern lächelte nur und bedankte sich. Er lächelte zurück, sichtlich erfreut, dass er ihr hatte helfen können, und reihte weiter Buchstaben aneinander, wobei er konzentriert die Zunge zwischen die Zähne klemmte.

Annik kehrte zu ihrer Strichliste zurück. Sie starrte auf die Notizen. Wie viele Tage hatte sie vergeblich versucht, Elias aus dem Koffer zu locken? Wie lange war sie schon mit der Bibliothek beschäftigt? Wann waren die Rosen aufgeblüht? Bei ihrem ersten Besuch im Park waren fast nur geschlossene Knospen da gewesen, jetzt stand der Garten in voller Blüte.

Sie legte das Gesicht in die Hände. Es war Hexerei. Sie hatte jede Orientierung verloren und das fühlte sich schrecklich an. Der Impuls war übermächtig, zum Telefon zu rennen und ihre Familie anzurufen. Oder einfach ihre Tasche zu packen und zu gehen.

»Annik?« Rafael berührte vorsichtig ihre Schulter. »G-geht es dir nicht gut?«

Sie blickte auf und zwang sich zu einem entspannten Lächeln. »Ich bin nur müde, Rafael. Lass mich sehen, was du geschrieben hast.«

Nachdem er gegangen war, um zu tun, was immer er auch den ganzen Tag tun mochte, hielt sie es in der Bibliothek nicht mehr aus. Die sonst so beruhigende Gegenwart der Bücher drohte sie mit einem Mal zu ersticken. Stärker denn je spürte sie die Magie, die all diesen gesammelten Worten anhaftete. Es war wie ein dumpfer Druck, ein andauerndes, unter der Hörschwelle erklingendes Flüstern, ein Gefühl wie tausend Augen, die sie anstarrten.

Sie schloss die schwere Tür hinter sich und rang nach Luft. Es war Angst, die ihr die Kehle zuschnürte, aber wovor?

Annik flüchtete die Treppe hinunter in den Gang, in dem der kleine Salon lag, in dem sie gelegentlich ihre Pause gemacht hatte, nachdem sie bei Elias gewesen war. Wie oft? An wie vielen Tagen?

Sie drängte den Gedanken wie die vorigen hinter seine Tür zurück. Ein Moment der Ruhe in einem hellen, freundlichen Zimmer würde ihr helfen. In dem Salon stand eine Chaiselongue, auf der sie sich kurz ausstrecken konnte. Sie würde das Fenster öffnen und die warme Luft von draußen hereinlassen. Ein Spaziergang wäre jetzt gut, aber sie fühlte sich zu schwach, ihr Puls raste, und ihre Beine zitterten. Wenn sie sich ein paar Minuten hinlegen konnte, wäre sicher alles wieder im Lot.

Sie war am Ende des Ganges angekommen, als ihr auffiel, dass sie keinen der Räume betreten hatte, so verwirrt war sie anscheinend. Mit einem Kopfschütteln drehte sie um und kehrte zurück. Dann blieb sie stehen und sah sich verblüfft um, blickte den Gang hinauf und hinunter. Welches war die richtige Tür? Es konnte doch nicht wahr sein, dass sie die richtige Tür nicht erkannte!

Zögernd hob sie die Hand und öffnete die Tür, vor der sie stehen geblieben war. Sie wusste, dass dies das falsche Zimmer war, aber vielleicht würde ihr der Anblick helfen, sich an die richtige Tür zu erinnern.

Sie sah sich kurz das Zimmer an – ein Klavier stand darin, sonst nicht viel – und schloss die Tür wieder. Jetzt war sie auch nicht schlauer als vorher. Links und rechts waren noch zwei Türen, eine von ihnen musste es ja wohl sein. Dabei war sie sich vollkommen sicher, dass der gesuchte Salon einer in der Mitte einer Reihe von Räumen gewesen war. War sie in ihrer Verwirrung im falschen Teil des Hauses gelandet?

Sie öffnete die beiden anderen Türen, die wie erwartet in fremde Zimmer führten, eins davon ein unbenutztes Schlafzimmer.

Das Gefühl, vollkommen ohne Orientierung zu sein, wurde übermächtig. Annik zwang sich zur Ruhe, denn es war ja wahrhaftig nichts Dramatisches daran, sich in einem solch riesigen Haus zu verlaufen, und ging zurück ins Treppenhaus. Sie hatte den falschen Durchgang erwischt, das war alles.

Sie lief eine Etage höher und den nächsten Gang entlang. Auch hier waren lauter fremde Türen, ein Teil davon versperrt. Annik wagte nicht, sie zu öffnen, weil sie keine Ahnung hatte, was sich dahinter befinden mochte. Es wäre doch zu peinlich, in ein fremdes Refugium einzubrechen. Abgesehen davon suchte sie ja nur ihren gelegentlichen Zufluchtsort, der ganz offensichtlich auch auf diesem Gang nicht zu finden war.

Entmutigt und verwirrt hockte sie einige Minuten später auf dem Treppenabsatz und stützte das Kinn in die Hand. Der Salon war verschwunden. Sie hatte genau vor Augen, wie der Ausblick aus seinem Fenster auf den Park ausgesehen hatte, also musste er zwangsläufig auf dieser Seite des Hauses zu finden sein. Aber das war er nicht. Er war es einfach nicht!

Sie stand auf und ging langsam die Treppe hinunter und durch den Küchengang hinaus in den sonnenbeschienenen Park. Sie umrundete das Haus, stellte sich vor der rückwärtigen Fassade hin und fuhr die Fenster mit Blicken ab.

Das dort im ersten Stock musste der Salon sein. Sie zählte die Fenster vom Treppenhaus ab und verglich die Position mit dem Ausblick, den sie von innen gehabt hatte. Ja, dieses Fenster musste es sein, das dritte von links ab dem Treppenhaus.

Wieder lief sie die Treppe hinauf, durch den Durchgang und in den Korridor. Sie zählte die Türen, nahm die dritte und stand erneut in dem Klavierzimmer.

»Ah, ich Dummkopf«, sagte sie halblaut. Jemand hatte umgeräumt und aus dem Salon ein Musikzimmer gemacht, was allerdings sehr schade war.

Sie ging zum Fenster und blickte hinaus.

Die Aussicht war falsch. In gerader Linie, in der Mitte des Fensterausschnittes, hatte eine schlanke Ulme ihre Zweige in den Himmel gereckt. Diese Ulme stand nun auf der linken Seite und in der Mitte sah Annik auf das Heckenlabyrinth am Ende der Rasenfläche.

Sie ließ sich auf den Klavierhocker sinken und vergrub das Gesicht in den Händen.

In der Ferne läutete eine Glocke. Annik vernahm den Ruf und stand mit einem Seufzen auf. Das Gefühl, sich in einem Traum zu bewegen, wollte nicht von ihr weichen. Am besten ging sie an ihre Arbeit zurück und vergrub sich zwischen den vertrauten Büchern. Heute Abend oder nach einer Nacht Schlaf würde wahrscheinlich schon alles wieder anders aussehen.

Die Bücher warteten auf sie. Annik fühlte sich wie von freundlichen Armen umfangen. Sie atmete erleichtert durch und ging ans Werk.

Sie blickte erst wieder auf, als die Dämmerung die Schatten zwischen den Regalen und in den Ecken zu Tümpeln der Dunkelheit werden ließ. Das warme Licht über ihrem Tisch war der einzige Quell von Helligkeit in dem riesigen Raum. Sie blinzelte, weil die Lampe sie blendete, und sah sich um. War es ein Geräusch oder eine Bewegung gewesen, was sie aus ihrer Konzentration gerissen hatte?

Die Stille war so absolut, als wäre die Bibliothek aus Raum und Zeit gefallen und schwebte nun frei in einer Blase aus Ruhe und Reglosigkeit durchs All. Annik hörte wie in einer großen Muschel das Rauschen ihres eigenen Blutes. Sie runzelte die

Stirn, dann stand sie entschlossen auf und ging durch die Reihen der Regale, um den richtigen Punkt zu finden. Den Punkt, an dem diese Bibliothek mit all den anderen Orten, an denen viele Bücher versammelt waren, verbunden war.

Dies war das wahre Geheimnis des Buchzaubers. Sie war sicherlich noch lange keine vollwertige Buchhexe, aber ihr Vater hatte ihr vieles beigebracht und vieles hatte sie selbst herausgefunden. Es gab diesen Punkt, und wenn es wirklich still war – so wie jetzt gerade –, konnte man ihn hören, spüren, ertasten.

Es war ihr einmal gelungen, das im Antiquariat zu tun. Das Gefühl der Erkenntnis war umfassend gewesen, aber sie hatte natürlich nicht gewusst, was sie damit anfangen sollte. Danach hatte sie seitdem natürlich geforscht, und auch ihr Vater hatte sich bemüht, es ihr zu erklären, wobei eine theoretische Erklärung die praktische Erfahrung niemals ersetzen konnte. Jetzt würde sich vielleicht erweisen, ob sie anwenden konnte, was sie sich erarbeitet hatte, vorausgesetzt, sie fand den Nodus.

In einer langsamen Spiralbewegung näherte sie sich dem Zentrum der Stille. Sie tastete mit den Händen über die Buchrücken und fühlte das leise Pulsieren darin. Es war eine langsame Wellenbewegung, wie Dünung an einem windstillen Tag am Meer. Beinahe glaubte sie, den Sog zu fühlen, der sie tiefer und tiefer in die Stille trieb.

Sie ging weiter, obwohl sie die Mitte des Raumes längst hätte erreicht haben müssen. Regale trieben wie Eisschollen an ihr vorbei und verschwanden in der Dunkelheit. Das Licht war beinahe vollständig geschwunden, sie erahnte die Umgebung mehr, als sie sie mit ihren Sinnen erkennen konnte. Was auch immer hier geschah, das war nichts, was sie kannte. Sie hatte den Punkt der Verbindung gefunden, ohne es zu merken, und war in das Reich eingetreten, das sie suchte. Sie war im Nodus.

Ein kurzer Moment der Angst flackerte auf und erlosch. Sie

war hier, sie würde zurückfinden. Daran musste sie glauben, dann würde alles gut.

Sie blieb stehen und lauschte. Das Flüstern der Bücher war zu einem hörbaren Summen und Wispern geworden. Sie musste nun versuchen, zu finden, was sie suchte.

Annik drehte sich stumm im Kreis und ließ ihre Finger über Buchrücken gleiten. Sie dachte an Spiegel. Glänzende, scharfkantige, gefährliche, splitternde Spiegel. Spiegel, die ihr Gesicht zeigten. Spiegel, die fremde Zimmer und Menschen zeigten. Spiegel …

Ihre Fingerkuppen begannen zu kribbeln und dann zu brennen. Hitze oder Kälte? Brennnesseln, rauer Stoff, Sand, scharfe Splitter. Glatte, spiegelnde Oberflächen, kalt wie Eis. Brennend kalt. So kalt, dass ihre Haut daran kleben blieb. Annik keuchte und riss die Hände zurück, barg sie an der Brust. Umklammerte das, was darin geblieben war. Sie schloss die Augen und rannte los. Egal, wohin sie lief, überall war der Weg hinaus. Sie durfte nur nicht an das Antiquariat denken, ihre Gedanken mussten sich auf die Bibliothek des van Leuvenschen Hauses konzentrieren. Sie rief den Geruch nach Leder, Staub, Rosen und Äpfeln in ihr Gedächtnis. Sie konnte ihn beinahe auf den Lippen schmecken. Keine Bibliothek roch wie eine andere, jede hatte ihr ganz spezielles Aroma …

Sie prallte gegen ein Hindernis und riss die Augen auf, streckte die Hände aus, um sich abzufangen. Das Buch polterte zu Boden, dann fiel sie selbst auf die Knie und schlug sich im Fallen den Ellbogen an.

Tränen schossen ihr in die Augen und nahmen ihr die Sicht. »Verflucht, verflucht, verflixt«, schimpfte sie und wischte mit dem Ärmel über ihre Augen.

»Langsam«, sagte eine Stimme. Jemand fasste nach ihrem Arm, half ihr behutsam auf. Annik blinzelte und erkannte, dass sie vor ihrem Arbeitstisch gestürzt war, einer der schweren Stühle war auf die Seite gefallen, mit ihm war sie wahrscheinlich kollidiert. Sie war zurück. Vor Erleichterung kamen ihr erneut die Tränen. »Danke«, sagte sie und schluckte, »alles in Ordnung. Ich bin nur gestolpert.«

»Das habe ich gesehen.« Er klang amüsiert und besorgt zugleich. »Du bist zwischen den Regalen hervorgeschossen, als würdest du gejagt. Was ist passiert?«

Sie erkannte das leichte Zögern in seiner Stimme. »Daniel«, sagte sie mit einem erleichterten Aufatmen. Es wäre ihr schwergefallen, Mijnheer das Ganze zu erklären. »Ich hatte ein Buch gesucht und dann habe ich mich über ein Geräusch erschreckt. Kindisch, ich gebe es zu. Aber es war so still hier.«

»Mäuse?«, schlug er vor.

Sie richtete sich auf und zog ihr T-Shirt zurecht. Wie immer stand er hinter ihr und achtete darauf, dass sie ihn nicht zu Gesicht bekam. »Es war sehr nett von dir, mir auf die Füße zu helfen«, sagte sie. »Vor allem, wo du das Licht so scheust.« Und mit diesen Worten drehte sie sich zu ihm um.

31

Ihr eigener Schrei hallte so laut in ihren Ohren, dass es schmerzte. Sie wich zum Tisch zurück und machte mit drei Fingern das Zeichen des Gehörnten, ein Reflex, den sie im gleichen Moment von Herzen bedauerte. »O nein«, sagte sie atemlos, »sei mir nicht … ich habe mich doch nur erschreckt. Du hast mich gewarnt, ich weiß. Ich bin eine Idiotin. Es tut mir leid!«

Ihr Herz trommelte schmerzhaft gegen ihre Rippen. Sie presste die Handflächen gegen ihre Brust und stieß den Atem aus. »Sei mir nicht böse«, sagte sie leise.

Er stand starr vor ihr, die Hände wie zum Schutz und zur Abwehr vor sein Gesicht gehoben. Das Licht der Lampe hob alles in erbarmungsloser Schärfe hervor. Sein Gesicht war eine Masse aus Narbengewebe und verzerrtem und verstümmeltem Fleisch. Ein Auge blickte klar und erschreckend schön aus der grässlichen Umgebung aus Narben und wucherndem Gewebe, das andere war in der Ruine, die einmal ein Gesicht gewesen war, verschwunden. Eins seiner Ohren war fort, das andere zerfetzt. Sein Mund war unversehrt, wie auch das halbe Kinn und ein Stück der Wange, aber am Hals setzte sich das Geflecht aus hellen und dunklen Narben, teils glänzend, teils von einem stumpfen Rot, weiter fort. Auch die Hände, die er immer noch halb erhoben hatte, waren schrecklich vernarbt.

»Der Gehörnte steh mir bei«, sagte Annik, die ihn schweigend angestarrt hatte, abgestoßen bis zum Gefühl, sich erbrechen zu müssen. »Was ist dir zugestoßen? Daniel?«

Hatten diese Lippen sie geküsst, diese Hände sie berührt? Ihr wurde bei dem Gedanken noch übler …

Er ließ die Hände an die Seiten sinken und drehte das Gesicht von ihr fort. »Lass mich in den Schatten gehen, bitte«, sagte er flehend. Seine warme, dunkle Stimme holte sie aus ihrem Anfall von Ekel und Schrecken. Sie nickte schwach und bückte sich, um das heruntergefallene Buch aufzuheben.

»Es war der gleiche Unfall, oder?«, fragte sie, ohne aufzublicken. »Der, bei dem Elias verletzt wurde?«

»Ja«, flüsterte es aus dem Schatten zwischen den Regalen. »Ja, es war … dieser Unfall. Annik, vergiss, was du gesehen hast. Bitte. Vergiss es, wenn du kannst.« Seine Stimme, voller Selbsthass und Ekel, voller Trauer und Elend, mahnte sie, sich zusammenzureißen. Sie durfte ihn nicht noch mehr verletzen und demütigen, als sie es ohnehin schon getan hatte.

»Ich vergesse alles«, sagte sie und setzte dann hinzu: »Aber vielleicht wäre es viel besser, wenn ich mich stattdessen einfach daran gewöhnen würde?«

Er lachte und sein Lachen klang nicht im Mindesten bitter, sondern unbeschwert. »Wenn du das kannst, bist du besser als ich«, sagte er. »Wenn ich irgendwo meinem Spiegelbild begegne, muss ich mich übergeben. Ich träume von meinem Gesicht und wache schreiend auf. Daran gewöhnen? Wie sollte das gehen?«

Diese Frage war allerdings schwer zu beantworten. Wie schrecklich musste es sein, wenn man sich vor dem eigenen Gesicht ekelte. Annik sah in Daniels Richtung, sie konnte den Umriss seiner Gestalt erkennen und den hellen Schimmer seines Haars. »Ich kann mich daran gewöhnen«, sagte sie fest. »Ich kenne dich nicht anders. Wenn dies dein Gesicht ist, dann werde ich mich daran gewöhnen.«

Er senkte den Kopf, das konnte sie erkennen. »Das ist sehr freundlich von dir«, erwiderte er mit ausdrucksloser Stimme. »Danke für dein Mitleid.«

Sie hatte ihn verletzt, natürlich hatte sie das. »Ich belästige dich nicht mit Mitleid«, sagte sie heftig. »Ich bin traurig für dich, und ich weiß, dass ich kein bisschen nachempfinden kann, wie du dich fühlen musst, weil du so schrecklich entstellt wurdest. Aber ich schrecke nicht vor dir zurück, und ich denke nicht daran, mich deswegen vor dir zu ekeln. Das geht mir wirklich gegen den Strich, Daniel!«

Er schwieg eine Weile. Dann hörte sie sein tiefes Einatmen. »Du würdest dich an meinen Anblick also gewöhnen«, sagte er mit deutlichem Spott. »Und du würdest dich sicherlich auch von Herzen gerne wieder von mir küssen lassen, habe ich recht?«

Nun war sie es, die schwieg. Natürlich war das genau der Punkt, an dem ihre tapfere Haltung ins Kippen kam. Mitleid, der Wunsch, ihn nicht noch mehr zu verletzen, Bedauern … Aber natürlich konnte sie sich nicht vorstellen, dieses zerstörte Gesicht nah an ihrem zu wissen, die Berührung dieser vernarbten Hände zu dulden, bei seinem Kuss zu wissen, welche Albtraumfratze sich über sie neigte …

»Dein Schweigen ist Antwort genug«, unterbrach er ihre Gedanken. »Und ich sehe dein Gesicht, vergiss das nicht. Du bist ein mutiges Mädchen, Annik, aber für das hier braucht man mehr als nur Tapferkeit.«

Sie erahnte, dass er sich abwandte. »Warte«, sagte sie entschlossen. »Du bist ungeduldig, aber du musst mir auch ein wenig Zeit lassen, das Ganze zu verdauen. Dass wir uns geküsst haben, das habe ich selbst noch nicht richtig verstanden. Ich kenne dich doch überhaupt nicht. Du bist die Stimme im Dunkeln, du bist eine Berührung ohne Geschichte. Glaubst du, dass ich jedem Mann einfach so in die Arme sinke?«

Er hielt inne. »Nein«, sagte er. »Ich weiß, wer du bist. Du hast Angst davor, jemanden zu nah an dich heranzulassen. Ich weiß es, denn ich erkenne die Zeichen. Die Dunkelheit hat uns geholfen. Aber jetzt kennst du mein … mein Gesicht. Du wirst mich so oder so von dir stoßen.«

»Das werde ich nicht!«, rief sie zornig. »Rede nicht für mich. Du kennst mich nicht, Daniel!«

»Dann überrasch mich«, erwiderte er nicht weniger heftig. »Komm her, schling deine Arme um meinen Nacken, leg deine weichen Lippen zärtlich auf meinen Mund und lass deine Finger durch mein Haar tanzen. Du hast es getan, tu es wieder!«

Die harsche Provokation ließ Annik erstarren. »Was willst du erreichen?«, fragte sie.

»Dass du herkommst und mich küsst«, erwiderte er in spöttischem Ton. »Komm, meine schöne Hexenjungfer, erlöse das Ungeheuer mit einem Kuss von seinem Fluch.«

»So funktioniert das leider nicht«, sagte sie seufzend. »Du willst, dass ich wütend werde und dich wegschicke. Das mache ich nicht. Ich habe dich gern. Ich möchte dich besser kennenlernen. Und vorher werde ich dich ganz sicher nicht wieder küssen.«

Er zog sich zurück. »Das dachte ich mir«, hörte sie ihn leise sagen. »Ich wusste es doch. Danke für alles, Annik. Ich weiß dein Angebot sehr zu schätzen.«

»Warte«, rief sie, aber er war fort. Nicht zum ersten Mal fragte sie sich, ob es einen anderen Eingang in die Bibliothek gab, den Daniel benutzte. Das war ein altes Haus, sicher gab es hier auch Geheimgänge und verborgene Gelasse.

Sie bemerkte, dass sie gedanklich zu flüchten suchte. Das Zusammentreffen mit Daniel hatte sie bis auf die Knochen erschüttert, so sehr, dass sie darüber beinahe ihren gelungenen

Ausflug in den Nodus vergessen hätte. Erst als ihr Blick auf das vor ihr liegende Buch fiel, kam die Erinnerung daran mit Macht zurück. Sie strich mit den Fingern über den Ledereinband und drehte es dann in den Händen, um den Titel auf dem Buchrücken zu lesen – aber dort stand nichts geschrieben, nur ein silbern-goldenes Symbol zierte das altersdunkle Leder, das Sonne und Mond darstellte.

»Toll, ich hab ein Buch über Astrologie erwischt«, brummte Annik und schlug es auf.

Das Titelblatt bestätigte ihre Befürchtung, das falsche Buch in der Hand zu haben. »Flüche und Bannsprüche«, stand dort, mit dem warnenden Untertitel: »Nur Erfahrene des dritten Grades oder höher sollten dieses Buch studieren.«

Und kleiner darunter: »Studiosus refuge!«

»Küchenlatein«, murmelte Annik abfällig. Sie blätterte das Buch auf, las ein paar Zeilen hier, einen Abschnitt da, überflog das Inhaltsverzeichnis, in dem Kapitel wie »Das Dornröschen-Mysterium« und »Fluch und Gegenfluch« verzeichnet waren, und klappte es enttäuscht wieder zu. Nicht, dass dies kein interessantes Thema gewesen wäre, das sie zu anderen Zeiten mit großer Spannung studiert hätte, aber jetzt ging es ihr wirklich nur darum, herauszufinden, was in diesem Haus geschehen war, und das hing doch eindeutig mit Spiegeln und den damit verbundenen Zaubern zusammen.

Sie legte das Buch unter den Stapel, den sie gerade bearbeitete, und sah sich unschlüssig um. Es war schon spät, draußen war es stockdunkel, und sie war einerseits hungrig und andererseits hellwach. Zeit für eine erneute Expedition? Sollte sie sich überhaupt noch aus ihrem Zimmer trauen? Natürlich hätte der Keller noch eine zweite, nähere Betrachtung verdient, ebenso das Heckenlabyrinth und das abschreckende Mausoleum. Vom Ostflügel hatte sie allerdings ein wenig die Nase voll und auch das verloren gegangene Zimmer hier im Haupthaus ging ihr an die Nieren. Nicht nur Tage schienen hier zu verschwinden, auch Räume.

Sie kämpfte den Anflug von Verzagtheit nieder und straffte die Schultern. »Für einen Studienplatz und die Befriedigung meiner Neugier«, feuerte sie sich an und marschierte zur Tür.

Es war nicht so spät, dass nicht noch einige der Angestellten im Aufenthaltsraum beieinandersaßen, Bier tranken, Karten spielten und sich unterhielten. Annik genoss den Einbruch von Normalität in ihren zunehmend irrsinniger werdenden Alltag und setzte sich mit einem Glas Bier und einem Teller mit Butterbroten zu ihnen an den langen Tisch. Sie genoss es, dem Geplauder zuzuhören, ohne etwas davon wirklich aufzunehmen. Sie saß in dem Geplätscher der Stimmen, dem Geräusch, mit dem die Karten auf den Tisch flogen, dem Kichern des jüngsten Zimmermädchens, das mit dem Hausdiener schäkerte, und leistete sich den Luxus, ein paar Minuten lang über nichts nachdenken zu müssen. Ybbas nutzte die Gelegenheit, sich in der Küche nach Leckerchen umzusehen, und Annik schaute ein paar Minuten durch seine Augen, um sicherzugehen, dass er keinen Unsinn anrichtete. Dann ließ sie ihn unbeobachtet seinen Beutezug durch die Speisekammer unternehmen. Das letzte Bild, das sie von ihm empfing, zeigte seinen Kopfsprung in eine Schüssel mit den Resten eines appetitlich aussehenden Kartoffelsalates. Annik schüttelte sich und widmete sich ihrem Abendbrot.

Die Köchin kam aus ihrem Allerheiligsten und zog sich den Stuhl neben Annik heraus. Sie ließ sich schwer darauf nieder, stellte den großen Becher mit Kräutertee vor sich auf den Tisch und ächzte. »Meine Füße«, stöhnte sie und schlüpfte unter dem Tisch aus ihren Schlappen. »Wir brauchen ein zweites Mädchen in der Küche, aber die gnädige Frau stellt sich seit Wochen taub.« Sie rührte Kandis in ihren Tee und schlürfte.

Annik runzelte die Stirn. »Sie haben doch Katrijn«, sagte sie fragend.

Die Köchin schüttelte den Kopf, ohne von ihrem Becher aufzusehen. »Ich weiß nicht, wie du darauf kommst. Ich bin seit drei Monaten alleine in der Küche, nur Henk geht mir zur Hand, hilft beim Spülen und putzt mir das Gemüse.« Sie gähnte herzzerreißend. »Du kannst doch gut mit der Gnädigen. Geh du ihr mal auf die Nerven, dass sie mir eine Hilfe beschafft. Ich sehe den Tag kommen, an dem ihr alle nichts mehr zu essen bekommt, weil ich tot vor meinem Herd liege.« Sie trank den Tee, schob den Becher müde über den Tisch und stand auf. »Ich sehe dann mal zu, dass ich ein bisschen Schlaf bekomme, ehe die Tretmühle wieder losgeht.«

Annik sah ihr nach. Sie rieb sich über die Nase und fragte das Dienstmädchen, das neben ihr saß: »Was ist mit den Küchenmädchen passiert? Hat die Haushälterin sie entlassen?«

Das Mädchen drehte sich zu ihr um und musterte sie. »Die Gnädige? Nein, das würde sie nicht wagen, die Köchin würde sie umbringen. Das letzte Mädchen hat im Frühjahr gekündigt, weil sie heiraten wollte, und seitdem ist kein Ersatz gekommen.« Sie zuckte mit den Schultern. »Mijnheer scheint zu sparen. Wir sind auch unterbesetzt, die Gnädige hat vorgestern entschieden, das obere Geschoss des Haupthauses zu verschließen, weil wir es zu zweit nicht mehr schaffen, es zu bewirtschaften.«

»Zu zweit?« Annik musterte sie verwirrt. »Ich dachte, ihr seid zu fünft.«

Das Mädchen lachte hell auf. »Schon lange nicht mehr«, sagte sie. »Das waren paradiesische Zeiten, Annik, ehrlich. Ich überlege auch, ob ich mir eine andere Stelle suchen soll. Aber immerhin, Mijnheer zahlt gut.«

Sie drehte sich wieder zu Henk, um weiterzuturteln. Annik aß verwirrt ihre Butterbrote. Entweder litt sie unter Wahnvorstellungen oder das Haus ließ nicht nur Zimmer, sondern auch Angestellte spurlos verschwinden.

Das Ganze hatte ihr das Vergnügen an dem ruhigen Moment verdorben. Sie stand auf, räumte ihr benutztes Geschirr in die Maschine (nicht, dass hier noch viel per Hand gespült werden musste, auch wenn die Köchin sich darüber beschwerte) und ging durch den Küchengarten hinaus in den Park.

Der Rosenduft war beinahe betäubend schwer, es lag ein Gewitter in der Luft, der Himmel war wolkenverhangen. Annik gierte nach frischer Luft und entfernte sich vom Haus, um in die Kühle unter den Bäumen zu tauchen.

In der dichten Dunkelheit schien jeder Ton zu ersticken. Sie stand eine Weile still da und lauschte. Trotz der drückenden Schwüle rann eine Gänsehaut über ihren Rücken. Dunkelheit. Dies war Daniels Domäne, sein Versteck, sein Refugium, sein Reich. Sie glaubte, seine schlanke Gestalt neben jedem Baum, hinter jedem Gebüsch aufragen zu sehen. Stand dort nicht jemand, still wie ein Baum, und sah sie an?

Die Erinnerung an das zerstörte Gesicht mit dem einzelnen, flammenden Auge rief einen heftigen Widerwillen hervor, für den sie sich im gleichen Moment stumm schalt. Was hatte sich verändert? Er war der Gleiche, der er gestern oder vorgestern gewesen war, die Einzige, die sich verändert hatte, war sie. Und das auch nur, weil sie sein Gesicht gesehen hatte. Also war sie das Ungeheuer, nicht er.

Sie atmete freier mit dieser Erkenntnis. Wenn Daniel hier irgendwo auf sie wartete, würde sie weder zurückschrecken noch sonst irgendetwas Albernes tun. Sie würde mit ihm reden, wie sie das immer getan hatte. Und wenn er sie küssen wollte …

Mit einem kleinen Schauder gestand sie sich ein, dass das ein anderes Thema war, mit dem sie sich allerdings erst einmal beschäftigen musste. Es war ohnehin nicht ihre Art, mit fremden Männern herumzumachen, sie wusste nicht, was da in sie gefahren war. Es war dieses Haus und die verzauberte Atmosphäre des Parks, die das möglich gemacht hatte. Aber nun war sie aufgewacht und das war ganz etwas anderes.

Sie war weitergegangen, ohne darauf zu achten, wohin der glücklicherweise deutlich erkennbare Weg sie führte. Der Teil des Parkes, in den sie jetzt gelangte, erschien ihr in der Dunkelheit unbekannt. Hohe Bäume, teilweise mit Efeu bewachsen, wechselten sich mit grasigen Hügeln ab. Das Haus war vollkommen hinter den Bäumen verschwunden, es war still bis auf das gelegentliche Rascheln eines kleinen Tiers im Unterholz. Annik fühlte sich weit von der Stadt entfernt, in deren Mitte dieser Park lag. Sie verspürte den irrationalen Wunsch, für immer hierbleiben zu wollen. Es war so schön und so friedlich.

Das Glücksgefühl, das sie überkam, war so stark, dass sie weiche Knie bekam. Sie ließ sich ins Gras fallen, legte sich auf den Rücken und atmete die feuchte, grün riechende Luft. Wie es sich wohl anfühlte, das alles sein Eigen nennen zu dürfen? Wieso war Gabriel nicht glücklich? Er besaß so viel: ein riesiges, schönes Haus, Angestellte, einen Park mit Bäumen und Rosen, einen kleinen Jungen, der langsam wieder Zutrauen zu anderen Menschen fasste. Warum war er nicht zufrieden damit? Warum sah er so traurig und böse aus, warum war er so abweisend und kalt?

Nicht immer, dachte sie. Manchmal war er freundlich und lachte nicht nur mit dem Mund, sondern auch mit den Augen. Manchmal war sein Lachen nicht zynisch, sondern das eines jungen Mannes, der das Leben noch liebte und nicht verachtete. Manchmal sah er sie nicht an, als wäre sie ein Insekt, das sich in sein Zimmer verirrt hatte, sondern mit Interesse und wacher Offenheit. Und dann wieder war deutlich zu erkennen, dass er andere Menschen verachtete und hasste …

»Dabei ist es die Wahrheit, dass er von allen Lebewesen auf dieser Welt sich selbst am meisten hasst«, hörte sie eine Stimme sagen. In ihrer träumerischen Stimmung fragte sie sich nicht, wer da sprach und woher diese Stimme wusste, worüber sie nachdachte.

»Warum ist das so?«, fragte sie.

»Er fühlt die Schuld und die Schuld drückt ihn zu Boden.« Die Stimme war sanft und traurig. Sie kannte den Sprecher, sie wusste seinen Namen, auch wenn er ihr gerade nicht einfallen wollte. Sie kannte die Stimme, aber nicht das Gesicht, das zu ihr gehörte. Sie kannte die Berührung seiner Hände, aber nichts sonst.

Die Hände streichelten ihre Schultern, spielten mit ihrem Haar, zupften an den aus dem Zopf gerutschten Strähnen. »Vergiss ihn«, sagte die Stimme. »Er ist verloren. Du rettest ihn nicht vor seinem Schicksal und noch weniger vor sich selbst, Annik.«

»Bin ich denn hier, um jemanden zu retten?«, fragte sie geistesabwesend. »Sag es mir.«

Die Stimme schwieg. Annik überließ sich der Berührung seiner Hände, die sanft war, liebkosend, nicht drängend, sondern behutsam. Sie griff nach seiner Hand und hielt sie fest, streichelte seine warme Haut, drückte einen Kuss auf seine Finger. »Wer bist du?«, fragte sie ohne großes Interesse. »Woher kennen wir uns?«

Sein Lachen streichelte ihr Ohr. »Erzähl mir von deinem Freund«, bat er.

»Thijs?« Annik runzelte leicht die Stirn. »Er ist nicht mehr mein Freund.«

»Warum? Was hat er verbrochen?«

Sie schwieg und blickte in den Himmel. Sollten dort nicht Sterne stehen und ein voller Mond sein Licht über die Bäume gießen? »Er hat eine andere«, sagte sie abwesend. »Ich habe ihn schrecklich geliebt, aber für ihn war es nicht ernst.«

»Das tut mir leid.« Die zärtlichen Finger, die durch ihr Haar kämmten, besänftigten den aufflammenden Schmerz.

»Es ist vorbei«, sagte sie nüchtern. »Ich habe geheult und getobt und wollte nicht mehr leben, alles sehr kindisch. Jetzt sehe ich es klarer. Vielleicht war es gut so. Es hätte so oder so nicht für die Ewigkeit gehalten.«

»Wünschst du dir das? Eine Liebe, die für immer besteht?« Er klang traurig.

Annik lächelte. »Nein, das gibt es nicht. Aber ich glaube, dass Menschen, die sich lieben, zusammenwachsen können. Wie meine Eltern es getan haben. Sie waren sehr eng verbunden, das habe ich immer bewundert.«

»Das klingt sehr schön.« Er schwieg und fragte dann: »War Thijs dein erster Freund?«

Annik lachte und legte ihren Kopf in seinen Schoß. Er war eine schwarze Gestalt vor dem düsteren Gewitterhimmel, aber sie fühlte sich, als läge sie mit ihrem Liebsten im hellen Sonnenschein auf einer grünen Wiese. »Nein, natürlich nicht«, sagte sie. »Da waren andere vor ihm, aber das war alles nur Kinderkram. Thijs war der erste …« Sie verstummte und schloss die Augen.

Seine Finger berührten ihr Kinn, fuhren an der Kontur ihrer Lippen entlang. »Ich verstehe«, sagte er sanft, und dann sprachen sie beide eine ganze Weile nicht mehr, während stummes Wetterleuchten die Wolken am Himmel sichtbar machte. Der Wind frischte auf und ließ das Laub der Bäume rauschen.

»Ich sollte dich allein lassen«, brach er das Schweigen. »Es ist unrecht, was ich hier tue.« Eine federleichte Berührung ihrer

Brust, ein kleiner Luftzug, dann wusste Annik, dass sie allein war.

Sie tastete nach dem, was auf ihrer Brust lag, hob es an die Lippen, genoss die seidenweiche, kühle Berührung und atmete den süßen Duft ein.

Ein Blitz erhellte die Umgebung und die Rose in ihrer Hand. Ein Blutstropfen fiel von ihrem Gesicht und färbte das weiße Herz der Blüte rot. Erschreckt fühlte Annik über ihre Wange und hob die feuchten, rot glänzenden Finger an ihre Augen. Sie blutete. Der Schnitt auf ihrer Wange, den sie verheilt geglaubt und vollkommen vergessen hatte, musste sich erneut geöffnet haben, und aus ihm rannen nun Blutstropfen wie Tränen an ihrem Gesicht hinunter.

Der nächste Blitz und ein dicht darauf folgendes ohrenbetäubendes Donnergrollen rissen sie aus ihrem benebelten Zustand auf die Füße. Mit dem nächsten Blitz und Donner rannte sie schon in Richtung Haus und hielt dabei die Rosenblüte fest umklammert.

32

Sie rannte durch den Rosengarten zurück. Blitze zuckten über den Himmel und rissen immer wieder die scharfkantige Silhouette des Hauses aus der Dunkelheit. In keinem der Fenster brannte Licht, schweigend und dunkel türmte sich das Gebäude über ihr auf.

Annik hastete über den Kiesweg, dass die kleinen Steinchen knirschend zur Seite spritzten. Der nächste blendende Blitz und Donner, der sie taub machte, dann setzte mit einem Schlag der Regen ein. Annik riss den Kopf hoch, um den Weg zum Haus abzuschätzen, und blieb schockstarr stehen. Der Regen prasselte auf ihren Kopf, aber sie achtete nicht darauf. Ihr ungläubiger Blick tastete die vor ihr emporragende Fassade ab.

Der nächste Blitz zuckte über den Himmel, erhellte grell die leeren Fensterhöhlen. Eine Ruine bohrte sich spitzzähnig in den düsteren Himmel und verschmolz beim Erlöschen des Lichtes wieder mit der Dunkelheit.

Annik machte zwei zögernde Schritte auf das Haus zu, blieb wieder stehen. Das war eine Sinnestäuschung gewesen, sagte sie sich. Das Blitzlicht hatte ihren Augen etwas vorgespiegelt, was nicht in Wirklichkeit existierte. Sie zwang sich, die geballten Fäuste zu lockern, und wischte den Regen aus ihren Augen.

Blitz und Blitz.

Das Nachbild verblasste in der Dunkelheit und Annik wich langsam zurück. Eine Ruine. Die Fenster leer glotzende Öffnungen, der Ostflügel ein Trümmerhaufen, der Westflügel nur noch eine leere Fassade ohne das Gebäude dahinter.

Blitz.

Das Hauptgebäude eine von Flammen geschwärzte Ruine ohne Dach, der oberste Stock eingestürzt.

Annik drehte sich um und floh. Sie rannte vor dem Regen, den Blitzen und dem unablässig rollenden Donner davon, aber noch mehr lief sie vor der unheimlichen Ruine davon, die statt des Hauses dort stand. Sie wusste nicht, wohin sie sich retten sollte, aber dann umfing sie die Stille und der regenfeuchte Duft des Rosengartens, und wenig später hockte sie im Schutz einer dichten Buchsbaumhecke, drückte sich in das duftende Grün wie ein Hase in sein Versteck und barg das Gesicht in den Händen. Nass und zitternd, mehr vom Schock als von der Kälte, hockte sie dort, bis das Gewitter abzog und die letzten Tropfen ihr musikalisches Pling-Pling auf den Steinen, den Blättern und dem Kies verklingelten.

Sie kam aus ihrer kauernden Haltung auf die Füße und blickte zum Himmel. Die Wolken hatten sich verzogen und ein klarer Sternenhimmel wölbte sich über ihrem Kopf. Sie wusste, wenn sie sich umdrehte, würde sie den vollen Mond sehen, dessen Licht ihren Schatten klar umrissen vor ihr auf den Boden zeichnete.

Sie atmete zitternd ein und wieder aus und schüttelte sich wie eine nasse Katze. Was sie gesehen oder zu sehen geglaubt hatte, erschien ihr im beinahe taghellen Licht des Mondes wie ein Traum. Sie musste sich geirrt haben. Welche Katastrophe hätte das Haus innerhalb weniger Minuten zu einer Ruine machen können? Ein Blitz? Wohl kaum. Eher so etwas wie ein Meteoritenschauer, dachte sie und lachte über sich selbst und ihre blühende Phantasie. Sie hatte sich das alles nur eingebildet, es war eine optische Täuschung gewesen, hervorgerufen durch das heftige Gewitter und das Stroboskoplicht der Blitze. Sie hatte sich von nichts und wieder nichts in Angst und Schrecken versetzen lassen, und nun war sie nass bis auf die Knochen, das hatte sie davon.

Zum ersten Mal seit dem Verlassen des Hauses fragte sie sich, wo ihr Vertrauter war. Ybbas?, rief sie lautlos.

Wenig später raschelte es im Gras und sie erahnte die Umrisse des Gnys. Er zischte leise, als er sich ihr näherte, seine Zunge schnellte aufgeregt aus dem Maul. Er kletterte an ihr hoch und klammerte sich an ihrer Schulter fest. Aufgeregte Signale, die von Feuer am Himmel und lautem Getöse sprachen, zwitscherten durch ihr Bewusstsein. Annik kraulte ihn am Nackenkamm und unter dem Kinn. »Ich hatte ganz vergessen, dass du dich vor Gewitter fürchtest«, sagte sie schuldbewusst. »Es tut mir so leid, dass ich nicht bei dir war, Ybb.«

Er beruhigte sich langsam und kringelte seinen langen Greifschwanz um ihren Arm.

»Gehen wir ins Haus?«, fragte Annik ein wenig beklommen.

Der Gny schnurrte zustimmend und schloss die Augen. Annik atmete erleichtert auf und der Rest an Furcht verschwand. Das Haus schien immer noch zu stehen.

Trotzdem verlangsamte sie ihre Schritte, als sie aus dem Schutz des Rosengartens auf die weite Rasenfläche trat. Einen winzigen Moment lang glaubte sie die furchterregende Ruine zu erblicken, dann schwand die Illusion und die dunkle, abweisend wirkende Fassade stand vor ihr. Das Haus war unversehrt, und wieder einmal kam es Annik vor, als wäre es vollkommen unbewohnt. Sie schüttelte sich unwillkürlich und schalt sich eine Idiotin und ein dummes Huhn.

»So etwas Albernes«, sagte sie laut und zornig. »Ich bilde mir schon sonst was ein, ich muss wirklich endlich schlafen gehen.«

33

Sie schlief und erwachte in der gleichen träumerischen Stimmung, die sie durch den Park begleitet hatte. Annik zog sich an und stand eine Weile am Fenster, blickte auf all die grünende und blühende Pracht und fragte sich, ob sie Fieber hatte. Sie fühlte sich nicht krank, aber wie durch eine Glaswand von allem getrennt. So ähnlich hatte sie sich gefühlt, als sie im letzten Winter mit Fieber im Bett gelegen hatte.

Sie befühlte ihre Stirn und fand sie kühl wie immer. Ihr war auch nicht übermäßig warm oder kalt, sie hatte keinen Schüttelfrost und keinen heißen Kopf.

Kein Fieber, nur eine seltsame Form der Abwesenheit. Dann sollte sie wohl jetzt besser frühstücken und sich um Elias kümmern.

Ohne großen Appetit trank sie eine Tasse Kaffee und aß ein trockenes Croissant. Sie bereitete den Obstteller für Elias vor, wartete auf seinen Kakao und stopfte noch eine Tüte mit Nüssen in ihre Tasche.

Die Tür zu Elias' Zimmer stand angelehnt. Annik schob sie ganz auf und grüßte ein wenig verwundert Frau Wouters, die neben dem Koffer kniete und in die Öffnung flüsterte.

Die Haushälterin hob den Kopf und sah Annik an. Ihre gringrauen Augen schimmerten wie blasse Smaragde und das Sonnenlicht zauberte kastanienrote Reflexe aus ihrem ingwerfarbenen Haar. Für die Dauer eines Atemzuges konnte Annik erahnen, wie die ehrfurchtgebietende Haushälterin als junge Frau ausgesehen hatte. Sie musste eine Schönheit gewesen sein. Sie sah noch immer gut aus, auch wenn alle Farben verblasst zu sein schienen wie auf einer alten Fotografie.

»Annik, Sie sind früh«, sagte die Haushälterin und stand auf, wobei sie sich am Koffer abstützte. Sie bürstete ihren Rock ab und zog die Manschetten zurecht. »Wird es Ihnen heute wieder gelingen, Elias aus seinem Versteck zu locken?«

»Ja, Mevrouw.« Annik stellte Elias' Frühstück vor dem Koffer ab. »Ich fürchte aber, dass er nicht zulassen wird, es Ihnen zu demonstrieren.«

»Damit habe ich auch nicht gerechnet.« Frau Wouters strich erneut glättend über ihre Manschetten. »Ich habe nur nach dem Rechten gesehen, wie jeden Morgen. Satan, bei Fuß.«

Annik fuhr zusammen, als sich der riesige Hund in der Ecke vom Boden erhob. Sie hatte ihn nicht bemerkt, obwohl dieses Vieh von einem Hund doch kaum zu übersehen war. Seine Augen glänzten in einem tückischen Gelbton, als er an ihr vorübertrabte und sich zu seiner Herrin gesellte.

Was Elias wohl getan hätte, wenn er Satan zu Gesicht bekommen hätte? Geschrien? Annik schüttelte sich und griff nach dem Teller mit Obst. »Elias, guten Morgen«, sagte sie. »Wir sind allein. Möchtest du ein Stück Apfel?«

Es dauerte nicht lange, bis Elias auf ihrem Schoß saß und begeistert nach den Bilderbüchern griff. Annik drückte ihn kurz an sich, dann holte sie nach kurzem Überlegen eine Fibel aus dem Stapel und schlug sie auf der ersten Seite auf. »Möchtest du selbst lesen können?«, fragte sie. »Ich bringe es dir bei.«

Der blonde Kopf des Jungen wippte auf und ab. Er kuschelte sich an ihre Brust und steckte den Daumen in den Mund. Annik nahm das als Zustimmung.

»Das ist ein A«, sagte sie und zeigte auf den roten Buchstaben. »Siehst du? Es geht spitz hoch und wieder runter und dazwischen ist eine Brücke. Sind hier noch mehr solche A's auf der Seite?«

Elias beugte sich vor und musterte die Seite voller Buchstaben mit konzentrierter Miene. Dann tippte sein Zeigefinger zielsicher auf ein grünes und ein gelbes A, zögerte kurz und zeigte dann noch auf einen blauen Buchstaben.

»Du bist klasse«, sagte Annik. »Machen wir mit dem B weiter …« Sie verstummte verblüfft, denn Elias deutete auf ein dickbäuchiges, violettes B.

Annik schnappte nach Luft. »Du kannst lesen?«, fragte sie. »Zeig mir das C und danach die anderen Buchstaben des Alphabets, Elias.«

Der Junge ruckelte sich auf ihrem Schoß zurecht und fand das C.

Beim L bat Annik ihn aufzuhören und fragte: »Kannst du das ganze Alphabet?« Er nickte. »Auch die kleinen Buchstaben?« Wieder nickte er.

»Warum hat mir das keiner gesagt?«, beschwerte sie sich leise und lachte. »Dann danke ich dir für deine Geduld. Schauen wir mal, was du alles drauf hast, Großer.« Sie blätterte vor zu den ersten Wörtern.

Er las Wörter mit vier Buchstaben, ohne zu zögern. Bei fünfbuchstabigen Wörtern zögerte er eine Weile, bevor er das richtige zeigte, und einmal lag er daneben.

»Das Wort heißt ›Tafel‹«, erklärte Annik. »Wir suchen nach der ›Tante‹. Weißt du, was eine Tante ist?«

Zögernd schüttelte er den Kopf.

»Ich bin eine Tante.« Annik lachte über seine zweifelnde Miene. »Meine Schwester hat zwei Kinder, einen Jungen wie dich und ein Mädchen wie mich. Und weil ich die Schwester ihrer Mutter bin, bin ich ihre Tante.«

Er sah sie so fasziniert an, dass sie ihm von ihrer Familie zu erzählen begann.

Sie achtete nicht darauf, dass die Tür sich leise öffnete und wieder schloss, und auch Elias schien so abgelenkt, dass er sich nicht regte. Annik hob kurz den Blick, sah Gabriel neben der Tür stehen und fuhr fort, Elias von Luuk und Lies zu erzählen und davon, dass auch sie einen Zwillingsbruder hatte, der Ludo hieß und der seinen Schwestern ganz und gar schreckliche Streiche gespielt hatte, als er so alt gewesen war wie Elias.

Es gelang ihr beinahe, Gabriels Anwesenheit zu vergessen. Er stand so still wie eine Statue, sein Gesicht war ausdruckslos und kalt, keinerlei Gefühl spiegelte sich darin.

Elias gluckste und kringelte sich vergnügt auf ihrem Schoß, als sie ihm erzählte, wie Ludo einen nassen Schwamm in ihr Bett geschmuggelt und sie sich, ohne das zu merken, darauf gelegt hatte und was dann alles geschehen war.

Ein leises Geräusch von der Tür ließ ihn den Kopf drehen und er erstarrte. Annik zog ihn fest an sich und flüsterte: »Er tut dir nichts, Elias. Ich bin doch bei dir.«

Das Gesicht des Jungen verzerrte sich zu einer Grimasse aus Abscheu und Angst. Er begann, hoch und schrill zu wimmern.

Gabriel kam mit zwei langen Schritten auf sie zu und beugte sich über sie. Annik spürte, wie Elias sich vor Angst versteifte. Er blinzelte zu Gabriel empor, der mit einer fürchterlichen Miene auf den Jungen herabsah. Annik schloss schützend die Arme um Elias, während sie seinen Vater anstarrte. Aus Gabriels Augen schien der Wahnsinn zu springen, als er die Hand ausstreckte und Elias' dünnen Arm packte. Das leise Wimmern des Jungen wurde zu einem schrillen Kreischen, als er versuchte, sich aus dem Griff seines Vaters loszureißen.

»Lassen Sie ihn los«, rief Annik und schlug auf Gabriels Arm ein, während sie sich mit dem Jungen von ihm wegdrehte. »Lassen Sie, Sie tun ihm doch weh!«

Mit einer Anstrengung, die ihr beinahe die Schulter auskugelte, rang sie den Jungen aus Gabriels Umklammerung und flüchtete mit ihm in die entfernteste Ecke des Zimmers. »Gehen Sie«, rief sie atemlos. »Sie … Sie Ungeheuer!«

Gabriel stand mit hängenden Schultern da, sein Blick war leer und tot. Er senkte den Kopf und sah auf seine blutverschmierte Hand hinunter. Dann drehte er sich wortlos auf dem Absatz herum und stürmte hinaus.

Annik drückte Elias an sich. Sie wusste nicht, wer von ihnen stärker zitterte. »Lass mich deinen Arm sehen«, sagte sie heiser.

Der Junge, der inzwischen stumm weinte, streckte seinen dünnen Arm aus. Der Ärmel hatte sich hochgeschoben, darunter war seine blasse, blutverschmierte Haut zu sehen.

»Dieses Monstrum«, flüsterte Annik und legte den Jungen vorsichtig auf sein Bett. »Hast du schlimme Schmerzen?«

Der Junge sah sie nur aus riesigen, beinahe schwarzen Augen an. Seine Lippen bebten und über seine Wangen liefen immer noch stumme Tränen.

Annik presste die Lippen zusammen und befeuchtete ein Taschentuch mit dem Wasser aus der Karaffe, die immer auf dem Tisch stand. Sie begann vorsichtig, den Arm des Kindes zu säubern, jeden Moment darauf gefasst, eine grässliche Wunde zu Gesicht zu bekommen.

Das Tuch färbte sich rot, das Wasser in der Karaffe wurde rosa, Elias' helle Haut kam unter dem Blut zum Vorschein. Die Lider des Jungen flatterten, er schob den Daumen seiner unverletzten Hand in den Mund und schlief ein.

Annik beendete ihr Werk und saß dann betäubt da, das nasse Taschentuch in den Händen drehend, dass Tropfen auf ihre Hose fielen.

Da war keine Verletzung. Kein Riss, keine Quetschwunde, keine Schramme, noch nicht einmal Druckmale von den Fingern, die ihn gehalten hatten. Nur Spuren von alten Verletzungen, die längst verheilt waren.

Sie betrachtete Elias, wie er schlafend dort lag, die Spuren von trocknenden Tränen auf den Wangen. Es schien ihr, als wäre er in den letzten Tagen noch dünner, noch blasser geworden. Oder dachte sie das nur, weil seine zierliche Gestalt sich in dem großen Bett so winzig ausnahm?

Sie warf das Taschentuch auf den Tisch und legte müde die Hände in den Schoß. Woher war all das Blut gekommen? Was für eine grauenvolle Geschichte steckte hinter all diesen unerklärlichen Vorkommnissen?

Mit jedem Tag, den sie hier verbrachte, wuchsen ihre Verwirrung und ein Gefühl von Verlorenheit, das ihr den Brustkorb eng machte und ihr Gemüt verdüsterte. Wenn sie noch viel länger hierblieb, würde sie genauso bitter, zynisch und gefühlskalt werden wie Mijnheer van Leuven. Der Hausherr stand im Zentrum der dunklen Wolke, die über diesem Haus schwebte und die Luft verpestete wie der Gifthauch eines Ungeheuers.

Sie seufzte und rieb sich über die Augen. Ihr Vater wollte, dass sie am Wochenende nach Hause kam. Sie würde gehen, auch wenn Mijnheer es nicht erlaubte. Schlimmstenfalls würde sie nicht wiederkommen.

Ihr Blick wanderte über den schlafenden Jungen. Damit überließ sie Elias einem unvorstellbaren Schicksal. Aber konnte sie denn überhaupt etwas an dem ändern, was hier vor sich ging, solange sie nicht begriff, was es war? Sie kam dem Rätsel keinen Schritt näher, nein, im Gegenteil: Es war ihr, als entfernte sie sich mit jedem Tag weiter von seiner Lösung.

Sie stand auf und deckte Elias zu, dann räumte sie das Zimmer auf, nahm das benutzte Geschirr und ging leise hinaus.

»Mevrouw, ich möchte an diesem Wochenende den mir zustehenden freien Tag in Anspruch nehmen.« Annik stand in der Tür, halb auf der Flucht vor der Ablehnung, mit der sie fest rechnete.

Frau Wouters blätterte in dem Stapel Rechnungen, der vor ihr lag, und schüttelte den Kopf. Sie schob die schmale Lesebrille auf die Stirn, legte ihren Stift auf die Rechnungen und faltete die Hände darüber. »Ich muss Mijnheer fragen«, sagte sie. »Ist es denn so wichtig, dass Sie genau an diesem Wochenende …?«

»Ja, das ist es.« Annik befeuchtete ihre Lippen. »Wir werden Besuch aus Frankreich bekommen, der nur übers Wochenende bleibt. Eine … eine Tante.«

Frau Wouters spitzte unzufrieden die Lippen. »Eine Tante«, wiederholte sie. »Nun ja, Familie …« Sie rückte die Brille wieder auf die Nase und senkte den Blick zurück auf ihre Arbeit. »Ich werde Mijnheer darauf ansprechen«, sagte sie. Ihr Tonfall verkündete deutlich: Ende der Unterhaltung.

Annik dankte ihr und ging hinaus.

Sie schrubbte sich in der Spülküche die Hände mit Seife und einer rauen Bürste. Das getrocknete Blut klebte an ihrer Haut wie etwas Lebendiges, das sich festkrallte und nicht herunterwollte. Wessen Blut war es?

Jemand kam herein und stellte einen Stapel benutztes Geschirr in die große Spüle. »Alles klar?«, fragte der Hausbursche und reichte ihr ein grobes Trockentuch.

»Alles bestens, Henk«, erwiderte Annik geistesabwesend. »Sag, hast du eine Ahnung, wohin Katrijn verschwunden ist? Sie wollte mir etwas über die Gräber im Garten erzählen.«

Henk zog sich auf den Tisch, baumelte mit den Beinen und zog ein Päckchen Zigaretten aus der Hosentasche, das er Annik anbot. Sie schüttelte den Kopf und lehnte sich gegen die Spüle, während er sich umsah, ob die Köchin in Sicht war, und dann eine Zigarette anzündete. Er stieß einen langen Rauchfaden aus, lächelte und zuckte mit den Schultern. »Wer ist Katrijn? Ich kannte mal ein Mädchen, das so hieß, aber die meinst du ganz sicher nicht.« Sein Lächeln wurde anzüglich.

»Du solltest mich nicht veräppeln«, sagte Annik ungeduldig. »Ich weiß, dass sich hier alle verschworen haben, Katrijn totzuschweigen, aber wir sind unter uns. Was hat sie gemacht, ist sie mit dem Tafelsilber durchgebrannt?«

Er sah sie unverwandt an, seine sommersprossige Stirn zog sich in Falten. »Ich weiß wirklich nicht, von wem du redest, Annik.« Er verschränkte die Arme vor der breiten Brust. »Ich wäre der Erste, der ein paar Frauen mehr an Bord begrüßen würde, ehrlich. Hendrikje ist nett, aber auf Dauer ein bisschen fad mit ihrem Gekicher. Roosje ist ein Trampel, die Gnädige und unsere Köchin sind nicht mein Fall«, er grinste breit, »du weigerst dich, mit mir zu flirten, du feine Dame«, er zuckte mit den Schultern. »Da bleibt dann nicht mehr viel. Ich hab schon überlegt, ob ich schwul werde und was mit Mijnheer Frans anfange.«

Annik prustete. Der erste Kammerdiener war ein distinguierter Herr mittleren Alters, dessen pikierte Miene sie sich gerade vorstellte. Wenn er Henks despektierliches Geschwätz gehört hätte, dann hätte es was gesetzt.

Henk sprang auf die Füße und warf seine Kippe in das kalte Spülwasser. »Wenn die Gnädige mich beim Herumsitzen ertappt, reißt sie mir den Kopf ab.« Er griff nach einem großen Tablett und ging pfeifend hinaus.

Annik betrachtete prüfend ihre rot geschrubbten, nach Seife riechenden Hände und hob entschlossen den Kopf. Sie würde es nicht der Gnädigen überlassen, dem Hausherrn ihren freien Tag schmackhaft zu machen, das übernahm sie lieber selbst. So zornig, wie sie auf Gabriel van Leuven war, würde es ihr leichter fallen als sonst, sich gegen ihn durchzusetzen.

34

Die Tür war nicht verschlossen und schwang auf, als sie die Klinke herunterdrückte. Sie hatte eine Weile geklopft, ohne eine Antwort zu erhalten, aber von drinnen waren Geräusche zu hören gewesen, also war Mijnheer in seinen Räumlichkeiten anzufinden und geruhte bloß nicht, auf ihr Klopfen zu reagieren.

Annik rechnete mit einem wütenden Ausruf, als sie den kleinen Salon betrat, in dem Gabriel van Leuven auf dem Sofa mit den Löwenklauen lümmelte. Er lag mit zum Fenster gewandtem Blick in nachdenklicher Haltung da, den Kopf geneigt und in eine Hand gestützt, und regte sich auch nicht, als sie eintrat.

»Mijnheer«, sagte sie, als sie eine Weile gewartet hatte, »ich muss mit Ihnen reden.«

»Später«, erwiderte er, ohne sich zu ihr umzuwenden.

»Nein, jetzt.« Annik ging auf ihn zu und baute sich vor ihm auf. »Elias schläft«, fuhr sie vorwurfsvoll fort. »Das ist nicht Ihr Verdienst, Mijnheer.«

»Quälgeist«, murmelte er und richtete sich auf. »Gut, also: Was wollen Sie, Annik?«

»Ich will wissen, was dieser Angriff auf Ihren Sohn zu bedeuten hatte.« Sie kniff die Lippen zusammen und sah ihn herausfordernd an.

»Angriff?« An seinem verschlossenen Gesicht prallten ihre Blicke ab wie stumpfe Pfeile. Annik starrte ihn aufgebracht an, aber dann hob er die halb gesenkten Lider und erwiderte ihren Blick mit einem so abgrundtiefen Ausdruck von Kummer und erschöpftem Bedauern, dass ihr Zorn zu bröckeln begann. »Erklären Sie es mir doch«, sagte sie ruhiger. »Ich bin nicht Ihre Feindin, das wissen Sie doch.«

Seine Lider flatterten, er schien verblüfft zu sein. Mit einem Atemzug, der seine Brust hob, setzte er sich ganz auf und strich das wirre Haar aus seiner Stirn. In dem unbarmherzig hellen Licht, das durch das Fenster fiel, waren die feinen Linien in seinem Gesicht so deutlich zu sehen, dass sie wie blasse Tätowierungen wirkten. Er ließ sie nicht aus den Augen und sein unverwandter Blick verstörte sie. Sie senkte die Lider, und ihr Blick fiel auf seine rechte Hand und die seltsam starre Haltung, mit der er sie in seinem Schoß barg. Seine Finger waren blutverschmiert, seine Handfläche erschien teils dunkel verkrustet, teils sickerte immer noch frisches Blut hervor und tränkte seine helle Jeans.

»Gabriel«, rief sie, »Sie sind verletzt!«

Er machte eine abwehrende Bewegung, aber sie hatte schon sein Handgelenk ergriffen und brachte ihn dazu, ihr seine Handfläche zu zeigen.

»Gehörnter Gott«, flüsterte sie und zog sehr vorsichtig seine Finger auseinander. Die Handfläche war ein blutiges Schlachtfeld, kreuz und quer zerschnitten, und in den meisten der tiefen Schnitte steckten scharfkantige Glassplitter. »Was haben Sie gemacht?«, fragte Annik und kämpfte gegen die Übelkeit. »Das muss behandelt werden. Wir müssen Sie ins Krankenhaus bringen oder einen Arzt rufen …«

»Nein«, sagte er gleichgültig und zog die Hand weg. »Es ist schon gut, Annik. Gehen Sie, räumen Sie weiter die Bibliothek auf.«

Sie stemmte die Hände in die Hüften und starrte ihn an, aber er blickte wieder zum Fenster hinaus, ganz offensichtlich nicht gewillt, sich mit ihr zu streiten.

Annik drehte sich auf dem Absatz um und lief hinaus. Sie durchquerte das vordere Zimmer und registrierte die Anzeichen von Vernachlässigung, die den Räumen anhaftete. Dort lagen Kleidungsstücke herum, der Teppich war verschoben, und in der Vase hingen vertrocknete Blumen, auf dem Tisch stand das Geschirr von mehreren Mahlzeiten, leere Gläser und Tassen zierten die Tische, überall lag Staub, und es roch, als wäre schon lange nicht mehr gelüftet worden. Kümmerte sich denn niemand mehr um die Räume des Hausherrn? Das war doch kaum möglich.

Sie lief den Korridor hinunter, durchquerte die Halle und platzte in die Küche, wo Henk immer noch mit dem schmutzigen Geschirr kämpfte. »Ich brauche Verbandszeug«, sagte sie. »Heißes Wasser, saubere Tücher, eine sterile Pinzette und eine Lupe, wenn es im Haus so etwas gibt.«

Der Hausbursche warf einen Blick auf ihr Gesicht und schluckte jede freche Erwiderung, die ihm auf der Zunge gelegen hatte. Er nickte nur und brachte das Gewünschte.

Annik packte das Verbandszeug in eine Tasche und hängte sie sich um, dann nahm sie die schwappende Schüssel, deckte ein Handtuch darüber, damit das Wasser nicht so schnell abkühlte, und machte sich auf den Rückweg.

Gabriel lag mit geschlossenen Augen lang ausgestreckt auf dem Sofa, sein Gesicht war bleich, und die Wimpern warfen dunkle Schatten auf seine Wangenknochen. Annik zog ein Tischchen heran, breitete ihr Werkzeug aus und griff dann vorsichtig nach seiner Hand. Er zuckte, wollte sie zurückziehen, aber Annik hielt ihn am Handgelenk fest. »Entweder ich oder das Krankenhaus«, drohte sie. »Brauchen Sie einen Schluck Alkohol oder überstehen Sie es so?«

Er öffnete die Augen zu einem verschleierten Blick auf ihr Gesicht und nickte knapp. Annik nahm die Pinzette und legte seine Hand so auf ihre Knie, dass sie gut beleuchtet war. Mit mehr gespielter als wirklich empfundener Zuversicht machte sie sich ans Werk, die regelrecht zerfleischte Handfläche von Splittern zu säubern.

»Mein Bruder war auch so ein Unglücksvogel«, sagte sie, um ihn und sich von dem abzulenken, was sie tat. Seine Finger zuckten bei jeder Berührung der Hand, seine Lippen wurden weiß, und die dunklen Schatten unter seinen Augen vertieften sich, aber er gab keinen Laut von sich. Sie zog Splitter um Splitter heraus, wobei sie gelegentlich mit der Pinzette tief in das geschundene Fleisch bohren musste, und redete dabei laut und fröhlich über Ludo, dem sie oft genug Splitter aus allen möglichen Körperteilen gepult hatte.

Splitter um Splitter fiel in die Schale neben ihrer Hand. Sie konnte kaum sehen, was sie tat, weil Blut die Schnitte füllte und ihr die Orientierung erschwerte. Aber solange die Handfläche voller Glas war, konnte sie sie schlecht reinigen. Also behalf sie sich damit, gelegentlich vorsichtig mit einem in warmes Wasser getauchten Tuch ein wenig von dem Blut abzutupfen, wobei sie ihm jedes Mal Schmerzen verursachte, was sein zischender Atem verriet. »Es tut mir leid«, sagte sie, »es tut mir so leid. In einem Krankenhaus hätte man das unter Betäubung …«

»Machen Sie weiter«, sagte er abgerissen. »Sie machen – das gut.«

Also machte sie weiter. Tupfen, stochern, herausziehen, säubern.

Endlich, nach einer scheinbaren Ewigkeit, war der letzte Splitter draußen und Annik konnte die verletzte Handfläche säubern und verbinden.

Gabriel lehnte kreidebleich und mit Schweiß auf der Stirn

und der Oberlippe in den Sofakissen. Er stieß einen Schmerzenslaut aus, als Annik die Handfläche verarztete, aber das war die einzige Äußerung, die er tat, bis seine Hand in einem schneeweißen Verband steckte.

Annik streckte sich und öffnete und schloss ihre verkrampften Finger. »Meine Güte«, sagte sie aus tiefstem Herzen. »Was haben Sie da nur gemacht? In einen Spiegel geschlagen?« Ein Bild blitzte auf und verschwand wieder: ein leerer Spiegelrahmen, vor dem ein Haufen blutiger Splitter auf dem Boden lag.

Er antwortete nicht, und wie er da lag, schien er am Rande einer Bewusstlosigkeit zu taumeln.

Annik fand eine leichte Decke und breitete sie über ihn. Er wirkte beinahe so zerbrechlich wie Elias, fast als hätte er Gewicht verloren.

Annik sah sich um und fand, dass die Umgebung alles andere als der Genesung zuträglich war. Sie betrachtete den Tisch mit dem Geschirr von mehreren Tagen und kam zu dem Schluss, dass Gabriel heute noch nichts gegessen haben konnte. Wahrscheinlich hatte er wieder nur getrunken, Gläser standen jedenfalls genug herum.

Sie krempelte die Ärmel auf und stapelte das Geschirr zu zwei Haufen neben der Tür, die konnte Henk gleich abholen kommen. Dann warf sie einen letzten Blick auf Gabriel und verließ das Zimmer.

Die Köchin war nirgends zu sehen, der Herd war kalt, es gab keine Anzeichen dafür, dass sich jemand um das Abendessen kümmerte. Anniks Besorgnis stieg. Sie steckte den Kopf aus der Hintertür und rief nach Henk, dann kehrte sie in die Küche zurück und durchsuchte Kühlschrank und Speisekammer. Sie schnitt Brot ab, legte Käse auf einen Teller und nahm zwei Äpfel und Weintrauben mit. Auf der Suche nach Butter oder kalten

Resten fand sie noch eine Handvoll Nüsse und ein hart gekochtes Ei und machte sich mit ihrer Beute auf den Rückweg.

In der Halle stolperte sie beinahe über losen Schutt, der über den Schachbrettboden verteilt lag. Wo kam das her? Und war da immer schon abblätternder Putz an der Ostwand der Halle gewesen? Große Placken waren heruntergefallen und lagen in einer Ecke zusammengekehrt.

Sie hielt das Tablett mit dem spärlichen Mahl fest umklammert und ging weiter. Die Zeichen des Verfalls waren überall. War sie so blind gewesen oder warum hatte sie sie bisher nicht bemerkt?

Sie rettete sich in Gabriels Salon. Er lag, wie sie ihn verlassen hatte, entweder schlafend oder bewusstlos.

Annik schälte die Äpfel und teilte sie in Spalten, dann setzte sie sich mit dem Teller in der Hand an seine Seite und legte den Handrücken an seine Stirn und Wangen. Sein Kopf war kühl, also fieberte er nicht. Sie zögerte. Es wäre wahrscheinlich besser, ihn einfach schlafen zu lassen. Sie konnte Brot und Äpfel hier stehen lassen, dass er sie sah, wenn er aufwachte …

Seine Augen waren offen und beobachteten sie. Annik schluckte unwillkürlich und blinzelte. »Gabriel«, sagte sie leise, »ich habe Ihnen etwas zu essen mitgebracht. Haben Sie Hunger?«

Er befeuchtete seine Lippen und nickte. Sein Blick ließ sie nicht los. In Anniks Magengegend machte sich ein warmes, irritierendes Gefühl breit. Sie wandte sich ab und stellte den Teller mit Obst weg. »Erst ein Brot?«, fragte sie. »Ich habe nur Käse gefunden …«

»Der Apfel, gerne«, sagte er und setzte sich auf. Sein Haar war wirr und fiel ihm in die Stirn. Annik sah ihn zum ersten Mal mit Bartstoppeln auf seinen Wangen und seinem Kinn. Er blickte sie immer noch unverwandt an. »Annik«, sagte er.

»Ja?«

Er schüttelte den Kopf. Seine Augen waren verschleiert, ihre Farbe glich geschmolzenem Karamell. Annik griff hastig nach dem Obstteller und hielt ihn Gabriel hin. Der machte keine Anstalten, ihn zu nehmen, sondern hob nur mit einer beinahe schüchternen Geste die verbundene Hand. »Wenn Sie so freundlich wären …«

Ehe Annik sich versah, war sie damit beschäftigt, ihn zu füttern. Sie steckte Apfelschnitze und Nüsse zwischen seine Lippen und setzte das Glas mit Wasser an seinen Mund, dann wechselte sie zu den Weintrauben, die er ihr behutsam mit den Lippen aus den Fingern nahm. Seine Lippen, die immer wieder ihre Fingerspitzen berührten, waren sanft und weich, und jede flüchtige Berührung sandte ein warmes Kribbeln durch ihren Körper.

»Essen Sie auch etwas«, sagte er. Annik nickte und steckte verwirrt ein Stück Apfel in den Mund. Gabriel heftete seinen Blick auf ihre Lippen. Seine Augen glänzten wie im Fieber. »Ein Schluck Wasser«, bat er, und Annik setzte das Glas an seinen Mund. Er machte eine unbedachte Bewegung und das Wasser floss an seiner Wange herunter, tropfte auf sein Hemd und durchnässte seine Schulter.

»Oh«, machte Annik und griff nach einer Serviette. Sie beugte sich über ihn, um das Malheur zu beseitigen, und er fasste ihr Handgelenk und zog sie zu sich hinunter. Sie verlor das Gleichgewicht und fand sich halb auf ihm liegend wieder, ihre Gesichter so nah, dass sie seinen Atem auf der Wange spürte. Als sie sich an der Sofalehne hochdrücken wollte, legte er seine gesunde Hand in ihren Nacken und hielt sie fest. Immer noch fixierten sie seine Augen, die in einem dunklen Feuer strahlten. Annik erwiderte seinen Blick wie hypnotisiert. Er atmete hörbar aus und dann legten sich seine Lippen fest und sanft zugleich auf ihren Mund.

Annik war zu verblüfft, um sich zur Wehr zu setzen. Sie war sogar so überrumpelt, dass sie ihre Lippen öffnete und den Kuss erwiderte. Ein Hauch von Rosenduft narrte ihre Sinne. Sie schloss die Augen und überließ sich den warmen, prickelnden Empfindungen, die Gabriels Kuss in ihr wachriefen. Sie kannte diesen Mund, die zärtliche Berührung der Finger, die nun ihre Wange umschlossen, sie kannte den Geruch nach Gewürzen und Rosen, sie kannte seine Stimme, die leise und sehnsüchtig ihren Namen sagte. Es war Daniel, der sie küsste. Er war es, auch wenn er ein unversehrtes Gesicht und unverletzte Hände hatte. Eine unverletzte Hand …

Sie erwachte aus ihrem Traumzustand und legte ihre Hände auf seine Brust, um sich von ihm wegzudrücken. »Wer bist du?«, fragte sie atemlos. »Gabriel? Daniel? Ich verstehe das nicht …«

Er atmete schwer, seine Lippen waren leicht geöffnet, der glühende Blick hielt sie gefangen. »Ich bin ich«, sagte er nach einer Weile heiser. »Gabriel van Leuven. Warum denkst du, ich wäre jemand anderes?«

»Daniel und du«, sagte sie mit einem Blitz der Erkenntnis. Sie kam sich dumm vor und der Ärger darüber vertrieb die letzten Reste der Benommenheit. Sie machte sich Vorwürfe, ihm so einfach nachgegeben zu haben. Wofür hielt er sie? »Daniel und du – ihr seid Brüder. Zwillinge?«

Er lachte, und es sah so aus, als täte das Lachen ihm weh. »Brüder«, wiederholte er. »Zwillinge.« Er rieb sich mit der unverletzten Hand in einer hoffnungslosen Geste übers Gesicht und sein Lachen klang bitter. »Teuflische Brüder oder Zwillinge aus der Hölle. Such es dir aus, meine Schöne.«

Annik wandte sich heftig ab. »Du machst dich über mich lustig«, klagte sie. »Womit habe ich das verdient?«

Er griff nach ihrer Hand und zog sie an seine Lippen. »Vergib einem alten Spötter«, sagte er. » Schmeicheleien und Komplimente wollen nur noch schwer über meine Lippen.« Sein Augenaufschlag brachte sie zum Lachen.

»Du redest, als wärst du mein Opa«, sagte sie und entzog ihm ihre Hand. »Ich will keine schönen Worte hören. Ich will nur nicht, dass du mich verhöhnst.«

Sein Blick war ernst und durchdringend. »Hohn liegt mir fern«, sagte er. »Ich sehe dich und finde das Licht in der Nacht, und ich höre deine Stimme und lausche dem Chor der Engel, die ›Erlösung‹ singen.«

Annik wurde unter seinem eindringlichen Blick angst und bange. »Verhöhne mich nicht«, wiederholte sie flüsternd, aber tief in ihrem Inneren wusste sie, dass er in bitterem Ernst sprach. Sein schöner Mund formte eine unerbittliche Linie, seine Haltung und seine Miene strahlten eine Kraft aus, die in ihr den Wunsch weckte, sich an ihn zu schmiegen und den Kopf an seiner Brust zu bergen.

Annik richtete sich auf und nahm Abstand von Gabriel und seiner unerklärlichen Anziehungskraft auf sie. Sie hasste das Gefühl der Schwäche, das sie überkommen hatte. Das war sie nicht, das war nicht Annabelle Joncker, Tochter von Arian, die ihr Leben selbst in die Hand genommen hatte, als sie zwölf war.

Gabriel hielt sie fest. »Lauf nicht weg«, sagte er. »Ich schwöre dir, ich sage nichts als die Wahrheit.« Er ließ sich in die Kissen zurücksinken und schloss die Augen. Die Schatten unter seinen Augen waren so dunkel wie zerlaufene schwarze Schminke.

Annik beugte sich in einer heftigen Aufwallung von Mitgefühl über ihn und hauchte einen Kuss auf seine Stirn. »Schlaf, Mijnheer van Leuven«, sagte sie leise. »Ich schaue nachher wieder nach dir.«

Er erwiderte nichts, sie sah die ruhigen Atemzüge, die seine Brust hoben und senkten, und war beruhigt. Jetzt kam es nur darauf an, dass sich die Wunden nicht entzündeten. Die Haushälterin sollte sicherheitshalber doch einen Arzt herbeirufen, der sich die Hand ansah. Aber das sollte die energische Frau Wouters mit ihrem Arbeitgeber auskämpfen.

35

Zwillinge aus der Hölle?« Daniel lachte leise. »Du hast eine Fantasie, alter Junge!«

Gabriel leckte sich über die trockenen Lippen. »Was hättest du ihr gesagt?« Er richtete sich steifgliedrig auf und stöhnte leise. »Gib mir Wasser.«

Daniel schenkte das Glas voll und reichte es ihm. »Was ich gesagt hätte?« Die vernarbte, verstümmelte Fläche seines Gesichtes ließ keine Mimik zu, aber sein unversehrtes Auge glitzerte amüsiert. »Oh, selbstverständlich die Wahrheit, lieber *Bruder*. Du kennst mich doch – was sonst?«

Gabriel lachte hustend und barg seine verletzte Hand an der Brust. »Verflucht, das tut weh«, sagte er. »Es sollte längst wieder verheilt sein.«

Daniel neigte den Kopf. »Es geht zu Ende«, sagte er nüchtern. »Spürst du es nicht? Du musst also wieder einmal tun, was zu tun ist, damit wir weiter existieren können.« Er klang bitter.

Gabriel wandte sich ab und zog die Schultern hoch. »Und wenn ich es dieses Mal nicht tue?«, sagte er in einem gewollt beiläufigen Ton. »Was wäre, wenn ich aufgebe, endgültig? Ich erkläre mich für geschlagen. Ich bin des Spiels müde, Daniel.«

Das narbige Gesicht zeigte keine Regung. »Ich wäre dir dafür mehr als dankbar, das weißt du. Aber denk an die Kleinen«, sagte er. »Sie sind unschuldig, keine Unholde wie wir beide. Willst du, dass sie für unsere Sünden bezahlen?«

Gabriel sah ihn starr an. »Ja«, sagte er kalt. »Ich kann und ich will nicht mehr. Und du erzähle mir nicht, dass du es nicht ebenfalls leid bist. Du, der du vor Entsetzen schreist, wenn du deinem eigenen Spiegelbild begegnest!«

Daniel gab ein Knurren von sich. »Rede nicht für mich«, fuhr er Gabriel an. »Ich bin es schon lange müde. Aber selbst wenn ich mir den Tod wünsche, und Gott weiß, dass ich ihn geradezu herbeiflehe, gebe ich doch die Hoffnung nicht auf. Du bist schwach, Gabriel. Seit wann? Seit dieses Mädchen uns Hoffnung gemacht hat? Dann vertraue doch auf ihre Kraft, Mann! Lass uns sehen, wie weit sie es bringt! Wir waren noch nie so nah daran, noch nie zuvor.«

Gabriel schüttelte leicht den Kopf. »Ich will sie nicht auch noch opfern«, sagte er heiser. »Nicht sie.«

»Und du nennst mich einen Schwächling«, murmelte Daniel und wandte sich ab. »Sieh dich selbst an.«

»Du hast mit ihr geflirtet«, warf Gabriel ihm vor. »Du hast es angefangen. Versuch nicht, dir einreden zu wollen, dass dir nichts an ihr liegt!«

Der andere blieb mit dem Rücken zu ihm stehen. Seine Haltung drückte Hoffnungslosigkeit und gleichzeitig Härte aus. »Wenn es unsere Situation verbessern würde, ihr den ganzen Tag Gedichte vorzulesen, sie zu küssen und ihr meine Zuneigung zu versichern, dann täte ich nichts lieber«, sagte er. »Aber dies alles wäre ein Luxus, den wir uns angesichts der brutalen Notwendigkeit nicht leisten können. Wenn es nur darum ginge, unseren Tod zu verhindern, dann sähst du mich mit verschränkten Armen abwartend dort in dem Sessel lehnen. Mir liegt nichts mehr am Leben, mein Lieber, kein Deut mehr als dir. Aber ich befürchte, das Schicksal hat etwas wesentlich Böseres für uns in petto als einfach nur unseren Tod.« Er blickte über die Schulter und bleckte die Zähne, ein erschreckender Anblick in dem Trümmerfeld seines Gesichtes. »Ich befürchte, dass es unser Überleben will …«

36

Rafael saß schon tief über sein Übungsheft gebeugt und malte, wie immer die Zunge zwischen die Zähne geklemmt, Wörter aus der Fibel ab.

Annik strubbelte ihm durchs Haar und er blickte auf, lächelte sie strahlend an. Es schockierte sie immer noch, wie ähnlich er Gabriel sah. »Schön, dass du ohne mich angefangen hast«, sagte sie, um gute Laune bemüht. »Brauchst du mich überhaupt noch?«

Er sah sie mit einem so hingebungsvollen Blick an, dass sie gerührt war. »Ich b-brauche dich, Annik«, versicherte er ernsthaft. »Geh nicht weg von mir!«

»Das mache ich nicht.« Sie zog ihren Stuhl heraus und lächelte über das Duo aus weißer Rose und rotbackigem Apfel, das auf ihrem Bücherstapel lag. »Danke, Rafael.«

Er blinzelte verstohlen von seiner Arbeit hoch, lächelte breit und schrieb weiter. Der Knöchel seines Zeigefingers war weiß, so fest drückte er den Bleistift auf.

Annik zog das Buch über Flüche unter dem Stapel hervor und schlug es auf. Es musste einen Grund geben, warum genau dieses Buch im Nodus in ihre Hand gesprungen war.

Sie öffnete es beim Inhaltsverzeichnis und ließ den Finger die Seite hinuntergleiten. Die allgemeinen und theoretischen Grundlagen der Fluchmagie interessierten sie nicht, aber dann blieb sie an einem Punkt hängen: »Flüche und Spiegelzauber«.

Eine Gänsehaut erblühte auf ihren Armen. War es das, was sie gesucht hatte? War der Spiegelzauber, den sie vermutet hatte, in Wirklichkeit ein Fluch?

Sie blätterte zu der Seite vor und begann zu lesen. Mit gerunzelter Stirn arbeitete sie sich durch die staubtrockene Abhandlung, in der Hoffnung, inmitten der Wüste eine Oase zu finden. Bei der Lektüre begann ihr Entschluss, ein Studium der Hohen Künste zu beginnen, ein winzig kleines bisschen ins Wanken zu geraten.

Sie pustete Luft durch die Lippen und blickte auf, um ihre Gedanken und das Gelesene zu sortieren.

Bannsprüche und Flüche waren Hexenzauber, die fließend ineinander übergingen. Anniks Vermutung, dass eine ungeübte Hexe in diesem Haus an einem Spiegelzauber gescheitert war und damit ihre eigene Essenz in den Zauber verflochten hatte, schien sich aber durch das Gelesene zu bestätigen.

Die Hexe, die den Zauber verpfuscht hatte, war also immer noch an dieses Haus gefesselt. Wahrscheinlich nicht körperlich, aber der Kern ihres Selbst, ihre seelische Quintessenz, das Gefühl, das vorgeherrscht hatte, als sie den Zauber wirkte. Das war es, was Annik überall zu spüren glaubte. An manchen Orten – wie dem Ostflügel – war die Präsenz stärker und deutlicher wahrzunehmen, anderswo war sie schwächer, aber immer vorhanden.

Annik schloss die Augen und verband sich wortlos mit Ybbas. Gemeinsam streckten sie ihre Geistfühler aus und tasteten, schmeckten, hörten und rochen. *Hass*, dachte Annik. *Zorn. Trauer. Kränkung. Verletzter Stolz. Verschmähte Liebe. Schwarze Verzweiflung. Verlassenheit, Todesangst und das Gefühl, verraten worden zu sein von dem Menschen, der einem das Liebste auf der Welt war.*

Sie riss die Augen auf und schnappte nach Luft wie eine

Ertrinkende. Die emotionalen Spuren waren so stark und deutlich, als stünde die Person, zu der sie gehörten, neben ihr und würde ihr ins Ohr schreien. Ihr Vertrauter krallte sich schmerzhaft in das Fleisch ihres Oberarms, Ybbas schien die geistige Signatur als ebenso unangenehm zu empfinden wie sie selbst.

Annik schüttelte sich unwillkürlich und machte eine Bewegung mit beiden Händen an ihren Armen entlang, als wollte sie Spinnweben abstreifen. Das Haus benötigte eine Reinigungszeremonie. Es war kein Wunder, dass Elias so verstört war. Wenn der Junge nur einen Hauch magischer Begabung oder auch nur sehr sensible Antennen besaß, mussten ihn diese Fluida verrückt machen. Er starb wahrscheinlich vor Angst und konnte nicht begreifen, woher all diese dunklen, Furcht einflößenden Gefühle kamen.

Sie schüttelte sich unwillkürlich und blickte auf. Rafaels bernsteinfarbene Augen fixierten sie mit eindringlicher Sorge. »G-geht es dir gut, Annik?«, fragte er.

Sie zwang sich zu einem Lächeln. »Aber ja, Rafael«, beeilte sie sich, ihn zu beruhigen. »Ich bin nur beinahe eingenickt, entschuldige. Wie weit bist du mit deiner Schreibarbeit?«

Sie beugte sich zu ihm. Er drehte eifrig das Übungsheft zu ihr herum und tippte mit den Fingern auf einen kurzen Satz. »F-für dich«, sagte er.

Annik sah ein unbeholfen gezeichnetes Herz und daneben die ebenso ungeschickt geschriebenen Worte: »Lauf Rette Dich!«

Ihr Verstand weigerte sich, das Gelesene zu akzeptieren. Sie sah Rafael verständnislos an. »Was soll das heißen?«

Ein Schatten glitt über seine sonnige Miene. Er biss sich auf die Lippe und runzelte die Stirn. »Warte, gib her«, sagte er und nahm das Heft zurück. Tief darüber gebeugt, mit konzentrierter Bedachtsamkeit, malte er Buchstaben um Buchstaben und schob ihr dann das Heft wieder hin.

»Lauf Weg Annik«, las sie. Eine kalte Hand griff nach ihrem Herzen.

»Möchtest du es mir vorlesen?«, fragte sie heiser.

Rafael senkte schüchtern den Kopf und flüsterte: »Ja.« Er nahm das Heft, tippte auf jedes einzelne Wort und sagte stockend: »Ich Liebe Annik.«

Annik atmete tief durch. »Das ist sehr schön.« Sie suchte nach Worten. »Magst du mir das Wort ›Liebe‹ einmal ganz alleine aufschreiben?«

Er nickte, ohne aufzublicken, und drückte seinen Bleistiftstummel auf das Papier, dass es beinahe riss. »HILFE«, schrieb er und drehte das Heft zu ihr um.

Der eisenharte Griff um ihr Herz wurde noch fester und nahm ihr den Atem. »Sehr, sehr schön, Rafael«, brachte sie hervor und streckte die Hand aus, um ihm über den Kopf zu streicheln. »Ich liebe dich auch. Du hast sehr gut gearbeitet, nun geh ein bisschen spielen.«

Er nickte und stand auf, stand kurz unschlüssig mit baumelnden Armen da und fasste dann einen Entschluss, den Annik ihm geradezu vom Gesicht ablesen konnte. Sie wehrte sich nicht, als er sie umarmte und einen feuchten Kuss auf ihren Mundwinkel platzierte, sondern drückte ihn einmal fest und herzlich an sich und gab ihm einen Kuss auf die Wange. »Bis morgen«, sagte sie sanft und sah ihm nach, wie er mit hochrotem Kopf hinauslief.

Sie ließ sich auf ihren Stuhl fallen und vergrub den Kopf in ihren Armen. Rafael hatte offensichtlich keine Ahnung, was er da geschrieben hatte. Und ebenso offensichtlich war etwas oder jemand hier darauf aus, sie zu warnen oder zu vertreiben. Womöglich beides. Eine freundliche oder eine feindlich gesinnte Wesenheit? Sie wusste es nicht.

Mit einem Seufzer richtete sie sich auf und räumte das Buch wieder unter den unberührten Stapel. Für heute war ihr die Lust nach Bibliotheksarbeit gründlich vergangen. Sie brauchte frische Luft, um ihren Kopf zu klären. Es war gut, dass sie am Wochenende nach Hause ging, ihr Vater wusste sicherlich Rat, was all dies hier anging.

Falls sie frei bekam. Sie sollte Gabriel möglichst bald darum bitten, er würde es ihr sicherlich nicht abschlagen. Wenn sie ihm nachher sein Abendessen brachte und noch einmal nach ihm sah, würde sie die Angelegenheit ansprechen.

Annik nahm den Weg durch den Küchentrakt. Sie wollte Frau Wouters aufsuchen und darum bitten, einen Arzt zu holen. Gabriel würde ihr dafür womöglich den Kopf abreißen, aber das Risiko wollte sie eingehen. Und dann musste jemand sich darum kümmern, dass die Zimmer des Hausherrn aufgeräumt und gesäubert wurden, das alte Geschirr musste abgeholt und eine frische Mahlzeit für den Abend vorbereitet werden. Mijnheer war krank, er brauchte gutes, frisches Essen, keine aufgewärmten und zerkochten Reste.

Sie stürmte durch den Küchengang, rief nach Henk und riss mit steigendem Unbehagen alle Türen auf, an denen sie vorbeikam. Überall standen und lagen Dinge herum, als hätte sie gerade jemand in der Hand gehabt, bevor ein Ruf ertönt war und derjenige ihm gefolgt war. Hier hing das Jackett eines Kammerdieners über der Stuhllehne, dort stand eine halbvolle Tasse Kaffee neben einem Teller mit einem angebissenen Brot, ein Besen lehnte an der Wand, daneben ein Kehrblech mit Staub, Krümeln und Steinchen. Ein Radio spielte, in der Luft hing das zart zerfasernde Aroma von Zigarettenrauch, eine Schürze lag hingeworfen auf der Anrichte und ein Bund Schlüssel baumelte an einer Türklinke. Neben dem Eingang zur Küche stand ein

Korb mit Zwiebeln, an denen noch frische Erde klebte, und einigen Lauchstangen.

Annik betrat die Küche. Auf dem Herd simmerte ein Topf mit Wasser, die Spülmaschine rauschte, die Tür zum Garten schlug in den Angeln. Auf dem Küchentisch stand eine Schüssel, in der geschälte Kartoffeln lagen, neben einem Haufen Kartoffelschalen, einem Messer und einer Schütte mit ungeschälten Knollen. Ein Bund Möhren lag wie vergessen auf dem Stuhl daneben.

Annik rieb sich über die Arme und rief laut den Namen der Köchin.

Niemand antwortete.

Sie machte kehrt und klopfte an die Tür zum Zimmer der Haushälterin. Sie öffnete und blickte hinein. Es roch nach Kaffee und Gebäck, aber der Stuhl hinter dem Schreibtisch war leer.

Annik biss sich auf die Lippe. Was wurde hier gespielt?

Sie machte kehrt, nahm eine Flasche Apfelsaft aus dem Kühlschrank und machte sich auf, um nach Gabriel zu sehen. Die Lust auf einen Spaziergang war ihr vergangen.

37

Der unerklärlich voranschreitende Verfall, der das gesamte Haus erfasst hatte, war erschreckend. Dem abbröckelnden Putz in der prächtigen Halle hatten sich herausgefallene Mauersteine hinzugesellt, der schwarz-weiße Marmor der Bodenplatten war matt und teilweise gesprungen, der Kronleuchter lag schief wie ein gestrandetes Schiff auf dem Boden, seine gesplitterten und zersprungenen Prismen hatten sich überall verteilt wie gefrorene Tränen, die das hereinsickernde Sonnenlicht einfingen.

Annik umrundete fröstelnd die Stolperstellen und betrat den Westflügel, der von alldem noch am wenigsten betroffen zu sein schien. Zwar war eins der Fenster im Gang zerbrochen, aber sonst hatte sich nichts verändert. Alles schien ein wenig staubiger und weniger gepflegt, aber zumindest heil.

Sie gelangte zur Tür, die zu Gabriels Räumlichkeiten führte, und zögerte. Die Tür stand einen Spalt offen, sie konnte Stimmen vernehmen. Eine davon schien Frau Wouters zu gehören. Gut, dann kümmerte sich wenigstens die Haushälterin um Gabriel!

Annik wollte nicht in eine Besprechung der beiden platzen, aber sie hatte auch keine Lust, sich hier draußen auf dem Gang herumzudrücken. Also trat sie leise ein. Sie würde ein wenig aufräumen und …

Das war nicht Frau Wouters. Die Stimme klang jünger, höher,

sie hatte einen verführerisch süßen Tonfall. Annik verharrte unschlüssig, blieb dann im toten Winkel neben der halb geöffneten Tür zum Nebenzimmer stehen, in dem das Gespräch stattfand. Wenn sie sich jetzt zurückzog, würde ihr Eindringen womöglich bemerkt werden, was eine überaus peinliche Situation für alle Beteiligten mit sich bringen würde. Das Gesäusel und Geturtel von nebenan sprach eine deutliche Sprache.

Sie kaute an ihrem Daumennagel. Gabriel hatte Besuch? Seit sie im Hause war, hatte es keinen Besuch von außerhalb gegeben, jedenfalls hatte sie davon nichts bemerkt.

Die Neugier siegte. Sie schloss die Augen und schickte Ybbas zum Spionieren nach nebenan. Zu ihrer Verteidigung sagte sie sich, dass Mijnheer verletzt war und Ruhe brauchte. Wenn sein Besuch allzu anstrengend erschien, wollte sie so tun, als träte sie gerade ein, und würde die Dame hinauskomplimentieren. Und nein, das hatte nichts mit Eifersucht zu tun!

Ybbas verschmolz mit der Umgebung und trappelte davon. Annik blinzelte und schloss die Augen, wartete, bis sie seine Eindrücke empfing, und dirigierte ihn dann an eine Stelle, von der aus sie alles gut sehen und hören konnte. Vorsichtshalber hielt sie den Vertrauten außerhalb des Sichtfeldes der Besucherin. Es war wenig wahrscheinlich, dass es sich bei ihr um eine Hexe handelte, aber man konnte nie wissen …

Ybbas hangelte sich auf eine Stuhllehne und brachte sich dort in Position. Seine Nüstern weiteten sich, sogen den schweren, süßen Duft von Rosen ein, der den Raum füllte.

Annik hockte still hinter der Tür und konzentrierte sich. Sie brauchte wie immer einige Atemzüge, bis sie sich an die seltsame Sicht aus den Kugelaugen des Chamäleons gewöhnt hatte, aber während sich ihre Sinne darauf einstellten, lauschte sie der leisen Unterhaltung.

Die Frau war groß, beinahe so groß wie Gabriel. Beide standen am Fenster, Gabriel lehnte am Fensterbrett, und das abendliche Sonnenlicht zauberte eine rötliche Gloriole um sein aschblondes Haar.

Viel auffälliger war aber das feurig rot leuchtende Haar seiner Besucherin. Selbst in Ybbas' eingeschränkter Farbsicht flammte es wie Herbstlaub und lodernde Glut. Sie trug ein altmodisch anmutendes, knöchellanges Kleid aus grüner Seide. Eine ihrer schmalen, weißen Hände ruhte in einer zärtlichen Geste auf Gabriels Brust. Die Haltung der beiden strahlte Vertraulichkeit und Intimität aus, die von einer engen und langen Verbindung zeugte.

Annik schluckte schwer und ballte die Fäuste. Es war nicht richtig, die beiden zu belauschen. Es war ganz und gar nicht richtig.

Sie hörte zu.

»... du warst doch noch nie ein Schwächling«, sagte die Frau gerade. Ihre Stimme war dunkel und süß wie Honig. »Gabriel, Liebster. Ich ertrage es nicht, dich so verzagt zu sehen. Haltung, ich bitte dich. Contenance!«

Annik konnte sein Gesicht erkennen, das streng, blass und angespannt war. »Ich habe keine Kraft mehr, Miranda«, sagte er so leise, dass selbst Ybbas' empfindliches Gehör Mühe hatte, seine Worte zu verstehen. »Wäre es nicht besser für uns alle, wenn du uns die Freiheit gäbest?«

»Freiheit«, sagte sie bitter und legte die Stirn an seine Brust. »Welche Freiheit meinst du? Die ewige Nacht, die unendliche Dunkelheit? Das wartet auf uns, Liebster. Ich bin dazu nicht bereit.«

Er stand starr da, Annik sah durch Ybbas' Augen, wie seine unverletzte Hand sich um das Fensterbrett krampfte. »Nein«, sagte er nach einer Weile rau. »Nein, Miranda. Erwarte das nicht von mir. Ich will nur noch eines: das Ende!«

Annik hielt den Atem an. Die Tragik in seinen Worten, seiner Haltung, seiner Miene drückte ihr die Kehle zu. Was würde die Frau, Miranda, darauf erwidern?

Ein Lachen wie das Gurren einer Taube, lockend und verheißungsvoll, brach die Stille nach seinen Worten. Miranda richtete sich auf und legte ihre Hände um sein Gesicht, zog seinen Kopf zu sich herunter und küsste ihn.

Annik knetete ihre Hände. Der Kuss dauerte ewig. Zuerst schien Gabriel sich zu sträuben, aber nach einer Weile gab er den Widerstand auf und legte seine Arme um die Frau.

Annik knirschte mit den Zähnen. In ihrem Inneren brannte der Schmerz über diesen Verrat, aber das war kindisch, dumm, albern. Sie war doch gar nicht verliebt, sie konnte Gabriel doch eigentlich gar nicht mal leiden, diesen arroganten, eiskalten Mistkerl!

Der so wunderschöne, strahlende Augen hatte wie Rafael, ein kleines, süßes Lächeln, das wunderbar auf Elias' zartes Gesicht gepasst hätte, so weiches Haar und eine so zärtliche, dunkle Stimme wie Daniel, so zärtlich wie seine Berührung …

Annik schluckte den Kloß in ihrem Hals hinunter und wollte Ybbas das Signal zum Rückzug geben, da hörte sie das Flüstern der Frau: »Du willst sie doch, Gabriel. Ich habe dein Gesicht gesehen, wenn du sie anblickst. Du bist scharf auf sie, du willst sie besitzen. Ich kenne dich so gut, wie du dich selbst kennst; nein, besser! Vergiss das nie!«

»Dummes Zeug«, wehrte er müde ab und schob sie von sich. Seine verbundene Hand hinterließ dunkle Flecken auf der grünen Seide ihres Kleides. Sein Verband musste durchgeblutet sein.

»Dummes Zeug?« Miranda lachte ihr schönes, weiches Lachen. »Wen willst du täuschen, dich oder mich? Ich habe dein Gerede gehört, ›gerupftes Huhn‹, ›dürres, struppiges Ding, schickt sie nach Hause‹ … aber, Liebster, ich habe auch deinen

Blick gesehen, mit dem du sie beinahe ausgezogen hast. Du brennst vor Verlangen nach ihr. Du träumst von ihr, deine Hände kribbeln vor Begierde, sie zu berühren, du willst sie, du willst sie besitzen, ganz und gar. Sie verschlingen, dich von ihr nähren, ihre Lebenskraft wird uns alle nähren …« Ihre Worte wurden zu einem hypnotischen Summen.

Annik befahl Ybbas, sich auf die andere Seite zu begeben, damit sie sehen konnte, was Miranda dort tat.

Der Gny gehorchte und richtete seinen Blick auf die beiden.

Annik fuhr auf, Schamröte brannte heiß in ihrem Gesicht. »Komm zurück«, befahl sie Ybbas. Er gehorchte augenblicklich, aber bei seiner Durchquerung des Zimmers geriet ein kleiner, schwarzer Hund in sein Blickfeld. Ein Schoßhündchen, das zu einer eleganten Dame passte wie ein schöner Hut oder eine Handtasche.

Der kleine Hund lag in Ybbas' Weg. Er öffnete träge die Augen, die gelb waren wie die einer Möwe, richtete sich auf und begann zu knurren. Sein Knurren klang wie das einer großen, gefährlichen Dogge.

Das war kein Schoßhund, das war ein Vertrauter! Annik sog zischend den Atem durch die Zähne und vergaß alle Vorsicht, als sie durch den Türspalt spähte. Miranda war eine Hexe!

»Ybb«, zischelte sie, »unter die Fußbank!« Dort würde selbst ein so kleiner Hund nicht drunterpassen.

Der Gny schlug einen Haken und versuchte zu entkommen, aber der kleine Hund war schneller. Er schnitt Ybbas den Weg ab und senkte angriffslustig den Kopf. Seine Zähne waren weiß und sehr spitz.

Ybbas bremste schlitternd und spreizte die Vorderbeine. Mit einem Geräusch, wie Annik es noch nie zuvor gehört hatte, richtete er seinen Nackenkamm auf, holte tief Luft und spie Feuer.

Annik konnte kaum glauben, was sie sah. Das hatte Ybbas noch nie zuvor getan und sie hatte nicht gewusst, dass er dazu in der Lage war. Sie presste die Faust vor den Mund, um sich nicht durch einen Aufschrei zu verraten.

Der Gny-Hund duckte sich unter der Flamme weg, sein Fell begann zu rauchen. Er kläffte kurz und schrill und trat den Rückzug an.

Miranda löste sich mit einer trägen Bewegung von Gabriel und drehte sich um. »Azaz, was hast du?«, rief sie ihren Gny. »Komm zu Mama, mein Kleiner. Was hast du gemacht, hast du dich mit einem Drachen angelegt? Dummer kleiner Junge.« Sie lachte und ihr Blick flog zur Tür.

Annik fuhr zurück und drückte sich an die Wand. Sie hatte dieses schöne, hochmütige Gesicht schon einmal gesehen, diese grünen Katzenaugen … das war die Frau aus dem Spiegel!

Hatte die Frau sie gesehen? Annik atmete flach und bewegte sich nicht. Vorsichtig schlüpfte sie in Ybbas' Kopf und sah sich mit seinen Augen um. Der Hund hatte sich zu Füßen seiner Herrin niedergelegt und leckte seine Pfoten, als wäre er eine Katze. Miranda wandte ihre Aufmerksamkeit wieder Gabriel zu, der von dem Zwischenfall nichts bemerkt zu haben schien. Er stand wie erstarrt immer noch am Fenster, seine Augen waren geschlossen. Das Fensterbrett, an dem er sich festgeklammert hatte, war blutverschmiert.

Miranda weckte ihn mit einem kleinen Klaps auf die Wange. »Sind wir uns einig?«, fragte sie sanft. »Das Mädchen ist nur aus einem einzigen Grund hier, mein Liebling. Wir können uns keine Skrupel und keine Empfindlichkeiten leisten. Sieh dich doch um. Du darfst keinen Tag länger zögern, hörst du?« Sie nahm sein Gesicht zwischen ihre Hände.

Gabriels Blick war verschwommen und trüb. Er nickte langsam, flüsterte: »Ja, Miranda. Ich habe dich gehört.«

»Sehr gut.« Sie gab ihm einen Kuss auf die Wange. »Du bist ein guter Junge.«

Annik flüchtete aus dem Zimmer. Sie rannte den Korridor hinunter und rettete sich in die Halle, wo sie beinahe über einen der Schutthaufen gestürzt wäre.

Ybbas flitzte wie ein Schemen neben ihr her. Annik blieb stehen, die Hände auf die Knie gestützt, und holte keuchend Luft. »Wo-woher hattest du diesen Feuertrick?«, wollte sie wissen.

Ein Bild blitzte vor ihrem inneren Auge auf: zwei Drachen, die mit weit ausgebreiteten Schwingen hoch in der Luft miteinander kämpften und dabei Feuer spien. Das Bild, das sie im Ostflügel betrachtet hatte! Annik musterte den kleinen Gny voller Achtung. Er verfügte offensichtlich über Anpassungs- und Nachahmungsfähigkeiten, von denen sie nichts wusste.

Sie sank langsam in die Hocke und stützte das Gesicht in die Hände. Der beobachtete Vorfall hatte sie in ihren Grundfesten erschüttert.

Was hatte die Hexe von Gabriel verlangt? Er sollte etwas mit Annik tun, etwas …

Annik verbot sich jeden weiteren Gedanken, weil es sie einerseits schmerzte, andererseits vor Scham schüttelte. Sie hatte geglaubt, dass er ihr Zuneigung entgegenbrachte. Wie hatte sie so naiv sein können? Das alles war ein abgekartetes Spiel, eingefädelt von Miranda, um etwas zu erreichen. Aber was?

Annik beruhigte ihren Atem und zwang sich, kühl über das Ganze nachzudenken. Ihr Verdacht, dass eine Hexe in diesem Haus wirkte, dass sie den Hausherrn und alle anderen mit einem Spiegelbann belegt hatte, schien sich zu bewahrheiten. Völlig falsch hatte sie aber offenbar mit der Vermutung gelegen, dass diese Hexe sich in ihren eigenen Bannfluch verwickelt und den Zauber verdorben hatte. Miranda wirkte sehr kraftvoll, sehr dominant und voller Leben.

Annik hob den Kopf und blinzelte eine Träne weg. Sie tappte immer noch im Dunkeln, was sie mehr als alles andere hasste. Wie hing das alles mit Elias' verstörtem Verhalten, mit Daniels entstelltem Gesicht, mit Rafaels eigenartigem Hilferuf zusammen? Sie verstand es nicht, sie konnte einfach nicht erkennen, was das alles zu bedeuten hatte.

Entschlossen stand sie auf und stolperte über Schutt und zersprungene Fliesen zurück in den Küchentrakt, durch die verlassene Küche hindurch und hinaus in den Park. Hier draußen erschien alles noch normal und lebendig. Es tat gut, die seltsame Gruft, zu der das Haus mutierte, hinter sich zu lassen und die frische, rosenduftende Luft einzuatmen.

38

Die Luft war warm und geschwängert vom Duft der Rosen. Annik hätte sich in jeder anderen Nacht daran erfreut, aber heute erschien ihr das süße Aroma zu üppig, beinahe Übelkeit erregend schwer.

Sie lief blindlings in den Park hinein, ließ den Rosengarten mit seinen schwülen Düften hinter sich und tauchte in das kühle, moosige Dunkel des kleinen Wäldchens ein. Der Boden federte unter ihren Schritten, es war totenstill.

Das Weinen war so gedämpft, dass es ihr erst nach einer Weile richtig bewusst wurde. Sie blieb stehen und lauschte, um herauszufinden, aus welcher Richtung es kam. Dann hielt sie zielstrebig darauf zu. »Lauf voran«, sagte sie zu Ybbas. »Sieh dich um, aber pass auf, dass du niemanden erschreckst.« In diesem Haus waren zu viele Menschen mit Hexensinnen. Annik schüttelte den Kopf. Ein Rätsel mehr auf der sich stetig verlängernden Liste.

Ybbas verschwand lautlos im Unterholz. Annik klinkte sich in seine Wahrnehmungen ein, ohne ihnen große Aufmerksamkeit zu schenken. Bis er auf etwas Interessantes stieß, wollte sie sich lieber auf ihre eigenen Sinne verlassen.

Das Weinen wurde lauter, als sie sich ihm näherte. Jemand schluchzte dort so kläglich, so untröstlich, dass es Annik schauderte. Heute würde sie sich durch nichts und niemanden davon abhalten lassen, dem Ursprung dieses herzzerreißenden Geräuschs auf die Spur zu kommen.

Dann trat sie aus der Düsternis des Waldes auf eine mondbeschienene Lichtung. Vor ihr lag weiß schimmernd das Mausoleum.

Sie überquerte die Lichtung mit langsamen Schritten. Ybbas schien immer noch den Wald zu durchsuchen, aber sie konnte deutlich hören, dass das Weinen aus dem Gebäude drang.

Leise ging sie die Stufen hoch und stand vor der weit geöffneten Tür. Das Mondlicht erhellte den vorderen Teil des Raumes, der sich nach hinten im Dämmerlicht einiger Kerzen verlor, die stetig, ohne zu flackern, auf steinernen Sockeln brannten.

Als sie den ersten Schritt in das Innere des Mausoleums tat, verstummte das Weinen wie abgeschnitten.

Sie konnte auf den ersten Blick niemanden entdecken, der lang gestreckte Raum schien leer zu sein bis auf die Marmorsockel, die die Wände säumten, und die Kerzen.

Neugierig trat sie an die ersten Sockel heran und las die Tafeln, die daran befestigt waren. Jahreszahlen, Namen und Inschriften zeigten, dass dies die Familiengruft der van Leuvens war. Sie hatte sich immer vorgestellt, dass hier Sarkophage standen oder Grabstellen in den Boden eingelassen waren, aber anscheinend wurden die Toten dieser Familie dem Feuer übergeben und dann in den schlichten Urnen bestattet, die auf den Sockeln standen.

Annik verschränkte fröstelnd die Arme. Sie schritt die Reihe ab, las die Jahreszahlen und verharrte schließlich vor einer Urne, an deren Fuß ein leuchtender Strauß rosafarbener Rosen lag. Frische Rosen, noch feucht vom Tau. Annik berührte ein samtiges Blütenblatt und las die Inschrift auf dem Sockel: »Elaine van Leuven, 1766 – 1801, geliebte Mutter und Gattin«.

Annik runzelte die Stirn. Warum sollte jemand die Grabstelle einer Frau, die schon seit zweihundert Jahren tot war, mit frischen Rosen schmücken?

Der Marmorsockel daneben war der eines Mannes. »Rafael Daniel van Leuven«, stand dort zu lesen. Annik fröstelte. Sie riss ihren Blick von dem Namen los und richtete ihn auf die Grabinschriften der anderen Sockel. Anscheinend war es in der Familie üblich, eine kleine Anzahl von Vornamen für die männlichen Nachkommen zu variieren. Sie sah unzählige Daniels, Gabriels und Rafaels.

Etwas beruhigt widmete sie sich wieder dem Rafael van Leuven, der neben Elaine zur Ruhe gebettet worden war. Den Jahreszahlen auf der Tafel nach zu urteilen, war er ihr Ehemann gewesen.

»Vater und geliebter Gatte«, las sie, und ein Sterbedatum, das sechs Jahre nach dem seiner Frau lag. Er war deutlich älter gewesen als sie. Vor seiner Urne lagen keine Blumen.

Anniks Blick flog nach rechts. Dort war ein »Gabriel van Leuven« bestattet, der wahrscheinlich der Vater des Mannes gewesen war, vor dessen Grabstätte sie stand. Unter seinem Namen und den Daten stand nur: »Held von Brügge«.

Annik machte unwillkürlich einen Schritt zurück. Zahlen und Daten ratterten durch ihren Kopf. Natürlich, das waren die beiden schrecklichen Mörder ihres Volkes, friedlich vereint im Tode, Seite an Seite, umgeben von ihren Lieben.

Annik wurde es übel. Sie musste den Impuls unterdrücken, die Urnen von ihren Sockeln zu reißen und die Asche zu verstreuen. Sie presste die Hände zusammen und zwang sich, die Reihe der Urnen weiter abzuschreiten. Nach Rafael und Elaine mussten ihre Nachkommen folgen – diejenigen, die in der Familienchronik so schamhaft verschwiegen worden waren.

Der Sockel neben Elaine war leer, auf ihm lag ein Bündel Disteln und stacheliger Ranken. Annik musterte das hässliche Gebinde befremdet und sah den übernächsten Sockel an. Eine Urne, ein Schild, ein kleiner Strauß frischer dunkelroter Rosen.

»Konstanze van Leuven, geliebtes Weib«, stand auf dem Schild. Die Jahreszahlen waren erschreckend: 1792–1811. Konstanze war so alt gewesen wie Annik, als sie starb!

Die Urne daneben war kleiner als die anderen, der Rosenstrauß vor ihr aus winzigen weißen Röschen und so frisch wie die anderen beiden. Anniks Gänsehaut wuchs, als sie das Schild las: »Elias Rafael van Leuven, 1811. Ruhe in den Armen der Engel, geliebter Sohn.«

Wie schrecklich. Wie ganz und gar schrecklich. Annik wandte sich heftig ab, Tränen in den Augen. Konstanze und ihr Kind waren wahrscheinlich bei der Geburt gestorben.

Sie fragte sich, wo der Ehemann und Vater beerdigt sein mochte. Der freie Sockel war sicherlich für ihn gedacht gewesen. Sie wusste aus der Familienchronik, dass Gabriel van Leuven 1815 gestorben war. War niemand mehr da gewesen, der ihn hier an der Seite seiner Familie hätte beisetzen können?

Und wer schmückte diese Urnen mit Rosen und weinte nachts im Angesicht der Toten?

Sie ging gedankenverloren weiter an den Marmorsockeln entlang. Anscheinend hatte der Erbauer des Mausoleums mit einer Fortdauer der Familie gerechnet, aber wie es aussah, waren die van Leuvens mit Gabriel ausgestorben. Oder hatte man sie nur nicht mehr hier im Mausoleum beigesetzt?

Annik blieb stehen und sah sich um. Im Schatten regte sich etwas. »Hallo?«, rief sie leise. »Entschuldigen Sie mein Eindringen. Ich hatte etwas gehört und wollte nachsehen …« Sie verstummte. Ganz offensichtlich stand dort jemand im tiefen Schatten zwischen zwei Sockeln und sah sie an. Sie konnte nur seine Umrisse sehen und den hellen Schimmer seines Haars. »Daniel?«, fragte sie.

Der Mann bewegte sich nicht.

»Daniel«, sagte sie lauter und machte einen Schritt auf ihn zu.

»Ich habe dich gestört, das wollte ich nicht. Die Rosen sind wunderschön …« Sie stockte, denn die Gestalt wich stumm vor ihr zurück. Annik blieb stehen. »Soll ich gehen?«, fragte sie verunsichert.

Ein Flüstern, leise wie der Hauch eines Lüftchens, das zart durch Laub wispert, drang an ihr Ohr: »Rette mich.« Oder war es: »Rette dich«?

Annik streckte die Hand aus. »Ich möchte dir helfen«, sagte sie. »Du weinst jede Nacht hier vor den Toten. Warum schmerzt es dich so?«

Ein leises Seufzen, dann war die Dunkelheit vor ihr leer. Annik schauderte. Es war also ein Phainomenon gewesen, kein Mensch aus Fleisch und Blut? Hätte sie das nicht spüren müssen? Aber wer sonst sollte hier spuken als der Geist eines der Verstorbenen, der seine Liebsten betrauerte?

Und ihnen frische Rosen brachte. Annik schüttelte den Kopf. Nein, das hatte eine Hand aus Fleisch und Blut getan.

Sie wandte sich zur Tür, und hinter ihr erloschen die Kerzen mit einem Flackern, als hätte sie ein unspürbarer Luftzug ausgepustet.

Annik ging unwillkürlich schneller, von dem Gedanken überrascht, dass die Tür genauso von Geisterhand ins Schloss fallen könnte und sie hier eingesperrt wäre. Sie überschritt die Schwelle und atmete die warme, duftende Luft ein.

Die Tür schlug hinter ihr mit einem dumpfen Geräusch ins Schloss. Annik wurden die Knie weich und sie stieß den Atem aus. »Beim Gehörnten«, rief sie unwillkürlich.

Sie stieg die Treppe hinunter und suchte im Geiste nach Ybbas. Der Gny schien sich irgendwo im Wald verlaufen zu haben. Dieser Park hatte etwas an sich, das ihren Vertrauten die Orientierung verlieren ließ. »Komm zurück«, dachte sie und wandte sich dem Weg zum Haus zu.

Nach wenigen Schritten im Dunkel der Bäume stieß sie unsanft mit jemandem zusammen, der geistesgegenwärtig seine Arme um sie schloss und sie vor einem Sturz bewahrte. Annik wurde an eine kräftige, in weichen Stoff gehüllte Brust gedrückt, die nach Seife und Hölzern duftete.

»Also warst du es doch?«, rief sie empört aus und strampelte, um sich frei zu machen. Sie verspürte ein heftiges Déjà-vu-Gefühl. Hatte sie diese Situation nicht genau so schon einmal erlebt?

Der Griff verfestigte sich, die Umarmung wurde enger.

»Was war ich doch?«, flüsterte er ihr ins Ohr.

»Dort drinnen bei den Urnen«, sagte sie und überließ sich der Umarmung, die so wärmend und beschützend war. Für diesen Moment vergaß sie die schreckliche Verunstaltung seines Gesichtes, nein, sie war ihr gleichgültig. Das Déjà-vu verflog. »Daniel, du hast mich zu Tode erschreckt.«

»Hat er das?« Die Stimme klang amüsiert.

Annik verharrte einen Moment lang reglos, dann stemmte sie ihre Hände gegen seine Brust und schob ihn weg. »Gabriel«, sagte sie und versuchte, sein Gesicht in der Dunkelheit zu erkennen. »Du warst doch mit … was läufst du hier draußen herum mit deinem blutigen Verband?«

Er lachte auf und reichte ihr die verletzte Hand. »Verband?«, fragte er spöttisch. »Warum sollte ich mit einem Verband herumlaufen, wegen dieses harmlosen Kratzers?«

Sie befühlte die Hand und ertastete ein wenig Schorf auf der Handfläche, der keineswegs von den Schnittwunden übrig geblieben sein konnte, die sie verbunden hatte. Die Wunde fühlte sich an wie eine beinahe vollkommen verheilte Abschürfung, nicht mehr.

Annik presste die Lippen aufeinander. Miranda schien ein wenig mehr im Repertoire zu haben als nur Gurren und Schnurren.

»Du machst dich über mich lustig«, sagte sie. »Bitte, nur zu. Such dir das nächste Mal eine andere Idiotin, die dir hilft.« Sie wandte sich heftig ab.

Er griff nach ihrem Ellbogen und hielt sie fest. »Ich muss dich um Verzeihung bitten«, sagte er versöhnlich. »Sei nicht böse, Bella. Ich war nur so überrascht, dich hier zu finden. Gab es nicht die Regel, dass der Park nach Sonnenuntergang für die Angestellten tabu ist?«

Annik rümpfte die Nase. »Davon weiß ich nichts«, gab sie patzig zurück und riss ihren Ellbogen aus seinem Griff. »Aber ich habe den zarten Hinweis verstanden, Mijnheer, und ziehe mich mit Ihrer Erlaubnis in mein Zimmer zurück.«

Er seufzte demonstrativ und schnappte wieder nach ihr, hielt sie an der Schulter fest. »Ich sage immer genau das Falsche, scheint mir. Und du bist aus irgendeinem Grund richtig, richtig wütend auf mich. Was habe ich verbrochen?«

Du hast mit dieser grünäugigen Schönheit herumgemacht, dachte Annik und schämte sich sogleich. Es ging sie nichts an, mit wem ihr Arbeitgeber … nun ja … turtelte.

»Ich bin nicht wütend«, sagte sie nicht ganz wahrheitsgemäß. »Ich habe mich nur erschreckt. Da war dieses Weinen, dem ich gefolgt bin, und ich dachte, als du mich festgehalten hast, dass du es warst.«

»Weinen? Ich?«

»Ja, jetzt, wo ich es ausspreche, erkenne ich selbst, wie albern und absurd das klingt«, fauchte Annik. »Ich habe für einen Moment völlig vergessen, dass Mijnheer keine Gefühle hat. Mijnheer ist ein Eisschrank auf Beinen. Und jetzt lass mich los!«

Er tat nichts dergleichen. Statt sie gehen zu lassen, nahm er seine zweite Hand zu Hilfe und zog Annik wieder an seine Brust. »Kleines, störrisches Biest«, murmelte er und berührte ihre Stirn mit den Lippen. »Zornig, stachelig, bissig und mit einer spitzen Zunge, die weiß, wie man zusticht …«

»Und ein struppiges, mageres und hässliches Huhn«, zischte Annik und strampelte weiter.

Er ließ nicht los. »Nein.« Seine Lippen streiften ihr Ohr und wisperten über ihren Wangenknochen. »Nein, das bist du nicht. Du bist exquisit, eine Schönheit, die sich erst auf den zweiten Blick so ganz erschließt.«

»Ach Quatsch.« Ihre Gegenwehr erlahmte angesichts des Komplimentes, aber noch mehr unter der Zärtlichkeit seiner Berührung. Kurz zog sie eine Kapitulation in Betracht, aber noch sträubte sich ihr verletzter Stolz dagegen, die weiße Flagge zu hissen.

»Wenn du es nicht warst, wer war es dann? Es war ein Mann, er hatte deine Statur und Haarfarbe. Und er hat deine kostbaren Rosen gepflückt.«

Gabriel stand still. Sein Atem streichelte ihre Schläfe. »Du warst im Mausoleum?« Seine Stimme klang scharf.

»Ja, ich war drin. Und ich habe die Grabstätten gesehen.« Sie hob den Kopf, versuchte, seinen Gesichtsausdruck zu erkennen, aber dazu war es zu dunkel. »Wo sind deine Großeltern und deine Eltern bestattet?«, fragte sie. »Oder leben sie noch?«

Er antwortete nicht. Nach einer Weile murmelte er: »Lass es. Ich werde dir nicht antworten.«

Annik seufzte leise. »Die arme Frau«, sagte sie, in Gedanken bei den letzten beiden Urnen, »so jung zu sterben.«

Sein Körper wurde starr vor Anspannung. »Ja«, sagte er kurz. »Tragisch.« Er ließ sie los. »Du wolltest doch ins Haus zurückgehen«, sagte er schroff. »Dann lauf.«

Die Kälte in seiner Stimme war wie ein eisiger Guss Wasser. Annik schüttelte sich kurz und drehte sich grußlos auf dem Absatz herum. Und dieses Mal hielt er sie nicht zurück.

39

Erst auf dem Rückweg durch den nächtlichen Park fiel Annik auf, dass sie an diesem Tag einige Stunden verloren haben musste. Sie war am frühen Abend zu Gabriel gegangen, mit ihrer albernen Flasche Apfelsaft unter dem Arm, sie hatte sein Tête-à-tête mit Miranda belauscht und war dann aus dem Haus geflüchtet – hinein in die tiefe Nacht. Wo waren die Abendstunden geblieben? Hatte Miranda sie mit einem Bann belegt, dass sie die Zeit verdämmert hatte, ohne zu bemerken, wie die Stunden verstrichen? Das war ein beängstigender Gedanke.

Sie stand vor der Rückseite des Hauses und sah an der Fassade empor. Viele der Fenster schienen zersprungen zu sein, und im Licht des Mondes, das alles in einen unwirklich silbernen Schein tauchte, erschienen die unversehrten Fensterscheiben blind und trüb. Was ging hier vor sich? Der Zauber, der hier wirkte, war beängstigend, und Annik verstand sich selbst nicht, dass sie den ganzen Tag mit solcher Selbstverständlichkeit über all den voranschreitenden Verfall und das geisterhaft leere Haus hinweggesehen hatte. Jetzt, wo sie hier stand und alles von außen betrachtete, packte sie die Angst mit scharfen Klauen. Irgendetwas Böses war im Gange und sie befand sich im Zentrum des Geschehens.

Die Vernunft siegte über die Panik. Es gab keinen Hinweis darauf, dass ihr unmittelbare Gefahr drohte. Sie sollte einfach zu Bett gehen, sich morgen von Elias verabschieden und ihren freien Tag antreten. Zu Hause konnte sie sich Rat von ihrem Vater und ihren Schwestern holen. Sie hatte eine Aufgabe gestellt bekommen, und ihr Studienplatz hing davon ab, wie sie diese bewältigte. Sie war kein Feigling, sie würde nicht davonrennen, nur weil ein Haus mit einem Spiegelfluch kontaminiert worden war. Es war ihre Aufgabe, dieses Problem zu lösen, und das würde sie auch tun.

Mit dieser Aufmunterung für ihr zitterndes Ich betrat sie das Haus und kehrte in ihr Zimmer zurück. Als sie die Tür öffnete, überfiel sie eine Wolke aus Rosenduft, der wie ein eingesperrtes Tier hinter der Tür auf sie gelauert hatte. Annik schnappte nach Luft und ging zum Fenster, um es aufzustoßen. Dann machte sie Licht und erstarrte.

Das Zimmer war förmlich in Rosen getaucht. Ein Meer, eine Wolke von weißen Rosenblüten füllte das Zimmer mit Duft und samtig-kühler Schönheit.

Annik stand reglos inmitten dieser Pracht und schwankte zwischen Lachen und Schock. Das war zu viel, um nur eine romantische Geste zu sein, es war ein Überfall, ein Angriff, eine Kriegserklärung.

Sie raffte ihr Bettzeug zusammen, fest entschlossen, die Nacht auf einem der bequemen Sofas in der Bibliothek zu verbringen.

Mit dem Bündel unter dem Arm ging sie zur Tür und fand diese versperrt – nicht durch Schloss und Riegel, sondern von Gabriel, der in der Türöffnung stand und Annik anblickte.

Annik ließ vor Schreck beinahe das Bettzeug fallen. »Meine Güte«, stieß sie aus.

»Bella«, sagte er und trat vollends ins Zimmer. Er schloss die Tür hinter sich und lehnte sich dagegen. »Vergib mir.«

»Gabriel«, sagte sie hilflos und ließ Decke und Kissen aus ihren Armen rutschen. »Was willst du von mir?«

Er trat auf sie zu und griff mit beiden Händen in ihr Haar, zog ihren Kopf zu sich und vergrub sein Gesicht in ihren Haaren. »Bella«, wiederholte er erstickt.

Annik schmolz wie Butter bei diesem sehnsüchtigen, zärtlichen Wort. So hatte ihre Mutter sie genannt, Bella. Als einzige der drei Töchter, die doch alle »Bella« waren. Vielleicht hatte sie das getan, weil Annabelle das hässliche Entchen, die kleinste und unansehnlichste ihrer Töchter gewesen war, aber was auch immer ihre Gründe gewesen waren, Annik hatte diesen Namen geliebt. Und ihn vermisst … bis heute.

Sie hob ihre Arme und legte ihre Hände um seinen Nacken. »Gabriel«, flüsterte sie nicht minder sehnsüchtig und zärtlich.

Er hob den Kopf und suchte nach ihrem Mund. Annik kam ihm mit einem winzigen Seufzen entgegen und erwiderte seinen Kuss. Ihre Hände glitten über seine Schultern und tasteten über seinen Rücken und die festen Muskeln, die darin spielten. Wenn sie die Augen schloss, glich er Daniel ganz und gar, und gleichzeitig fühlte er sich vollkommen anders an. Es war verwirrend, aber sie drängte das verstörende Gefühl beiseite und genoss den Moment.

Gabriel liebkoste ihr Gesicht und ihren Hals mit seinen Lippen, seine Hände nestelten an ihrem Shirt, glitten darunter. Seine Hände waren warm und zogen eine Spur brennender Hitze über ihre Haut.

Annik genoss seine zärtlichen Berührungen und trank seine Küsse wie eine Verdurstende. Sie schmeckten nach Karamell und rauchigem Brandy mit einer Beimischung von Kupfer, die unangenehm gewesen wäre, wäre sie deutlicher gewesen.

»Warum?«, fragte sie und ließ schwindelig und außer Atem die Stirn an seine Brust sinken. Sie wusste selbst nicht, was sie ihn fragen wollte. Warum bin ich hier? Warum bist du gekommen? Was verbirgt sich hinter alldem?

Seine große Hand legte sich sanft um ihren Hinterkopf und drückte sie an seine Brust. »Ich war schroff und unfreundlich zu dir«, sagte er und schien so unbeholfen nach Worten zu suchen wie Rafael.

Annik schmiegte sich in seine Umarmung. »Das warst du«, murmelte sie. Ihre Lider waren schwer, der betäubend süße Rosenduft benebelte ihre Sinne. »Hast du deshalb mein Zimmer in ein Grabmal verwandelt mit all den Rosen?«

Er versteifte sich, ein tiefer, zitternder Atemzug floss durch seinen angespannten Körper. »Es gefällt dir nicht?«

Annik hob den Kopf und musterte ihn. In seinen Augen lag tiefe, verzweifelte Dunkelheit, die ihr das Herz zu brechen drohte. »Es ist wunderschön«, sagte sie. »Aber all diese schönen Rosen werden nun sterben und hätten doch draußen noch lange geblüht ...«

Er schloss die Augen, und sein Mund verzerrte sich, als wollte er weinen. Er atmete wieder ein und aus, sog den schweren Rosenduft tief in seine Lungen und bedeckte wortlos ihre Lippen mit seinem Mund. Sie schmeckte die Rosen auf seiner Zunge.

Er schob sie vorwärts, bis sie an die Bettkante stieß. Sie ließ sich hinunterdrücken und zog Gabriel mit sich.

Seine Berührungen und Küsse wurden verlangender, fordernder, leidenschaftlicher. Ein Teil von ihr stand wie eine unbeteiligte Beobachterin neben dem Geschehen, sah fassungslos zu und machte dennoch keine Anstalten, sich einzuschalten und ihrem Tun Einhalt zu gebieten.

Das sieht dir nicht ähnlich, flüsterte ein schwacher Widerstand in ihr. *Du stürzt dich nicht Hals über Kopf in eine Liebesaffäre. Nicht hier. Nicht in diesem Haus, mit Elias' Vater. Etwas ist falsch, ganz und gar falsch.*

Sie fühlte sich mit einer Macht zu ihm hingezogen, die ihr beinahe unheimlich war, die Empfindung hatte etwas Fiebriges und Drängendes, das nichts mit ihrer sonstigen Besonnenheit zu tun hatte. Sie war wie berauscht, und das war kein ganz und gar unangenehmes Gefühl, aber es machte ihr Angst.

Gabriel zerrte das T-Shirt über ihren Kopf und warf es auf den Boden. »Schöne Bella«, murmelte er und stützte sich auf, um sie aus verschleierten Augen zu betrachten. »Schön wie die Nacht …« Er senkte den Kopf und zog eine heiße Spur von Küssen über ihren Körper.

Annik schnappte nach Luft und hob die Hände, stemmte sie gegen seine Brust und sagte erstickt: »Halt. Das ist nicht richtig, wir sollten das nicht tun.«

»Wer soll es uns verbieten?«, fragte er und küsste ihren Hals und ihren Mundwinkel.

Annik keuchte und rollte sich zur Seite, schob sich unter ihm hervor und blieb schwer atmend auf der Kante des Bettes sitzen, wandte ihm den Rücken zu und fischte nach ihrem T-Shirt. »Nein«, sagte sie entschiedener als vorher. »Nein, Gabriel. Nicht jetzt, nicht hier. Geh, bitte.«

Er hockte hinter ihr, starr und angespannt wie ein Bogen mit angelegtem Pfeil und gezogener Sehne. »Du schickst mich fort?«, fragte er. Seine Stimme klang gepresst, ein seltsamer Unterton schwang darin mit. Wenn es nicht so absurd gewesen wäre, hätte sie ihn für Erleichterung gehalten.

»Ich schicke dich fort«, bestätigte sie rau. »Ich … ich fühle mich zu sehr zu dir hingezogen, um einen klaren Kopf zu bekommen. Lass uns nicht etwas überstürzen, was wir nachher beide bereuen. Ich bin deine Angestellte und lebe in deinem Haus, das macht mir ein ungutes Gefühl. Ich möchte darüber in Ruhe nachdenken.« Nun wandte sie den Kopf und sah ihn an. Sein Gesicht trug die undurchdringliche Maske zur Schau, die kein Gefühl erkennen ließ, aber seine Augen glühten in einem inneren Feuer. Er sah sie unverwandt an. »Du schickst mich fort«, wiederholte er. Er senkte den Kopf und ein tiefer Atemzug hob seine Brust. Seine Haltung drückte Resignation aus und so etwas wie Ergebenheit in ein unabwendbares Schicksal. »Dann soll es so sein«, fügte er leise hinzu. »Vielleicht ist es das Beste. Nein, ganz sicher ist es so.« Er schob sich an ihr vorbei und stand auf, knöpfte mit dem Rücken zu ihr stehend sein Hemd zu.

Annik streckte die Hand aus und berührte sacht seinen Arm. Er strahlte eine so unendliche Einsamkeit aus, die ihren Entschluss beinahe ins Wanken brachte.

»Gabriel«, sagte sie weich, »gib mir nur ein wenig Zeit. Ich bin einfach noch nicht bereit dazu. In ein paar Tagen, wenn wir …«

Er lachte, kurz und schroff. »Nun, wir werden sehen, was in ein paar Tagen ist, nicht wahr?«, sagte er und ging zur Tür. »Leb wohl, Bella.«

»Was war das?«, fragte sie sich halblaut, als die Tür ins Schloss fiel. »Ihr Götter, was *war* das?«

Ihr Impuls, sich zum Schlafen in die Bibliothek zu begeben, war verflogen. Sie klaubte ihr Bettzeug auf und warf es zurück aufs Bett.

Der Schlaf war tief und traumlos, sie schlief wie betäubt und erwachte mit schwerem Kopf in der Morgendämmerung. Die Luft in ihrem Zimmer war geschwängert mit einer Mischung aus süßem Rosenduft und dem widerlichen Aroma von Verwesung. Sie quälte sich hoch und saß eine Weile auf der Bettkante, wartete darauf, dass ihr Blick sich klärte. Ihre Augen waren geschwollen, als hätte sie geweint. Sie atmete durch den Mund, so unangenehm war ihr der Geruch im Zimmer.

Das Licht der aufgehenden Sonne fiel auf die unzähligen Rosenblüten und Annik verzog angeekelt das Gesicht. Eine übel riechende Masse von braunen und schwarzen, in Verwesung übergehenden und verfaulten Blüten bedeckte jeden freien Zentimeter in ihrem Zimmer. Selbst der Boden war übersät mit gammeligen Blütenblättern.

Annik zog die Füße hastig wieder aufs Bett und kämpfte gegen den Brechreiz an. Sie beugte sich vor und raffte ihre Kleider vom Stuhl, dann bohrte sie mit spitzen Fingern in der verrottenden Masse herum, bis sie ihre Schuhe gefunden hatte. Sie klopfte sie aus, wischte sie mit einem Zipfel des Betttuchs sauber und schlüpfte hastig in ihre Kleider, ehe sie mit zwei Sätzen aus dem Bett, an der Tür und draußen im Flur war.

Sie lehnte sich gegen ihre Zimmertür, atmete in tiefen, hastigen Zügen die frische Luft im Korridor und wartete darauf, dass die Übelkeit verging.

Es war totenstill im Haus. Deshalb konnte Annik das hoffnungslose Weinen, das durch die verschlossene Tür von Elias' Zimmer kam, umso deutlicher vernehmen. Sie erkannte es sofort, es war das Weinen, das sie in den Nächten im Park gehört hatte.

»Elias«, rief sie und rüttelte an der Türklinke, aber die Tür war abgeschlossen. Annik trommelte dagegen, rief: »Aufmachen«, aber niemand reagierte auf ihren Schrei.

Annik sprengte das Schloss mit einem Zauber auf und warf sich gegen die Tür. Sie stolperte ins Zimmer und sah sich wild um. Das Fenster stand weit offen, die Vorhänge wehten ins Zimmer, alles war ordentlich wie immer, niemand außer ihr war da. Außer ihr und dem Koffer.

Mit einem Anflug eiskalter Furcht starrte Annik den Koffer an. Er war geöffnet worden, stand aufgeklappt da und wirkte wie ein riesiges, gähnendes, grinsendes Maul.

Annik stakste steifbeinig auf den Koffer zu und blickte hinein. Er war leer bis auf eine schillernde Glasmurmel, die in der Ecke lag. Gedankenlos beugte sie sich vor, klaubte die Murmel auf, kühl und glatt, und steckte sie ein.

»Elias?«, sagte sie leise. »Ybbas …« Jetzt erst bemerkte sie, dass ihr Vertrauter nicht bei ihr war. Sie hatte ihn nicht vermisst, was überaus merkwürdig war, denn normalerweise ertrug sie es nicht, wenn er länger als zwei oder drei Stunden ohne sie herumstreifte.

»Ybbas?«, rief sie laut. »Elias!«

Durch das offene Fenster drang wie eine spöttische Antwort ein Vogelruf. Oder war es ein Hilferuf, der erstickte Schrei eines Kindes? Annik stürzte zum Fenster und lehnte sich weit hinaus.

Ein Mann stapfte über die Rasenfläche und hielt auf das Labyrinth zu. Annik erkannte seine schwarz gekleidete, athletische Figur und das etwas zu lange, aschblonde Haar. Gabriel. Oder Daniel?

Sie sah ihn nur von hinten, aber es war deutlich zu erkennen, dass er etwas in den Armen trug, ein in eine Decke gewickeltes Bündel. Was auch immer dieses Bündel enthielt, es hatte ungefähr die Größe eines zierlichen kleinen Kindes und es bewegte sich nicht.

Annik stieß einen lauten Schrei aus und rannte zur Tür. Sie hetzte die Treppe hinunter und zur Seitentür hinaus, rannte zwischen den Büschen entlang, dass der Kies unter ihren Füßen nach allen Seiten wegspritzte, und nahm die Abkürzung durch den Küchengarten. Er war in Richtung Labyrinth gegangen, also wollte er wahrscheinlich zum Mausoleum.

»Ybbas«, rief sie laut und in Gedanken, »Ybbas, ich brauche dich JETZT!«

Ein verschwommenes Gedankenbild flackerte auf, sie sah die geifernden Lefzen eines riesigen Hundes und seine scharfen, glänzenden Zähne direkt vor sich. Satan. Feuer loderte auf und Qualm verhüllte ihre Sicht.

Mit einem gekeuchten Fluch sprintete sie weiter, sprang über Hindernisse, lief um Hecken herum und schlug sich durch Gebüsch. Zweige peitschten durch ihr Gesicht, Dornen rissen ihre Haut auf und fetzten Löcher in ihre Hosenbeine. Sie schmeckte Blut auf ihren Lippen, ihre Lunge brannte, und ihre Flanken begannen zu schmerzen.

Sie erreichte das Mausoleum, dessen Tür wie beim letzten Mal weit offen stand. Keuchend verharrte sie einige Atemzüge lang am Fuß der Treppe, bis sie die Kraft fand, die Stufen hinaufzulaufen und in das düstere Innere des Grabmals zu treten.

40

Es war dunkel, denn dieses Mal brannten keine Kerzen in dem großen Raum. Die Rosensträuße, die vor den beiden Urnen lagen, rochen so frisch und süß, als wären sie gerade erst geschnitten worden, aber Annik stellten sich dennoch die Nackenhaare auf. Sie schnupperte und glaubte, wieder diesen Hauch von Moder und Verwesung zu riechen.

Ihre Augen gewöhnten sich an das Halbdunkel und sie blickte sich um. Am Ende des Raumes war eine zweite, niedrige Tür, die sie bei ihrem ersten Besuch nicht bemerkt hatte. Sie stand ein Stück offen und Licht schimmerte durch den Spalt.

Annik näherte sich leise und schnell der Tür und blickte in den kleinen Nebenraum. Hier brannte ein rundes Dutzend Kerzen, in deren Schein sie das steinerne Podest in der Mitte des Raumes gut erkennen konnte. Es war über und über mit rosafarbenen Rosen bedeckt und auf diesem Bett lag in seine Decke gehüllt reglos und blass Elias.

Sie vergaß alle Vorsicht und stürmte in den Raum, auf das Kind zu. Sie griff nach seinem dünnen Handgelenk, legte ihre Hand auf seine Stirn. Seine Augen standen einen Spalt offen, sie konnte es weiß zwischen seinen Lidern schimmern sehen. Elias fühlte sich kalt an, viel zu kalt. Annik beugte sich über ihn, tastete nach seinem Puls, horchte an seinem Mund, ob sie Atem hören oder spüren konnte, aber alles, was sie wahrnahm, war ein schwacher Geruch nach Kupfer, vom Rosenduft übertönt. Sie fand keinen Puls und spürte keine Atembewegung.

»Nein«, flüsterte sie, zu verstört, um ihr Entsetzen hinauszuschreien. Ihre Knie wurden weich, sie wankte. Ihr zielloser Griff fasste die Decke und zog sie von Elias' leblosem Körper.

Annik starrte das blutdurchtränkte T-Shirt und die vom Blut steifen, beinahe schwarz verfärbten Jeans an. Sie hob ihre Hand an die Augen und fand die Finger blutverschmiert.

Sie taumelte rückwärts, zitternd vor Schock und Entsetzen, und stolperte hinaus in den Hauptraum.

In der Dunkelheit zwischen den beiden blumengeschmückten Sockeln stand ein Mann und sah sie an. Er bewegte sich nicht, sodass sie ihn beinahe nicht bemerkt hätte, aber sein Haar schimmerte hell im Licht der Kerzen, das durch die Tür drang, und verriet ihn, ebenso wie die konturlose Fläche seines Gesichtes.

Annik rang nach Luft und rief: »Daniel! Was ist geschehen?«

Er antwortete nicht, bewegte sich nicht.

Verzweifelt hob Annik die Hand und ließ das Werlicht aufstrahlen. In seinem Schein erkannte sie den Mann, der mit leerem, totem Blick vor ihr stand. Gabriels Gesicht war eine blutige Maske, ein Auge so verklebt, dass es kaum zu erkennen war, Blut färbte sein Hemd dunkelrot, seine Hände waren blutverschmiert und zu Krallen verkrümmt. Der Geruch nach Kupfer und verfaulenden Rosen umwallte ihn so stark, dass sich Anniks Magen umdrehte. Sie würgte, warf sich herum und flüchtete aus dem Mausoleum.

Sie rannte wie von Sinnen vor diesem Albtraum davon. Ohne sich umzublicken, von Panik geschüttelt, rannte sie über den gewundenen Pfad zum Haus, das wie eine seit Langem verfallene Ruine vor ihr auftauchte. Das Dach war eingebrochen, der

Westflügel, oder was von ihm übrig war, schien vor langer Zeit einem Feuer zum Opfer gefallen zu sein, das Portal hing schräg in den Angeln, und leere Fensterhöhlen starrten auf sie herunter.

Annik stand reglos da, in ihrer Flucht erstarrt, und konnte sich nicht von diesem Anblick lösen. Efeu und Brombeerranken wucherten über die Ruinen, Unkraut wuchs durch die Mauern, sie konnte die Schösslinge von Bäumen sehen, die ihre Wurzeln in den Schutt gruben.

Annik atmete flach und hastig. »Ybbas«, flüsterte sie, »komm und hilf mir!«

Schritte knirschten hinter ihr durch Kies und Schutt. Sie sah sich nicht um, sondern lief davon wie von Dämonen gehetzt. *Ybbas!*

Der gewundene Weg führte sie auf das Parktor zu. Sie konnte in der Ferne das Brummen von Automotoren hören, den geschäftigen Lärm der großen Stadt. Annik schluchzte vor hilfloser Verzweiflung. Sie musste das Tor erreichen, sie musste …

Ihr Verfolger beschleunigte seine Schritte. Annik rannte schneller. Sie konnte das Tor sehen, es stand offen! Mit einer gewaltigen Anstrengung warf sie sich auf das schmiedeeiserne Tor zu, nur noch wenige Schritte trennten sie von der Welt dort draußen …

Ein schwerer Körper sprang sie an und riss sie zu Boden. Sie fiel auf Hände und Knie, schürfte sich die Handflächen auf und rollte auf die Seite, um den Angreifer abzuwehren. Mit ausgestreckten Armen hielt sie den schweren Kopf mit dem geifernden Maul und den nach ihrer Kehle schnappenden Zähnen von ihrer Kehle weg. Satans gelbe Augen flammten wie kaltes Feuer. Er gab keinen Laut von sich, aber sein geöffnetes Maul näherte sich unaufhaltsam ihrem Gesicht, und aus ihm wehte ein Brodem, in dem sich Rosenduft und Verwesung mischten.

Annik schrie vor Entsetzen und kämpfte mit erlahmenden Kräften gegen das Untier, von dessen Zähnen der Geifer tropfte.

Sie war der Urgewalt nicht gewachsen. Satan stieß sie zu Boden und grub seine Zähne in ihre Kehle. Er zerrte sie über den Kies, und sie hörte sich selbst schreien, als die Dunkelheit sich endlich über ihr schloss.

41

Liebchen, fühlst du dich kräftig genug, um mit uns zu frühstücken?« Jemand zog die Vorhänge auf und ließ strahlenden Sonnenschein ein.

Annik stöhnte und deckte die Hand über die Augen. Ihr Kopf schmerzte. Genau genommen tat ihr jeder Knochen im Leib weh, vor allem der Nacken. Die Arme fühlten sich an, als hätte jemand versucht, sie aus den Gelenken zu reißen. Ihr Rücken stand in Flammen. Und sie lag in ihrem eigenen Bett, in ihrem kleinen Zimmer unter dem Dach und die freundliche Stimme gehörte ihrer Schwester Dora.

Kaffeegeruch zog ins Zimmer und vertrieb den Rest von dumpfer Benommenheit. »Frühstück? O ja!« Annik richtete sich auf, wobei Dora ihr helfen musste.

»Langsam, Schätzchen«, sagte sie. Ihr rundes Gesicht war so sanft und gelassen wie immer, aber Annik sah die verhohlene Sorge in Doras Blick. »Nicht so hastig. Du weißt, dass du dich schonen sollst. Das Fieber ist erst seit zwei Tagen runter.«

»Fieber«, murmelte Annik, der beim Aufrichten schwindelig geworden war. »Was für ein … wieso bin ich zu Hause? Ich war doch gerade noch im … ich war …« Die Traumbilder zerfaserten, während sie sie zu packen versuchte. Da war ein Grab gewesen, nein, kein Grab, eine Gruft … ein Mann … ein Hund hatte sie verfolgt …

Sie tastete nach ihrer Schulter, suchte nach Ybbas.

»Wo ist Ybb?«, fragte sie.

Dora sah sie gleichzeitig erschreckt und mitleidig an. »Er ist … Liebchen, denk nicht darüber nach, hörst du? Dein Gedächtnis spielt noch verrückt, aber der Arzt war sehr zuversichtlich, dass du dich an alles wirst erinnern können, wenn die Gehirnerschütterung vollkommen ausgeheilt ist. Und vorher ist es vielleicht sogar ganz gut, wenn du dich nicht erinnerst. Der Unfall …« Sie schüttelte bekümmert den Kopf und streichelte vorsichtig über Anniks Arm. »Komm, ich helfe dir beim Anziehen.«

Dora war geschickt und ruhig, sie half Annik, sich zu waschen, die Haare zu bürsten und in bequeme Sachen zu schlüpfen. »Was hältst du davon, wenn wir gleich einen kleinen Spaziergang durch den Park machen?«, fragte sie und zog Strümpfe über Anniks Füße.

Annik schauderte. Sie saß auf der Bettkante und war jetzt schon so erledigt, dass sie sich am liebsten wieder hingelegt hätte. Außerdem löste das Wort »Park« namenlosen Schrecken in ihr aus. »Nein«, sagte sie entschieden. »Nein, ich möchte lieber zu Hause bleiben. Danke.«

Dora lächelte und half ihr auf. »Gehen wir erst mal frühstücken.«

Annik saß an ihrem Platz an dem langen Küchentisch, lauschte dem Gelächter und dem Plaudern um sie herum und genoss die Gesellschaft ihrer Familie wie ein warmes Vollbad. Heute waren Lily und ihre Zwillinge bei ihnen und die beiden Kinder veranstalteten einen ordentlichen Radau. Annik schloss die Augen und lauschte dem Klirren des Geschirrs, dem Lachen ihrer Schwestern, der tiefen Stimme ihres Vaters. Sie hörte nicht, worüber gesprochen wurde, genoss nur den Klang der vertrauten Stimmen. Es war wie ein Traum. Es war ein Traum, aus dem sie jeden Moment erwachen konnte, und das wollte sie nicht. Wenn sie erwachte, wäre sie in einem verfallenen Haus gefangen, verfolgt von einem Mann ohne Gesicht, dessen Hände blutig waren, und einem riesigen, geifernden Hund …

Sie schauderte und riss die Augen auf. Ihr Vater sah sie besorgt an. »Ist alles in Ordnung mit dir?«

Sie nickte und nahm einen großen Schluck aus ihrem Becher. Tee. Irgendjemand schien der Meinung zu sein, dass Tee gut für ihre Genesung war. Sie verzog das Gesicht und stellte den Becher weg.

»Ich habe übrigens die Bücher herausgesucht, nach denen du mich gefragt hattest«, sagte ihr Vater. »Magst du gleich zu mir in den Laden kommen?«

»Sehr gerne«, sagte sie und biss in ihr Marmeladenbrot.

Eine Weile drehte sich das Gespräch um eine entfernte Tante, die am Wochenende zu Besuch kommen würde. Sie war noch nie in Antwerpen gewesen, es wurde also zuerst heftig darüber diskutiert, ob man ihr das kleine Zimmer neben Annik geben sollte oder ob Dora ihr Zimmer räumen und so lange unters Dach ziehen wollte. Und dann musste natürlich ein Besichtigungsprogramm entworfen werden, das die Kathedrale, das Museum der schönen Künste, das Rubenshaus und sämtliche Lieblingsplätze der Familie umfasste. Das Hexenviertel allein bot einfach nicht genügend Unterhaltung für eine Besucherin, die eigens aus Paris angereist kam, da waren sich alle einig.

Anniks Gedanken schweiften ab, sie bemerkte, dass es sie Mühe kostete, sich auf etwas zu konzentrieren. Das musste eine Folge der Gehirnerschütterung sein, von der Dora gesprochen hatte.

»Was war es für ein Unfall?«, fragte sie laut.

Alle Gesichter wandten sich ihr zu, die Blicke, die sie trafen, waren so mitleidig, dass sie am liebsten geschrien hätte. Sie presste die Lippen zusammen und starrte auf ihren Teller, um den Blicken auszuweichen. »Vergesst meine Frage«, sagte sie rau.

Lily beugte sich vor und legte ihre Hand auf Anniks geballte Faust. »Liebes, du wirst dich erinnern«, sagte sie mit ihrer sanften Stimme. »Du hast eine schwere Gehirnerschütterung gehabt und dann war da noch das Fieber … es ist ganz normal, dass du dich nicht erinnern kannst.«

»Es ist vielleicht sogar gut so«, mischte sich die praktische Dora ein. »Du bist noch wackelig auf den Beinen. Werd ganz gesund und dann …«

»Was war es?« Annik fand selbst, dass sie allzu schroff klang.

Arian Joncker warf seinen älteren Töchtern einen mahnenden Blick zu. Dann wandte er sich zu Annik und sagte: »Ein Autounfall, Liebes. Du bist auf der Straße von einem Rowdy angefahren worden. Er hat dich ein Stück mitgeschleift, was dich ordentlich durchgerüttelt hat. Aber Glück im Unglück: Du hast nichts gebrochen, obwohl dein Rückgrat wohl böse gestaucht worden ist.«

»Gut«, sagte Annik schwach. »Autounfall?« Sie sah Blut vor sich. Viel Blut. Schnittwunden. Spiegel …

Ihre Hand flog unwillkürlich zu ihrer Wange, sie ertastete eine frisch verheilte Narbe. »Sehe … sehe ich schlimm aus?«, fragte sie und drehte sich um, suchte den kleinen Spiegel neben der Spüle. Er war fort.

»Nein, du siehst aus wie immer«, knurrte ihr Bruder, der gerade eintrat. »Wie eine gebadete Ratte. Hallo Leute. Gibt es noch Kaffee?«

Annik strahlte Ludo an. »Seit wann bist du wieder zurück?«, fragte sie.

Alle sahen sich betreten an. Ludo grinste und schmierte sich ein Brötchen. »Seit ungefähr einem Jahr«, sagte er und biss ab.

»Dein Kopf sitzt immer noch ein bisschen schief auf dem Hals, Nana, stimmt's?«

»Scheint so«, gab Annik vergnügt zurück. »Gut, dass du da bist, um ihn mir zurechtzurücken, Lulu.«

Sie lehnte sich zurück, mit einem Mal glücklich und entspannt. Nur eine Gehirnerschütterung, nichts Schlimmes. Und sie hatte ihre Familie um sich, was wollte sie mehr?

»Wie heißt die Tante?«, fragte sie Dora leise.

»Mira Sophie de Louvain«, flüsterte Dora. »Papa korrespondiert ja schon recht lange mit ihr, er ist sehr gespannt auf sie. Sie beschäftigt sich mit seinem Steckenpferd, dieser Leuven-Familie. Ist wohl über Heirat entfernt mit denen versippt.«

»Ah«, machte Annik, die das nicht wirklich interessierte. »Das ist der Schlächter von Brügge, richtig?«

»Ja. Er schreibt eine Abhandlung über die Familie. Es gibt wohl bisher nur Tumben-Bücher über die van Leuvens.« Dora verzog die Lippen zu einem angewiderten Schnauben. »Ich finde das Thema abstoßend, aber du kennst ja Papa.«

Annik grinste. Wenn Arian Joncker sich in ein Thema verbiss, glich er einer Bulldogge. Es war dann so gut wie unmöglich, seine Zähne aus dem Beutestück zu entfernen, weder durch Ablenkung noch mit Gewalt.

Die Unterhaltung plätscherte noch eine Weile dahin. Ludo und ihr Vater unterhielten sich über einen schwierigen Kunden, der Bücher bestellte, die selten und schwer zu beschaffen waren, und dann an kleinsten Beschädigungen des Einbands oder Fleckchen auf dem Schnitt herummäkelte, um den Preis zu drücken.

Das unheimliche Gefühl der Fremdheit schwand mit jeder Minute mehr, Annik entspannte sich, genoss das Frühstück und freute sich, als ihr Vater sie mit einer Handbewegung einlud, ihm in den Laden zu folgen.

»Ich habe ein wenig suchen müssen, bis ich gefunden habe, was du wolltest«, sagte er und schob die Tür hinter ihnen zu. Der Laden nahm die gesamte Fläche des Erdgeschosses ein, die Familie lebte in den beiden Stockwerken darüber. Annik war zwischen Büchern aufgewachsen, sie liebte das Antiquariat von ganzem Herzen. Auch jetzt, als sie hinter Arian eintrat, nahm sie als Erstes einen tiefen Atemzug, schnupperte das ganz besondere Aroma von altem Papier, Staub, Leder, Moder und Rosen.

»Rosen?«, rief sie erschreckt aus. »Wieso riecht es hier nach Rosen?«

Ihr Vater drehte sich verblüfft zu ihr um, schnüffelte und hob ratlos die Schultern. »Ich rieche alles Mögliche«, sagte er, »sogar den Mäusedreck, da muss wieder irgendwo ein Nest sein. Aber Rosen?« Er drehte sich um und rief nach seinem Vertrauten, einem fetten, schwarzen Kater namens Elmo. »Mäuse«, sagte er laut. »Jag sie in den Hof, sie können von mir aus in den Komposthaufen ziehen.«

Annik hätte gelacht, wenn sie nicht so angestrengt damit beschäftigt gewesen wäre zu schnüffeln. Es roch nach Rosen, und zwar genauso deutlich wie nach Kaffee und kaltem Tabakrauch.

Sie wurde erst von ihrer Suche abgelenkt, als ihr Vater sie zu einem kleinen Stapel Bücher führte, den er auf einem der Tische für sie bereitgelegt hatte. Annik ließ sich in den abgewetzten Sessel fallen, der sie ihre gesamte Kindheit lang behütet hatte, während sie las, und griff nach dem obersten der Bücher. Sie wusste nicht mehr, worum sie ihren Vater gebeten hatte, und wollte ihn nicht dadurch ängstigen, dass sie fragte. Also las sie den Titel des Buches und versuchte, sich ihre Verwirrung nicht anmerken zu lassen. »Ah«, sagte sie und sah sich die anderen Bücher an. »Ah, ja.« Ein wenig ratlos hob sie den Blick und fragte: »Hatte ich dir gesagt, wozu ich das brauche?«

Arian ließ sich ihr gegenüber in seinem Sessel nieder, begann, seine Pfeife zu stopfen, und sah sie dabei nachdenklich an. Annik musterte ihn voller Zuneigung. Er war kein junger Mann mehr und im letzten Jahr schien er noch stärker gealtert zu sein. Das mittlere Alter lag schon ein ordentliches Stück hinter ihm, wie sein zurückweichendes Haar, das grau und ein wenig zerzaust um seinen Kopf stand, und die Falten in seinem Gesicht deutlich zeigten. Aber in seinen Augen brannte immer noch das begeisterungsfähige Feuer der Jugend, wenn er sich für ein Thema erwärmte oder seine Kinder betrachtete.

»Bella«, sagte er, nachdem er ein paar Züge gepafft hatte, »du musst nicht versuchen, mich zu schonen, mein Schatz. Wir wissen, dass du im Moment noch Gedächtnislücken hast. So eine Gehirnerschütterung ist kein Kinderspiel. Also entspann dich und frage alles, was du wissen willst.« Im Lächeln vertieften sich die Falten in seinen Augenwinkeln. »Ich warne dich aber: Wenn du mich jetzt fragst, wer ich bin, renne ich schreiend aus dem Laden.«

Annik lachte und spürte, wie ein Gefühl der Schwere von ihr wich. »Danke, Papa«, sagte sie. »Dann sag mir doch bitte, wozu ich Bücher über Spiegelmagie bestellt habe.«

Arian seufzte und biss auf das Mundstück seiner Pfeife. »Kind, wenn ich das wüsste«, sagte er mit einem Seufzen. »Es war etwas, das dir sehr am Herzen lag, du hast mich deswegen sogar von deinem Job aus angerufen.«

Annik öffnete weit die Augen. »Job?«, fragte sie. »Was habe ich denn gemacht?«

»Du wolltest die Zeit bis zum Studienbeginn überbrücken«, sagte Arian und drehte den Pfeifenkopf in der Hand, um den Tabak festzudrücken. »Du hast eine Stelle als Kindermädchen bei einer reichen Tumben-Familie angenommen.« Er sah sie prüfend an. »Eine gute Stelle«, sagte er. »Nette Leute, hast du gesagt. Das Kind war ein bisschen eigenartig, aber du bist gut mit ihm zurechtgekommen.« Er lächelte und klemmte das Mundstück wieder zwischen die Zähne. »Das wäre auch das erste Mal, dass du nicht zurechtgekommen wärst«, sagte er mit hörbarem Stolz.

Annik lächelte, aber ihre Gedanken kreisten um die Bücher. »Spiegelmagie«, sagte sie grübelnd. »Das ist gefährlich, soviel ich weiß.«

»Sehr.« Ihr Vater lehnte sich zurück, faltete die Hände vor der Brust und begann zu dozieren. Annik zog die Beine auf den Sessel und hörte ihm lächelnd zu.

Spiegelmagie. Unkonzentriert oder schlecht vorbereitet ausgeführt oder – noch schlimmer – von einem Stümper versucht, konnte diese Art des Zaubers großen Schaden anrichten. Die Bücher berichteten von Hexen, die in ihrem eigenen Zauber gefangen wurden und in den Spiegel gebannt darauf warten mussten, dass sie jemand befreite, was beinahe unmöglich war.

Spiegel konnten durch die sich aufschaukelnde magische Resonanz während des Zaubers bersten und ihre Scherben waren dann so gefährlich wie fliegende Messer. Arian beugte sich vor und schlug eins der Bücher auf, suchte nach dem Lesezeichen und las dann einen Bericht vor, den ein Hexer vor achtzig Jahren in London aufgezeichnet hatte. Dort hatte ein Hexenzirkel sich an einem komplizierten spiegelmagischen Knoten versucht. Hierzu waren zwei Dutzend Spiegel im Kreis aufgestellt worden, in dem der Zirkel sich formiert hatte. Die Resonanz war außer Kontrolle geraten, die Spiegel waren förmlich explodiert und hatten die Mitglieder des Zirkels in winzige Fetzen gerissen.

Annik fröstelte und berührte die Narbe unter ihrem Auge. »Ich …«, sagte sie und runzelte die Stirn.

»Ja?«, fragte ihr Vater.

Sie zuckte mit den Schultern. »Weg«, murmelte sie. »Da war ein Gedanke, aber er ist weg.«

Sie rieb sich über die Augen. »Wo ist Ybbas?«, fragte sie geradeheraus.

Ihr Vater zuckte zusammen und die Pfeife fiel in seinen Schoß. Leise fluchend klaubte er sie auf und stäubte die glühende Asche von seiner Hose. »Kind«, sagte er hilflos, »Liebes, meine Bella …«

Annik wurde es eiskalt. »Was ist geschehen?«, fragte sie tonlos, während ihre Lippen zu kribbeln begannen und ihre Hände taub wurden. »Was ist …?«

Durch das Rauschen in ihren Ohren hörte sie die Stimme ihres Vaters, der leise sagte: »Dein Gny hat den Unfall nicht überlebt, Bella.«

42

Die nächsten beiden Tage verbrachte Annik in einer zutiefst verzweifelten, schwarzen Stimmung in ihrem Bett. Sie weigerte sich, aufzustehen und mit jemandem zu reden, sie verweigerte das Essen und weinte sich die Augen rot und die Kehle wund. Ybbas' Verlust schmerzte sie, als hätte man ihr die Arme ausgerissen oder das Herz aus dem Leib geschnitten.

Dora und Lily kamen wenigstens einmal in der Stunde hinauf, brachten ihr Obst und Saft, lockten sie mit frischem Salat und einem duftenden Becher Kakao, aber Annik war zu elend, um an Essen oder Trinken oder an irgendetwas zu denken, was ihren Kummer lindern könnte.

Ludo saß lange an ihrem Bett, erzählte von seinen Reisen und las ihr vor, oder er unterhielt sie mit Geschichten aus dem Laden und von seiner neuesten Flamme, die offenbar von einer Patsche in die nächste stolperte. Aber selbst die wildesten Übertreibungen vermochten es nicht, Annik ein Lächeln zu entlocken oder sie auch nur für Momente aus ihrer tiefen Niedergeschlagenheit zu reißen.

»Ybbas«, sagte sie irgendwann zu Ludo, und ihre Stimme brach. »Wie würdest du dich fühlen, wenn Zorobas plötzlich fort wäre und nie wiederkäme?«

Ludo senkte den Kopf. Seine Hand suchte unwillkürlich den Schlangen-Gny, der um seinen Arm gewickelt zu schlafen pflegte. »Grauenvoll«, sagte er nach einer Weile mit einem tiefen Seufzer. »Ich kann es mir kaum vorstellen, Nana. Es muss wie eine Wunde sein, ein großes, blutendes Loch …«

»Ja«, flüsterte Annik, auf seltsame Weise getröstet beim Blick in die dunkelblauen Augen ihres Zwillingsbruders. »Ja, so fühlt es sich an, Lulu.«

Am nächsten Tag stand sie auf, wusch sich die Haare, flocht sie zu einem Zopf und ging hinunter, um in der Küche mit den anderen zu frühstücken.

Niemand machte eine Bemerkung zu ihr, aber alle lächelten und waren sichtlich froh, dass sie wieder ins Leben zurückgekehrt war.

»Heute Abend kommt Tante Mira«, flüsterte Ludo ihr ins Ohr. »Papa und Lily holen sie vom Bahnhof ab.«

Annik nickte gleichgültig. Sie trank Kaffee und aß ein Brot – seltsam, dass sie nicht hungriger war – und bat dann darum, sich mit einem Buch in den Laden zurückziehen zu dürfen.

Arian legte ihr eine Hand auf die Schulter und sah sie prüfend und ein wenig besorgt an. »Du brauchst nicht um Erlaubnis zu fragen«, sagte er leise, »das weißt du doch, Bella. Es tut mir leid, dass wir den Besuch nicht haben verschieben können …«

»Nicht nötig, Papa«, sagte sie heftig. »Ihr müsst mich nicht wie ein rohes Ei behandeln. Es geht mir schon wieder gut.« Sie stockte und runzelte die Stirn. »Werde … wie werde ich ohne Gny leben?«

Arian kniff die Augen zusammen. »Jemand vom Rat kommt nächste Woche und sieht nach dir«, sagte er. »Wenn deine Gehirnerschütterung keine bleibenden Schäden hinterlassen hat, dann wirst du einen anderen Vertrauten zugewiesen bekommen.« Er klang unglücklich.

Annik musterte ihn scharf, sie hatte eine feine Antenne für Untertöne in den Aussagen ihrer Familie. »Worüber sorgst du dich?«

Arian sah zu Dora, die an der Spüle das letzte Geschirr abtrocknete, und bat sie mit einem Blick, die Tür zu schließen. Dann wandte er sich Annik zu, legte seinen Arm um ihre Schultern und sagte: »Es kann sein, dass deine Fähigkeiten einen Schaden erlitten haben.«

Annik begriff nicht sofort, was er meinte, aber als sie es tat, wurden ihre Knie weich. »Meine ... meine Hexenfähigkeiten?«, stotterte sie.

Er nickte mit unglücklicher Miene. »Es ist möglich, aber nicht sehr wahrscheinlich«, sagte er hastig. »Es ist nur ungewöhnlich, dass ein Gny stirbt. Das geschieht normalerweise nur, wenn ...«

»... wenn sein Mensch stirbt oder«, ergänzte Annik und sank langsam auf einen Stuhl nieder, »oder seine Fähigkeiten verliert.«

Arian nickte und hob resigniert die Hände. »Es ist zu früh, etwas zu sagen. Noch leidest du unter den Folgen der Verletzung. Der Rat hat mir gesagt, dass die Untersuchung in der nächsten Woche noch keine endgültige Aussage zulassen wird.«

»Ewiges Chaos«, flüsterte Annik. »Kann es denn wirklich immer noch schlimmer kommen?«

Arian produzierte ein verzerrtes Lächeln, das wohl aufmunternd sein sollte. »Jetzt denk nicht mehr darüber nach«, sagte er. »Freu dich lieber, Thijs hat sich gemeldet und würde dich gerne besuchen.«

Annik blinzelte mehrmals heftig. »Thijs? Aber wieso ... er hat doch Schluss gemacht?«

Arian schüttelte verdutzt den Kopf. »Wann hat er das denn getan? Davon weiß ich ja nichts?«

Annik legte die Hände vors Gesicht. »Warte«, sagte sie erstickt. »Ich habe zwei unterschiedliche Erinnerungen, das bringt mich ganz durcheinander. Hat er nicht? Oder hat er? Oh, ich weiß es nicht mehr!«

Ihr kläglicher Ausruf ließ Dora das Handtuch fallen lassen und zu ihr eilen. Sie legte ihre Arme um Annik und drückte sie fest an sich. »Wir beide gehen jetzt eine Runde an die frische Luft«, sagte sie energisch. »Du bist tagelang nicht vor die Tür gekommen, Annik. Das muss ja einen schweren Kopf machen!«

Ohne auf Anniks Protest zu achten, zog sie ihre kleinere Schwester vom Stuhl hoch und schob sie zur Tür.

43

Sie liefen die engen Straßen zum großen Platz hinauf, und Annik atmete die warme, staubige Stadtluft, die immer ein wenig nach Salz schmeckte, genoss das warme Sonnenlicht und das Gedränge der sommerlich gekleideten Menschen und freute sich auf einen Kaffee in einem der vielen Straßencafés, auf eine Portion Frietjes, die sie im Gehen zwischen Kathedrale und Bahnhof verspeisen würden, und auf einen Bummel, bei dem sie in Buchhandlungen und kleinen Trödelläden herumstöbern konnte. Wie lange war sie schon nicht mehr mit einer ihrer Schwestern einfach nur zum Bummeln in der Stadt unterwegs gewesen?

Dora hatte sie untergehakt und freute sich offensichtlich nicht weniger über den ungeplanten Ausflug. »Ich habe eine ruhige Zeit«, sagte sie. »Zwei von meinen Schwangeren sind erst im fünften Monat, die dritte bekommt ihr viertes Kind, die ruft mich erst zur Entbindung.« Sie tanzte eine Pirouette und hakte sich wieder bei Annik ein. »Essen wir ein Eis? Ich habe schon eine Ewigkeit kein Eis mehr gegessen.«

Sie aßen Eis, sie tranken Kaffee, sie schlenderten durch die Altstadt zum Kai, sie lachten und schwatzten, Dora grüßte Mütter mit Kinderwagen, und sie ignorierten die Blicke der Tumben auf ihre Abzeichen, die sie als Hexen auswiesen. Es gab immer noch Tumbe, die meinten, Hexen sollten in ihrem Viertel bleiben und dem restlichen Stadtgebiet fernbleiben, aber die

Zahl der Unbelehrbaren und Ewiggestrigen wurde mit jedem Jahrzehnt geringer.

»Da ist wieder so ein Hassprediger in der Stadt«, erzählte Dora und leckte an ihrem zweiten Eis des Nachmittags. »Er hetzt gegen das friedliche Zusammenleben von Hexen und Tumben und fordert streng getrennte Schulen und am besten gleich getrennte Städte.« Sie hob die Brauen und schüttelte den Kopf.

»Einer von uns oder einer von denen?«, fragte Annik uninteressiert.

»Ein Hexer. Widerlicher Kerl, aus Gent, glaube ich. Ich hoffe, sie schicken ihn schnell wieder nach Hause.« Dora gluckste. »Bei seiner letzten Versammlung sind Tomaten geflogen. Die explodierende Sorte.«

Annik lachte und zog Dora in einen Laden mit Kinderspielzeug.

Eine halbe Stunde später jammerte Dora, weil ihr die Füße wehtaten. Annik wusste, dass ihre Schwester das Lamento erst nach einem Blick auf ihr Gesicht angestimmt hatte, und wenn sie ehrlich war, dann fühlte sie sich auch ziemlich erschöpft. »Ja, gehen wir nach Hause«, stimmte sie zu. »Vielleicht ist der Besuch ja schon angekommen.«

Sie wanderten langsam zurück. Annik fühlte ein steigendes Unbehagen, sie drehte den Kopf und blickte sich um.

»Was ist?«, fragte Dora. »Suchst du jemanden?«

»Nein«, erwiderte Annik, aber sie durchforschte weiter die Umgebung mit Blicken. Da stand ein großer, dunkel gekleideter Mann in einer Toreinfahrt, der sie zu beobachten schien. Es war nichts Besonderes an ihm, soweit sie erkennen konnte, es war einfach nur ein blonder Mann mit hellen Augen, der in ihre Richtung schaute, aber irgendetwas bewirkte, dass ihr eine Gänsehaut über den Rücken lief.

»Kennst du den Mann dort?«, fragte sie Dora und zeigte unauffällig auf ihn, während sie weitergingen.

Ihre Schwester musterte ihn und schüttelte den Kopf. »Was ist mit ihm?«

»Weiß nicht«, sagte Annik. »Dummes Gefühl, als müsste ich ihn eigentlich kennen.« Sie zuckte mit den Schultern und dachte nicht weiter über den Mann nach.

Zu Hause erwartete sie Trubel, denn ihre unbekannte Tante war tatsächlich eingetroffen und hatte auch noch einen Cousin mitgebracht, einen schlaksigen, mürrischen Teenager, der in einem Sessel lümmelte und gelangweilt seine Fingernägel betrachtete. Er blickte nur kurz auf, als Dora und Annik vorgestellt wurden, und sank dann wieder in seine lethargische Haltung zurück.

Tante Mira war eine elegante Frau von Ende dreißig mit einem kurzen, tizianroten Pagenkopf und grünen Augen. Ludo fand sie hinreißend, das konnte Annik in seinem Gesicht lesen.

»Du bist also das arme, kranke Hühnchen«, sagte Tante Mira zu ihr und tätschelte ihre Wange. »Aber deine Schwestern päppeln dich sicher schnell wieder auf, nicht wahr?«

Annik unterdrückte den Impuls, ihren Kopf wegzudrehen, und lächelte ein wenig gezwungen. »Es geht mir gut, Tante Mira. Danke.« Sie wandte sich ab und lächelte den Jungen an. »Du bist also Rafi?«

»Rafael«, murmelte er. Er warf ihr einen schnellen, prüfenden Blick zu. Wenn er nicht so eine mürrische Miene aufgesetzt hätte, wäre er ein hübscher Kerl, dachte Annik. Goldblonde Locken, lichtbraune Augen und ein Gesicht, das in ein paar Jahren wahrscheinlich alle Frauen in seiner Umgebung zum Seufzen bringen würde. Vorausgesetzt, er lernte noch, zu lächeln und weniger angeödet dreinzuschauen.

»Magst du Bücher, Rafael?«

»Er liest den ganzen Tag«, fuhr seine Mutter dazwischen. »Verleite ihn nicht dazu, sich im Laden deines Vaters zu vergraben, ich bitte dich!«

Alle lachten und Annik sah den Jungen mit neuer Sympathie an.

Lily und Dora hatten ein kaltes Abendessen vorbereitet und luden nun zu Tisch. Tante Mira entpuppte sich als angenehme und interessante Gesprächspartnerin, sie erzählte anschaulich von ihren Reisen, was natürlich Ludo animierte, sich mit ihr über Orte auszutauschen, die beide besucht hatten.

Das Tischgespräch zerfiel in kleinere Grüppchen, die sich über Bücher, über Antwerpen und Familiengeschichten unterhielten. Annik saß auf der Grenze zwischen Büchern und Familiengeschichten und ließ beide Gesprächsströme an sich vorüberplätschern, zufrieden damit, einfach nur dasitzen zu können. Während sie mit halbem Ohr die Verästelungen und Verzweigungen des französischen Teils ihres Familienstammbaums verfolgte, spielte ihr müder Kopf Bilder, Fetzen von Klängen und Stimmen, vorüberhuschende Aromen ab. Sie sah die Ruine eines vormals imposanten Herrenhauses, das inmitten eines verwilderten Parks zu liegen schien. Jemand weinte und der Duft von Rosen verspottete das traurige Bild. Ein Junge spielte mit einer Glasmurmel, in der sich schillernd das Licht fing, ein Becher Kakao dampfte auf dem Tisch, eine dunkle Männerstimme flüsterte »Bella«, und zärtliche Finger streichelten ihren Nacken. Blut tropfte von den gezackten Scherben eines Spiegels, der geborsten in seinem goldenen Rahmen hing.

Annik schreckte auf und stieß ihr Wasserglas um. Sie stotterte eine Entschuldigung, während die Pfütze sich ausbreitete und ihre Serviette durchnässte. Das Wasser färbte sich rot wie Wein. Wie Blut … Annik sprang vom Tisch zurück und hielt abwehrend die Hände vor sich.

Sie fand sich ausgestreckt auf dem Sofa im kleinen Zimmer, ein feuchtes Tuch kühlend auf ihrer Stirn, während Dora ihre Hand hielt und sanft zu ihr sprach.

Annik schob das Tuch von ihrer Stirn und richtete sich auf. »Es geht mir gut«, sagte sie. »Meine Güte, wie peinlich, bin ich in Ohnmacht gefallen oder so was?«

Dora lächelte und half ihr auf. »Langsam«, sagte sie. »Ich fühle mich ein wenig schuldig, Liebchen. Ich hätte dich nicht stundenlang durch die Stadt schleifen dürfen, du bist schließlich noch rekonvaleszent.«

»Ach Quatsch«, murmelte Annik und rieb sich über die Augen. »Ich bin nicht mehr so viele Menschen auf einmal gewöhnt, das hat mich angestrengt. Ich hab doch die ganze Zeit nur mit Elias oder …« Sie stockte und runzelte die Stirn. Was hatte sie sagen wollen? Dora sah sie fragend an und Annik winkte ab. »Ich möchte zurück zu den anderen«, bat sie.

Ludo, der mürrische Rafael und Lilys Mann Pauwel spielten Karten, Lily war gegangen, um nach den Zwillingen zu sehen. Tante Mira und Arian Joncker hatten sich ins Antiquariat zurückgezogen, damit Arian sie über die Familie der van Leuvens ausfragen konnte.

Annik stand eine Weile hinter Dora, die sich zu den Kartenspielern gesellt hatte, dann wurde ihr langweilig und sie ging hinunter in den Laden.

Arian und Mira saßen an Arians Schreibtisch über Bücher und Unterlagen gebeugt. Anniks Vater sah kurz auf, als sie sich näherte, lächelte und nickte ihr zu. »Setz dich«, sagte er und sprach dann weiter.

Annik ließ sich in ihren Sessel fallen, zog die Beine unter sich und lauschte. Die Begeisterung ihres Vaters für die blutige Geschichte der van Leuvens hatte sie noch nie nachvollziehen können. Der Schlächter von Brügge und die flandrische Bestie …

was für ein seltsames Hobby für jemanden, dessen Vorfahren in Brügge dahingeschlachtet worden waren.

Annik stützte den Kopf auf die Hand und hörte mit steigendem Interesse zu, was Mira de Louvain über die Familie zu erzählen wusste, mit der sie irgendwie verwandt zu sein schien. Der französische Zweig der van-Leuven-Familie bestand ausschließlich aus Hexen. Die beiden Familienzweige hatten über Jahrhunderte keinen Kontakt zueinander gepflegt, wie man sich vorstellen konnte. Während der Hexenkriege hatten sie auf verfeindeten Seiten gestanden, ähnlich wie die von Löwens, der deutsche Zweig, bei denen der Bruch mitten durch die Familie gegangen war. Wie schrecklich musste das sein, wenn sich Hexen und Tumbe aus einer Familie in solch einem Zwist gegenüberstanden!

Inzwischen hatten sich die de Louvains und ihre deutschen Verwandten vorsichtig wieder angenähert. »Der flämische Zweig ist vor zweihundert Jahren mit dem letzten Nachkommen der van Leuvens erloschen«, sagte Mira und zeichnete etwas auf ein Blatt Papier. »Es war eine tragische Geschichte. Der letzte van Leuven, Gabriel Elias, war mit einer jungen Frau von Adel verheiratet worden. Ich glaube nicht, dass es eine Liebesheirat war, das war zu der Zeit eher unüblich, aber es gibt Tagebuchaufzeichnungen, nach denen die beiden sich wohl sehr schnell nach ihrer Hochzeit ineinander verliebt haben sollen.« Sie seufzte. »Doch dann geschah das Schreckliche, denn die Familie hatte es geschafft, zu vertuschen, dass Gabriel unheilbar geisteskrank war. Er hat zwei Jahre nach der Hochzeit seine Frau und den neugeborenen Sohn ermordet und danach den Familiensitz angezündet. In dem Feuer kam er selbst zu Tode.

Als die Ruine des Hauses nach Überlebenden abgesucht wurde, hat der Suchtrupp im Keller eine große Anzahl von Toten entdeckt. Wie es aussah, hat der irrsinnige Gabriel van

Leuven junge Mädchen in Serie ermordet und ihre Leichen dort versteckt.« Sie pausierte und zündete sich eine Zigarette an. »Ein verrückter Massenmörder, genau wie sein Vater und sein Großvater. Eine reizende Familie, nicht wahr? So muss übrigens die Legende vom Teufel von Antwerpen entstanden sein.«

Annik saß starr in ihrem Sessel und umklammerte mit tauben Fingern die Armlehnen. Warum wühlte diese Geschichte sie so außerordentlich auf? Die blutige Vergangenheit der Hexenhasser-Familie sollte ihr doch so gleichgültig sein wie der berühmte Sack Reis aus China. Aber dem war nicht so, ihr Herz schlug bis in den Hals, ihr Puls raste und ihr brach der Schweiß aus. »Was …«, krächzte sie, und die beiden am Tisch fuhren herum und starrten sie an, als hätten sie vergessen, dass Annik dort saß und zuhörte, »was hat er mit den Mädchen gemacht?«

»Liebes«, sagte ihr Vater beunruhigt, »ich glaube nicht, dass dieses Thema für deine Ohren … nicht, solange du noch nicht wieder vollkommen hergestellt bist. Soll ich Dora rufen, dass sie dich hinaufbringt?«

»Was hat er mit ihnen gemacht?«, beharrte sie und sah Mira eindringlich an. Die erwiderte ihren Blick mit einem Funkeln in den Augen, das im Halbdunkel seltsam spöttisch wirkte. Sie zog an ihrer Zigarette und stieß einen langen, dünnen Rauchfaden aus. »Die Mädchenleichen im Keller«, sagte sie langsam, beinahe genüsslich. Sie pflückte mit spitzen Fingern einen Tabakkrümel von ihrer vollen Unterlippe und lächelte katzenhaft. »Was so ein psychopathischer Serienmörder eben mit seinen Opfern macht«, sagte sie mit schnurrender Stimme. »Er hat sie grässlich verstümmelt. Die Berichte sprechen von Spiegelscherben und Rosen, die dabei eine Rolle gespielt haben sollen. Anscheinend kann man mit scharfen Dornen und Scherben aus Spiegelglas scheußliche Sachen anstellen, wenn man das will.«

»Mira, bitte«, mahnte Arian und stand auf. »Ich möchte nicht, dass Annik solche Bilder mit in die Nacht nimmt. Komm, Kind, geh mit mir hinauf.«

Annik folgte ihm widerstrebend. Zwei Seelen kämpften in ihrer Brust – einerseits wollte sie die Tante weiter ausfragen, aber ein Teil von ihr wollte nur ins Bett flüchten und die Decke über den Kopf ziehen. Sie ging also mit ihrem Vater und ließ sich an Dora weiterreichen, die den Auftrag bekam, Annik ins Bett zu bringen und ihr Baldriantropfen zu verabreichen.

44

Annik hatte sich vor dem Familienausflug gedrückt und vorgeschoben, sie wolle sich die Haare waschen und ihre Bewerbungsunterlagen für die Universität ordnen und komplettieren. Das brachte ihr einen mitleidigen Blick ihrer ältesten Schwester und ein aufmunterndes Schulterklopfen von Ludo ein.

Sie atmete auf, als die laute Meute endlich aus der Tür war, und kochte sich Kaffee, mit dem sie in den Laden hinunterging. Es war Sonntag, ein Tag, an dem Arian nur auf Absprache für einen Kunden öffnete. Heute hatte er keine Verabredungen, also hatte Annik die Bibliothek für sich.

Sie wanderte an den staubigen Regalen entlang und ließ ihre Finger über die Stapel von Büchern gleiten, die überall auf den Tischen und sogar auf dem Boden lagen. Sie suchte nach etwas, ohne zu wissen, was es war.

Mit ihrem Becher in der Hand stand sie mitten im Raum, schloss die Augen und schnupperte. Natürlich roch sie den Kaffee, sie roch die Bücher, das alte Leder und Leinen, den Moder und Staub, sie roch sogar den Mäusedreck … und sie roch die Rosen. Das Aroma war so intensiv, als stünde sie neben einem blühenden Busch. Sie zitterte und stellte den Becher neben sich ins Regal, schlang die Arme um sich und stieß den Atem aus, um sich zu beruhigen. »Rosen«, murmelte sie. »Äpfel. Spiegel.«

Annik riss die Augen auf und schnappte nach Luft. Spiegel.

Warum war es ihr die ganze Zeit nicht aufgefallen, dass es nirgendwo Spiegel zu geben schien? Hier im Haus hing nicht ein einziger, aber auch auf ihrem Stadtbummel war sie nirgendwo einem Spiegel begegnet. Was für ein verrückter Zauber war das?

Sie drehte sich entschlossen um und lief die Treppen hinauf in ihr Zimmerchen. Sie hatte immer einen Handspiegel in ihrer Kommode zwischen der Unterwäsche liegen gehabt. Es war der Lieblingsspiegel ihrer Mutter gewesen, mit einem hübschen silbernen Rahmen und Griff. Sie hatte ihn geerbt und sicher zwischen der Wäsche verwahrt, damit er nicht versehentlich kaputtgehen konnte.

Sie zog die Schublade auf und wühlte in der Wäsche herum, bis ihre Finger auf etwas Kaltes, Hartes stießen.

Der alte Spiegel blinkte sie an. Sein Silber war schwarz angelaufen, aber das Spiegelglas war blank und glänzte wie neu.

Annik hielt den Atem an und sah hinein.

Sie wusste nicht, was sie erwartet hatte, aber ihr Gesicht sah sie an, nichts anderes. Sie sah müde aus und unter ihrem linken Auge saß eine dünne, rote Narbe, von der sicherlich in einem Jahr nicht mehr als eine feine, weiße Linie übrig bleiben würde, fein und weiß wie eine Tätowierung.

Sie ließ den Spiegel sinken und sah zum Fenster hinauf. Warum waren alle Spiegel verschwunden, wenn doch ihr Gesicht so aussah wie immer?

Über die Absurdität ihres Gedankengangs musste sie lachen. Sie legte den Spiegel auf ihre Kommode, schloss die Schublade und kehrte in den Laden zurück.

Ihr Kaffee war kalt geworden, aber sie trank ihn trotzdem, während sie gedankenverloren zwischen den Regalen herumwanderte. Sie lief und lief, bis ihr auffiel, dass sie sich verlaufen haben musste. Im Antiquariat ihres Vaters, das sie kannte wie ihre eigene Handfläche und das ungefähr so groß war wie eine geräumige Wohnung?

Sie lachte und rieb sich die Augen. Dummes Ding, gedankenlos durch eine Ansammlung von Büchern zu laufen. Sie war, ohne es zu wollen, in einen Nodus hineingetappt, und jetzt musste sie irgendwie den Rückweg finden. Was für ein Glück, dass sie nicht zu Panikattacken neigte.

Sie sah sich aufmerksam um. Die Bücher, zwischen denen sie stand, kamen ihr bekannt vor. Sie berührte die Rücken mit den Fingern und schnupperte. Staub, altes Papier, Leder und ... Rosen.

Annik schüttelte den Kopf und schloss die Augen, um zu horchen und zu schnuppern.

Ein Bild in zarten Pastell- und Grauschattierungen blühte vor ihrem inneren Auge auf. Sie sah ein helles Gebäude inmitten dunkler Bäume. Das Gebäude hatte weder Türen noch Fenster und sie kannte es, ohne sagen zu können, woher. Aus einem Traum?

Ein leises Weinen ließ sie aufhorchen. Sie öffnete die Augen und sah sich um. »Hallo?«, rief sie zaghaft. »Ist da jemand?«

Schritte näherten sich, leise und langsam. Ehe sie sich nach ihnen umdrehen konnte, legten sich zwei Hände sanft auf ihre Schultern und zogen sie an einen warmen, festen Körper. »Bella«, flüsterte eine Stimme in ihr Ohr, und eine Hand legte sich auf ihre Augen. »Du findest den Weg zurück, ich vertraue auf deine Stärke. Lass mich nicht zurück, meine Liebste. Du hast mich nicht vergessen, ich spüre es. Komm zurück, komm zu mir zurück!« Das sanfte, traurige Flüstern verklang, der Griff der Hände löste sich, der Körper wich ins Dunkle zurück.

Annik fuhr herum, griff nach dem Mann, dessen Stimme alles in ihr zum Zittern brachte, wollte ihn zurückhalten, ihn anflehen, ihr zu sagen, wer er war, was er von ihr wollte ... aber ihre Hand stieß gegen ihren Kaffeebecher, der zwischen den lateinischen Grammatiken stand, und schleuderte ihn zu Boden.

»Verflucht«, sagte sie aus tiefstem Herzen und kniete sich hin, um die Scherben aufzusammeln. Kaffeespritzer verunzierten die Buchrücken des untersten Regalbrettes. »Sanskrit und Aramäisch«, murmelte Annik. »Papa bringt mich um.«

Sie rannte hinauf in die Küche, um einen Eimer Wasser und einen Lappen zu holen.

Sie aß ein Brot und sah zum Fenster hinaus. Es war ein gewittriger Tag, die Luft war schwül und drückend. Sie hielt es im Haus nicht mehr aus. Es wäre doch besser gewesen, die anderen zu begleiten, die jetzt bestimmt am Wasser saßen oder in einem der vielen schattigen Cafés. Sie seufzte und nahm ihren Rucksack vom Haken hinter der Tür. Vielleicht war Thijs zu Hause.

Sie stand vor dem Haus und kaute an ihrem Daumennagel. Die Erinnerung daran, dass Thijs ihr den Laufpass gegeben hatte, kämpfte um ihre Aufmerksamkeit. Annik schüttelte entmutigt den Kopf. Diese dämliche Gehirnerschütterung machte ihr wirklich das Leben schwer.

»H-hallo Annik«, rief eine Jungenstimme. Annik fuhr heftig zusammen und drehte sich um.

»Rafi«, sagte sie erstaunt. »Wo kommst du her? Bist du nicht mit deiner Mutter und den anderen zusammen?«

Er lächelte breit und schob seine Hand unter ihren Arm. »Sieht nicht so aus, oder?« Er zog sie in Richtung Straße. »Ich hatte keine Lust, die ganze Zeit dem Gerede meiner Maman zuhören zu müssen. Rette mich vor ihr und zeig mir was von der S-Stadt, Annik.«

Sie musterte ihn von der Seite. Er kam ihr so bekannt und gleichzeitig fremd vor, das war seltsam und machte sie ganz kribbelig. Ihre Finger glitten in die Hosentasche und umfassten eine glatte, kühle Rundung. Sie zog das Ding hervor und hielt es ins Licht. Eine Murmel? Glitzernde Einschlüsse fingen das Sonnenlicht und warfen schimmernde Reflexe.

»Hübsch«, sagte Rafael und streckte die Hand aus. »Zeig mal. Ich hatte solche Murmeln als Kind.«

»Wer hatte die nicht?« Sie lächelte und steckte die Murmel wieder ein. »Los, was soll ich dir von der Stadt zeigen?«

Er grinste sie breit an. »Gibt es irgendwo einen Rummel oder so was?«

Es gab immer irgendwo einen Rummel. Annik war schon lange nicht mehr auf solch einem Markt gewesen und amüsierte sich köstlich, Rafi dabei zuzusehen, wie er sich im Autoscooter den Weg freirammte. Ihr erschütterter Schädel erlaubte ihr nicht, daran teilzunehmen, aber dafür vergnügte sie sich mit Dosenwerfen und ließ sich dann von Rafi zu einem Schießstand zerren. »Ich schieße dir den Hauptgewinn«, verkündete er.

Annik fischte eine gebrannte Mandel aus der Tüte und sah ihm zu, wie er versuchte, aus einem offensichtlich krummen Lauf geradeaus zu schießen. Es roch nach Zuckerwatte und heißem Öl, sechs verschiedene Musiknummern dudelten durcheinander, und die Besucher des Rummels schubsten und schoben sich, vergnügtes Gelächter und lautes Kreischen von der Achterbahn schallten über den staubigen Platz, und überall kieksten helle Kinderstimmen ihre Begeisterung heraus.

»Na gut, vielleicht nicht der Hauptgewinn«, sagte Rafi nach einer Weile und pustete sich eine Locke aus der Stirn.

»Was für ein Glück, sonst müsste ich jetzt so ein Riesenschwein mit mir herumschleppen.« Annik grinste. »Hast du denn überhaupt irgendwas getroffen?«

»Eine Rose für die Schöne«, erwiderte der Junge stolz und präsentierte ihr eine weiße Stoffrose.

Annik wurde es schwindelig. Sie nahm die Rose an, beugte

sich darüber und tat so, als würde sie daran riechen. Sie hätte schwören können, dass der Stoff einen schweren, süßen Duft verströmte. »Das ist …«, begann sie und stockte, denn ein dunkelroter Fleck breitete sich im Herzen der Blüte aus.

»Du blutest«, rief Rafi und zerrte ein nicht besonders sauberes Taschentuch hervor.

Annik wehrte das höflich ab und tupfte mit dem Handballen auf den Schnitt an ihrer Wange. »Seltsam, dass das wieder aufgegangen ist«, murmelte sie. »Halb so wild, es sieht schlimmer aus, als es ist.«

Sie steckte die Rose in ihren Rucksack und deutete mit ein wenig gezwungener Fröhlichkeit auf das Spiegelkabinett. »Komm, das ist lustig.«

Der gläserne Palast glitzerte im Sonnenlicht. Annik verspürte einen kleinen Schauder der Erwartung, als sie darauf zugingen. Sie hatte sich als Kind in dem gläsernen Labyrinth gefürchtet und hatte immer an der Hand ihres Vaters oder ihrer älteren Schwestern hindurchgehen wollen. Sie erinnerte sich, dass tief in seinem Inneren seltsame Dinge auf sie gewartet hatten: Zerrspiegel und sich drehende Trommeln und Scheiben, rüttelnde und schüttelnde Wege, eine stockdunkle Passage, in der man von unheimlichen Dingen berührt wurde … »Oh, es wird toll«, sagte sie leise, um den kleinen Grusel zu verscheuchen.

Sie zahlten Eintritt und betraten das Spiegel- und Glaslabyrinth. Die ineinander verschachtelten Glasscheiben verdeckten kunstvoll den Ausgang, und Annik stand kichernd und mit den Händen tastend in einer Sackgasse, während Rafi sich schon eine Ebene tiefer weiter voranarbeitete. Sie sah ihn in der grünlich schimmernden Tiefe des gläsernen Labyrinths verschwinden und war allein.

Mit beiden Händen und geschlossenen Augen fühlte sie sich von Wand zu Wand, weil ihr durch all die verwirrenden Bilder schwindelig wurde. Sie ertastete einen Durchgang und öffnete kurz die Augen, um sich zu orientieren.

Dunkelheit und Stille. Sie stand mitten im Nirgendwo, es roch nach Staub und Rosen, und sie konnte die Hand nicht vor Augen sehen. Ein kurzer Schreck, dann atmete sie tief ein und wieder aus und ließ ein Werlicht aufscheinen. Es verwunderte sie kurz, dass sie den Zauber so beiläufig beherrschte, aber dann verflogen alle Gedanken, weil sie sich mit einem Mal in einer Kugel aus Licht wiederfand. In dem Licht standen Menschen, die wiederum Lichter in der Hand hielten. Annik blinzelte und erkannte mit einem kleinen Schock, als wäre der Boden unter ihren Füßen ein Stückchen weggesackt, dass all diese Menschen sie selbst waren.

Sie stand im Zentrum eines Kreises aus Spiegeln, die in alle Ewigkeit ihr Abbild wiedergaben.

Annik seufzte und drehte sich um ihre eigene Achse. Irgendwo musste der Eingang sein, durch den sie gekommen war, und der Ausgang, durch den es weiterging, aber sie konnte weder das eine noch das andere erkennen. Nahtlos reihte sich Spiegel an Spiegel.

Annik hob die Hand mit dem Licht, blickte nach oben und zu ihren Füßen, dann packte sie erneut heftiger Schwindel. Überall Spiegel, überall Anniks mit Licht in den Händen. Ehe ihr von dem Anblick richtig übel wurde, löschte sie das Licht und begann, um sich zu tasten.

Glatte Glasflächen stießen beinahe nahtlos aneinander. Sie umrundete den Raum und fand keinen Weg hinaus. Die Dunkelheit war drückend, die Wände schienen enger und enger zusammenzurücken. Annik öffnete den Mund und rief um Hilfe.

»Hilfe«, hörte sie das Echo ihrer Stimme aus der Ferne zurückschallen. »Hil…fe …«

Es blieb still. Annik zwang sich zur Ruhe. Sie neigte normalerweise nicht zu Klaustrophobie, also bestand kein Grund, in Panik auszubrechen. Sie musste nur die Nerven bewahren und den Ausgang finden, weiter nichts.

Das Werlicht leuchtete auf und Annik ignorierte bewusst ihre Spiegelbilder, suchte in den Ecken nach dem Ausweg. Ihre Finger tasteten über das kalte Glas. Sie umrundete den kleinen Spiegelsaal zweimal und blieb einen Moment entmutigt in der Mitte stehen. Es musste einen Durchgang geben, immerhin war sie ja hier hereingelangt.

Sie blickte auf und starrte das gegenüberliegende Spiegelbild an. Schwarzes Haar, ein Zopf, aus dem sich Strähnen lösten, die sich in ihr Gesicht kringelten, große, ein wenig angstvolle Augen, ein blutig roter Schnitt auf dem Wangenknochen, blasse Lippen. Hinter ihr stand eine dunkle Gestalt und winkte.

Annik stieß einen kleinen Schrei aus und wirbelte herum. »Hallo?«, krächzte sie.

Niemand stand hinter ihr, aber im Spiegelbild konnte sie ihn dennoch sehen: groß und schlank, schwarze Jeans und ein schwarzes T-Shirt, aschblondes Haar und bernsteinfarbene Augen. Ein Gesicht, das sie kannte und das ihr trotzdem vollkommen fremd war.

Sie drehte sich erneut um. Hinter ihr stand niemand, aber wenn sie den Kopf wandte und in den Spiegel sah, dann stand er da. Sein schönes Gesicht trug einen strengen, beinahe zornigen Ausdruck. Er bewegte die Lippen, schien ihr etwas zuzurufen, was sie nicht hören konnte.

»Was?«, rief sie und kam sich dabei idiotisch vor. Das war die Gehirnerschütterung, ganz klar. Sie musste gegen eine der Glaswände gerannt sein und jetzt lag sie irgendwo und träumte das alles.

Der Mann machte einen Schritt auf sie zu, dann noch einen.

Er streckte die Hände aus, legte sie gegen das Spiegelglas, als wäre es ein Fenster, durch das er sie ansah.

Annik spiegelte unwillkürlich seine Geste, sie legte ihre Hände dort ans Glas, wo seine lagen. Sie sahen sich in die Augen. Wieder bewegten sich seine Lippen, sagten unhörbar: »Bella.«

»Wer bist du?«, fragte sie hilflos.

Er hob die Hand, als wollte er ihre Wange berühren, ließ sie in einer resignierten Geste wieder sinken. »Hilf mir«, formten seine Lippen.

»Wie?«, rief Annik. »Was kann ich tun?« Sie kannte ihn und kannte ihn nicht, ihr Herz blutete vor Mitleid, und sie hätte alles getan, um ihm zu helfen, ohne zu wissen, woher diese Bereitschaft stammte.

»Komm zurück«, las sie von seinen Lippen. Wieder streckte er seine Hand aus, als wollte er sie durch das Glas berühren. In seinen Augen schimmerten goldene Lichter, seine Lippen bogen sich zu einem schmerzlichen Lächeln.

»Wie?«, fragte Annik hoffnungslos. Es knackte bedrohlich, ein Sprung erschien im Spiegelglas und zog sich weiter, verbreiterte sich, kleinere Sprünge ästelten davon ab, der Spiegel zerbrach vor ihren Augen. Sie musste fassungslos zusehen, wie das Spiegelglas zu einem beinahe undurchsichtigen Craquelé wurde und der Mann, der darin gefangen war, sich in Todesqualen wand. Sein Mund öffnete sich zu einem lautlosen Schrei, Risse und Sprünge liefen über sein Gesicht und seine Hände, zerteilten seine Gestalt in zersplitternde Stückchen, die schließlich mit den Spiegeln, die Annik gefangen hielten, in Myriaden von Scherben zerfielen.

45

»Geht es wieder, Juffrouw?« Eine nicht sonderlich zärtliche, dafür schwielige Hand versetzte ihr Klapse auf die Wange. »Schön atmen und die Augen auf, Fräuleinchen. Na bitte, da kommt wieder ein bisschen Farbe in die Wangen.«

Annik schlug die Augen auf und blickte in ein von Narben zerklüftetes, entstelltes Gesicht. Eine Klappe verdeckte eins der Augen, Narbenwülste verzerrten das Fleisch, aber aus dieser schreckenerregenden Fratze blickte ein hellbraunes Auge sie freundlich an, und ein unversehrter Mund lächelte, als sie schnell blinzelte.

»Daniel?«, flüsterte sie und versuchte sich aufzurichten. Sie lag auf einer schmutzigen Decke in einer Art Schuppen und rundherum standen Männer in Jeans und Overalls.

»Ihr kennt euch wohl, Dan«, rief einer der Männer und lachte. »Das Mädchen hat jedenfalls starke Nerven. Wenn ich aus einer Ohnmacht als Erstes in deine Visage blicken müsste, würde ich den Platz zusammenkreischen.«

»Du fällst ja auch laufend in Ohnmacht, Henk«, zog ihn ein anderer junger Mann auf.

Der Mann, den sie »Dan« genannt hatten, kümmerte sich nicht um das Gerede der anderen. Er kniete sich neben Annik und reichte ihr seine vernarbte Hand, um ihr aufzuhelfen. »Brauchen Sie einen Arzt oder so was?«, fragte er leise. »Ist ein Begleiter von Ihnen auf dem Platz, den wir für Sie suchen können?«

Annik sah unverwandt in sein gesundes Auge. Er hatte eine schöne, tiefe Stimme, und das Haar, das unter einer verwaschenen Kappe hervorkam, war dunkelblond. Sie kannte ihn und doch war er ihr vollkommen fremd. »Danke«, sagte sie geistesabwesend. »Rafael müsste irgendwo hier sein.«

»Er ist zu Hause«, sagte der Mann zu ihrer Überraschung leise. »Er wartet auf dich. Wie wir alle.« Mit diesen Worten zog er sie auf die Füße und stützte sie, bis der Schwindel aufhörte. »Sie sind da drinnen zusammengeklappt«, sagte er laut. »Das passiert gelegentlich, Juffrouw. Sollen wir jemanden für Sie anrufen?«

Annik schüttelte schwach den Kopf und testete die Standfestigkeit ihrer Beine. »Es geht schon wieder«, sagte sie. »Danke, Sie waren sehr freundlich.« Sie sah sich um. »Wo geht es hinaus?«

Der Narbengesichtige geleitete sie zum Ausgang des Rummelplatzes. Annik warf ihm gelegentlich einen beklommenen Seitenblick zu. Als er am Ausgang gegen seinen Mützenschirm tippte und sich verabschiedete, hielt sie ihn noch einmal zurück. »Woher kennen wir uns?«, fragte sie.

Er stand halb abgewandt, der Sonnenschirm einer Süßigkeitenbude warf einen Schlagschatten über sein Gesicht. »Kennen wir uns denn?«, fragte er amüsiert.

Annik starrte ihn an. »Wie es scheint, tun wir das«, sagte sie scharf. »Ich weiß Ihren Namen, und Sie wussten, dass Rafi zu Hause ist.« Sie runzelte die Stirn. »Woher Sie das allerdings gewusst haben …«

»Sie denken zu viel nach, Juffrouw«, sagte der Mann und wandte sich ab. »Schönen Tag noch. Kommen Sie gut heim.«

Annik fühlte sich erstaunlich gut, obwohl sie das Gefühl hatte, durch einen seltsamen Traum zu wandeln. Sie stand eine Weile in der warmen Sonne auf einer Verkehrsinsel, dann stieg sie kurz entschlossen in eine Straßenbahn und fuhr ins Zurenborg.

Was sie in diesem Stadtviertel wollte, war ihr selbst vollkommen schleierhaft. Als Hexe hätte sie einen Passierschein gebraucht, um das Viertel zu Fuß zu durchqueren, also ging sie am Rand des Sperrgebietes entlang und schaute sich die Jugendstilfassaden, die Gründerzeithäuser und die hoch aufragenden Bäume an, die die breiten Straßen säumten. Polizisten zu Pferd ritten hier Streife, die man gut von Weitem erkennen konnte.

Hier wohnten die ganz reichen Leute, natürlich ausschließlich Tumbe. Gab es reiche Hexen? Ja, sicherlich. Aber sie lebten im Hexenviertel oder in der Nähe davon. Kein reicher Tumber sähe es gerne, wenn Hexen in seiner Nachbarschaft lebten, so viel war sicher.

Ein Polizist auf einem riesigen Braunen trabte an ihr vorbei, ohne ihr Beachtung zu schenken. Annik sah sich um und nutzte den Moment, um in eine der schmaleren Seitenstraßen zu tauchen. Sie lief wie von unsichtbaren Fäden gezogen, bis sie an einer hohen Mauer stand, die ein Grundstück eingrenzte. Annik ging zügig, aber nicht auffällig schnell an der Mauer entlang, während sie das Hexenmal auf ihrer Jacke mit Hand und Rucksack verdeckte. Das allein war schon verboten, aber vielleicht hatte sie Glück und fiel so nicht auf.

An einem hohen, schmiedeeisernen Tor hielt sie an und spähte hindurch. Eine kiesbestreute Auffahrt verschwand hinter einem Gebüsch. Sie sah Rasenflächen, die verwildert aussahen, hohe Bäume, Rosenbüsche – aber kein Haus. Es war ein Park, ein verwunschener, stiller Park, in dem entweder kein Haus stand, oder es verbarg sich hinter den Bäumen.

Ehe sie begriff, was sie tat, versuchte sie, das Tor zu öffnen, aber ohne Erfolg. Ihr Herz trommelte laut in ihrer Brust, ihr Atem ging hastig. Sie klammerte sich an das eiserne Tor, drückte ihr Gesicht dagegen und rief: »Rafael! Mach mir auf!«

Der Klang ihrer eigenen Stimme weckte sie aus dem traumwandlerischen Zustand. Sie löste langsam die Hände vom Gitter, sah sich um und rieb sich fest über die Augen. Was wollte sie hier?

Gesichter und Stimmen gaukelten ihr Erinnerungen vor. Ein blonder Mann mit verschlossener Miene, dessen Blick sie trotzdem voller Zärtlichkeit anblickte. Er sah traurig aus, einsam und verloren. Sein Gesicht wurde überlagert von dem eines kleinen Jungen, das gleiche Gesicht, derselbe Ausdruck. Eine Stimme, dunkel und sanft, die ihren Namen sagte. Eine Hand berührte sie, legte sich liebkosend auf ihren Nacken. *Gabriel*, dachte sie und schüttelte das dringliche Gefühl ab, dass sie etwas unternehmen musste. Sofort, ohne zu zögern, sonst wäre es zu spät!

Sie sah sich um und rannte die lange Mauer entlang zurück, sprintete durch die Nebenstraßen und gelangte schließlich außer Atem wieder auf erlaubtes Terrain. Von hinten kam das Klappern von Hufen, dann war ein Polizist auf einem Schimmel an ihrer Seite. Er zügelte sein Pferd, sah drohend auf sie hinab und fragte: »Passierschein?«

Annik hob beide Hände, drehte sie entschuldigend zu ihm hin. »Ich darf mich hier doch aufhalten, Mijnheer? Habe ich etwas falsch gemacht?«

Er beugte sich zu ihr und musterte sie. »Du bist aus dem Zurenborg gekommen, das habe ich doch gesehen.«

»Ich?« Annik erwiderte seinen Blick so unschuldig wie möglich. »Was sollte ich denn da? Nein, ich habe eine Freundin besucht, dort hinter dem Park.« Sie deutete vage in die Richtung, in die vorhin der andere Polizist verschwunden war.

Der Mann richtete sich auf und sah sich um. Dann warf er

ihr einen strengen Blick zu und sagte: »Mach, dass du nach Hause kommst, Hexe. Ich will dich hier nicht wieder herumlungern sehen, hörst du?«

»Verstanden, Mijnheer«, wisperte Annik und schlug die Augen nieder. Sie hörte, wie das Pferd sich entfernte, und atmete langsam aus. Was für ein Wahnsinn.

In nachdenklicher Stimmung gelangte sie nach Hause. Sie hörte die Stimmen der anderen aus der Küche, Geschirrklappern, das Rauschen von Wasser und der Duft von schmorendem Gemüse zogen durch die Luft.

Das Gefühl der Dringlichkeit hatte sie auf ihrem Weg begleitet, es summte in ihren Nerven, zitterte durch ihre Glieder. Einen Moment lang verharrte sie, die Hand auf dem Treppengeländer, dann lief sie hinauf in ihr Zimmer und legte sich auf ihr Bett. Sie faltete die Hände vor der Brust, starrte durch die Dachluke in den Himmel und betrachtete die Wölkchen und die kreisenden Möwen, sah zu, wie das Abendrot den Himmel überzog und die Dämmerung sich langsam auf die Stadt senkte. In ihrem Kopf flüsterten Stimmen. *Komm zurück, Annik. Bella, rette mich. Wo bist du, Annik? Hilf mir!*

Einen kurzen, blendend hellen Moment lang WUSSTE sie. Das Erkennen nahm ihr den Atem und ließ ihr Herz schneller schlagen. Sie wusste. Sie wusste, dass sie nicht länger warten durfte, aber Angst verkrampfte ihre Muskeln. Sie atmete tief ein und wieder aus und entspannte sich. Angst war das eine, Feigheit das andere. Sie durfte sich fürchten, aber es wäre erbärmlich und feige, deshalb in Untätigkeit zu verharren. Der Entschluss war gefasst, jetzt musste sie noch auf den richtigen Moment warten, um ihn in die Tat umzusetzen.

Sie blieb reglos liegen, als Schritte die Treppe hinaufkamen und vor ihrer Tür anhielten. Jemand klopfte und öffnete nach kurzem Warten die Tür. Die Schritte klapperten über die Bodendielen und verharrten neben ihrem Bett.

»Annik? Darf ich mich einen Moment zu dir setzen?«

Annik nickte, ohne den Blick vom Himmel zu wenden.

Stuhlbeine scharrten über den Boden, eine Lehne quietschte, eine gepflegte Hand mit rot lackierten Fingernägeln zupfte einen engen Rock zurecht. »Stört es dich, wenn ich rauche?«

»Bitte, Mira«, sagte Annik höflich.

Ein Feuerzeug klickte, dann zog aromatischer Rauch an Anniks Nase vorüber und vertrieb den süßen Duft nach Rosen.

Mira lehnte sich zurück, verschränkte die Arme und seufzte zufrieden. »Wir reisen morgen früh zurück«, sagte sie nach einer Weile, als spräche sie zu sich selbst. »Danke, dass du dich so nett um Rafi gekümmert hast, Annik.«

»Gerne geschehen«, sagte Annik geistesabwesend. »Er ist ein lieber Junge, das war er immer schon.«

»Du hast recht.« Mira rauchte. »Das Stottern ist dir aufgefallen, nicht wahr? Er hat es gut im Griff.«

Annik nickte.

»Wann hast du es erkannt?« Mira streifte Asche ab und sah Annik mit schmalen Augen durch den Rauch hindurch an.

»Erkannt?« Annik sah wieder zum Fenster hinaus. »Ich begreife gar nichts, Miranda. Ich liege hier und fühle mich in viele kleine Splitter zerfallen, von denen jeder ein anderes Bild zeigt. Mich, meine Familie. Das Haus und Elias. Rosen und Bücher. Rafael und Rafi, dich und …«, sie stockte und bewegte stumm die Lippen: Gabriel.

»Warum?«, fragte sie nach einer Weile.

Mira lächelte schwach. »Ich habe ihn geliebt«, sagte sie. »Er hat um seine Frau und sein Kind getrauert, ich war die ganze Zeit an seiner Seite.« Sie stieß eine zornige Rauchwolke durch die Nasenlöcher. »Natürlich war ich keine standesgemäße Verbindung für den Sohn und Enkel von Helden. Ich, eine gewöhnliche Hexe! Aber ich war zufrieden damit, seine Geliebte zu sein.« Ihre Lippen wurden schmal. »Eine Zeit lang zumindest. Bis er eine zweite Heirat in Erwägung zog, denn der hehre Name van Leuven durfte doch nicht mit ihm erlöschen. Ich habe mich sogar so weit erniedrigt, ihn auf Knien anzuflehen. Ich wusste, dass es vorbei sein würde, wenn er eine andere heiratet. Er war ein Mann von Ehre.« Wieder verzogen sich ihre Lippen. »Ehre! Seine Mutter war eine Hexe, auch wenn das eisern totgeschwiegen wurde. Sein Vater hatte den Mut, eine von uns zu heiraten, aber sein Sohn war zu feige dazu!«

Sie schwiegen eine Weile, dann seufzte Mira wieder und beugte sich vor, um Annik ins Gesicht zu sehen. »Ich kann natürlich nicht zulassen, dass du zurückgehst«, sagte sie sanft. »Das verstehst du doch, oder? Du würdest es verderben. Es ist vermessen zu glauben, dass du ihm helfen kannst, Kind. Du bist noch nicht mal fertig ausgebildet.«

Annik lächelte schwach. »Nein, ich gehe erst im Herbst zur Uni«, sagte sie. »Und ich bin nicht besonders talentiert.«

Mira lachte leise. »Das glaubst du«, sagte sie ironisch. »Du bist gut, Schätzchen. Sehr gut. Aber unerfahren.« Sie streifte Asche von ihrer Zigarette und lehnte sich wieder zurück. »Lerne und lebe dein Leben«, sagte sie leise. »Such dir einen netten Jungen, heirate und sei glücklich. Du hast eine entzückende Familie und du wirst eine sehr glückliche Frau sein. Das ist mehr, als ich je bekommen habe und bekommen werde. Nimm mir nicht das Wenige, das ich habe.« Sie legte ihre kühle Hand auf Anniks gefaltete Hände. »Wirst du mir diese kleine Freude machen, Annik?«

Zum ersten Mal drehte Annik den Kopf und sah sie an. Sah sie lange und gründlich an. Sah die feinen Linien in Miras Gesicht, ihre blasse Haut und die strahlend grünen Augen, den

Zug um ihren vollen Mund, der von Trauer und Verbitterung, verlorenem Glück und verratener Liebe sprach. Sie tat Annik leid, so leid, dass ihr Herz schmerzte.

Annik erwiderte den Druck der kühlen Finger und schüttelte leicht den Kopf. »Nein«, flüsterte sie. »Es tut mir so leid, Mira. Aber ich kann nicht.«

Das schöne Gesicht der Frau verzerrte sich einen Moment lang, als wollte sie weinen, aber sie fasste sich, nickte kühl und stand auf. »Ich verstehe.« Sie stellte den Stuhl wieder an den Schreibtisch und ging zur Tür. Mit der Hand auf der Klinke verharrte sie und sagte, ohne sich umzudrehen: »Das bedeutet Krieg?«

»Das tut es wohl«, erwiderte Annik bedauernd.

Mira nickte und ging hinaus.

Annik streckte sich lang aus und richtete ihren Blick wieder auf den stetig dunkler werdenden Himmel. Die ersten Sterne blinkten, dann zog der volle Mond herauf und sah ihr ins Gesicht. Annik lächelte, als grüßte sie einen alten Freund. Der Rosenduft war so stark, dass sie glaubte, ihn mit den Händen greifen zu können. »Dann wollen wir mal«, flüsterte sie. Sie nahm den Handspiegel ihrer Mutter, der neben ihr auf dem Bett lag, fing damit das Mondlicht ein und spiegelte es auf ihr Gesicht. Sie schloss die Augen und atmete aus.

»Komm zurück«, flehte eine Stimme. »Annik, Liebchen.« Eine mollige Hand streichelte ihre Schläfen, klapste leicht auf ihre Wange. »Komm zurück zu uns. Papa macht sich solche Sorgen …«

Annik blendete die Stimme ihrer Schwester schweren Herzens aus. Sie durfte sich nicht irritieren lassen. Der Weg zurück war dunkel und voller Hindernisse und nur der Rosenduft leitete sie. Der Duft und das klare Licht des Mondes, aber auch dies musste sie nun hinter sich lassen.

Sie biss die Zähne zusammen und zwang sich weiter in die Dunkelheit. Auf ihrer Zunge lag der Geschmack von Blut. Rosen und Kupfer. Rosen und Staub. Rosen.

Annik konnte sich nicht bewegen. Ihr Körper war starr wie Stein. Sie spürte ihren eigenen Atem nicht, sie konnte ihren Herzschlag nicht fühlen, ihre Augen zeigten nichts als Dunkelheit. Sie saß in der staubigen Finsternis, gefangen in ihrem eigenen Körper, und trommelte mit geistigen Fäusten gegen den Stein, zu dem sie geworden war.

»Komm zurück«, flüsterte es in der Ferne. Sie hörte eine Frau weinen. »Annik, liebste Annik. Geh nicht fort, lass uns nicht allein …«

Dann starb die Stimme, das Weinen verstummte, und es war still. Totenstill.

46

Wie lange sie in der Dunkelheit gesessen und vergebens gegen die beklemmende, einschnürende Starre ihrer Glieder angekämpft hatte, wusste sie nicht zu sagen. Jegliches Zeitgefühl war ihr abhanden gekommen, und als die Panik sich legte, empfand sie den Zustand, der sie zur Regungslosigkeit verdammte, sogar in gewisser Weise als angenehm. Sie konnte nichts tun, also musste sie auch nicht in Aktion treten.

Eine unbestimmte Zeit lang saß sie nur da und dachte nach. Etwas war geschehen. Sie war zu Hause gewesen, hatte sich von den Folgen einer Gehirnerschütterung erholt und war von verstörenden Erinnerungen geplagt worden. Die Zeit erschien ihr nun, während sie darüber nachdachte, wie ein seltsamer Traum. Jetzt war ihr Kopf vollkommen klar, sie wusste, wer sie war, und erinnerte sich an alles. Gabriel und Daniel, Rafael und der bemitleidenswerte kleine Elias. Mira, die in Wirklichkeit Miranda hieß und ihr eine Aufforderung zum Kampf vor die Füße geschleudert hatte.

Annik sortierte fein säuberlich ihre Erinnerungen in solche, die ihr sicher erschienen, und solche, die eher Traumbilder waren. Ihre Flucht vor Satan und das, wovor sie davongelaufen war: Das war wirklich geschehen.

Die Begegnung mit Gabriel im Spiegellabyrinth? Daniel als Arbeiter auf dem Rummelplatz? Traum.

Sie berührte zögernd eine Erinnerung, die ihr Schmerzen bereitete. Gabriel van Leuven, der seine Frau und sein Kind getötet hatte. Gabriel van Leuven, der ein wahnsinniger Mörder war. Tote Frauen in den Kellergewölben des Hauses …

Wenn sie hätte atmen können, wäre ihr jetzt ein erschreckter Seufzer über die Lippen entflohen.

Die Frauen im Keller. Sie hatte sie mit eigenen Augen gesehen. Beim gehörnten Gott, beim ewigen Chaos … sie hatte sich selbst mit ihnen dort sitzen sehen, Schulter an Schulter, die Hände im Schoß gefaltet, mit stillen, geduldigen Gesichtern aus Stein.

Mit einem Schrei, der ihre Lungen zu zerfetzen drohte, löste sie sich aus der einengenden Starre und schlug mit all ihrer Hexenkraft gegen die Mauern ihres Gefängnisses. Kein Haiku, kein Knittelvers, kein kunstvoll gedrechseltes Sonett – nur pure, wortlose, zornige Kraft.

Ihr Atem quoll wie eine spürbare Masse aus ihren tauben Nasenlöchern, pfiff über ihre gelähmten Lippen, erwärmte die steinkalten Wangen und ließ die erstarrte Kiefermuskulatur auftauen. Sie knirschte mit den Zähnen und zwang ihre Augenlider dazu, sich zu heben.

Es war dunkel. Stockfinster, um es genauer zu sagen. Wenn sie ihre Hände hätte heben können, um sie vor die Augen zu halten, hätte Annik sie nicht sehen können. Sie fluchte stumm und verbissen und rang weiter mit dem Bann, unter dem sie stand, um die Herrschaft über ihren Körper.

Die Versteinerung wich aus ihrem Nacken, sie drehte probeweise den Kopf und spürte das Knacken und Knirschen, mit dem ihre Wirbel, Knochen, Bänder und Sehnen ihren Dienst antraten.

Ein tiefer Atemzug, eine kurze Entspannung, dann kämpfte sie sich weiter abwärts. Sie konnte das Kinn senken und unter Mühen die Schultern ein winziges Stück heben. Die Muskeln in ihren Oberarmen zuckten, als liefen elektrische Ströme hindurch.

Annik ächzte. Es war schwer, so schwer, dass sie einen entmutigten Moment lang darüber nachdachte, aufzugeben. Sie musste sich nur zurücksinken lassen in die barmherzigen Arme der Dunkelheit und Stille. Sie musste nicht mehr kämpfen, konnte einfach nur dasitzen und denken – und dann damit aufhören und nur noch sitzen.

Sie biss die Zähne zusammen und kämpfte um den Besitz ihrer Arme. Ihre Unterarme und Hände waren in einer bittenden Geste eingefroren, die sich nicht lösen wollte.

Schweißüberströmt und mit wummerndem Herzen gab sie das Scharmützel verloren und konzentrierte sich auf den unteren Teil ihres Körpers. Erstaunlicherweise ließen sich Hüfte und Oberschenkel relativ leicht befreien, aber ihre Füße blieben wie festgenagelt auf dem Boden stehen und weigerten sich zu gehorchen.

Annik erlaubte sich einen Augenblick der Schwäche. Sie schloss die Augen und dämmerte für einige Minuten weg. Bilder blitzten hell und scharf durch ihr Bewusstsein und sorgten dafür, dass sie nicht wieder in den Bann gezogen wurde. Gabriel, ernst und eindringlich, er sprach mit ihr, sie sah, wie sich seine Lippen bewegten. Rafael lächelte und bot ihr einen Apfel an. Eine weiße Rosenknospe fiel vor ihren Augen zu Boden, langsam, in Zeitlupe, traf auf und zersprang in tausend glitzernde Splitter.

Sie riss die Augen auf und sprengte den Bann, der um ihre Füße lag. Ameisen kribbelten in ihren Gliedern, sie stampfte fest auf und genoss das wiederkehrende Gefühl, auch wenn es beinahe schmerzhaft stach.

Blieben die Hände, die verfluchten, zusammengeschweißten Hände, die sie so sicher auf diesen Platz bannten wie eine eiserne Fessel. Annik leckte den Schweiß von ihrer Lippe und flehte den Gehörnten um seinen Beistand an.

Etwas kratzte leise in der Dunkelheit, Krallen scharrten über den Boden. Ein wisperndes Schnurren, dann ein heller Feuerstrahl, dessen Licht sie blendete. Sie schloss die schmerzenden Augen und atmete flach. Was für ein Ungeheuer schlich dort in der Dunkelheit auf sie zu? Würde sie sterben, bevor sie sich hatte befreien können?

Eine Berührung an ihrem Bein, das Kratzen von Krallen, das vertraute Gefühl eines schuppigen Schwanzes, der sich um ihren Oberarm schlang, weiches, warmes Leder an ihrem Hals, eine schnuppernde Schnauze.

Annik liefen Tränen über die Wangen. »Ybbas! Ich dachte, du wärst tot.«

Er schnüffelte und kringelte sich fest um ihren Arm. Ein Bild, das in ihrem Kopf auftauchte, zeigte einen kleinen, jammernden und winselnden Hund mit rauchender Rute und geschwärztem Fell, der sich vor einem riesigen, feuerspeienden Drachen in Sicherheit brachte.

Annik kicherte und schüttelte die Tränen aus den Wimpern. »Das musst du mir noch ganz genau erzählen, Ybb«, flüsterte sie. »Aber jetzt muss ich erst meine Hände freikriegen.«

Mit dem warmen, leise atmenden Gny auf ihrer Schulter floss ihr neue Kraft und Zuversicht zu. Sie ließ die Energie in ihre tauben Unterarme fließen und Stück für Stück das Leben in ihr erstarrtes Fleisch zurückkehren. Nun blieb noch die Schale ihrer Hände.

Licht, dachte sie. *Ich muss sehen, was passiert.*

Sie beschwor mit einem beiläufigen Blinzeln ein Werlicht, das weich schimmernd über ihrer Schulter schwebte. In seinem Licht konnte sie ein kleines Stück ihrer Umgebung erkennen. Sie saß in einer langen Doppelreihe von Frauenstatuen, die blicklos in die Ferne starrten, ihre Hände lagen grau und reglos zur Schale geformt in ihrem Schoß, gefüllt mit taubeperlten weißen Rosenblüten, von denen ein süßer Duft aufstieg.

Annik schauderte vor Entsetzen und Ekel. Sie biss sich auf die Lippe und zwang das Leben in ihre marmorkalten, steinernen Finger zurück. Mit jedem Atemzug, den sie tat, kehrte ein wenig Farbe in das starre Fleisch zurück, wandelte sich das Steingrau der Haut und Nägel in ein lebendiges Rosa. Ihre Gelenke wurden wieder weich und beweglich, sie löste ihre Handflächen voneinander und schüttelte in einer heftigen Bewegung die Rosenblüten von sich wie giftige Skorpione.

Beim Aufstehen wurde ihr kurz schwindelig, aber sie vermied es, sich an der Schulter der neben ihr sitzenden Figur festzuhalten. Sie sah das blasse, friedliche Gesicht mit Schrecken und voller Mitleid an. Es musste einen Weg geben, die Mädchen zu befreien. Sie hatte ihren eigenen Zauberbann gelöst, vielleicht konnte sie das auch für die anderen tun.

Ybbas zischte warnend und kniff sie sacht in den Arm.

»Ja, du hast recht«, murmelte Annik, mit einem Mal todmüde. »Eins nach dem anderen. Ich weiß nicht, wie das hier zu bewerkstelligen ist, also muss ich mir Rat suchen. Gehen wir hinauf, Ybb.«

Sie löschte das Werlicht und schloss die Augen. Hier unten brauchte sie ihre Augen nicht. Es zog sie wie ein Seil, an dem sie sich entlangtasten konnte, hinaus und hinauf. Irgendwo dort oben wartete ihre Aufgabe auf sie.

Die Treppe lag voller Schutt. Annik stolperte hinauf, stieß sich die Zehen und fluchte unterdrückt. Sie hatte Angst. Ihre letzte Erinnerung an das Haus und vor allem das Mausoleum war voller blutiger und schmerzhafter Bilder, die sie am liebsten aus ihrem Gedächtnis verbannt hätte.

Ybbas saß still und angespannt auf ihrer Schulter. Allein seine Anwesenheit war tröstlich, aber es beunruhigte sie, dass er sich weigerte, mit ihr zu kommunizieren. Fürchtete er sich oder war er vor lauter Wachsamkeit so angespannt? Sie spürte das Züngeln, mit dem er die Luft prüfte, und seine Krallen gruben sich in ihre Schulter. Sie hob die Hand und streichelte über seinen Rückenkamm, der regelrecht gesträubt war. »Ruhig«, sagte sie, obwohl sie selbst am ganzen Leib bebte. »Ruhig, mein Junge. Wir schaffen das.«

Sie kämpfte sich über Steine und zerborstenes Mauerwerk, das den obersten Treppenabsatz versperrte. Eine Wand war zusammengebrochen, sie konnte aus dem Küchengang in die Halle blicken. Licht fiel auf den zersprungenen Schachbrettboden, Mondlicht, das durch das eingebrochene Dach schien.

»Wie schrecklich«, sagte Annik. Das Haus war eine Ruine, was sie mit einer unerklärlichen Trauer erfüllte. Es war ein seltsames, zauberdurchwobenes, düsteres und unheimliches Haus gewesen, in dessen Mauern Trauer und Verlust wohnten, aber es war auch prächtig und voller lichtdurchfluteter, schöner Räume gewesen, in denen das Lachen und Leben vergangener Jahrhunderte gefangen gewesen war. Traurig.

Sie kletterte über den Schutt und stand im Mondlicht, sah sich ratlos um. Das Portal hing schief in seinen Angeln, sie konnte in den verwilderten Garten sehen. Die Rosen waren überall, ihre Ranken wanden sich die Baumstämme empor und überwucherten die Hecken, schlangen sich an den Trümmern empor und reckten ihre Ausläufer den Sternen entgegen. Blüten über Blüten waren geöffnet und sandten ihre betäubenden Düfte in die weiche Nachtluft.

»Was ist das hier, das Dornröschenschloss?« Annik wandte den Blick ab. Rosen waren momentan nicht ihre Lieblingsblumen, sie hätte etwas für den Anblick eines Tulpenfeldes in voller Blüte gegeben.

»Suchen wir nach Menschen«, sagte sie und betrat den Westflügel.

47

Leere Gänge und offen stehende Türen. Zerbrochene Fenster, Mauern, durch deren Risse der Wind pfiff. Es gab keine Möbel, keine Einrichtungsgegenstände mehr, das Haus war ein Schutthaufen ohne Seele, als wäre es nie bewohnt gewesen.

Annik fand den Weg zu Gabriels Räumen, aber hier schien das Feuer am stärksten gewütet zu haben. Rauchgeschwärzte Balken und Steine versperrten ihr den Weg ins Innere der Räume, aber sie konnte von hier aus erkennen, dass ein Teil der Außenwand eingestürzt war. Durch das riesige Loch konnte sie Bäume und Rosenranken erkennen.

Sie machte kehrt und lief in die Halle zurück. »Was mache ich nur, wenn hier nichts ist außer Trümmern und einer alten Ruine?«, fragte sie Ybbas.

Der Gny züngelte und sandte eine Welle von Sorge und Dringlichkeit.

»Ja, schon gut«, sagte Annik ein wenig ärgerlich. »Ich beeile mich ja!«

Sie bahnte sich den Weg in den Ostflügel und stand einen Moment vor der Tür, die wie das Hauptportal schief in den Angeln hing. Dahinter lag Dunkelheit. Annik verschränkte schützend die Arme vor der Brust. Der Ostflügel war weniger zerfallen als der Rest des Hauses, das hatte sie noch von dem letzten Blick, den sie von außen auf die Ruine geworfen hatte, im Gedächtnis. Wenn sie durch diese Tür trat, musste sie damit rechnen, in völliger Finsternis herumzustolpern.

»Werlicht«, murmelte sie. »Ybbas, deine Augen brauche ich auch.«

Der Gny richtete sich auf ihrer Schulter auf und verband sich mit ihrem Bewusstsein. Annik blinzelte die irritierende Doppelsicht weg und hob die Hand, um darauf ein Werlicht erscheinen zu lassen. Sie schob die Tür weiter auf und trat ein.

Der erste Saal war leer und voller Staub. Im zweiten Saal hingen dicht an dicht bilderlose Rahmen an den Wänden. Der Korridor, der sich anschloss, war wieder leer und voller Staub.

Annik löschte das Werlicht wieder und ließ sich von ihrem Vertrauten leiten. Sie durchquerte den Flügel der Länge nach und blickte in jeden Raum, dann stieg sie die hintere Treppe hinauf und erforschte im Zickzack die oberen Räume. Da sie hier vorher noch nicht gewesen war, ließ sie immer wieder auch das Werlicht aufleuchten, wenn sie in ein Zimmer blickte.

Müde und desillusioniert öffnete sie die x-te Tür und schloss geblendet die Lider. Grelles Licht stach ihr in die Augen.

Ybbas zischte aufgeregt. Annik benutzte seine Sicht, konnte aber die verwirrenden Bilder, die sich ihr boten, nicht interpretieren. Sie löschte das Werlicht, öffnete die Augen und wartete.

Schimmernde Dunkelheit, leises Flüstern wie Zeit, die in einer Sanduhr verrinnt. Annik schritt langsam voran, setzte Fuß vor Fuß und hob die Hände, um nirgends anzustoßen. Ybbas kniff sie warnend in die Schulter und gleichzeitig berührten ihre Fingerspitzen etwas Hartes, Glattes, eine Wand?

Vorsichtig ließ sie ein schwaches Werlicht aufleuchten und hob es über ihren Kopf.

Ihr Gesicht, blass und angespannt, blickte sie an. Annik stieß den angehaltenen Atem aus und lachte. Sie stand vor einem Spiegel. Mitsamt ihrem Licht schien sie in der Dunkelheit zu schweben wie in einem bestirnten Himmel. Überall im Spiegelglas schimmerten Lichter wie das ihre, erstreckten sich schnurgerade in die Dunkelheit, und wenn sie ihr Licht bewegte, bewegten sich auch all die anderen.

Annik verstärkte das Licht und musste erneut einen Moment lang die Augen schließen. Sie blinzelte durch die Wimpern, bis sie sich an die Lichtfülle gewöhnt hatte, und sah sich dann verblüfft um.

Sie stand in dem kleinen, geschlossenen Spiegelkabinett vom Rummelplatz, war umgeben von unzähligen Spiegelbildern ihrer selbst, die sie mit erstaunter Miene, einem Werlicht in der Hand und Ybbas auf der Schulter anstarrten.

Ybbas schniefte und schloss die Augen. Annik konnte den Impuls nachvollziehen.

Sie drehte sich langsam um ihre Achse und ignorierte dabei die Gänsehaut, die ihren Rücken hinunterkroch. Dieses Mal würde sie den Ausgang finden. Sie war nicht auf dem Rummelplatz, sie war in Gabriels Haus. Dies hier war ein Versuch der Hexe, ihr einen Spiegelzauber aufzuzwingen, aber sie war fest entschlossen, ihm zu widerstehen.

In dem Moment, in dem sie das dachte, stand Miranda im Spiegel hinter ihr und lächelte sie an. »Herzchen«, sagte sie mit sanfter Stimme, »du glaubst, mir gewachsen zu sein? Ich habe dich hier eingeschlossen wie eine Fliege im Bernstein. Zappele ruhig noch ein bisschen herum, aber dann …« Sie schnipste mit den Fingern und ihr Lächeln wurde strahlend.

Annik drehte sich nicht um. Sie konnte spüren, dass niemand hinter ihr stand. »Du kannst mich nicht aufhalten«, sagte sie ruhig. »Ich habe mich aus deinem Bann befreit, der mich für immer in den Keller gesperrt hätte wie die anderen Mädchen. Aber ich bin frei und werde jetzt alle deine anderen Opfer befreien.«

»Deine Vorgängerinnen sind tot«, sagte Miranda verächtlich. »Ich verwahre ihre Abbilder aus reiner Sentimentalität. Jede von ihnen hat dazu beigetragen, dass unsere Existenz weiterging. Das wird auch deine Aufgabe sein, auch wenn du dich jetzt noch sträubst.«

Miranda lachte und hob anmutig die Schultern. Sie trug ein bodenlanges, smaragdgrünes Kleid in der Farbe ihrer Augen, ihr Haar lockte sich rot über sahneweiße Schultern. Sie war so schön, dass Annik sich neben ihr wie ein …

»Zerrupftes Huhn«, sagte sie laut und lachte. »Dann lass uns doch einmal herausfinden, ob das Huhn sich seinen Weg freipicken kann.«

Miranda drehte sich weg, sah Annik über ihre Schulter aber immer noch an. »Viel Erfolg, Kleine«, sagte sie und war fort.

Annik sah sich gründlich um. In der grünlichen Dunkelheit weit hinten in den Spiegelbildern bewegte sich etwas. Etwas oder jemand. Sie hob ihr Licht, ließ es noch heller leuchten und wartete.

Die Bewegung kam stetig näher, das verschwommene Etwas wurde zu einer menschlichen Figur. Ein Junge, schlaksig, blond gelockt, mit besorgter Miene, die sich bei ihrem Anblick zu einem breiten Lächeln aufhellte. Seine Lippen formten ihren Namen.

»Rafael«, sagte Annik und legte ihre Hand gegen das Spiegelglas.

Der Junge sprintete über das letzte Stück, das sie trennte, und berührte das Glas von der anderen Seite. Sein Blick bewölkte sich, er strich nervös mit der Zungenspitze über seine Lippen und sah sich um. *Wo ist sie?*

Annik hob die Schultern. »Fort«, sagte sie ohne große Überzeugung. »Rafael, wie komme ich hier raus?«

Er zog die Brauen zusammen, zuckte mit den Schultern. *Hilf mir.*

Wieder schaute er sich um, seine Gestik wurde fahrig. *Sie kommt und holt mich.*

Annik fuhr mit den Händen über das Glas, das sie trennte. »Gibt es einen Weg, das zu zerschlagen, Ybbas?«, fragte sie laut.

Rafael schüttelte heftig den Kopf und hob abwehrend die Hände. *Nein, nein!*

»Das würde dich nicht befreien.« Er schüttelte wieder den Kopf, machte ein Zeichen mit dem Daumen quer über seine Kehle. Das war eindeutig.

Annik legte die Hände vors Gesicht, dachte fieberhaft nach. Wie konnte sie Rafael aus dem Spiegelbann befreien? Gab es etwas, das sie dafür benutzen konnte, einen Zauber, einen Gegenstand?

Ybbas zischelte aufgeregt und sprang von ihrem Arm auf den Rucksack, der mit einem Mal an ihrer Schulter baumelte. »Woher kommst du denn?«, fragte Annik und zog an seinem Riemen. Sie öffnete ihn und griff hinein, stach sich an etwas heftig den Finger und zog mit einem gemurmelten Fluch eine langstielige weiße Rose mit blutrotem Herzen hervor. Die Rose vom Rummelplatz.

Annik blickte auf und sah in Rafaels goldbraune Augen. Er lächelte breit unter Tränen und streckte sehnsüchtig die Hand nach ihr aus. Und hinter ihm wuchs Miranda aus dem Boden, legte ihre Hände auf seine Schultern und zog ihn zurück in die grüne Tiefe.

»Rafael!«, rief Annik. »Fang!« Sie schleuderte die Rose auf das Spiegelglas, die Blüte tauchte hindurch wie durch die Oberfläche eines stillen Teiches. Konzentrische Ringe verzerrten das

Spiegelbild, undeutlich konnte Annik erkennen, dass Rafael die Hand hob und die heranfliegende Rose aus der Luft pflückte. Er schwenkte sie wie eine Fahne, drehte sich in Mirandas erlahmendem Griff und berührte ihre Wange mit der Blüte.

Mirandas Bild erzitterte, als führe eine Sturmböe über das Wasser, und verschwand.

Rafael sah sich nach Annik um. Er lächelte, küsste die Rose und steckte sie ein. Sein Bild verschwamm, schimmerte und spritzte auseinander wie Wassertropfen, die auf einer heißen Herdplatte tanzten, schrumpften und verdampften.

Annik stand allein in ihrem Spiegelgefängnis und sah sich wieder nur ihrem eigenen, enttäuschten Bild gegenüber.

»Ybbas?«, fragte sie und schulterte ihren Rucksack. »Was siehst du?« Sie schloss die Augen und überließ dem Gny das Feld.

Ybbas fiel es spürbar schwer, so viele verwirrende Spiegelbilder von sich selbst zu sehen. Seine seitlich angeordneten, beweglichen Augen lieferten eine Fülle sich überschneidender, tanzender, unangenehmer Eindrücke. Annik schluckte, weil ihr erst schwindelig und dann übel wurde, aber sie gab nicht auf. Aus Ybbas' Sicht gab es eine Stelle zwischen all den spiegelnden Flächen, die sich anders benahm als die anderen. Sie war matter, dunkler, sah nicht hart und glatt, sondern weich und rau aus. Annik befühlte diese Stelle und ihre Finger schoben sich ohne Widerstand hinein.

Mit einem tiefen Einatmen trat sie in die Öffnung und fand sich in einem Labyrinth aus Glas- und Spiegelwänden wieder. Es war der Irrgarten vom Antwerpener Rummelplatz oder ein Ort, der genauso aussah und sich anfühlte. Sie glaubte, den Geruch von gebrannten Mandeln und Zuckerwatte zu riechen.

Ihr Vertrauter beschwerte sich leise und Annik benutzte wieder ihre eigenen Augen. Das war deutlich angenehmer. Sie blinzelte ein paarmal, um ihre Sicht zu klären, und tastete sich dann voran.

Eine Weile irrte sie durch das Labyrinth, orientierungslos und zunehmend genervt. Sie schritt durch einen Gang, den sie bereits gefühlte tausendmal durchquert hatte, und hielt inne.

In der Ferne, in der Tiefe der verwirrenden Glasflächen bewegte sich etwas, kam auf sie zu. Kehrte Rafael zurück?

Lange Schritte, eine große, breitschultrige Männergestalt. Blondes Haar, dunkle Kleider. Kein Gesicht oder, genauer gesagt, die Überreste eines Gesichtes.

Annik öffnete hastig die Augen und hob die Hand, um Daniel zu winken. »Hierher«, rief sie. »Daniel, ich bin hier!«

Der Mann zögerte, wandte sich halb ab, machte eine Geste, als wollte er sein Gesicht verdecken. Dann sanken seine Schultern herab, er ließ die Hände fallen und senkte den Kopf. Einen Moment lang stand er still an seinem Platz, und Annik begann zu befürchten, dass er sich umdrehen und fortgehen würde. Wie schrecklich musste es für ihn sein, hier seinem Spiegelbild in hundertfacher Ausfertigung entgegentreten zu müssen.

Er straffte seine Schultern, richtete sich auf und setzte seinen Weg fort, kam so unbeirrt auf sie zu, als existierten die Glasscheiben zwischen ihnen nicht, und blieb dicht vor ihr stehen. Sein zerstörtes Gesicht war aus der Nähe, im unbarmherzigen Schein des Werlichtes, noch schrecklicher anzusehen als damals in der dämmrigen Beleuchtung der Bibliothek. Annik hob impulsiv die Hand, als wollte sie sie an seine zerfetzte Wange legen. »Daniel«, sagte sie sanft.

Sein bernsteingoldener Blick ruhte unverwandt auf ihr. Ein Zucken im Narbengeflecht seiner Wange deutete auf seine Anspannung hin, aber seine Lippen lächelten bei ihrem Anblick.

Annik wusste, dass sie ihm, wie Rafael, etwas geben musste.

Miranda wartete dort in der grünen Tiefe auf ihn, Annik konnte ihre giftige Präsenz spüren.

»Danke«, sagte er. Sie konnte seine Stimme wie einen fernen Windhauch mehr erahnen als hören. »Danke, dass du zurückgekommen bist. Du kannst mich nicht retten, Annik. Lauf, rette dich.« Seine verkrüppelte Hand presste sich gegen das Spiegelglas zwischen ihnen. Annik begriff jetzt erst, dass er genau wie Rafael in den Spiegeln gefangen sein musste. Sie riss den Rucksack von ihrer Schulter und griff hinein. Er war leer bis auf einen harten, flachen Gegenstand. Ihre Finger schlossen sich um kühles Silber und zogen ihn hervor.

Der Handspiegel ihrer Mutter?

Annik drehte ihn verwirrt in den Fingern, Lichtblitze zuckten über die Glaswände und wurden von den Spiegeln reflektiert.

Sie hob den Spiegel hoch und hielt ihn Daniel vors Gesicht. Sie konnte einen Blick in der Spiegelung der Spiegelung auf das werfen, was Daniel im Handspiegel sah: sein grässlich entstelltes Antlitz.

Er fuhr zurück, hob abwehrend die Hand. Annik hörte sein entsetztes Stöhnen.

»Sieh hin«, rief sie. »So siehst du wirklich aus!«

Das Bild im Handspiegel veränderte sich. Wellen kräuselten seine Oberfläche, Licht und Schatten wanderten darüber hinweg. Fasziniert von der Veränderung starrte Daniel hinein, und Annik erhaschte eine Ahnung von dem, was er dort erblickte: ein klares, unversehrtes Männergesicht, zwei lohfarbene Augen, eine gerade, schmale Nase, ein kräftiges Kinn und hohe Wangenknochen, eine breite Stirn, in die sich aschblondes Haar lockte.

Annik ließ um ein Haar den Spiegel fallen. In der Reflexion des Handspiegels war Gabriel zu sehen.

Sie zwang ihren Blick zurück auf Daniels Gesicht. Er wich

langsam zurück, seine Hände tasteten über seine Wangen und seine Nase. Während er im grünlichen Dämmerlicht verschwand, verwandelte sein zerstörtes Gesicht sich in das eines Gesunden, der Annik voller Staunen und Freude anblickte.

»Gabriel!«, schrie sie, aber er war verschwunden.

Annik sank langsam in die Knie und lehnte sich gegen die kalte Wand hinter ihr. Ihr Atem flog über ihre Lippen, die taub waren und kribbelten vor Schock. Gabriel? Natürlich war das eine Täuschung gewesen. Sie hatte immer schon vermutet, dass Daniel und er Brüder waren, Zwillinge womöglich. Das musste die Erklärung sein, nichts sonst ergab Sinn.

Sie legte die Hände vors Gesicht und kam wieder zu Atem. Der Ausweg aus dem Labyrinth war jetzt das, worauf sie sich konzentrieren musste. »Ybb?«, fragte sie leise, »fühlst du dich dazu imstande, mit mir zusammen nach dem Ausgang zu suchen?«

Der Gny jammerte leise, aber er löste sich von ihrer Schulter und sprang auf den Boden. Er huschte an den Wänden entlang, schnüffelte und ließ seine Zunge herausschnellen, dann führte er Annik zum nächsten Durchgang.

Ein Glaskorridor reihte sich an den nächsten, das gläserne Gefängnis schien unendlich groß zu sein und von nirgendwo ins Nichts zu führen. Annik irrte mit stetig sinkendem Mut durch das grün schillernde Labyrinth, und in ihr wuchs die Erkenntnis, dass sie hier sterben würde. Oder, noch schlimmer, dass sie auf ewig hier eingesperrt sein würde. Eingesperrt im Spiegelglas, gebannt von dem Zauber der Hexe Miranda, die sich irgendwo dort draußen ins Fäustchen lachte.

Wut wallte in Annik auf, belebte sie wie eine Dusche nach einem langen Tag. »Na warte«, sagte sie. »Wer zuletzt lacht …« Sie raffte sich auf und ging weiter, während sie sich den Kopf darüber zerbrach, wie es ihr gelungen sein mochte, Daniel und Rafael heraufzubeschwören.

Sie schleppte sich weiter von Spiegelkammer zu Spiegelkammer, durchquerte gläserne Korridore und durchsuchte ihre Taschen. Sie wünschte sich, einen Apfel, ein Brot oder wenigstens ein paar Kaugummis eingesteckt zu haben, ehe sie sich auf diesen Weg ohne Hoffnung gemacht hatte. Ihre suchenden Finger trafen auf etwas Glattes, Rundes. Ein Bonbon? Sie zog es hervor und hielt es ins Licht. Glas glänzte, goldene Einsprengsel schimmerten wie die Funken in Gabriels Augen. Die Murmel aus Elias' Koffer.

Annik lachte vor Überraschung und Freude über den unerwarteten Fund. Ein Gefühl von Wärme ließ sie die Hand fest um die Murmel schließen. »Leite mich, kleiner Freund«, sagte sie leise. »Zeig mir den Weg hinaus.«

Sie ging weiter durch das trübe, grünliche Zwielicht wie durch einen seltsamen Traum. Irgendwann merkte sie, dass ihre Hand statt der kühlen Glätte der Glasmurmel etwas Zartes, Warmes und Weiches umfasst hielt. Sie wandte langsam den Kopf, um das, was da neben ihr ging, nicht zu verscheuchen, und erblickte einen blonden Schopf, ein blasses Elfengesicht mit großen Augen, die ernst zu ihr aufblickten. Er trug ein verblichenes Sweatshirt, steif vor getrocknetem Blut, und eine fleckige Jeans, seine Füße waren bloß.

»Elias«, sagte sie leise und drückte seine Hand. »Du bist gekommen, um mich zu führen?«

Er nickte stumm und blickte wieder geradeaus. Er sprach nicht, aber er atmete, und seine kleine Hand war warm und lebendig.

Annik hatte einen Kloß im Hals. »Ich dachte, du wärst tot«, sagte sie mehr zu sich als zu ihm. »Ich habe dich dort liegen sehen, Elias.«

Er nickte ernst und erwiderte den Druck ihrer Finger.

Ybbas kehrte von seinem Erkundungsgang zurück und kletterte an Annik empor. Er züngelte zu Elias hinunter und peitschte aufgeregt mit dem Schwanz. Elias hob den Kopf und schenkte dem Gny ein winziges Lächeln. Ybbas rollte seinen Schwanz ordentlich auf und kletterte hinunter auf Elias' Schulter, bevor er sich wie ein Schuppenkragen um dessen Nacken legte.

Der Junge führte sie zielsicher durch das Glaslabyrinth. Das Licht wurde heller, die grünliche Färbung wich der Farbe von Mondlicht, Annik begann schemenhaft die Umrisse von Bäumen und Büschen zu erkennen. Es roch nicht länger nach gebrannten Mandeln, sondern zart nach blühenden Rosen.

Die letzten Glaswände blieben hinter ihnen zurück und Annik trat in den nächtlichen Park mit seinen blühenden Büschen und hoch aufragenden Bäumen.

Annik tat den Schritt hinaus ins Freie und holte tief Luft. Sie wollte sich umdrehen, um das Labyrinth von außen zu sehen, wollte sich vergewissern, dass es wirklich hinter ihr lag, aber ihre Glieder verweigerten ihr den Dienst. Sie stand starr, den Blick auf einen Busch weißer Rosen gerichtet, und konnte keinen Muskel mehr rühren.

Ein melodisches Lachen klingelte in ihren Ohren. »Sieh an, das Hühnchen hat den Weg gefunden«, sagte Miranda spöttisch. »Und nun?«

48

Annik kämpfte vergebens gegen den erstarrenden Zauber. Ihre Augen begannen zu tränen, und ihre Lunge brannte, als wäre sie schnell und lange gerannt.

Ybbas, dachte sie drängend. *Ybbas, ich komme hier alleine nicht raus. Hilf mir!*

Durch die Versteinerung hindurch konnte sie das Kratzen seiner Krallen auf ihrem Arm und ihrer Schulter spüren. Dann wurde ihr Ohr heiß. Sehr heiß. Unerträglich heiß ...

Sie schrie und riss den Kopf zur Seite, schlug nach dem Gny. »Was machst du da?«, fuhr sie ihn an. »Willst du mich grillen?«

Er sprang von ihrer Schulter und zischte beleidigt, rollte mit den Augen und verschwand im Gebüsch.

Annik befühlte ihr Ohr, stäubte einige verkohlte Haare weg und drehte den Kopf, um nach Elias und dem Labyrinth zu sehen. Beide waren verschwunden. Sie stand im hohen Gras zwischen überbordenden Büschen und Ranken, die ihr nach allen Seiten den Weg versperrten.

Mit einer gestöhnten Verwünschung ließ sie sich ins Gras sinken und massierte ihre schmerzenden Füße. Immerhin, sie war dem Aquarium entkommen.

Es raschelte im Gebüsch, dann kam Ybbas zwischen den Dornenranken hervor und machte ihr Zeichen, ihm zu folgen.

»Du Komiker«, sagte Annik und zog an einer Ranke. »Ich passe hier schlecht durch.«

Ybbas richtete sich auf, holte tief Luft und stieß einen beinahe weißglühenden Strahl Feuer aus, der alles, was er traf, zu feiner Asche verbrannte.

Annik machte einen Satz rückwärts und betrachtete fassungslos die rauchende, geschwärzte Passage durch das Gehölz. Sie berührte unwillkürlich ihr immer noch schmerzendes Ohr. »Da hatte ich aber Glück, dass du das nicht bei mir probiert hast«, murmelte sie.

Ybbas warf ihr einen missvergnügten Blick zu und lief los und Annik sprintete hinter ihm her.

Der Gny bahnte ihnen einen Weg durch die Wildnis, und Annik fragte sich, ob er wusste, wohin er sie führte, oder ob er einfach nur blindlings geradeaus lief.

Dann schimmerte es weiß durch die letzte Schneise, die Ybbas gebrannt hatte. Annik erblickte das Mausoleum und war einen Augenblick lang versucht, sich zurück zwischen die Bäume zu flüchten. Stattdessen holte sie energisch Luft und schritt auf die geöffnete Tür des Grabmals zu.

Wieder lag der vordere, große Raum im Dunkeln und nur durch die Tür in die hinten gelegene Gruft schimmerte das Licht von Kerzen. Annik schluckte. Sie erinnerte sich noch zu deutlich an das, was sie beim letzten Mal hier erwartet hatte.

»Ybb«, flüsterte sie, »sieh nach, was dort ist.« Sie warf einen Blick auf die rosengeschmückten Grabstätten und schauderte.

Der Vertraute rannte lautlos über den Steinboden und verschwand durch die Türöffnung. Annik öffnete ihren Geist für seine Sinneseindrücke und sah sich um. Da war das Podest, auf dem Elias gelegen hatte. Vom Boden aus war nicht zu erkennen, ob auch jetzt jemand darauf lag. Kerzen standen auf steinernen Simsen, und ihr warmer, stetiger Schein spiegelte sich an den Wänden, die aus schwarzem Glas oder glänzend poliertem Marmor zu sein schienen. Ybbas blinzelte wegen der Reflexionen und richtete seinen Blick dann stur auf den steinernen Sockel des Podestes. Offensichtlich war keine Menschenseele in dem Raum, also betrat Annik ihn mit klopfendem Herzen und einem beklemmenden Gefühl der Enge um die Brust.

Mit ihren eigenen Augen betrachtet sah die Gruft noch ein Stück gespenstischer aus. Das Kerzenlicht schimmerte grünlich in den schwarzen Spiegelwänden, die Flammen schienen wie ferne, seltsame Fische in einem fremden Meer zu schwimmen. Annik löste ihren Blick von den Spiegelungen und zwang sich, das Podest anzusehen und die Gestalt, die darauf ausgestreckt ruhte.

Es war ein Mann, zumindest nahm sie das an. Ein Mann, der beinahe zu einem Skelett abgemagert war. Seine Haut spannte sich über klauenähnliche, auf der Brust gefaltete Hände und einen nahezu kahlen Schädel, aus dem eingefallenen Gesicht sprang scharf wie ein Vogelschnabel seine Nase hervor, der zahnlose Mund war schlaff geöffnet, die Augen standen einen Spalt breit offen, durch den gelbliches Weiß schimmerte.

Annik wich unwillkürlich zurück. Stand sie wieder vor einem aufgebahrten Leichnam, nur dass es dieses Mal der eines uralten Mannes war? Sie ballte die Hände zu Fäusten und sah sich hilflos um. Warum war sie hier? Was wurde von ihr erwartet, wozu hatte Ybbas sie zur Leiche eines Fremden geführt?

Der Körper gab ein kaum hörbares Stöhnen von sich, ein zitternder Atemzug hob die knochige Brust, die nur mit einem dünnen Laken bedeckt war. Annik verschluckte einen Aufschrei. Der vermeintliche Leichnam lebte! Er atmete stöhnend, seine Hände fuhren in einer zittrigen Bewegung über die Brust, ehe sie wieder schlaff und reglos zur Ruhe kamen.

Sie fuhr mit der Zungenspitze über ihre trockenen Lippen und schuf ein mattes Werlicht, um sich den Mann genauer anzusehen. »Mijnheer?«, fragte sie, während sie sich ihm näherte. »Kann ich Ihnen helfen?«

Sein Atem pfiff leise über die aufgesprungenen Lippen. Das Gesicht war so von Falten gefurcht, dass sie erst im Schein ihres Werlichtes erkennen konnte, dass es von Narben durchzogen war, die kreuz und quer darüber liefen. Feine Narben, dünn wie Messerschnitte.

Annik fröstelte.

»Gefällt er dir?«, flüsterte eine Stimme in ihr Ohr. »Willst du ihn für dich, Hühnchen? Sag schon, gelüstet es dich danach, ihn in dein Bett zu nehmen und seine kalten Glieder mit deiner jungen Hitze zu wärmen?« Miranda lachte ihr perlendes Lachen.

Annik wich von dem alten Mann zurück und streckte unwillkürlich abwehrend ihre Hände aus. »Nein«, sagte sie mit brechender Stimme. »Nein, das ist er nicht. Du gaukelst mir ein Bild vor.«

Die Stimme klang beinahe mitfühlend. »Das muss ich nicht tun, mein Kind. Er ist mein Geliebter, seit zweihundert Jahren. Sieh ihn an, wie schön er ist. Wie edel sein Antlitz, wie stark seine Schultern, wie kraftvoll seine Brust.« Ihre Stimme brach in einem Schluchzen. »Mein Zauber allein erhält ihm seine Jugend, Hühnchen, deshalb zeige ich dir, was du begehrst. Kannst du für ihn tun, was ich für ihn tun kann? Sag, kannst du es?«

Annik konnte ihren Blick nicht von dem uralten Mann wenden, der wie ein Opfer an einen blutdürstigen Gott aufgebahrt auf dem Podest ruhte. Log Miranda sie an oder war dies wirklich Gabriel – Gabriel van Leuven, Sohn der flandrischen Bestie, der Mörder seiner Frau und seines Kindes und unzähliger Mädchen?

»Stimmt es?«, fragte sie und schluckte die aufsteigenden Tränen hinunter. »Hat er all das getan?«

Die andere Hexe schwieg. Annik spürte ihren Atem in ihrem

Nacken, aber im Spiegelbild der gegenüberliegenden Wand war Miranda nicht zu sehen. Annik rief im Geiste nach Ybbas, aber der Gny war fort.

»Ist das denn noch wichtig?«, fragte Miranda nach einer Weile. »Für die Welt ist er tot. Niemand interessiert sich dafür, was vor zweihundert Jahren passiert ist. Nur ich. Er ist mein Geliebter, und ich will nicht, dass man ihn mir wegnimmt.«

Sie stieß zischend den Atem aus. »Lauf, kleine Annik. Ich bringe dich heil und gesund nach Hause, zurück zu deinen Schwestern und deinem Vater. Du hast einen Freund. Du wirst in ein paar Wochen mit deinem Studium beginnen. Das alles gehört dir, nimm es und sei glücklich.«

Der alte Mann atmete stöhnend ein und wieder aus, seine Lider flatterten und hoben sich. Er drehte mühsam den Kopf und sah Annik an. Ihr Atem stockte.

Es waren Gabriels Augen. Lohfarben, mit kleinen, schimmernden Goldfunken darin, voller Schmerz und Angst. Er blinzelte langsam, sie sah das Erkennen in seinen Augen. Schwarze, bodenlose Verzweiflung machte sich in seinem Blick breit. Er hob mühsam eine zitternde Hand und streckte sie ihr entgegen. »Bella«, hörte sie ihn flüstern. »Bella, hilf mir.«

Sie wich zurück, bis sie die kalte Wand im Rücken spürte. »Was … was willst du?«, fragte sie stockend.

Er folgte ihr mit seinem Blick. »Rette mich«, krächzte er.

»Wie?« Annik hörte sich selbst keuchen.

Mirandas leises Lachen füllte den Raum. »Wie wohl?«, spottete sie. Sie stand am Kopf des Podestes, ihre Hand ruhte auf Gabriels Schulter, streichelte seine zerklüftete Wange. »Gib ihm einen Kuss, kleines Hühnchen. Küss ihn so heiß, dass er davon geheilt wird. Das funktioniert doch in jedem Märchen so, nicht wahr?«

Annik näherte sich zögernd, mit kleinen, widerstrebenden

Schritten dem Liegenden. Sie blieb eine Armeslänge entfernt stehen und sah Gabriel an. So alt. So alt, dass er ihr Urgroßvater hätte sein können. Zweihundert Jahre und mehr hatte Miranda ihn hier in ihrem Bann gehalten, verhindert, dass er alterte, verhindert, dass er starb. Annik schauderte.

»Was willst du?«, fragte sie ihn leise. »Was soll ich für dich tun?« Sie spürte Mirandas höhnisches Lächeln, aber sie sah nur Gabriel an.

Er senkte die Lider, unendlich erschöpft, und öffnete sie wieder. Sein Blick flehte sie wortlos an.

Annik ballte die Fäuste. »Wirst du ihn wieder jung machen, wenn ich tue, was du verlangst?«, fragte sie Miranda, ohne den Blick von Gabriel zu wenden. »Wenn ich zurückgehe, wenn ich mein Leben lebe und das hier vergesse … machst du ihn wieder jung?«

Mirandas Lächeln wurde triumphierend. »Natürlich werde ich das tun«, sagte sie. »Ich liebe ihn. Ich will mit ihm zusammen in diesem schönen Haus leben, für alle Zeit. Dazu habe ich die Macht, kleine Annik. Wenn du ihn aufgibst, wird alles wieder wie vorher sein.« Ihre Augen blitzten wie grünes Feuer.

Annik sah Gabriel fragend an. Er erwiderte ihren Blick mit einem Ausdruck, den sie nicht zu deuten wusste. Eine Träne rann aus seinem Augenwinkel und versickerte in den Furchen seiner Haut. »Gabriel?«, fragte sie leise. »Was willst du?«

»Ein Ende«, flüsterte er und bewegte zittrig die Hand, streckte sie nach ihr aus. »Mach ein Ende.«

Sie berührte seine kalten, knochigen Finger und musste an sich halten, sich nicht zu schütteln. Er hatte sie gestreichelt und geküsst und war doch die ganze Zeit das gewesen, was sie jetzt vor sich sah. Aber obwohl sie sich ekelte, fühlte sie immer noch die gleiche Zuneigung zu ihm, wenn sie in seine goldenen Augen blickte. Sein Blick war gepeinigt, voller Angst und immer noch jung. Sie beugte sich unwillkürlich näher zu ihm, über ihn. Seine schmalen Lippen in dem eingefallenen Gesicht bebten.

Miranda beobachtete sie scharf. »Wenn du ihn küsst, gehört er dir«, sagte sie. »Dann trete ich zurück und überlasse ihn deiner Pflege. Er wird es nicht mehr lange machen, fürchte ich, aber ich würde es dir von Herzen gönnen, seine letzten Stunden zu verschönern.«

Annik fuhr zurück, als hätte sie eine Viper gebissen. Sie ballte krampfhaft die Fäuste. »Du böses Weib«, sagte sie. »Wie kannst du behaupten, ihn zu lieben …?«

Miranda lachte und ihre Augen funkelten vergnügt und boshaft. »Wer windet sich gerade aus der Sache raus?«, fragte sie. »Wer geht auf Abstand und sucht nach dem Ausgang? Ich?«

Annik machte betroffen zwei Schritte auf das Podest zu und legte ihre Hand auf Gabriels klamme Finger. Die dürren Klauen schlossen sich um ihre Hand und zogen Annik mit erstaunlicher Kraft zu ihm hinunter. Sie sträubte sich gegen die Nähe, aber seine Lippen streiften ihre Wange, berührten ihr Ohrläppchen, er flüsterte: »Bella, ich flehe dich an …« Sein Atem roch modrig, er wehte wie ein Grabeshauch über ihre Wange. Annik riss sich schaudernd los und zwang sich, ihre Hand nicht an der Hose abzuwischen. Sie wich seinem Blick aus und hob das Kinn, um Miranda mit schmalen Lippen aufzufordern: »Gib ihm seine Jugend zurück und zeig mir den Weg nach Hause.«

Gabriel stöhnte, sie konnte nicht erkennen, ob vor Schmerz oder Freude. Miranda lächelte sie zum ersten Mal mit echter Herzlichkeit an. »Gutes Kind«, sagte sie. »Du bist klug und hast ein mitleidiges Herz, das ehrt dich.« Mit einer besitzergreifenden Geste legte sie ihre Hand erneut auf Gabriels knochige Schulter. »Ich kümmere mich gut um ihn«, sagte sie. »Sorge dich nicht.« Sie hob die freie Hand und deutete auf die Tür hinter Annik. »Geh nur dort hindurch. Werde glücklich, Liebes.«

Annik warf einen letzten Blick auf Gabriel, der mit geschlossenen Augen dalag und kaum zu atmen schien. In den schwarzen Spiegelwänden schimmerten Gesichter auf, bekannte Gestalten. Annik sah Rafael, der blicklos in der schwarzen Tiefe zu schwimmen schien, sie sah Elias, schlafend, mit wehenden Locken, in der dritten Wand trieb Daniel mit seinem zerstörten Gesicht, der sie als Einziger ansah. Sein goldener Blick sandte ihr eine Botschaft, die sie nicht verstand. War es Zustimmung? Aufmunterung? Ein Abschied?

Ihr Herz krampfte sich in dem Gefühl zusammen, einen Fehler zu begehen, aber dann blickte sie erneut auf den uralten Mann, dessen Lebenskraft vor ihren Augen mit jedem seiner mühsamen Atemzüge weiter zu schwinden schien. Wenn sie noch lange verharrte …

»Wenn du noch länger zögerst, stirbt er«, sprach Miranda ihre Gedanken laut aus. Ihr Gesicht und ihre Stimme drückten nichts als Mitgefühl und Verständnis aus. »Du handelst richtig. Wenn du ihn retten willst, dann geh. Jetzt.«

Annik wandte sich mit zusammengepressten Lippen ab und trat durch die Tür.

49

Sonne schien durch das Dachfenster auf ihr Bett und wärmte ihre Füße. Sie gab ein wohliges Seufzen von sich, krümmte ihre Zehen und streckte sich gähnend. Von unten stieg das Aroma von frisch gebrühtem Kaffee in ihre Kammer. Sie gähnte wieder und öffnete die Augen. Was für eine lange, dunkle Nacht mit unheimlichen Träumen lag hinter ihr! Aber jetzt schien die Sonne und ein neuer Tag war angebrochen. Energie prickelte durch ihren Körper und die Vorfreude auf etwas, das sie nicht benennen konnte. Sie fühlte sich so glücklich wie schon lange nicht mehr, als wäre eine schwere Last von ihren Schultern genommen worden und ein dunkler Schleier von ihrer Seele gewichen.

Sie stand auf und wusch sich die letzten Reste von schläfriger Benommenheit aus den Augen, ehe sie die Treppe hinunterlief.

In der Küche klapperte Geschirr, sie hörte Dora sprechen. Dann trat sie durch die Tür und alle sahen sie an. Ihr Vater begann zu lächeln, während gleichzeitig Tränen in seine Augen stiegen, und Dora stellte sehr langsam die Kaffeekanne auf den Tisch, bevor sie sich auf Annik stürzte und sie heftig umarmte. »Liebchen«, sagte sie und schluchzte einmal auf, ehe sie zu lachen begann. »Annik, du bist wieder wach!«

»Magister van Hoorn hat es uns gesagt«, brummte ihr Bruder, der aus dem Wohnzimmer hereinkam und Annik seltsam verkniffen ansah. Sie konnte erkennen, dass er sich seine Rührung nicht ansehen lassen wollte, aber auch er hatte feuchte Augen. Er kam zu ihr und klopfte ihr heftig auf den Rücken. »Ich wusste es«, sagte er rau. »Du bist zäh!«

Annik sah von einem zum anderen und schüttelte schwach den Kopf. »Was führt ihr denn hier auf?«, fragte sie.

Dora schob sie zum Tisch und drückte sie auf ihren Stuhl. »Du musst frühstücken«, sagte sie energisch. »Das ist wichtig, Magister van Hoorn hat es zweimal gesagt.« Sie drehte sich um und schaufelte zwei Spiegeleier aus der Pfanne auf einen Teller, den sie Annik hinstellte.

»Eier?« Annik sah beinahe angeekelt auf das glibberige Gelb. »Ich mag so was nicht.«

»Iss«, sagte Dora drohend und schob ihr den Brotkorb hin. »Du hast drei Tage nichts gegessen.«

Annik schob mechanisch eine Gabel voll Ei in den Mund und kaute. »Drei Tage?«, fragte sie.

Ihr Vater legte seine Hand auf ihre und drückte sie fest. »Drei Tage«, sagte er. »Du hast wie versteinert auf deinem Bett gelegen. Zuerst dachten wir, es wäre eine Folge der Gehirnerschütterung, aber dann war Ludo so klug, den Rat um Hilfe zu bitten.«

Annik legte ihr Besteck auf den Teller und drückte die Handballen gegen die Augen. Traumbilder suchten sie stroboskopartig heim und vergingen wieder. Sie atmete tief durch. »Was …?«

»Eine Art Bann«, sagte Ludo zögernd. »Magister van Hoorn hat seinen Ursprung nicht erkennen können. Er war sich einigermaßen sicher, dass du irgendwann erwachen würdest, nur konnte er uns nicht sagen, wann das sein würde. Ob in naher Zukunft oder …« Er hob unbehaglich die Schultern.

»Oh«, murmelte Annik.

»Er hat uns gebeten, ihn anzurufen, sobald du erwachst«, sagte ihr Vater. »Er will dir ein paar Fragen stellen.«

Annik nickte betäubt. Was war das Letzte, an das sie sich

erinnerte? Sie war gestern zu Bett gegangen … sie hatte in das silberne Licht des Mondes geschaut und war eingeschlafen. Da war nichts Ungewöhnliches passiert, sie konnte sich jedenfalls nicht daran erinnern. Gestern war sie mit Rafi auf dem Rummelplatz gewesen. Mehr nicht.

Sie seufzte und nahm die Gabel wieder auf. »Rafi ist wieder abgereist, oder?«

»Am Wochenende, ja.« Ihr Vater drückte noch einmal ihre Hand und ließ sie dann essen.

Annik lauschte mit halbem Ohr der Unterhaltung, die sich am Tisch entspann, und dachte nach. Etwas war passiert und es musste einen Grund dafür geben. Niemand fing sich ohne Grund einen Bann ein, dahinter lag immer eine Absicht. Sie war entweder einer anderen Hexe in die Quere gekommen oder hatte jemanden so sehr verärgert, dass derjenige ihr einen Denkzettel hatte verpassen wollen. So ein Verhalten war verpönt, und der Rat konnte sehr ungemütlich werden, wenn eine Hexe sich bei einem solchen Verhalten erwischen ließ. Es war logisch, dass Magister van Hoorn mit ihr reden wollte. Er würde herausfinden wollen, wer hinter dem Bann steckte.

Ein Poltern auf der Treppe riss sie aus ihren Grübeleien. Die Küchentür wurde aufgerissen und ein junger Mann platzte in den Raum. »Annik«, rief er und hob sie fast aus ihrem Stuhl. »Ich hatte so ein Gefühl … du bist wach!« Er küsste sie auf beide Wangen und auf den Mund.

»Thijs«, sagte sie atemlos, während ihr Gesicht warm wurde. »Benimm dich bitte!«

Er setzte sie wieder auf ihrem Stuhl ab und lächelte entwaffnend in die Runde. Alle erwiderten das Lächeln. Man konnte nicht anders, Thijs hatte den täppischen, aber überwältigenden Charme eines jungen Hundes. Eines sehr großen jungen Hundes, dachte Annik und lächelte unwillkürlich. Thijs war ein

Riese, wenn er ein Zimmer betrat, wurde die Luft knapp. Er richtete seine treuherzigen braunen Augen auf sie und tätschelte mit seiner riesigen Pranke ihre Hand. »Fühlst du dich gut?«

»Bestens«, versicherte sie. »Lass mich essen, Thijs, sonst falle ich verhungert vom Stuhl.«

Er ließ sie los, als hätte er sich verbrannt, und ruckte unbehaglich auf seinem Stuhl hin und her. Dora beendete das, indem sie ihm ebenfalls einen Teller mit Brot und Ei hinstellte und freundlich sagte: »Iss. Du siehst aus, als könntest du etwas vertragen.«

Thijs ließ sich nicht zweimal bitten.

Annik betrachtete ihn, während sie langsam weiteraß. Sie waren seit beinahe einem Jahr zusammen, Thijs war ein lieber, kluger und freundlicher junger Mann, dem sie von Herzen zugetan war. Aber?

Sie schluckte und runzelte die Stirn. Etwas fühlte sich falsch an. Nein, eine ganze Menge von Etwassen fühlte sich vollkommen falsch und verkehrt an. Es war wie ein Jucken im Inneren ihres Schädels, an das sie nicht herankam, um sich zu kratzen.

Sie war sich vollkommen sicher, dass Thijs sich vor ein paar Wochen von ihr getrennt hatte. Mit Tränen in den Augen und voller sanfter Versicherungen, dass es ganz und gar sein Fehler sei und es ihm leidtäte, sie darunter leiden zu sehen, aber seine Gefühle für Lies wären nun einmal derart, dass er sie nicht mehr ignorieren könne, und so weiter und so fort.

Wo kam diese Erinnerung her?

»Thijs«, sagte sie leise, »was ist mit dir und Lies?«

Er hob den schweren Kopf und sah sie so verblüfft an, dass sie blinzeln musste, um nicht zu lachen.

»Welche Lies?«, fragte er.

Annik wandte den Blick ab und griff nach ihrer Kaffeetasse. »Vergiss es«, murmelte sie.

Thijs verabschiedete sich etwas später. Annik brachte ihn zur Tür, erwiderte halbherzig seinen Kuss und streichelte seine Wange. Ihre Gefühle waren so gemischt, dass es sie zu zerreißen drohte. Sie mochte Thijs so gerne, dass die Zärtlichkeit ihr nicht schwerfiel, aber sie suchte vergebens in ihrem Inneren nach der flammenden Liebe, die sie für ihn empfunden hatte. Es musste etwas geschehen sein, das sie zum Erlöschen gebracht hatte, aber was?

»Bis morgen«, erwiderte sie seinen Abschiedsgruß und sah ihn mit langen Schritten davongehen. Ihre Augen brannten.

»Annik?«, rief Dora aus dem Haus. »Magister van Hoorn hat sich angekündigt. In einer Viertelstunde.«

Sie rief eine Antwort und ging auf ihr Zimmer, um sich umzukleiden. Man empfing einen Magister des Hohen Rates nicht in ausgebeulten Jogginghosen.

In sauberen Jeans und einer roten Bluse fühlte sie sich dem Besuch gewachsen. Sie warf einen flüchtigen Blick in den Handspiegel ihrer Mutter, um zu überprüfen, dass kein Eigelb an ihrem Kinn klebte, und starrte eine Weile ihrem Spiegelbild in die Augen. Einen winzigen Moment lang hatte sie das unangenehme Gefühl, dass jemand sie aus dem Spiegel heraus beobachtete. Jemand mit kristallklaren grünen Augen und einem spöttischen Lächeln.

Sie schüttelte das Gefühl ab, steckte eine entflohene Strähne in ihren Zopf zurück und nickte sich zu. Ihr Spiegelbild nickte finster zurück. Sie streckte sich die Zunge heraus und wollte den Spiegel gerade weglegen, als ihr ein winziger Haarriss am Rand des Glases auffiel. »Oh«, machte sie und strich mit dem Finger bedauernd darüber. Sie hatte den Spiegel wohl unachtsam behandelt. Wie traurig.

Im Wohnzimmer warteten ihr Vater und ein Fremder auf sie.

Annik sah ihn fragend an. Sie hatte erwartet, dass Magister van Hoorn ein würdiger älterer Herr sein würde, doch dieser Mann war kaum älter als Lily und hatte ein offenes, harmlos wirkendes Gesicht unter einem wilden Schopf roter Locken. Aber als sie in seine Augen sah, revidierte sie ihr erstes Urteil. Ruhige blaue Augen von der Tiefe und Klarheit eines Bergsees blickten sie an.

»Cornelis van Hoorn«, stellte er sich vor und reichte ihr die Hand zum festen Händedruck. »Sie sind Juffrouw Annabelle Joncker?«

Als ob er das nicht genau wüsste. Aber das gehörte zum Ritual, mit ihrem Nicken gab sie sich in seine Hand. Also nickte sie und murmelte: »Ja, die bin ich, Magister.«

Er sah ihren Vater an. »Ich habe ein paar Fragen an Ihre Tochter, Mijnheer. Es wäre schön, wenn wir allein miteinander sprechen könnten.«

Arian Joncker blinzelte unbehaglich und stand auf. »Wenn Sie mich benötigen«, sagte er und sah Annabelle eindringlich an, »wenn irgendetwas ist … rufen Sie. Ich bin nebenan.«

Magister van Hoorn wartete, bis Arian die Tür hinter sich geschlossen hatte. Dann wandte er sich Annik zu und deutete auf den Sessel, der neben ihr stand, als wäre er derjenige, der hier wohnte. »Setzen Sie sich, Annik. Sie werden doch Annik genannt?«

»Ja«, sagte sie wieder und sah ihm fest in die Augen, während sie Platz nahm. »Was möchten Sie wissen, Magister?«

»Nennen Sie mich Cornelis«, sagte er und öffnete die Aktentasche, die neben ihm auf dem Sofa lag. Er zog ein Notizbuch, einen Aktenordner und einige Gerätschaften hervor. Annik musterte misstrauisch die Stimmgabel, das Pendel und einen kleinen Handspiegel, die er ordentlich auf dem Tisch aufreihte, bevor er die Hände im Schoß faltete und sie ansah.

»Zuerst einmal«, begann er und zupfte kurz und nervös an

seiner Hose, »bevor wir beginnen, möchte ich mich im Namen des Rates bei Ihnen entschuldigen.«

Annik nahm einen Schluck aus ihrem Wasserglas, weil sie nicht wusste, was sie darauf antworten sollte. Der Magister nahm seinen Blick nicht von ihr, sprach auch nicht weiter, um seine Worte zu erklären, also schluckte sie das Wasser hinunter und fragte: »Warum?«

Er senkte kurz die Lider und lächelte. »Ich darf Ihnen außerdem gratulieren, man hat Ihnen den gewünschten Studienplatz bewilligt.«

Annik runzelte die Stirn. »Aber …«, sagte sie und schüttelte den Kopf. »Wieso? Ich dachte, das wäre längst …« Sie verstummte und dachte nach. »Da stimmt doch etwas nicht«, murmelte sie.

Er beugte sich vor und verdeckte dabei mit der Hand seine Notizen. »Woran erinnern Sie sich? Was haben Sie in diesem Sommer getan?«

Annik betrachtete ihre Hände. »Ich habe die Schule beendet und danach im Antiquariat geholfen«, sagte sie. »Ab und zu habe ich die Zwillinge gehütet. Sonst war nichts.« Sie starrte ihn an. »Bis auf den Unfall und die Gehirnerschütterung.«

»Ah, die Gehirnerschütterung«, sagte er sanft. »Ja. Auch deswegen bin ich hier.«

Annik war seine Andeutungen leid. »Sagen Sie mir, was Sie von mir wollen«, forderte sie schroff. »Meine Familie sagte mir, dass ich drei Tage ohne Bewusstsein war …«

»Sie waren nicht ohne Bewusstsein«, unterbrach er sie nicht minder scharf. »Sie haben unter einem Bann gestanden. Also, Annik, beantworten Sie bitte meine Fragen.« Er blickte auf seine Notizen und räusperte sich. »Gibt es einen Vorfall, an den Sie sich erinnern? Etwas mit Spiegeln?«

Annik musste an den Sprung im Spiegel ihrer Mutter denken. Sie senkte den Kopf. »Nein«, erwiderte sie zögernd. »Nein, ich …«

Grünliches Licht, Spiegelungen, die ins Unendliche reichten. Eine Gestalt, die wie ein Fisch aus tiefem Wasser zu ihr an die Oberfläche schwamm. Blondes Haar, goldene Augen …

Sie blinzelte mehrmals. »Da war etwas«, sagte sie tastend. »Ein … nein, viele Spiegel. Es war …«

Der Geruch nach Rosen. Nein, nach gerösteten Mandeln und Staub. Ferne Klänge von Spielorgeln und die Stimmen einer Menschenmenge.

»Der Rummel«, sagte sie. »Das Spiegellabyrinth auf dem Rummelplatz.«

Er notierte sich etwas und blätterte in dem Aktenordner.

Annik beobachtete ihn mit steigender Ungeduld. »Warum entschuldigt sich der Rat bei mir?«

Er seufzte und legte seinen Stift aus der Hand. Sein dunkelrotes Haar fiel ihm in die Stirn, als er den Kopf neigte und sie nachdenklich musterte. »Es ist ein Fehler passiert«, sagte er abwartend.

»Welcher Fehler?« Annik erwiderte seine Musterung. Er verzog die Lippen zu einem schmalen Lächeln.

»Ihnen wurde eine Aufgabe zugeteilt, die nicht Ihrem Stand an Fähigkeiten und Wissen entsprach, und deren Ausführung Ihnen Schaden an Leib und Seele zugefügt hat. Wie das geschehen konnte, wird derzeit noch überprüft. Ich kann nur so viel dazu sagen, dass der Rat diesen Irrtum in höchstem Maße bedauert und Ihnen als Entschädigung den vorgesehenen Studienplatz gewährt.«

Annik schwirrte der Kopf. »Eine Aufgabe?«

Er nickte knapp. »Mehr kann ich dazu nicht sagen, das ist alles, was ich weiß.« Er hob bedauernd die Schultern. »Wir erfahren nur das, was wir wissen müssen, Annik. Wenn die Hintergründe relevant für Sie gewesen wären, hätte man sie mir sicherlich ebenfalls mitgeteilt, aber da das nicht geschehen ist, brauchen Sie sich darüber wohl auch nicht den Kopf zu zerbrechen.«

Annik lachte auf. »Das ist nicht Ihr Ernst, oder?«

Er hob die Brauen und widmete sich wieder seinen Notizen. »Ich muss Sie untersuchen«, sagte er nüchtern. »Die Natur des Banns, unter dem Sie stehen …«

»Gestanden haben«, korrigierte Annik ihn.

Er sah auf und wiegte mit bedauernder Miene den Kopf. »Ich befürchte, Sie irren sich«, sagte er und griff nach der Stimmgabel. »Darf ich?«

Annik ließ wie betäubt zu, dass er die Stimmgabel an der Tischkante anschlug und dann vorsichtig in ihr Ohr steckte. Ein klarer, hoher Ton summte durch ihren Kopf, ließ ihre Zähne vibrieren und die Sicht verschwimmen. »Bella«, sagte eine Stimme klar und deutlich. Annik zuckte zusammen.

Der Blick aus blauen Augen fixierte sie eindringlich. »Haben Sie etwas gesehen oder gehört?«, fragte der Magister und zog die Stimmgabel wieder heraus.

Annik schauderte und schüttelte den Kopf. Er notierte sich etwas und griff dann nach dem Pendel und dem Spiegel. »Schauen wir mal, was das hier bringt«, murmelte er. Er griff nach Anniks Hand und ließ das Pendel darüber schwingen, während er in den Spiegel blickte, der vor ihm lag. Seine Stirn legte sich in Falten.

»Spiegel«, sagte er. »Ich dachte es mir.«

Annik sah ihn forschend an. »Sie sind ein Spiegelhexer?«

Er blickte auf, schien durch sie hindurchzusehen, ehe sein Blick sich auf ihr Gesicht fokussierte. »O ja«, sagte er. »Da Sie offensichtlich unter einem Spiegelbann stehen, war es nur natürlich und vernünftig, mich zu schicken. Darf ich?« Er hob die Hand und legte zwei Finger vorsichtig an ihr Augenlid. Mit der zweiten Hand deckte er ihr anderes Auge ab.

Annik musste sich zwingen, nicht zurückzufahren und nicht zu blinzeln. Sie biss die Zähne zusammen.

Ein heller Lichtblitz schoss in ihr Auge und versengte das Innere ihres Kopfes. Sie konnte einen Aufschrei nicht unterdrücken.

»Entschuldigung«, sagte er und ließ sie los. »Wenn ich Sie vorgewarnt hätte, wären die Ergebnisse verfälscht worden.« Wieder machte er sich eine Notiz. »Sie haben zersplitterte Erinnerungen«, sagte er, während er schrieb. »Ein Teil ist echt, ein Teil ist fremd, und ein Teil ist möglich, aber unwahrscheinlich.« Er erläuterte diese kryptischen Worte nicht.

»Können Sie mir das erklären?«, fragte Annik höflich, aber genervt.

Er schüttelte den Kopf. »Später«, sagte er geistesabwesend. »Schauen Sie bitte einmal hier hinein.«

Vor Anniks Blick tauchte plötzlich der Spiegel auf, der gerade noch auf dem Tisch gelegen hatte. Sie starrte sich in die Augen und schluckte. »Ja?«

»Was sehen Sie?«

»Mich.«

Die Stimmgabel wurde angeschlagen und an den Spiegelrand gehalten. Die Schwingungen setzten das Spiegelbild in Bewegung, es verzerrte sich und wurde undeutlich. »Sagen Sie mir, wenn Sie wieder etwas erkennen«, sagte van Hoorn.

Annik war den Zirkus langsam müde, aber sie starrte gehorsam in das glänzende, zitternde Spiegelglas.

Die Wellen und Kringel beruhigten sich, das Bild wurde wieder klar. Annik musterte gebannt das Gesicht, das sie mit spöttischer Miene ansah. Eine schöne Frau, rotes Haar, grüne Katzenaugen, eine Haut wie Sahne.

»Miranda«, sagte sie.

Annik sank langsam gegen die Sessellehne und kämpfte die Flut an Erinnerungen nieder, die mit einem Mal auf sie einstürmte. Als wäre ein Damm gebrochen, prasselten Bilder, Klänge und Gerüche auf ihr Bewusstsein ein. Halb betäubt saß sie da und ließ alles an sich vorbeifließen, ohne nach einem der Eindrücke zu greifen. Es war zu viel, zu mächtig, zu schmerzhaft.

Die Flut schwoll ab, die Bilder verebbten, schließlich tröpfelten die Erinnerungen nur noch an ihr vorbei und versickerten. Annik holte tief und zitternd Luft und stieß sie wieder aus. »Beim ewigen Chaos«, sagte sie erschüttert. »Was habe ich nur getan?«

Cornelis hatte den Spiegel beiseitegelegt und beobachtete sie wachsam. »Was haben Sie denn getan?«

»Ich habe jemanden im Stich gelassen«, sagte Annik. Ihr Mund war so trocken, dass jedes Wort schmerzte. »Sie hat mich eingewickelt, dieses Miststück.«

Sie war vollkommen verwirrt, durcheinandergewirbelt von der Flut an widersprüchlichen Erinnerungen, in der sie vor allem ein Bild bis ins Mark erschütterte: Gabriel, älter als der älteste Greis, wie er auf dem steinernen Podest lag und sie anflehte, ein Ende zu machen.

»Ich habe ihn im Stich gelassen«, wiederholte sie.

Van Hoorn sah sie aufmerksam an. »Was auch immer Sie jetzt vorhaben, Annik, Sie sollten im Kopf behalten, dass Ihnen der Studienplatz sicher ist. In den nächsten Tagen bekommen Sie die Zusage noch schriftlich.«

50

»Papa, was würdest du tun, wenn du feststellst, dass du jemanden ganz schrecklich im Stich gelassen hast?«, fragte Annik. Sie saß im Laden in ihrem Sessel und schlang die Arme um die Knie. Ihr Vater stopfte seine Pfeife und sah sie nachdenklich an. »Im Stich gelassen?«, fragte er. »Und noch dazu ganz schrecklich?« Er lächelte und rauchte die Pfeife an. »Kenne ich denjenigen?«

Annik erwiderte das Lächeln nicht. Sie biss auf ihren Daumennagel und seufzte. »Nein«, sagte sie nach einer Weile. »Und wenn ich versuche, es dir zu erklären, wirst du entweder lachen oder dir Sorgen machen oder mich für völlig verrückt halten. Ich weiß gerade nicht, was ich am schlimmsten fände.«

Ihr Vater runzelte die Stirn. »So schlimm also?«

Annik nickte. »Noch schlimmer.« Sie betrachtete trübselig ihren Daumennagel. »Also, ich versuche es. Du erinnerst dich an die Familie van Leuven, bei der ich eine Stelle als Kindermädchen hatte?« Sie hielt den Atem an. Das war ein Knotenpunkt ihrer widerstreitenden Erinnerungen. Hatte sie wirklich dort gearbeitet oder sich das Ganze nur eingebildet?

Ihr Vater blickte starr in den glimmenden Tabak seiner Pfeife. »Nein, Bella«, sagte er nach einer Weile sanft. »Ich weiß, dass du einen Ferienjob antreten wolltest, aber dann passierte der Unfall …«

»Der Unfall«, murmelte Annik. Sie legte den Kopf an die

Rückenlehne und schloss die Augen. »Papa, tu mir einen Gefallen. Spiel das Spiel einmal so mit, als wäre es die Realität. Ich habe dort gearbeitet, in diesem riesigen Haus. Und dort bin ich irgendwie in einen Spiegelbann hineingeraten.«

Arian machte unwillkürlich eine heftige Bewegung, die den Bücherstapel neben seinem Ellbogen zum Schwanken brachte. »Spiegelzauber?«, fragte er beunruhigt.

Annik hob beschwichtigend die Hand. »Ich sitze hier und rede mit dir, oder?« Sie lächelte, obwohl es ihr schwerfiel. »Papa, nun hör doch zu. Dieses Haus hat eine große Bibliothek. Ich könnte versuchen, über einen Nodus dorthin zurückzukehren. Aber ich weiß nicht, ob ich in derselben Geschichte auftauche, aus der ich verschwunden bin.« Sie biss sich auf die Lippe. »Oder wie immer ich das definieren will. Es ist ja nicht so, dass ich einfach mit der Straßenbahn dorthin fahren, an der Tür klingeln und um Einlass bitten könnte. Das Haus ist eine Ruine, schon seit einer halben Ewigkeit.«

Sie erwiderte den Blick ihres Vaters, der besorgt und ein wenig müde war. »Was möchtest du tun, Kind?«, fragte er. »Ich werde dir helfen, wenn ich es kann.«

Annik lachte auf. »Papa, du bist der Buchhexer, ich bin nur eine angehende Studentin der Künste. Ich kann nicht …«

Ihr Vater unterbrach sie mit einer ungewöhnlich schroffen Handbewegung. »Du kannst«, sagte er. »Du kannst sehr viel mehr, als du dir selbst zutraust. Bella, weißt du, wer einen dieser Studienplätze bekommt? Du weißt, dass die Wartelisten so lang sind, dass die meisten aufgeben, ehe sie auch nur in die Nähe eines der oberen Plätze kommen. Wir haben keine Beziehungen, die wir hätten spielen lassen können. Man hat sich entschieden, dich auszuwählen, und dafür gibt es einen Grund.« Er verzog den Mund zu einem beinahe gequälten Lächeln. »Ich bin stolz auf dich«, sagte er leise. »Und deine

Mutter würde weinen vor Freude, wenn sie das hätte miterleben dürfen.«

Annik schloss die Augen. Sie hatte es sich so sehr gewünscht und hätte überglücklich sein müssen, aber in ihr herrschte nur eine große, betäubte Stille. »Ich muss zurückgehen«, sagte sie. »Ich muss, Papa. Wenn ich nur wüsste, wie ich meinen Fehler wiedergutmachen kann.«

Seine vertraute Stimme streichelte ihr Gemüt. »Du wirst es schaffen, wenn du es wirklich willst. Was immer du glaubst, tun zu müssen – tu es.«

Annik nickte matt. Sie rieb sich über die Augen und wischte Feuchtigkeit weg. »Dann hilf mir, den Nodus zu finden. Ich mache mich reisefertig.«

Mit einem mulmigen Gefühl nahm sie ihren Rucksack vom Haken und packte eine Jacke hinein. Sie zog ihre bequemste Jeans an, ein dünnes T-Shirt und ein wärmeres Sweatshirt. Dann sah sie sich ratlos um. Was nahm man auf eine solche Expedition ins Ungewisse mit? Ein paar Pfefferminzbonbons, eine Flasche Wasser, ein Taschentuch.

Sie wollte den Rucksack gerade zuschnüren, als ihr Blick auf die Kommode fiel. Ein heller Lichtfleck erregte ihre Aufmerksamkeit. Mamas Spiegel.

Sie nahm ihn in die Hand und sah hinein. Der Riss im Glas hatte sich vergrößert und ging nun mitten hindurch, teilte den Spiegel längs in zwei Hälften. Der Sprung ging zwischen den Augen durch ihr Gesicht, teilte ihre Nase und ihren Mund und wirkte wie eine seltsame Narbe.

Annik blinzelte und musterte den Hintergrund. Wo sie Ausschnitte ihres Zimmers hätte sehen müssen, ein wenig Tapete und den Schrank, war Dunkelheit. Schemenhaft konnte sie Bäume erkennen und weiße Flecken, die im Mondlicht schimmerten. Rosen?

Sie starrte ihrem Spiegelbild finster in die Augen. Offensichtlich war es an der Zeit, zurückzugehen. Sie durfte nicht länger zögern.

Ihr Vater hatte den langen Tisch freigeräumt und eine Karte darauf ausgebreitet. Es war keine Landkarte und kein Stadtplan, sondern ein kompliziertes Netzwerk von Linien, Verbindungen und Knotenpunkten, wie eine Karte von Bahnverbindungen und Stationen.

Er hantierte mit einem Zirkel, einem Pendel und einem Buch, in dem er immer wieder blätterte, bevor er wieder eine Strecke auf der Karte abgriff.

Annik stellte ihren Rucksack auf einen Stuhl und gesellte sich neben ihren Vater. Sie sah ihm über die Schulter. »Wie gehst du vor?«, fragte sie. »Du weißt doch auch nicht, wo sich das Ziel befindet.«

Er brummte leise und blätterte erneut in dem Buch. Es war eine Sammlung von Tabellen, in denen Zahlen und Symbole geordnet waren.

»Wir haben den Eingang, er liegt hier«, sagte er und stach den Zirkel in einen Punkt. »Davon ausgehend kann ich die möglichen Verbindungen berechnen. Das sind ungefähr diese hier.« Er schlug einen großen Kreis. »Jetzt brauche ich von dir einen Hinweis. Am besten ein Buch, das du in dieser Bibliothek gesehen hast, an das du dich sehr gut erinnerst. Aussehen, Geruch, wie es sich anfühlt …«

Annik dachte kurz nach, dann lächelte sie. »Ich habe eins«, sagte sie.

Er nickte und deutete auf die Regale. »Haben wir ein Duplikat hier? Das würde es vereinfachen.«

Annik stand wortlos auf und verschwand zwischen den Kinderbüchern. Sie kehrte zurück und legte ein Bilderbuch auf den

Tisch. Ihr Vater begann zu lächeln. »Sehr schön. Dann suchen wir also nach dem Kater in den grün gestreiften Hosen.« Er beugte sich über seine Karte, legte seine Hand auf das Bilderbuch und ließ die Zirkelspitze rotieren. Annik sah gebannt zu, wie der Zirkel sich ohne Zutun ihres Vaters bewegte. Arian hinderte das Werkzeug nur noch mit einer Fingerspitze daran, umzufallen. Er hatte die Augen geschlossen und ein feiner Schweißfilm bildete sich auf seinem Gesicht. Sein Atem ging schwerer und seine Hand begann zu beben.

Annik biss sich auf die Lippe. Sie hatte ihrem Vater schon oft dabei zusehen dürfen, wie er einen Zauber ausführte, und immer war ihm dies mit Leichtigkeit und vollkommen mühelos gelungen. Die sichtliche Mühe, die ihm dieser Zauber bereitete, ließ sie unruhig werden. Sollte sie ihn bitten, den Versuch abzubrechen? Oder wäre eine Störung zu diesem Zeitpunkt fatal? Sie wusste es nicht.

Die Falten im Gesicht ihres Vaters vertieften sich. Er zog die Lippen von den Zähnen zurück, sein Atem zischte, und die Hand, die den Zirkel fixierte, zitterte immer heftiger. Seine Lider hoben sich, aber seine Augen waren so verdreht, dass Annik nur noch einen schmalen Rand der Iris erkennen konnte. Sie biss sich fest in den Handballen. »Papa«, sagte sie und streckte die Hand aus, um ihn an der Schulter zu berühren. »Papa, brich es ab …«

Bevor sie ihn anfassen konnte, schoss seine Hand, die auf dem Buch geruht hatte, hoch und umklammerte ihr Handgelenk wie ein Schraubstock. Sie wagte nicht, sich zu rühren, starrte voller Schreck das schmerzverzerrte Gesicht ihres Vaters an.

Der inzwischen rasend rotierende Zirkel hielt abrupt an und bohrte sich so tief in einen Punkt der Karte, dass er sie auf den schweren Eichentisch nagelte. Arian Joncker stieß ein gequält klingendes Stöhnen aus und sackte vornüber, fiel gegen die

Tischkante und wäre mit der Stirn auf das Holz geprallt, wenn Annik ihn nicht aufgefangen hätte. Sie streichelte seine eiskalten Wangen und sagte: »Papa? Papa, soll ich Dora holen?«

Seine Lider flatterten und er gab ein leises Ächzen von sich. »Meine Güte«, murmelte er und stemmte sich mit Anniks Hilfe in die Höhe. »Was für ein Ritt durch die sieben Höllenkreise.« Er wischte sich mit unsicherer Hand übers Gesicht und sah sich um. »Hast du einen Schluck Wasser für mich?«

Annik füllte ein Glas aus der Karaffe und reichte es ihm. Er trank, seufzte tief und ließ sich gegen die Stuhllehne fallen. »Gut«, sagte er mit kräftigerer Stimme. »Anscheinend war jemand sehr darauf bedacht, diese spezielle Bibliothek nach außen abzuschirmen. Aber wir haben einen zugänglichen Nodus gefunden.« Er beugte sich vor und betrachtete die Karte. Der Zirkel steckte tief in einem großen Knotenpunkt, der aus einem Dutzend und mehr sich kreuzender Linien bestand. Arian schob die Brille auf die Nasenspitze und musterte das Liniengewirr mit sorgenvoll gekrauster Stirn. »Hmmmm«, machte er.

Annik starrte auf die Zeichnung und verschränkte die Arme vor der Brust. »Kannst du es mir erklären?«, fragte sie mit flacher Stimme. Sie fürchtete sich und das ärgerte sie.

Ihr Vater sah nicht auf. Er griff geistesabwesend nach seiner kalten Pfeife und begann auf dem Mundstück herumzukauen. »Ja«, sagte er nach einer Weile. »Ich kann dich dorthin bringen. Aber was ich mich frage … will ich es?«

»Papa«, sagte Annik eindringlich. »Papa, ich muss zurück. Mein … mein Glück hängt daran.« Es klang komisch, aber sie fand keine anderen Worte, um das auszudrücken, was sie zu Gabriel und den anderen trieb. Es war ein Zwang, ein Gefühl der Dringlichkeit und Sorge, ein ziehender, feiner Schmerz.

Arian blickte auf. Sein Blick war sorgenvoll verschattet. »Dein Glück?« Er legte die Pfeife behutsam auf den Tisch.

Annik hob die Schultern und ließ sie wieder sinken. »Ich weiß, dass ich es tun muss. Wenn ich davor fliehe, wird es mich mein Leben lang verfolgen.«

Er nickte langsam und stieß den Atem aus. »Dann ist es so.« Er zog den Zirkel mit einem heftigen Ruck aus der Karte und warf ihn beiseite. Das Werkzeug schlitterte über den Tisch und fiel klirrend zu Boden. Arian legte das Gesicht in die Hände, dann seufzte er und blickte auf. »Gehen wir.«

Annik schulterte ihren Rucksack und folgte ihrem Vater beklommen in das düstere Zwielicht zwischen den Bücherregalen. Arian wanderte voran, hin und wieder betastete er ein Buch oder berührte einen der Stapel auf dem Boden, dann wieder blieb er für Sekunden an einem Ort stehen, schloss die Augen und schien zu wittern. Annik ging stumm hinter ihm her, auch als sie nach Menschenermessen längst die Rückwand des Ladens und die Treppe hinunter ins Lager hätten erreicht haben müssen. Immer noch gingen sie an Regalwänden entlang, und wenn Annik einen Blick auf die Buchrücken werfen wollte, legte sich ein Schleier über ihre Augen, der verhinderte, dass sie die Titel entziffern konnte. Das Licht wurde trüber und grünlicher. Die Luft roch stickig, dann wieder zog eine Brise vorüber, die salzig, beinahe wie Tang roch, dann wieder war für einen kurzen Moment das Aroma von Curry so deutlich zu riechen, dass Annik stehen blieb und die Nase in die Luft hob.

Schließlich hielt Arian an und griff nach Anniks Schulter. »Ich kann hier nicht weiter«, sagte er leise. »Ab hier bist du auf dich gestellt, mein Schatz. Ich hoffe … komm heil zu uns zurück, hörst du?« Er beugte sich vor und küsste sie auf die Wange, dann zögerte er und schloss sie fest in seine Arme. »Wir sind tief in das Gewebe hineingestoßen«, flüsterte er in ihr Ohr. »Zeit und Ort sind sehr weit von unserem Zuhause entfernt. Wenn du zurückkehren willst, denk an das Buch, das auf dem

Tisch im Antiquariat liegt. Es wird dich leiten.« Er ließ sie los, legte seine Hand auf ihre Wange und drehte sich nach einem tiefen Blick in ihre Augen um.

Annik sah ihn zwischen den Regalen verschwinden. Einen Moment lang war sie versucht, nach ihm zu rufen, hinter ihm herzulaufen und mit ihm nach Hause zurückzukehren. Dann holte sie tief Luft, drehte sich in die von ihm gezeigte Richtung und tat den ersten Schritt.

51

Schritt für Schritt. Das Licht war so düster, dass sie kaum eine Armeslänge weit sehen konnte, und jeder Schritt, jede Bewegung schien durch zähe Melasse zu führen. Annik atmete langsam und bewusst ein und wieder aus, während eine verwirrende Vielzahl wechselnder Aromen ihre Sinne reizte. Gebrannte Mandeln und Fisch, ranziges Öl und heißer Asphalt, frischer Kaffee, Veilchen, Kernseife und Brot, Menthol und Pfeifentabak, ein schweres Parfüm und Hundescheiße, Schusterleim, altes Leder, Staub und Rosen.

Rosen.

Annik schnüffelte und ging schneller. Sie achtete nicht mehr auf ihre verwirrende Umgebung, die vage zu erkennenden Regale und Bücher, den glänzend polierten, alten Holzboden unter ihren Füßen. Sie begann zu laufen. Der Rosenduft war wie eine Leuchtspur, eine Markierung, die so deutlich war, dass sie fast glaubte, sie sehen zu können wie einen glitzernden Schimmer in der düsteren Luft.

Das zähe Vorwärtskommen wurde zu einem Gleiten, einem Fliegen, sie schwamm wie ein Fisch zwischen den vorbeifliegenden Regalen, sie zog wie eine Möwe im Sturzflug hinab, hindurch, hinein, bis ihr Fuß an einer Schwelle stockte und sie atemlos und ohne Orientierung haltsuchend nach einem der Regale neben sich griff. Ihre Finger berührten die Buchrücken und mit einer statischen Entladung war sie plötzlich da.

Annik stützte die Hände auf die Oberschenkel, stand eine Weile vorgebeugt da und rang nach Luft wie ein Marathonläufer am Ziel. Vor ihren Augen flimmerten schwarze und silberne Sterne, ihre Lungen stachen, ihre Muskeln zitterten, und in ihren Ohren rauschte der Atlantik.

Endlich richtete sie sich auf, strich das Haar aus ihrer Stirn und sah sich um. Sie stand in einer Bibliothek. Nirgendwo brannte Licht, aber durch ein Fenster fiel silberner Mondschein und malte Muster auf den Boden. Sie schnupperte und begann zu lächeln. Dies war der Ort. Sie erkannte die Mischung aus Leder, Staub, Papier und Rosenduft. Sie brauchte kein Licht, um zu erkennen, dass sie wieder im van Leuvenschen Haus gelandet war. Dort drüben war das Regal mit Kinderbüchern, hinter ihr die Wand, die sie zu zwei Dritteln katalogisiert hatte. Keine Ruine. Kein Brandgeruch und keine Rosenranken, die alles überwucherten. Ein stilles, in tiefem Schlaf liegendes, wunderschönes Haus. Irgendwo hier würde sie Gabriel finden, Daniel, Rafael und vielleicht ... vielleicht sogar Elias, der in seinem Koffer unter seiner geliebten Decke schlief, eine Glasmurmel in der Faust und den Daumen im Mund.

Annik schob ihren Rucksack zurecht und blieb mit erhobener Hand stehen, starr vor Staunen und Schreck.

Ybbas.

Sie hatte ihren Gny vollkommen vergessen, sie hatte nicht einmal bemerkt, dass er nicht bei ihr gewesen war. Es war, als hätte es ihn nie gegeben. Erst jetzt fiel ihr auf, dass sie tagelang ohne ihren Vertrauten herumgelaufen war, ohne auch nur ein einziges Mal an Ybbas zu denken oder ihn zu vermissen.

»Ybb«, rief sie und umklammerte den Riemen ihres Rucksacks. »Ybbas, wo ...«

Das Trappeln von Pfoten, das Kratzen scharfer Klauen über Holz, ein verschwommenes Huschen, aus dem Augenwinkel wahrgenommen. Dann kletterte der Gny an ihrem Bein empor, ringelte sich um ihren Arm, streckte die Zunge heraus und glotzte sie vorwurfsvoll an. Annik kratzte zärtlich über seinen Schuppenkamm und lächelte unter Tränen. »Du hast ja recht, Ybb. Ich bin so froh, dass ich dich wiederhabe!«

Sie rieb sich mit dem Handballen über die Augen und reckte das Kinn. »Stürmen wir die Bastille?«

Auf dem Gang war es dunkel, selbst durch die Fenster drang kein Licht. Annik kannte den Weg mittlerweile so gut, dass sie ihn auch im Dunkeln fand. Sie tastete sich zur Treppe vor und stand eine Weile oben an der Balustrade. Das matte Schimmern zu ihrer Linken war der Kronleuchter. Unten konnte sie das Schachbrettmuster des Bodens erkennen. Zwischen ihr und dem Durchgang zum Westflügel schien eine Art Nebelwand zu stehen, sie konnte noch nicht einmal die Wand der Halle sehen. Das Mondlicht zog eine hell schimmernde Bahn über den schwarz-weißen Boden und zeigte deutlich, dass die Tür zum Ostflügel offen stand.

Annik umklammerte das Geländer und sammelte sich. »Anscheinend findet die Party dort statt«, sagte sie. »Ich hätte mir gewünscht … nun gut, wenn es sein muss, dann stelle ich mich auch dem Spiegelsaal.«

Sie lief die Treppe hinunter, durchquerte die Halle und blieb an der Flügeltür stehen. Bei jedem bisherigen Betreten des Ostflügels hatte dort ägyptische Finsternis geherrscht, aber diesmal schimmerte schwaches Licht durch den Türspalt. Annik schob die Tür auf und warf einen Blick in den Saal.

Er war leer, aber ein Dutzend Kerzen brannte in Leuchtern, die auf dem Boden aufgestellt waren. Annik trat ein und ging auf den ersten Leuchter zu, und als sie ihn erreicht hatte, schlug hinter ihr die Tür ins Schloss.

Sie fuhr herum und blickte auf eine nackte Wand. Wo die Tür gewesen war, sah sie nun verblichene Tapete und Holztäfelung.

Annik verband sich mit Ybbas und benutzte seine Augen, aber auch der Gny sah nichts anderes als sie: Tapete, Holztäfelung, Parkettboden. Ein halbes Dutzend Leuchter, die den Weg zur einzigen Tür des Raumes in der Wand gegenüber wiesen.

Annik durchquerte den Saal, hob den letzten Leuchter auf und trat durch die Tür. Sie ließ sie weit offen stehen, stellte den Leuchter in den Rahmen und ging in den Saal hinein. Während sie sich umsah und die Kerzenleuchter auf dem Boden betrachtete, hörte sie hinter sich ein dumpfes Geräusch. Sie fuhr herum und blickte vor eine tapezierte Wand, an deren Fuß der Leuchter stand, den sie in die verschwundene Tür geklemmt hatte. Er zitterte leicht und Wachs tropfte von der Kerze auf den Boden.

»Ybbas, das macht mir Angst«, flüsterte sie.

Der Gny züngelte und drehte die Augen. Wieder war nur eine einzige Tür da, durch die sie weiterging.

Sie erwartete den Korridor, durch den sie in den Spiegelsaal gekommen wäre, aber auch der nächste Raum war wieder ein identischer leerer Saal mit einigen Leuchtern und einer verschwindenden Tür. Annik runzelte die Stirn und blieb mitten im Saal stehen. »Das ist eine Falle. Wir können ewig weiterlaufen und werden nirgendwo ankommen.«

Ybbas sprang von ihrer Schulter und begann den Saal zu umrunden. Er kehrte zu Annik zurück und krabbelte an ihr hoch. Nichts. Kein zweiter Ausgang.

Also blieb ihr wohl nichts anderes übrig, als durch die nächste, die übernächste und die darauffolgende Tür zu gehen.

Sie wurde müde. Sie hockte sich mitten im Saal auf den

Boden, öffnete ihren Rucksack und nahm ihre Wasserflasche heraus.

Ein Schimmern aus der Tiefe der Tasche erregte ihre Aufmerksamkeit. Sie griff hinein und zog den Spiegel ihrer Mutter heraus. Der Sprung, der durch seine Mitte ging, glänzte hell wie eine Narbe im Kerzenschein.

Annik drehte den Spiegel ratlos in der Hand, dann legte sie ihn auf den Boden, trank einen Schluck Wasser und betrachtete den Saal, der ihr mittlerweile gründlich verhasst war.

Helles Licht strahlte vom Boden zur Decke, als hätte jemand einen Scheinwerfer angezündet. Annik schirmte ihre Augen ab und hob den gleißenden Handspiegel auf, drehte ihn von sich weg. Sie blinzelte und wartete, bis die violetten Kringel vor ihren Augen verblasst waren.

Als sie wieder etwas sehen konnte, erkannte sie im starken, kalten Licht des Spiegels eine blasse Kontur auf der gegenüberliegenden Tapete. Eine Kontur, die wie eine Türöffnung aussah, die überklebt worden war.

Annik stieß einen erleichterten Seufzer aus und tastete die Kontur ab. Ihre Finger fuhren über die Tapete, die sich unter ihrer Berührung kräuselte wie Wasser.

Ybbas schnaufte einen kleinen Funkenschauer und stieß sich von ihrer Schulter ab. Vor Anniks überraschten Augen entfaltete er ein smaragdgrün schimmerndes Paar Flügel, schlug damit ein paarmal energisch durch die Luft und schoss dann wie von einer Bogensehne abgeschnellt auf die Wand zu. Ehe Annik auch nur eine Bewegung machen konnte, um ihn aufzuhalten, flog er durch die Tapete und war verschwunden.

Annik japste, aber sie zögerte keine Sekunde, packte den Handspiegel fester und marschierte auf die gezeichnete Tür zu. Kurz vor dem erwarteten Aufprall schloss sie die Augen und machte den letzten Schritt.

Der Zusammenstoß mit der Wand blieb aus. Ein kühler Luftzug fächelte ihre Wange, dann stieß ihr Fuß gegen etwas Hartes, das klirrend umfiel. Sie riss die Augen auf und sah sich um.

Umgefallen war ein Kerzenleuchter, die Kerzen brannten weiter. Der Saal war leer wie die vorigen, aber dieses Mal standen zwei Türen zur Auswahl, nicht nur eine.

»Wir machen Fortschritte, Ybb«, sagte Annik und lachte resigniert.

Der Gny flatterte vor ihr auf der Stelle und zischte aufgeregt. Funken sprühten auf den Spiegel in Anniks Hand. Sie blickte darauf nieder. Das Licht war erloschen, der Spiegel zeigte nur ihr eigenes, verwirrtes Gesicht. »Danke«, sagte sie und barg ihn wieder in ihrem Rucksack. »Rechts oder links, Ybbas?«

Der Gny flog ohne zu zögern auf die linke Tür zu.

Ein Saal, Kerzenleuchter, zwei Türen.

Die rechte Tür, dann wieder die linke.

Ein Saal, Kerzenleuchter, drei Türen.

Annik ließ sich entmutigt auf ihre Fersen sinken. »Beim Gehörnten und beim ewigen Chaos«, sagte sie und rieb sich über die Augen. »Wir werden hier nie wieder rausfinden, Ybbas. Warum bin ich überhaupt hier? Kannst du dich an irgendetwas erinnern?«

Der Gny landete auf ihrem Knie und legte die Flügel so eng an den Leib, dass sie unsichtbar wurden. Er schnaufte kurz und erbost.

Die Kerzen flackerten, ihr Licht wurde unstet, und die Flammen drohten zu erlöschen. Annik sah zu den drei Türen. Durch eine von ihnen kam ein steter, kühler Luftzug, der den Geruch von Rosen mit sich brachte.

»Wir nehmen die mittlere«, sagte sie und kam auf die Füße.

Die Tür öffnete sich von selbst und ließ Annik in ein Märchenbild eintreten. Ein Ballsaal voller Menschen in prächtigen, altmodischen Gewändern stand vor ihrem Blick. Männer in Fräcken und blendend weißen Hemden tanzten mit Frauen in wunderbaren, fließenden Gewändern in allen Farben des Spektrums. Juwelen glitzerten und Gold schimmerte im weichen Licht der Kerzen. Ein unhörbares Orchester spielte, die Paare tanzten Walzer, Münder bewegten sich, Fächer und Federn flatterten wie Schmetterlinge, Augen blitzten unter dunklen und blonden Frisuren, lachende Gesichter, erhitzt und voller Freude am Tanz, drehten sich an Annik vorbei. All das geschah in vollkommener Stille. Statt des Gelächters, der Stimmen und des Scharrens von Füßen, statt der Musik und anderer Klänge war nur Anniks eigener, hastiger Atem zu hören.

»Was …?«, wollte sie Ybbas fragen und machte einen zögernden Schritt in die prächtige Ballszene hinein, als es wie ein Riss durch sie hindurch ging.

Sie schwankte unter dem plötzlichen Ansturm von Klängen und Stimmen, der überhitzten Luft, schwer von Parfum und dem Duft von Speisen.

Sie streckte die Hand aus und ergriff den Arm ihres Begleiters. »Mir ist schwindelig«, sagte sie. »Geleiten Sie mich bitte zu einem Stuhl, Mijnheer.«

Eine starke Hand umfasste ihre Taille und stützte sie. »Kommen Sie, Fräulein Bella«, sagte die dunkle Stimme ihres Begleiters. »Nehmen Sie hier am Fenster Platz. Ich hole Ihnen eine Erfrischung.«

Annik sank dankbar in das Polster des kleinen Sofas, fächelte sich Luft zu und blickte durch die geöffnete Flügeltür in den nächtlichen Garten. Hinter ihr ging der Tanz weiter, aber sie war froh, ein paar Minuten Pause einlegen zu können. Ihre Füße brannten. Sie hatte keinen Tanz ausgelassen und vorher nicht allzu viel zu sich genommen, das rächte sich jetzt.

Ihr Blick fiel auf den Spiegel, der gegenüber an der Wand

hing. Er zeigte eine dunkelhaarige Frau in einem goldfarbenen Kleid, das in schimmernden Falten auf ihre Füße fiel. Die hohe Taille wurde durch ein Seidenband betont, das weit ausgeschnittene Dekolleté zierte ein prächtiges Collier aus funkelnden Steinen, die dunklen Locken fielen in gebändigter Fülle auf die weißen Schultern, und in der behandschuhten Hand wippte ein zarter Fächer. Annik starrte die Frau bewundernd an. Jetzt trat ein hochgewachsener, eleganter Mann zu ihr. Der Frack stand ihm ausgezeichnet und bildete einen schönen Kontrast zu seinem kunstvoll zerzausten blonden Haar. Er neigte sich zu der sitzenden Frau, als wollte er sie küssen …

»Bella?« Eine Hand erschien in ihrem Blickfeld, sie hielt ein Kelchglas mit einer goldenen Flüssigkeit. »Trinken Sie, meine Liebe, dann wird es Ihnen besser gehen.«

»Danke, Gabriel.« Sie nahm das Glas entgegen und trank. Das Getränk war warm und ein wenig zu süß, aber dennoch erfrischend. Annik lächelte und reichte ihm das halb geleerte Glas. »Trinken Sie es aus, bitte.«

Er erwiderte ihr Lächeln mit seinen goldbraunen Augen und folgte ihrer Bitte. Dann reichte er ihr die Hand. »Sollen wir eine Weile auf die Terrasse hinausgehen? Die Luft ist wunderbar.«

Sie ließ sich von ihm aufhelfen und strich die Falten ihres Kleides glatt. »Gerne«, sagte sie und nahm seinen angebotenen Arm an. Sie sah zu ihm auf und ihre Blicke schlangen sich ineinander wie verschränkte Finger. Sein Mund mit der vollen Unterlippe deutete ein Lächeln an, und er legte seine Hand über ihre, die in seiner Armbeuge ruhte. »Bella«, sagte er mit einer Wärme, die ihr das Blut in die Wangen trieb.

Sie sah, wie die Frau im Spiegel das Gesicht zu dem blonden Mann emporhob, eine stumme Einladung aussprechend, und wie der Mann diese Einladung ebenso wortlos annahm. Er neigte sich zu ihr und seine Lippen berührten ihren Mund.

Ein hässliches Geräusch ließ alle anderen Klänge verstummen. Die Szenerie erstarrte und dann ging ein Riss von oben nach unten durch das Bild und ließ es zerspringen.

Annik stand keuchend in einem leeren, von einem halben Dutzend Kerzen erleuchteten Raum. Vor ihr waren vier Türen.

52

Vollkommen desorientiert folgte sie Ybbas, der sie ohne zu zögern durch die linke der vier Türen führte.

Wieder fand sie sich in einem Saal, aber dieses Mal bestanden die Wände aus schwarzem, spiegelndem Material, entweder glänzend poliertem Stein oder schwarzem Glas.

Annik sah sich in der schwarzen Tiefe, seltsam blass wie ein Fisch in einem dunklen, stillen Teich. Ihr Gesicht und ihre Hände waren bleich wie die einer Wasserleiche, ihre Kleider erschienen ihr fremd und seltsam. Sie trug Hosen wie ein Mann, wie ungehörig!

Sie schloss die Augen, öffnete sie wieder und blickte die Annik an, die sie kannte. Was für ein merkwürdiger Traum war das gewesen, in dem sie in der Haut einer Frau gesteckt hatte, die sie selbst und doch eine andere gewesen war?

Annik schüttelte das beklemmende Gefühl ab, in mehreren Ausgaben zu existieren, und drehte sich einmal um die eigene Achse. Dieses Mal spiegelte sich das Licht der Kerzen in den Wänden ohne eine einzige Unterbrechung. Der Raum war geschlossen, die Wände zeigten keinerlei Fugen oder Hinweise auf eine Tür. Annik rang einen kurzen Anfall von Panik nieder und blickte auf ihre Fußspitzen, um der endlosen Spiegelung von Kerzenflammen und ihrem eigenen Gesicht zu entgehen.

Spiegellabyrinth. Sie war schon einmal in einem solchen Raum gefangen gewesen und Daniel hatte sie daraus befreit.

Annik hob den Blick und sah in die schwarzen Spiegel. Sie ignorierte ihre eigenen Reflexionen und suchte nach etwas anderem in der schimmernden Schwärze. Irgendwo hier musste es einen Weg hinaus geben und sie würde ihn finden.

Ybbas lief wie ein Wiesel an der Kante der Wände entlang, kratzte mit seinen Krallen hier und da am Stein, drehte unermüdlich Runde um Runde. Annik drehte sich mit ihm, suchte in der Tiefe nach einem Hinweis.

Ein Gesicht wandte sich ihr zu, blass und großäugig, ein Mund begann zu lächeln. Helle Locken, die in der düsteren Schwärze grünlich erschienen, ein Paar goldbrauner Augen. Annik fixierte das Gesicht. »Rafael«, rief sie. »Hilf mir, den Weg zu finden.«

Der Junge hob die Hand, als hätte er sie gehört, und winkte. Dann zeigte er an Annik vorbei auf etwas hinter ihr. Sie drehte sich um, suchte nach dem, worauf er zeigte.

In der Ferne glänzte ein Lichtpunkt, der nicht von einer der Kerzen stammte, denn sein Licht war zu kalt und zu weiß. Ybbas flog auf und schwirrte auf das Licht zu, aber dieses Mal wollte die Wand ihn nicht passieren lassen. Er flatterte vor ihr auf und ab und zischte zornig.

Annik legte die Hände gegen den Stein, er war kalt wie Eis. Sie berührte eine andere Stelle, die sich unter ihren Händen erwärmte, wieder eine andere war glatt und kühl wie Marmor. »Ybbas«, sagte Annik, »kannst du Feuer spucken? Dorthin?« Sie legte den Finger auf die kälteste Stelle der Wand, dort, wo das helle Licht sich in der Ferne zeigte.

Ybbas holte tief Luft und spie einen Strom weißglühenden Feuers. Annik wich zurück und schützte ihr Gesicht mit den Händen.

Eine Türöffnung erschien wie eine Pforte aus weißem Licht, in der rote Flammen loderten. Das Feuer brannte nieder und eine glühende Öffnung blieb zurück. Annik zögerte nicht und sprang hindurch.

Dunkelheit, kühl und schmeichelnd. Ein Raum, in dem ihre Schritte hallten. Während sie sich voranbewegte, glommen Lichter an den Wänden auf.

Kerzen, die in Wandhalterungen steckten, erhellten notdürftig ein großes, beinahe leeres Gemach. In der Mitte des Raumes stand ein Bett, schwach beleuchtet von Kerzen am Kopfende.

Jemand lag auf diesem Bett, reglos, mit einer dunklen Decke zugedeckt. Annik konnte helles Haar erkennen, aber nichts vom Gesicht und auch nicht, ob das Haar nun blond war oder vielleicht weiß. Sie wollte sich dem Bett nähern, aber da regte sich eine dunkle Gestalt am Fuß des Bettes, stand gemächlich auf, streckte sich und gähnte laut.

»Satan«, sagte Annik und blickte in die glühend gelben Augen des Hundes. »Braver Hund.« Ihre Stimme zitterte ein wenig. Sie streckte die Hand aus, um das riesige Tier daran schnuppern zu lassen. Ybbas hatte sich auf ihre Schulter geflüchtet und zischte Satan an, der das geflissentlich ignorierte.

Der Hund drehte den schweren Kopf und sah an Annik vorbei. Sie drehte sich langsam um, während eine Gänsehaut über ihre Arme kroch. Am anderen Ende des Gemaches stand eine reglose Gestalt, die sie anblickte.

»Frau Wouters«, sagte Annik erleichtert. Sie wusste nicht, was oder wen sie erwartet hatte, aber es war ganz gewiss nicht die strenge Haushälterin gewesen. »Ich bin zurückgekommen.«

»Das sehe ich«, sagte die Haushälterin kühl. »Halten Sie das für eine gute Idee?«

»Ich hatte meine Aufgabe nicht erfüllt«, erwiderte Annik.

»Und wie lautete die?« Der ungnädige Tonfall ernüchterte Annik. Ihre Erleichterung wich einem Gefühl der Sorge.

»Ich habe Elias … ich habe Rafael und Daniel im Stich gelassen«, sagte sie beklommen. »Und Mijnheer. Er braucht mich.«

Die Haushälterin lachte auf, es klang unangenehm. Frau Wouters kam auf Annik zu und das Licht der Kerzen fiel auf ihr Gesicht und ihr Haar. Annik stieß einen kurzen Schrei aus und schlug die Hand vor den Mund.

»Ich dachte, wir hätten eine Abmachung«, sagte Miranda Wouters. »Ich dachte wirklich, du hättest es begriffen. Jetzt kann ich dir nicht mehr helfen, Hühnchen. Jetzt musst du leider sterben.« Sie hob die Hand und die Luft zwischen ihnen gefror zu Eis. Annik sah ihr zitterndes Spiegelbild zwischen sich und der Hexe stehen, dann riss der Eisspiegel und brach in scharfkantige Splitter.

Annik wandte sich zur Flucht, aber Satan versperrte ihr den Weg. Er zog die Lefzen von den scharfen Zähnen und knurrte warnend.

Ybbas ließ sich von Anniks Schulter fallen und schoss auf die Hexe zu. Er peitschte mit den Flügeln und spie einen dünnen Strahl Feuer, der die heranzischenden Spiegeleissplitter in der Luft zergehen und als Wasser zu Boden tropfen ließ. Der Gny drehte einen Looping und ein zweiter Feuerstoß versengte dem angreifenden Hund die Nase.

Satan jaulte auf und wich zurück. In seinen Augen spiegelte sich das Feuer aus Ybbas' Maul. Es roch nach versengtem Fell.

»Azaz«, rief Miranda. »Azaz, mein Liebling!« Schmerz klang aus ihrer sonst so beherrschten Stimme. Sie ließ Annik stehen und warf sich schützend vor ihren Vertrauten.

Annik nutzte die momentane Verwirrung, um hinter dem Bett Deckung zu suchen. Sie zog den Spiegel aus ihrem Rucksack und presste ihn an die Brust. Miranda war eine Spiegelhexe, sie war in diesem Zauber gefangen. Es musste einen Weg geben, sie zu besiegen, und dieser Weg musste über einen Spiegel führen, das allein fühlte sich richtig an.

»Mama«, flüsterte sie und sah in das gesprungene Spiegelglas, aber nur ihr eigenes, verängstigtes Gesicht blickte sie an. »Mama, hilf mir!«

Das Spiegelbild erzitterte und verschwamm. Einen schwindelerregenden Moment lang sah Annik eine Reihe von Bildern über das Glas tanzen. Sie zwang sich hinzublicken und wartete auf einen Hinweis in all dem Durcheinander, der ihr helfen würde. Ein Kaleidoskop von Gesichtern tanzte über das Spiegelglas, alte Gesichter, junge Gesichter, fröhliche und traurige Mienen, Menschen, die sie kannte, und solche, die ihr vollkommen fremd waren.

»Wo bist du?«, hörte sie Miranda rufen. »Wo hast du dich versteckt, kleines Huhn? Komm heraus, lass dich rupfen. Dein Gny hat aufgegeben, Satan hat ihn gefressen.«

Annik blieb, wo sie war, und starrte beschwörend in den Spiegel. *Hilfe!*, dachte sie.

Der rasende Tanz der Bilder hörte auf und ein ernstes, blasses Gesicht blickte sie aus dem Spiegel an. Elias legte einen Finger auf die Lippen und zeigte dann auf Annik, malte eine runde Form in die Luft. In seiner Hand erschien die Glasmurmel und verschwand wieder.

Annik hielt den Atem an und grub hektisch in ihrer Hosentasche. Sie fühlte das kühle Glas zwischen den Fingern, zerrte die Murmel heraus und umklammerte sie fest.

»Da bist du ja«, flüsterte Miranda an ihrem Ohr. Annik schrie vor Schreck und sprang auf, aber die Spiegelhexe umklammerte ihren Arm und hielt sie fest.

»Nun haben wir genug gescherzt«, sagte Miranda. »Ich möchte, dass du hier hineinblickst, Schätzchen. Gleich haben wir es hinter uns, es tut auch gar nicht weh.« Sie hielt Annik einen Handspiegel vor, der den gleichen Riss aufwies wie der ihrer Mutter. War es derselbe Spiegel? Annik starrte hinein und verlor sich für einen Augenblick in der schimmernden, lockenden Tiefe.

»Ja, so ist es brav«, sagte die Hexe sanft. »Das machst du sehr gut, mein Kind. Sieh dich an und vergiss …«

Annik riss sich mit einem Ruck, der ihr beinahe die Seele aus dem Leib zog, von dem hypnotischen Blick in den Spiegel los. Sie hob die Hand mit der Murmel und schleuderte sie in Mirandas Richtung. Sie wusste nicht, ob dies etwas bewirken würde, aber es war das Einzige, was ihr einfiel.

Die gläserne kleine Kugel flog langsam wie eine fallende Feder auf Miranda zu, die die Murmel fassungslos anstarrte. »Was ist das?«, hörte Annik sie fragen. »Was soll das sein, wozu … was ist das?« Ihre Worte endeten in einem schrillen Schrei, der sich zu einem Kreischen steigerte. Die Murmel traf zwischen ihren Augen auf und bohrte sich mit schrecklicher Langsamkeit in Mirandas Stirn. Einige Atemzüge lang sah es so aus, als hätte die Hexe ein drittes, golden schimmerndes Auge, dann verschwand die Kugel in ihrem Kopf und hinterließ ein kreisrundes, schwarzes Loch.

Miranda krallte schreiend die Hände ins Gesicht. Risse entstanden rund um das Loch, verbreiterten sich zu tiefen Sprüngen. Die Schreie wurden schriller und schriller, Mirandas Gestalt schien flacher zu werden, eine Dimension zu verlieren, ihre Farben verblassten, das Licht der Kerzen spiegelte sich sekundenlang in ihrem Bild, dann zersprang es mit einem sirrenden Knall in glitzernde Scherben, die den Boden mit Myriaden winziger Spiegelsteine übersäten.

Ein Hund jaulte schmerzerfüllt auf, es klang wie der Aufschrei und das Weinen eines Menschen. Annik fuhr herum, erwartete, Satan zu sehen, der sich zum Angriff duckte, aber da hockte nur ein kleines, schwarzes Fellknäuel von Hund, das sie voller Schmerz anblickte. Der Hund hob den Kopf zu einem letzten, wimmernden Jaulen, dann begann seine Gestalt zu verblassen und löste sich auf.

Annik hielt den Atem an. Unter ihren Füßen knirschte der feine Kristallstaub. Sie sah sich hektisch um, suchte nach Ybbas, aber ihr Vertrauter war verschwunden.

Sie suchte mit geschlossenen Augen nach einer Spur von ihm und fand eine schwache Signatur, die wie das Aroma von Zimt und Zitronen in der Luft hing. Ybbas war fort, aber er existierte noch. Wo auch immer in der Gegenwelt er jetzt war, er würde den Weg zu ihr zurück schon finden.

Sie konzentrierte sich auf das Bett und den Menschen darin. Die düstere Beleuchtung, das schwarze Bettzeug und die dunkle Decke verhinderten, dass sie Einzelheiten seiner Gestalt erkennen konnte, aber die Statur und Größe ließen auf einen Mann schließen. Gabriel? Sie hoffte und fürchtete es gleichermaßen.

Annik trat an das Bett und beugte sich über den Liegenden. Sie konnte nicht erkennen, ob er schlief, ohnmächtig oder tot war. Falls Atem seine Brust hob, war diese Bewegung zu klein, als dass Annik sie hätte sehen können.

Sie konzentrierte sich auf sein Gesicht, das vom Kerzenschein kaum beleuchtet wurde. Es war ein stilles, schroffes Männergesicht, von tiefen Falten durchzogen, die den Liegenden älter erscheinen ließen, als er war, denn seine Hände, die auf dem Laken ruhten, waren glatt und jung.

Annik runzelte die Stirn. Sie konnte nicht sagen, ob es Gabriel war, der dort lag. Der Mann hatte starke Ähnlichkeit mit ihm, ohne Zweifel, aber dennoch erschien er ihr vollkommen fremd.

Sie hob die Hand, um seine Wange zu berühren, und zögerte. Was, wenn er aufwachte? Oder, noch schlimmer, was, wenn sie feststellen musste, dass ein Toter hier aufgebahrt lag? Alles im Zimmer deutete darauf hin: die hohen Kerzenständer mit den dicken Kerzen, das schwarze Bettzeug, das dunkle Tuch, mit dem sein Körper bedeckt war, die totenähnliche Starre, in der er lag …

Kurz entschlossen legte sie ihre Hand an seine Wange.

Der Mann schlug die Augen auf und sah sie an. Gebannt wie durch einen Zauber stand Annik da, während unter ihrer Hand die Haut seines Gesichtes sich veränderte, die Knochen sich zu verschieben schienen, das Fleisch schmolz und neue Form annahm. Ihre Hand berührte Rafaels Wange, ruhte auf Elias' zarter Haut, zuckte vor Schreck, als ein kriechendes Geflecht tiefer und wulstiger Narben das Gesicht zerklüftete. Vor ihrem schreckstarren Blick brach das Gesicht förmlich auseinander, ein Auge verschwand unter einem Hautlappen, die Kontur seiner Wangen und des halben Kinns riss und zersprang, als ginge vor ihren Augen ein Spiegelbild in die Brüche.

Das zerbrochene Gesicht, aus dem das offene Auge sie hell und starr ansah, öffnete den Mund, der wunderbarerweise vollkommen heil und unversehrt erschien.

»Annik«, sagte Daniel und hustete, wobei blutige Bläschen auf seinen Lippen erschienen. »Du bist gekommen.« Eine Hand hob sich bebend, narbenbedeckt und gekrümmt, legte sich auf ihre Hand.

Sie zwang sich, die Berührung auszuhalten und ihre widerstreitenden Gefühle nicht zu zeigen. »Daniel«, sagte sie heiser. »Was muss ich tun, um dir zu helfen?«

Sein Lächeln war schrecklich, eine Grimasse der Pein. Die blutigen Bläschen wurden zu rötlichem Schaum, der sich zu einem stetigen Rinnsal aus Blut verflüssigte, das über Daniels Lippen rann.

»Zu spät«, sagte er, und seine Stimme war so leise, dass sie die

Worte kaum verstand. Sie beugte sich tief über ihn, sah ihn beschwörend an.

»Ich muss doch etwas tun können«, flehte sie.

Das Lid senkte sich, kam flatternd wieder hoch. Blut lief über sein Kinn und rann auf das schwarze Kissen. »Ich bin nicht wichtig«, sagte er stockend und holte röchelnd Luft. »Du ... kannst es mir nur etwas leichter machen.« Wieder schloss sich das Auge. »Schmerzen«, flüsterte er.

Annik hielt seine Hand, drückte sie. »Wenn ich etwas tun kann, dann sag es mir«, sagte sie fest. »Was auch immer es ist.«

Sein Lächeln war schrecklich. Sie sah das Blut auf seinen Zähnen, roch den Tod in seinem Atem und schauderte.

»Küss mich«, sagte er.

Annik wollte zurückweichen, aber er hielt sie unerbittlich fest. Sein Blick flehte, aber da war Resignation in seinem Auge, das Wissen darum, dass sie niemals tun würde, was er von ihr erbat.

Sie biss die Zähne in einer kurzen, heftigen Aufwallung zusammen, dann beugte sie sich zu ihm und drückte ihre Lippen auf seinen blutigen Mund.

Der Kuss schmeckte süß, nach Rosen und Sommerwind. Ihre Lippen fanden weichen und gleichzeitig starken Widerstand, eine Berührung, die so zärtlich war wie die Hand einer Mutter, die ihr Kind streichelt. Annik öffnete die Augen und sah in das zerstörte Gesicht, erwiderte den goldenen Blick, und während sie das tat, veränderte sich Daniels narbiges Antlitz vor ihren Augen, wurde durchscheinend und glänzend, schimmerte einen Augenblick lang wie Glas und zersprang in tausend glitzernde Spiegelsteine.

Annik rettete sich mit einem Schrei und einem großen Sprung rückwärts. Ihr Herz schlug einen heftigen Trommelwirbel, den sie bis in ihre Kehle spüren konnte.

»Was war das?«, rief sie und rang die Hände, sah sich verzweifelt um. Die Kerzen in den hohen Ständern brannten still und gleichmäßig, es gab keine Türen oder Fenster, durch die Annik hätte fliehen können – und die ewigen Mächte wussten, dass sie im Moment nichts lieber getan hätte, als schnell und weit von diesem Ort zu flüchten.

Sie stand still und zwang ihren Geist zur Ruhe. Es würde ihr nichts nützen, zu schreien und gegen die Wände zu trommeln, auch wenn ihr gerade wirklich danach zumute war. Aber sie war unverletzt, ihr Kopf war klar, also würde sie auch einen Weg hinaus finden. Irgendwie.

Irgendwann.

Die Spiegelsteine lagen wie Juwelen auf dem dunklen Tuch des Bettes und warfen glitzernde und schimmernde Reflexe auf ihre Umgebung.

Anniks Blick wurde von den funkelnden Lichtern angezogen und gebannt. Sie starrte fasziniert darauf nieder, bis die kleinen Lichtpunkte Halos bekamen, sich ausdehnten, heller und heller wurden, größer und größer. Annik schloss geblendet die Augen und fühlte, dass sie fiel.

Ein Ruck ging durch ihren Körper, der dem Gefühl ähnelte, mit dem sie beim Einschlafen manchmal aus der Höhe auf ihre Matratze zu fallen glaubte. Sie stieß den Atem aus und öffnete die Augen.

Helles Licht, das von allen Seiten kam, blendete sie so, dass sie die Augen hastig wieder schloss. Sie hatte nicht erkennen können, woher das Licht stammte, aber allem Anschein nach befand sie sich nicht mehr in dem stillen Gemach mit seinem von Glassteinen übersäten Bett.

Und sie war nicht allein.

53

Sie blinzelte durch ihre Wimpern und sah sich um. Dies war das Herz des Spiegellabyrinths, aber dieses Mal kam von überallher Licht, fing sich in den unzähligen Spiegeln, die es zurückwarfen und verstärkten. Annik stand in der Mitte der Kammer und bei jeder ihrer Bewegungen bewegten sich tausend Anniks mit ihr durch das Licht.

Sie zwang sich, die Augen zu öffnen und hinzusehen, auch wenn ihr die Tränen über die Wangen liefen und ihr schwindelig wurde von all den Spiegelbildern ihrer selbst.

Sie drehte sich langsam im Kreis und musterte sorgfältig die Ränder ihrer Wahrnehmung, ignorierte, so gut es ging, die Abbilder, die sie anstarrten, sich mit ihr drehten und sie zu rufen schienen.

Die gleichmäßige Bewegung der unzähligen Spiegelbilder fand immer wieder eine Unterbrechung, ein gegenläufiges Drehen, das Zucken einer Hand. Ihre Blicke trafen auf starre Augen, aber auch hier schien die eine oder andere Spiegelung ihrem Blick auszuweichen, zeigte kurze Impulse, sich von ihr wegzudrehen.

Anniks Atem ging schneller, je schneller sie sich bewegte. Sie erhaschte Gesten und Bewegungen, die nicht von ihr ausgesendet wurden. Wenn sie abrupt stehen blieb, taten das tausend andere Anniks auch, aber die tausendunderste hielt mit einer winzigen Verzögerung an, schwankte noch kurz nach, stand erst still, wenn Anniks Blick sie gefunden hatte.

Annik fokussierte sich auf diesen winzigen Fehler in all der gleichförmigen Bewegung. Etwas oder jemand wollte sie glauben machen, dass sie hier inmitten ihrer eigenen Spiegelbilder gefangen war. Sie sollte in der Spiegelkammer ihren Verstand verlieren, und wahrhaftig, sie war nah genug daran. Es war schrecklich, das eigene Gesicht in der unbarmherzigen Beleuchtung ansehen zu müssen, wie es sich bemühte, keinen Muskel zu bewegen, um nicht tausendfach die eigene Grimasse widergespiegelt zu sehen. Es war gruselig und gänsehauterregend, Myriaden der eigenen Spiegelbilder dabei zu beobachten, wie sie Bewegungen nachäfften, den Mundwinkel verzogen, Haar aus der Stirn wischten, Tränen vergossen, schwitzten, zuckten, sich blass und angespannt darum bemühten, sich nicht anzusehen.

Annik starrte angestrengt in die immer verschwommener abgebildete Tiefe und suchte nach der einen Bewegung, die nicht den anderen glich.

Sie fand eine Gestalt, die still dastand, sie anlächelte und winkte. Goldene Locken, ein sonniges Lächeln, Augen von der Farbe geschmolzenen Honigs und gerösteter Nüsse. Rafael. Auf seiner Schulter saß Ybbas und züngelte aufgeregt.

Annik schnappte nach Luft und tausend Anniks rissen die Augen auf und hoben zögernd die Hand, um Rafael in den Spiegeln zuzuwinken. Sein Lächeln wurde breiter, er richtete sich auf und winkte, sie solle zu ihm kommen. Dabei kam er langsam näher, von einer Spiegelschicht zur nächsten. Ehe er vollkommen hinter Anniks Abbildern verschwinden konnte, machte sie einen entschlossenen Schritt auf ihn zu und rechnete fast damit, sich an dem Spiegelglas eine blutige Nase zu holen.

Sie tauchte in das Glas wie in kühles Wasser. Mit weit offenen Augen sah sie zu, wie die Spiegelbilder zitterten und zersprangen. Tropfen spritzten nach allen Seiten weg, schillernde Funken sprenkelten ihre Haut und Kleider. War es Licht oder Wasser? Annik streckte die Hände aus und fiel voran durch tausend und abertausend Ebenen aus Wasser, Glas oder Licht.

Sie landete mit einem heftigen Aufprall auf Händen und Knien und atmete keuchend ein. Um sie herum war eine Lache aus Licht und funkelnden Spritzern, die vor ihren Augen in dem dunklen Boden zu versickern schien.

Es dauerte einige Sekunden, bis sie sich so weit gefasst hatte, dass sie aufblicken und sich orientieren konnte.

Ganz offensichtlich befand sie sich immer noch im Haus. Dies war wohl einer der zum Garten gelegenen Säle, eine große Fensterfront war mit Vorhängen verdeckt, aber durch einen Spalt drang blasses Mondlicht und zeichnete eine lange Bahn auf das Parkett.

Auch hier brannten Kerzen in hohen Haltern. Vier davon standen um einen Sitz herum, der wie ein Thron am anderen Ende des Saales aufragte.

Auf diesem Thron saß reglos ein Mann mit hellem Haar, der ein Kind auf seinem Schoß hielt.

Annik richtete sich auf und zögerte. Der Mann und das Kind saßen so still, dass es sich wohl um Statuen handelte. Bei dem Gedanken wurde sie unruhig. Statuen wie die im Keller? Wie sie selbst eine gewesen war?

Sie ging mit schnellen Schritten auf die beiden stummen Figuren zu. Die Kerzenflammen begannen zu tanzen und warfen ein zuckendes Spiel von Licht und Schatten über die marmorblasse Haut der Gesichter und Hände.

Annik verlangsamte ihren Schritt und sah Gabriel ins Gesicht. Er saß vollkommen still, seine Augen waren blass wie Mondlicht, sein Haar und seine Haut so weiß wie die Rosen, die den Thron bekränzten und einen betäubend süßen Duft ausströmten. Der Junge, der auf seinem Schoß ruhte, hatte Elias' Gesicht.

Seine Augen waren geschlossen, er sah aus, als ob er schliefe. Gabriel hielt ihn schützend in den Armen, seine Hände berührten Kopf und Hüfte des Jungen. Sie glichen Statuen aus Mondlicht und Eis, starr, kalt und leblos. Annik näherte sich ihnen auf Armeslänge und berührte sacht mit den Fingerspitzen Elias' Ärmel. Der Stoff war hart und glatt wie Marmor, und als sie seinen Handrücken berührte, fühlte der sich an wie eine Eisskulptur, an deren Kälte ihre Finger kleben blieben.

Annik machte einen Schritt zurück und umrundete die Statuen auf ihrem Thron. Nichts wies darauf hin, dass irgendwann einmal Leben in diesen Figuren gewesen sein könnte. Dies waren Kunstwerke, atemberaubend in ihrer Natürlichkeit und Ähnlichkeit mit den Abgebildeten, aber eben nur Skulpturen aus Eis ohne Atem und Leben.

Sie wandte sich enttäuscht ab und ging zum Fenster. Die schweren Vorhänge wirbelten Staub auf, als Annik sie öffnete. Glitzernd wie Kristallsplitter senkte er sich in langsamen Spiralen auf den Boden, schimmernd im Mondlicht, das nun ungehindert durch die Fenster fiel.

Annik drehte sich um und betrachtete die Darstellung des Mannes mit seinem Sohn. Ihr Herz war schwer. Hätte ihr Werk nicht mit dem Sieg über Miranda getan sein müssen? Warum war sie immer noch hier, gefangen zwischen Spiegeln und Mondlicht, warum lag immer noch der betäubende Duft nach Rosen über dem gespenstisch leeren Haus, warum stand dort diese Statue und verhöhnte sie?

Sie sank langsam in die Hocke und vergrub das Gesicht in den Händen. »Zu spät«, hatte der sterbende Daniel geflüstert. War sie wirklich zu spät gekommen, um das Schicksal der van Leuvens noch wenden zu können?

Das vertraute Gewicht ihres Vertrauten landete auf ihrer Schulter. Ybbas war zurückgekehrt. Annik hob den Kopf und blickte in seine kugeligen, opalisierenden Augen. »Fällt dir etwas ein, Ybb?«, fragte sie hoffnungslos.

Der Gny zischte, streckte seine Zunge aus und schien zu lachen. Er entfaltete seine ledrigen Flügel, flatterte von ihrer Schulter hoch und im Zickzack auf die Statue zu. Er holte so tief Luft, dass Annik das Ansauggeräusch hören konnte, dann stieß er den Atem in einem stetigen Strom aus.

Wo sein Atem auf die Statue traf, begann diese in großen, silbernen Tränen zu schmelzen.

Annik schrie auf und stürzte zu der Figur hin. »Du zerstörst sie«, rief sie. »Ybbas, hör auf, du zerstörst sie doch mit deiner Hitze!«

Der Gny holte noch einmal für einen letzten Atemstoß Luft, dann drehte er ab und flog auf Anniks Schulter zurück. Er schnaufte und steckte erschöpft den Kopf unter den Schwanz.

Annik jammerte leise und strich mit der Hand über das schmelzende Gesicht Gabriels. Seine Züge waren kaum noch zu erkennen, der Junge auf seinem Schoß war zu einem winzigen Häuflein Eis geschrumpft, das als stetiger Strom von Wassertropfen an der Skulptur zu Boden fiel. »Was hast du getan?«, fragte Annik. »Nun sieh dir an, Ybbas, was du angestellt hast.«

Lauwarmes Wasser benetzte ihre Finger. Sie leckte es gedankenlos ab, und es schmeckte so süß wie der Rosenduft, der den Saal erfüllte.

Ein tiefes Seufzen erfüllte die Luft. Das tropfende Eis bewegte sich, ein Atemzug schien den zusammensinkenden Brustkorb wieder zu heben, der Kopf neigte sich nach vorne. Annik erwartete, dass die schmelzende Skulptur zusammenbrach, aber stattdessen bewegte sich suchend eine Hand, Wangenknochen traten aus dem Eis, Lippen formten einen schmerzverzerrten Mund, Lider hoben sich unter wassertriefenden Haaren, die mehr und mehr ihre natürliche Farbe annahmen, lohfarbene Augen, matt und trüb, suchten Anniks Blick.

Annik stürzte nach vorne und stützte den zusammensinkenden Mann. Seine Glieder waren kalt und starr, seine Kleider nass, seine Miene ohne einen Ausdruck von Leben und Verstand.

Sie hielt ihn umschlungen und sank mit ihm auf den Boden, bettete seinen Kopf in ihrem Schoß und schlang ihre Arme in dem vergeblichen Versuch, ihn zu wärmen, um ihn. Sie brauchte Feuer, eine Decke, trockene Kleider …

»Feuer, Ybb«, rief sie verzweifelt. »Kannst du Feuer machen?«

Der Gny knurrte erschöpft und ließ sich auf den Boden fallen. Er ließ einen Flammenstoß auf einen trockenen Fleck am Boden zischen. Das Parkett rauchte, begann zu verkohlen und brannte schließlich mit flackernder, immer wieder erlöschender Flamme.

Annik zerrte den bewusstlosen Gabriel dicht an das magere Feuerchen und rieb seine Hände und seine Wangen. Er atmete, aber sein Atem war flach und drohte immer wieder, vollends zu versiegen.

»Ich muss ihn von hier fortbringen«, sagte Annik verzweifelt. »Nach Hause, in Doras Obhut. Ybbas, wie stelle ich das nur an?«

Ihr Vertrauter wusste keinen Rat.

Annik zog Gabriel in eine enge Umarmung. Sie beugte sich tief über ihn und gab ihm die Wärme ihres Körpers und Atems. Sie legte ihre Wange an seine und flüsterte seinen Namen. So saß sie lange mit geschlossenen Augen, zu erschöpft, um sich zu bewegen. Und wohin hätte sie auch gehen sollen?

Erst als der Körper in ihren Armen sich bewegte, öffnete sie die Augen und sah ihn an. Sein leerer Blick hatte sich belebt, in der bernsteinfarbenen Tiefe glomm ein schwaches, goldenes Licht. Er wirkte benommen und desorientiert, aber er lebte.

Annik lächelte ihn an und merkte jetzt erst, wie erschöpft

sie war. »Gabriel«, sagte sie und berührte sanft seine Wange. »Gabriel, du bist frei.«

Er sah sie an, ohne ein Zeichen des Verstehens. Seine Lider flatterten und er seufzte leise. Annik streichelte seine Wange, seine Stirn und sein feuchtes Haar. »Du bist frei«, sagte sie lauter. »Die Hexe ist fort. Wir sind in deinem Haus, aber ich weiß nicht, wie ich dich von hier fortbringen kann.« Das Haus war eine längst zerfallene Ruine, nichts von dem, was sie jetzt sah, war wirklich. Sie schauderte.

Er seufzte leise. Mondlicht streifte seine Stirn und schimmerte auf seiner Haut. Annik sah die feinen Linien darin, die tausend kleinen und großen Schnitte, die von den zersprungenen Hexenspiegeln stammten. Sie hatten ihn zerfetzt und in kleine Stücke gerissen, bis nur sein zuckendes Herz übrig geblieben war. Miranda hatte es genommen und in ihren Spiegelzauber verwoben und so war Gabriel in den Spiegeln unsterblich geworden.

Annik schreckte vor der Konsequenz dessen zurück, was sie in seinem todmatten Blick las. Das Mondlicht wanderte weiter, berührte sein Kinn und seinen Hals.

»Woher weiß ich das alles?«, fragte sie halblaut.

Ybbas landete auf ihrem Arm und legte müde seinen Kopf auf ihr Handgelenk.

»Du hast sie getötet«, flüsterte Gabriel. War das eine Antwort auf ihre Frage oder wollte er die Bestätigung?

»Das habe ich. Sie ist in Stücke zersprungen.« Annik wollte lachen, aber es blieb ihr im Hals stecken. Da war viel zu viel Licht und auch der Duft nach Rosen wurde stärker. Sie hob den Kopf und erkannte, dass sie mit Gabriel im Schoß inmitten eines Trümmerhaufens saß. Die Hausmauern waren zusammengebrochen, das Dach vor langer Zeit verschwunden und überall wucherten Ranken von Efeu und Rosen.

Annik stieß einen erschöpften Laut aus und senkte den Kopf.

»Ich muss dich nach Hause bringen«, flüsterte sie. »Wo ist Rafael? Was ist mit deinem Sohn?«

Gabriel schloss die Augen und schüttelte schwach den Kopf. »Nirgends«, flüsterte er. »Tot und begraben, seit langer Zeit.«

Annik umklammerte seine Schultern. Er wog so leicht wie ein Kind in ihren Armen, und seine Haut atmete Kälte, als wäre sie immer noch eisbedeckt. »Hast du …«, sagte sie und stockte, »hast du sie wirklich getötet? Deine Frau und dein Kind?«

Seine Lippen zuckten schmerzlich. »Sie starb.« Seine Stimme war so leise, dass Annik sich tief über ihn beugen musste, um ihn zu verstehen. »Und dann starb Elias. Ich wollte nicht mehr leben. Miranda …« Ein tiefer, bebender Atemzug. »Ich bin an allem schuld.«

»Das bist du nicht«, sagte Annik zornig. »Miranda hat dich verhext, du hättest ihr nichts entgegensetzen können. Du bist ein Tumber, du würdest Hexerei nicht erkennen, wenn sie sich auf deinen Schoß setzt.«

Ein schwaches Lächeln hob seine Mundwinkel. »Meine Mutter war eine von euch«, murmelte er und schloss die Augen. Sein Atem ging mühsam, er zitterte am ganzen Leib. »Es ist vorbei«, sagte er.

»Was meinst du damit?« Annik umklammerte seine Schultern. Das Mondlicht goss seinen silbernen Schein über Gabriel, und einen Augenblick lang fürchtete sie, er sei wieder zu Eis gefroren. Hing da nicht Reif in seinen Wimpern und war da nicht Schnee in seinem Haar?

Er atmete seufzend ein und wieder aus. Die Linien in seinem Gesicht, die aussahen, als wären sie mit Silberstift und Mondlicht gezeichnet, vertieften sich, wurden zu dunklen Furchen, Rissen, klaffenden Spalten, die sich vor ihrem entsetzten Blick vertieften und erweiterten, sein Gesicht zerstörten und dann seinen Hals hinunterkrochen.

»Gabriel«, rief sie, als könnte sie damit den Zerfall aufhalten, der sich weiter über seinen Hals, die Brust, seine Kleider und Gliedmaßen gleichermaßen zerteilend, fortsetzte.

Annik saß starr und gebannt da, wagte nicht, sich zu bewegen.

In dem zerfallenden Antlitz bewegten sich die Augenlider, öffneten sich und sein goldschimmernder Blick brannte sich durch ihre Augen in ihr Herz und ihre Seele. Trauer und Liebe fand sie darin, Schmerz und unendliche Freude. »Vorbei«, flüsterten die zerfetzten Lippen.

»Nein«, rief Annik, »das ist nicht gerecht!« Sie beugte sich über ihn, küsste sein zerfallendes Gesicht, spürte den Hauch seines Atems, der nach Rosen und dem Nachtwind roch, und unter ihren Händen zerbrach Gabriel in Tausende von funkelnden, glitzernden Spiegelsteinen, die in ihrem Schoß glitzerten wie Tränen aus Eis.

54

Sie saß in der mondbeschienenen Ruine, den Schoß und die Hände voller glitzernder Kristalle, die das Mondlicht widerspiegelten, während ihre Tränen darauf niederfielen.

Ybbas löste sie mit einem energischen Kneifen aus ihrer Erstarrung. Sie stand langsam auf und blickte sich um. Der Schutthaufen, auf dem sie saß, erlaubte ihr den Blick über das Grundstück bis zur Mauer, die seine Grenze zur Straße bildete. An einigen Stellen schien die Mauer eingebrochen zu sein, dahinter leuchteten gelblich die Lampen der Straßenbeleuchtung.

»Wir sollten uns auf den Heimweg machen, Ybb«, sagte sie. Ihre Stimme klang heiser. Sie wischte sich mit dem Ärmel über die Augen, griff nach ihrem Rucksack, der neben ihren Füßen lag, und kletterte über die Schuttberge hinunter zur Auffahrt.

Der Weg durch die nächtliche Stadt, deren Straßen kaum weniger belebt waren als zu den Tagesstunden, erschien ihr im Nachhinein wie eine Fortsetzung eines langen, schweren Traums. Sie gelangte unbehelligt aus dem für Hexen gesperrten Teil der Stadt in die Bereiche, die allen Antwerpenern offenstanden. Von dort aus marschierte sie ohne Pause den langen Weg zurück ins Hexenviertel, durch ihre Haustür, die Treppen hinauf und in ihr Bett. Dort ringelte sie sich wie Ybbas zusammen, barg das Gesicht im Kissen und weinte sich in den Schlaf.

Die Tage bis zum Semesterbeginn verbrachte sie in einer bedrückten Gemütsverfassung, die selbst das strahlendste Sommerwetter nicht aufhellen konnte. Sie vergrub sich im Antiquariat, ordnete und katalogisierte neu eingetroffene Bücher und kontrollierte die Buchführung. Ihre Familie ließ sie rücksichtsvoll in Ruhe, nachdem Annik ihnen sehr deutlich zu verstehen gegeben hatte, dass sie kein Interesse daran hatte, über das zu reden, was in Gabriel van Leuvens Haus geschehen war.

Aber sie waren alle für sie da und ihre Wärme und Zuneigung war Balsam auf Anniks wunder Seele. Und je näher der Semesterbeginn rückte, desto aufgeregter wurde sie. Das Studium war seit Jahren ihr Herzenswunsch und ganz langsam begann sie, die trüben Gedanken zu verscheuchen und sich auf das, was sie erwartete, zu freuen.

Die Erinnerung an Gabriel verblasste nicht, aber sie verlor ihre scharfen Kanten, und die Trauer wurde weniger drückend. Sie hatte ihn verloren, aber wenn sie ehrlich zu sich war, dann war dieser Verlust etwas, das unausweichlich über ihr geschwebt hatte. Genau genommen war Gabriel van Leuven vor zweihundert Jahren gestorben, und alles, was sie in dem großen Haus erlebt hatte, glich mehr und mehr einer verblichenen Fotografie. Nichts davon hatte Bestand in der wirklichen Welt. Sie war Schimären begegnet, die in einem bösen Zauberbann gefangen gehalten wurden wie Fliegen in einem Tropfen Bernstein.

Bernstein, so golden und warm schimmernd wie Gabriels Blick. Sein Haar, das weich war wie Gefieder, seine Lippen, hart und schmal, wenn er böse war, und sanft und nachgiebig, wenn er sie küsste …

Sie weinte nicht mehr, wenn sie an ihn dachte. Das war ein Fortschritt, dem weitere folgen würden.

Annik schniefte leise und ging, um Ludo zu einem Spaziergang zu überreden.

55

Annik war nervös. Sie kannte das Universitätsgelände von ihren früheren Besuchen, der Bewerbung, der Aufnahmeprüfung – aber heute war die erste Vorlesung. Sie stand vor dem kleinen Saal, in dem alle Tische zu einer großen Runde gestellt waren. Es gab immer nur eine Handvoll Hexen, die sich für Chaosmagie interessierten und denen die Qualifikation für diesen Studiengang gelang. Die anderen Studenten musterten sie ebenso neugierig wie umgekehrt. Annik versuchte sich die Namen zu merken, aber ihr schwirrte der Kopf. Im Laufe der Zeit würde sich das schon von selbst ergeben.

Ein Mädchen in ihrem Alter, rothaarig und hübsch wie eine Elfe, mit einem Eichhörnchen-Gny, der gelangweilt auf ihrer Schulter hockte, setzte sich neben sie an die Fensterseite der Tischrunde und packte ihre Schreibutensilien aus. »Hast du unseren Prof schon gesehen?«, sagte sie. »Ein echter Hingucker. Er ist neu an der Uni, kommt aus Brügge, sagt mein Bruder, aber er zieht schon einen Schwarm von Groupies hinter sich her.« Sie lachte und zwinkerte Annik zu. »Nicht nur weibliche Groupies.«

Annik grinste und überprüfte ihren Kugelschreiber. »Du heißt Randy, richtig?«

»Stimmt. Und du bist Annik?« Randy beugte sich zu ihr. »Wie findest du den Cowboy?«

Annik folgte ihrem Blick und grinste noch breiter. »Düster«, flüsterte sie.

Der Kommilitone, über den sie sich unterhielten, warf ihnen einen finsteren Blick zu, schleuderte die schwarze Tolle zurück und lümmelte sich mit verschränkten Armen auf seinem Stuhl. Sein Vertrauter war ein Rabe, der genauso schlecht gelaunt aussah.

»Romantisch, düster und stinklangweilig«, flüsterte Randy und knibbelte das Preisschild von ihrem Notizblock. »Er heißt Gust, wir sind mal ein paar Wochen miteinander gegangen.« Sie verdrehte die Augen. »Lass dich nicht von ihm anbaggern, Annik. Er ist ein Blender.«

Annik dankte für die Warnung und zog die Jacke aus. Es war warm in dem kleinen Saal, obwohl die Fenster weit offen standen und ein Luftzug durch den Raum fächelte. Er brachte den Gesang der Vögel und zarten Rosenduft mit. Annik bekam aus unerfindlichen Gründen eine Gänsehaut.

Das Reden und Lachen verstummte, als ein Mann mit schnellen Schritten durch die offene Tür trat, sie schloss und auf den Platz zuging, hinter dem eine Tafel aufgestellt war. Er legte einen Stapel Bücher auf den Tisch und sah dann jeden Einzelnen der Studenten kurz an. Sein Gny, eine schlanke, goldfarbene Katze, sprang auf den Tisch und ringelte sich dort zusammen.

Annik hörte das Blut in ihren Ohren rauschen und ihr Mund wurde trocken. Sie erwiderte den Blick der bernsteinfarbenen Augen, der mit einem schnellen, unpersönlichen Lächeln über sie hinwegglitt und ihre Nachbarin ansah.

»Na, was hab ich gesagt?«, flüsterte Randy.

Annik war unfähig, etwas zu antworten. Sie nickte nur und starrte den Mann mit rasend klopfendem Herzen an. Es war Zufall, nur eine oberflächliche Ähnlichkeit.

Der Dozent drehte sich zur Tafel um und schrieb mit einer großzügigen, leserlichen Schrift einen Namen darauf: Gabriel von Löwen.

Dann drehte er sich um, klopfte den Kreidestaub von seinen Händen und sagte: »Guten Tag, Dames en Heren. Wir werden in den nächsten Monaten viel Zeit miteinander verbringen, deshalb fangen wir heute damit an, unsere Namen zu lernen. Ich bin Gabriel von Löwen, Ihr Dozent für Chaosmagie. Würden Sie sich bitte vorstellen? Fangen wir mit Ihnen an.« Er deutete auf einen blonden Studenten rechts von ihm.

Annik hörte nicht, was der Junge sagte. Sie starrte den Lehrer an.

Die Reihe war an ihr, aber ehe sie etwas sagen konnte, lächelte der Dozent und nickte ihr zu. »Annik«, sagte er. »Schön, dich zu sehen.«

Randy knuffte sie in die Rippen, als die Vorstellung weiterging. »Du kennst ihn«, flüsterte sie laut. »Du hättest mir verraten können, dass ihr euch kennt! Du musst mir erzählen …«

Annik wehrte schwach ab und starrte auf ihre gefalteten Hände, deren Knöchel weiß waren vor Spannung. Ihr war übel.

Der erste Vormittag ging vorüber, und Annik wusste hinterher nicht, worum es gegangen war. Sie packte wie in Trance ihren Rucksack und nahm die Jacke von der Stuhllehne. Der Professor war umringt von einer Gruppe Studentinnen, die ihm Fragen stellten und dabei unverhohlen mit ihm flirteten. Annik nickte vage in seine Richtung und ging zur Tür.

»Bella? Wartest du auf mich?«

Sie hörte das Tuscheln und Wispern und spürte die neugierigen und neidischen Blicke der anderen. Mit zusammengepressten Lippen nickte sie knapp und flüchtete hinaus in den Gang.

Sie stand am Fenster und blickte auf das grüne Rasenviereck zwischen den Gebäuden. Überall saßen und standen Studenten, redeten, rauchten, lasen, lachten, schliefen und aßen ihre mitgebrachten Brote. Das Bild war friedlich und schön und ganz und gar harmlos, aber Annik hatte in einer namenlosen Panik die Arme um den Brustkorb geklammert.

Endlich ging hinter ihr die Tür, weiche Schritte näherten sich und dann stand er neben ihr. Sie warf ihm einen schnellen Blick aus dem Augenwinkel zu, sah sein markantes Profil, das aschblonde Haar, das sich im Nacken lockte, die kleinen Kerben in den Augenwinkeln und die Spur einer langen, dünnen Narbe, die sein Gesicht in zwei Hälften teilte. Sie schauderte und wandte hastig den Blick ab.

Seine Hand legte sich wie selbstverständlich auf ihren Arm. »Bella«, sagte er mit seiner warmen, dunklen Stimme. »Ich hatte keine Gelegenheit mehr, dir zu danken.«

Annik schwankte, ihre Knie wurden weich, und das Blut rauschte in ihren Ohren. »Was?«, würgte sie hervor.

Seine Hand griff fest zu, bewahrte sie davor zu stürzen. »He, langsam«, sagte er. »Du bist kalkweiß. Setz dich, hier.«

Annik fühlte sich gegen die Fensterbank geschoben und dann griffen zwei starke Hände zu und hoben sie hinauf, lehnten sie ans Fensterglas. Er musterte sie besorgt, während er ihr mit einer zarten Berührung die Wange streichelte. »Alles gut? Musst du dich hinlegen?«

Sie verneinte schwach und hob die Hand, um sein Handgelenk zu umfangen und festzuhalten. »Woher kommst du? Wer bist du?«, fragte sie. Ihre tauben Lippen kribbelten.

Er fuhr fort, sie zu streicheln. Seine Finger verfingen sich in ihrem Haar. Er zog die Brauen zusammen, und sein Gesichtsausdruck, der offen und freundlich gewesen war, wurde düster und abweisend. Annik starrte ihn atemlos an.

»Wenn du dich nicht erinnerst, ist es gut«, sagte er und wandte den Blick ab. »Ich dachte nur … aber es ist wirklich gut. Die Erinnerungen sind schmerzhaft. Ich werde damit leben müssen, dass ich sie besitze, auch wenn sie nicht mehr mein reales Leben betreffen.« Er lächelte schwach und die düstere Wolke hob sich. »Ich erinnere mich daran wie an einen Traum oder ein Buch, das ich gelesen habe. Aber du … du bist wirklich. Ich hüte meine Erinnerungen an dich wie einen Schatz.«

Annik schloss die Augen und ließ ihre Stirn gegen seine Schulter sinken. »Gabriel«, sagte sie rau. »Du bist es wirklich. Gabriel.« Sie sah sein Gesicht vor ihrem inneren Auge. Sie kannte jede der feinen Narbenzeichnungen darin, sie kannte die Kälte, die es ausstrahlen konnte, aber auch die goldene Hitze seiner Augen. Sie kannte sein Gesicht, wenn ein breites, sonniges Lächeln es erhellte, sie hörte das leichte Stottern, mit dem er ihren Namen sagte. Sie wusste, wie sein Kuss schmeckte und dass sie seine zerfetzte Wange berührt hatte, seinen blutigen Mund küsste …

Sie schrak hoch und blinzelte heftig. »Gabriel von Löwen?«, fragte sie.

Er nickte und sein Mundwinkel kringelte sich. »Das ist mein Name.«

Annik seufzte tief und begann zu lächeln. »Und du bist ein Hexer«, sagte sie, und aus dem Lächeln wurde ein von Herzen kommendes Lachen.

»Das bin ich«, bestätigte er mit einem gespielt ernsten Stirnrunzeln. »Ich hätte sonst diesen Job nicht bekommen, weißt du?« Er griff nach ihrer Hand und streichelte ihren Handrücken mit dem Daumen. »Ich wohne übrigens im Hexenviertel. Ganz in der Nähe von einem wirklich hervorragenden Antiquariat, das du vielleicht kennst. Der Antiquar ist ein alter Freund meiner Eltern.«

Annik lachte und breitete die Arme aus. »Was für ein wunderbarer Zufall«, sagte sie. »Ich kann es kaum glauben, dass du hier vor mir stehst. Ich habe so sehr um dich geweint.« Sie schloss die Augen. »Erklärst du es mir?«, fragte sie leise.

Er schob seinen Arm unter ihren und lehnte sich neben sie. »Was? Dass Miranda mich in meiner Trauer um meine Frau und meinen Sohn gefunden und für sich eingenommen hat? Sie hat mich in ihren Zauber eingesponnen, aber ich kann nicht sagen, dass ich es ihr schwer gemacht habe.« Er runzelte die Stirn. »Ich … oder besser gesagt, Gabriel Elias Rafael Daniel, der letzte Spross der unseligen Familie derer van Leuven. Ein arroganter Bursche, der glaubte, die Welt müsste sich nach seinen Vorstellungen drehen.« Sein Lächeln war bitter. »Sein Glück war, dass er Hexenblut in sich hatte. Als er Miranda den Laufpass geben wollte, hat sie ihn und sich mit einem Fluchzauber in die Spiegel gebannt. Dabei ist seine Persönlichkeit zerstört worden, nicht nur sein Körper. Sie hat seinen Geist in Fragmente zerlegt.«

»Elias, Rafael und Daniel?« Annik schüttelte sich. »Wie war das für dich … für ihn?«

Sein Gesicht verschattete sich. »Grauenhaft«, sagte er knapp. »Kannst du dir vorstellen, nicht ganz du zu sein, sondern nur ein amputierter Teil deiner selbst? Und zu wissen, dass du in alle Ewigkeit so vegetieren musst, am Leben gehalten von der Frau, die du hasst?«

Sie schob ihren Arm unter seinen und zog ihn stumm an sich. »Ich kann es mir nicht vorstellen«, sagte sie nach einer Weile. »Und ich will es auch nicht.«

Ein Erinnerungsbild ließ sie erstarren. »Die Mädchen«, sagte sie heiser. »All die Mädchen, die gefroren und gebannt im Keller saßen …«

»Mirandas Opfer, deren Leben unseren Bann verlängert haben?« Er verzog die Lippen zu einer angewiderten Grimasse. »Du hast wahrscheinlich auch ihre Seelen befreit, als du den Bann gebrochen hast. So, wie du mich befreit hast. Ohne dich …« Er zuckte mit den Schultern. »Ich weiß es nicht. Es gab für mich keine Möglichkeit zu sterben. Elias hat es immer wieder versucht, Daniel wohl auch, obwohl er das mir gegenüber niemals zugegeben hätte. Ich war zu feige dazu. Aber es hätte ja ohnehin nichts genützt.«

»Jetzt bist du hier«, sagte Annik und schloss die Augen. »Du bist hier, du bist frei … und du bist nicht Gabriel van Leuven.«

»Nein.« Er legte seine Hand in ihren Nacken und zog sie an sich. »Nein, der bin ich nicht. Und ich bin froh darüber. Die Erinnerungen werden verblassen. Es sind ja nicht wirklich meine eigenen. Ich bin Gabriel von Löwen, der in Brügge aufgewachsen ist und nun hier in Antwerpen an der Universität arbeitet.« Seine Umarmung wurde fester. »Und ich werde dich immer lieben, meine Bella.«

»Dann ist alles gut«, flüsterte Annik und hob das Gesicht, damit er sie küssen konnte. Seine Lippen waren fest und warm und sein Kuss war süß und schmeckte nach Pfefferminz.

»Keine Rosen«, murmelte Annik in seinen Kuss hinein. »Was für ein Glück. Keine Rosen!«

Danksagung

So viele liebe, großartige Menschen verdienen ihren Dank dafür, dass wieder ein Buch von mir zwischen zwei Deckeln erscheinen kann:

Allen voran meine Familie, Norbert und Sabine, die mir absolut alles vom Hals halten und mich ertragen, was keine leichte Übung ist. Wenn ich in einem Projekt stecke, dann neige ich dazu, nur körperlich anwesend zu sein, und irgendjemand muss dafür sorgen, dass ich esse, schlafe und atme.

Liebe Dina, du hast mehr für mich und mein Schreiben getan als irgendein anderer Mensch auf dieser Welt. Dir danke ich dieses Mal aber noch für ganz etwas Besonderes, nämlich dafür, dass du mir Antwerpen gezeigt hast. Wir sind Kilometer und Kilometer durch diese wunderbare Stadt gelaufen, ich habe so viel Schönes dort gesehen und erlebt, dass es eigentlich schade ist, dass ich das alles nicht in dieses Buch packen konnte.

Natürlich danke ich den üblichen Verdächtigen: Mein »Rat Pack« Simone, Michaela, Jacqueline, Regina, Florian, die ihr Qindie am Laufen haltet und nebenbei großartige Bücher schreibt (oder umgekehrt). Danke für Rat, Unterstützung und dass es euch gibt.

Simone, du gehörst extra bedankt, du bist eine tolle Freundin und ein großes Glück.

Ich danke aus vollem Herzen meiner lieben Lektorin Michelle Gyo, die das Beste ist, was einer Autorin passieren kann. Michelle, du bist mir so ans Herz gewachsen, dass ich sentimental werde, wenn ich nicht aufpasse. Wir beide sind ein Dream-Team in der Schlussphase und ich freue mich bei jedem

Manuskript auf deine Anmerkungen und all den albernen Quatsch, den wir uns in der Überarbeitungsphase an den Rand schreiben.

Und natürlich danke ich all meinen Leserinnen und Lesern, die mich mit freundlichen und aufmunternden Mails bedenken, bei Facebook mit mir befreundet sind und mir nette Sachen über meine Bücher sagen.

Ich hoffe, ihr habt auch in Zukunft viel Spaß an dem, was ich für euch schreiben. Ja, klar. Für wen denn sonst?